Barbara Trapido

Karierter Affe

Roman

Aus dem Englischen
von Beatrice Howeg

BLOOMSBURY BERLIN

Für meinen Vater

Die Originalausgabe erschien 2003
unter dem Titel *Frankie & Stankie*
bei Bloomsbury Publishing Plc, London

BLOOMSBURY BERLIN

Umschlaggestaltung:
Nina Rothfos und Patrick Gabler, Hamburg
Gesetzt aus der Stempel Garamond
durch psb, Berlin
Druck und Bindung: Clausen & Bosse, Leck
Printed in Germany
ISBN 3-8270-0535-3

EINS

Dinah weiß, dass sie schmächtig ist: Sie war schon immer klein und dünn, hatte kein Fleisch auf den Knochen und immer schwarze Ringe unter den Augen. Und da sie auch noch Asthma hat, atmet sie gewöhnlich durch den Mund, der immer leicht offen steht. Und so sieht sie nicht nur mickrig aus, sondern auch noch dumm. Zudem sagen ihre Eltern, sie sei schwierig. »Zänkisch«, wie es ihre Mum nennt. Und es gibt einige Geschichten aus ihrer frühen Kindheit, die das belegen. Dinah ist nervös, weil ihre Mum während der Schwangerschaft nervös war, und sie ist eine Frühgeburt, weil sich ihre Mum an dem Tag so aufgeregt hat. Zuerst gab es eine schöne Überraschung: Dinahs Dad erhält von der holländischen Armee einen Brief, der ihn für den Krieg gegen Hitler für wehruntauglich erklärt. Seine Augen seien zu schlecht, was allein noch keine Überraschung ist, da er ohne Brille so gut wie blind ist. Dinahs Dad stammt aus Holland, obwohl er schon an die fünf Jahre in Kapstadt lebt. Daher ist es die holländische Armee, die darüber entscheidet, ob er eingezogen wird oder nicht. In Südafrika kann man nicht eingezogen werden, da die Armee aus Freiwilligen besteht. Aber es gibt sehr viele Freiwillige, weil die Sprüche auf einigen der Rekrutierungsplakate so clever sind:

LASST EUCH DAS GRÖSSTE ABENTEUER ALLER ZEITEN NICHT ENTGEHEN!

oder

GIBT ES EIN MÄDCHEN, DAS NICHT VON EINEM MANN IN UNIFORM TRÄUMT?

Unter den Freiwilligen sind ziemlich viele Schwarze, aber sie dürfen keine Gewehre tragen – auch wenn in Basutoland den Männern Holzknüppel ausgeteilt werden. Und manchmal bekommen sie *assagais*. Das sind Wurfspieße. Die Frauen sparen unterdes an Glühbirnen und stricken für die Truppen Balaclavas.

Dinahs Mutter hat nie stricken gelernt. Und nur wenige Stunden vor Dinahs Geburt bekommt sie einen wirklich bösen Schock. Dinahs Dad ist nicht daheim, weil er eine seiner Abendklassen unterrichtet. Und so ist Dinahs Mum ganz allein, als im Garten ein Mann um ihre Parterrewohnung streicht, nachdem er zuerst versucht hat, die Haustür einzutreten. Er gibt lautstark Beschimpfungen von sich und hämmert schließlich gegen das Schlafzimmerfenster.

»Mach schon auf, Dolly!«, grölt er. »Jetzt komm schon, Dolly. Verdammt noch mal!« Dann stiefelt er weiter und hämmert gegen ein anderes Fenster. »Wie wär's mit einem Kuss, mein Mädchen«, grölt er. »Jetzt lass mich schon rein, du Aas. Was ist denn los mit dir?«

Dinahs Mum denkt, es muss sich um den mehrfachen Vergewaltiger handeln, der zurzeit in Kapstadt sein Unwesen treibt, und da sich in der Wohnung kein Telefon befindet, nimmt sie all ihren Mut zusammen und stürzt, Dinahs ältere Schwester fest an den Busen gedrückt, hinaus zum Telefonhäuschen, während der Vergewaltiger hinter dem Haus die weißen Lilien zertrampelt. Sie ruft die Polizei an, die sofort kommt, nur um einen betrunkenen australischen Soldaten aufzulesen, der in einem der Blumenbeete ein Nickerchen hält. Sein Truppenschiff liegt für ein paar Tage im Hafen von Kapstadt vor Anker, und er hat eine Frau aufsuchen wollen, die an den Abenden zuvor mit ihren Reizen nicht gegeizt hat.

Dinah wird später am Abend geboren. Es ist der Abend des australischen Soldaten. Sie kommt während eines kriegsbedingten Stromausfalls in einem Aufzug zur Welt, da ihre Mutter nicht länger durchhalten kann, obgleich ihr die Schwester sagt, sie müsse.

»Sie *müssen* durchhalten«, sagt die Schwester. »Ich habe noch keine Geburt gemacht.«

Das arme Mädchen ist eine Kriegsersatzkraft. Am nächsten Morgen können sich die regulären Tagesschwestern alle an Dinahs Mutter von ihrer ersten Geburt erinnern. Sie stöhnen beim Anblick des neuen Babys, das nicht einmal vier Pfund wiegt und aussieht wie ein verschrumpelter gelber Affe, da es an Neugeborenengelbsucht leidet. Aber Dinahs Mum ist von dem gelben Teint ihres Babys durchaus angetan und bildet sich ein, es hinge mit der niederländischen Familie ihres Mannes zusammen, von der sie niemanden kennt – da sie alle im besetzten Holland festsitzen –; aber sie weiß, dass es eine holländische Verbindung zu Indonesien gibt. Sie stellt sich vor, die Züge ihres Babys seien exotisch. Dieselben Schwestern hatten vierzehn Monate zuvor bei der Geburt von Dinahs älterer Schwester geholfen und sie sofort Engelsgesicht getauft. Jetzt kommen sie auf den originellen Gedanke, Dinah den Kleinen Wurm zu nennen.

»Der Kleine Wurm wird unserem armen Engelsgesicht später schwer zu schaffen machen«, sagen sie.

Engelsgesicht ist mittlerweile zu einem gesunden, lächelnden, rehbraun gelockten Cherubim mit vier perlweißen Schneidezähnchen herangewachsen – zwei oben und zwei unten – und gluckst und hopst so entzückend in seinem Gitterbettchen auf dem Balkon, dass sogar wildfremde Leute das Kind mit Geschenken überhäufen. Sie werfen Stofftiere zu ihm auf den Balkon hinauf und kleine selbst gestrickte Pullover aus kratziger Rationswolle. Die Schwestern wissen jedoch nicht, dass der Kleine Wurm Engelsgesicht bereits jetzt schwer zu schaffen macht, denn Dinahs Dad springt, nachdem die Fruchtblase geplatzt ist, schnell mit seiner Frau ins Taxi, um sie ins Krankenhaus zu bringen. Er will sofort wieder nach Hause fahren, da er das arme Engelsgesicht ganz allein in seinem Bettchen zurückgelassen hat. Und dann sitzt er natürlich im Aufzug fest. Hinzu kommt, dass er als relativ frischer Immigrant mit der englischen Volkskultur noch nicht allzu vertraut ist und vergessen hat, dass am Guy Fawks Day abends Feuerwerke angezündet werden. Und als er zwei Stunden später endlich wieder zu Hause eintrifft, steht Engelsgesicht, durch die Raketenschau in der Nachbarschaft geweckt, mit rotzverschmiertem Gesicht und schweißnass verklebten Löckchen schreiend und zitternd vor Angst an den Stäben ihres Gitterbettchens.

Remember, remember
The Fifth of November,
Gunpowder, treason and plot.

Unterdes hat eine Verrückte im Krankenhausfoyer Dinahs Dad erzählt, dass Skorpione immer den steinigsten Lebensweg haben. Unglücklicherweise sollte Dinah nicht einmal Skorpion werden. Es ist also vielleicht kein Wunder, dass sie für den Kampf mit den verschiedenen astrologischen Nachteilen nicht wirklich gerüstet ist.

Engelsgesicht heißt in Wirklichkeit Lisa. Der Kleine Wurm sollte eigentlich Amaryllis heißen. Nach einem Lied, das ihr Dad häufig singt, während ihn ihre Mutter auf dem geliehenen Klavier begleitet. *Amarilli, mia bella.* Das Lied stammt aus einer Sammlung alter Liebeslieder, das er in einem Buch der Accademia di Santa Cecilia von Rom gefunden hat. Aber am folgenden Tag ändert Dinahs Dad seine Meinung. Auf dem Weg zum Standesamt pfeift er ein Lied vor sich hin, das er im Radio gehört hat: »Dinah, is there anyone finer, in the state of Carolina?« Und da er Entscheidungen gerne ohne Rücksprache fällt, da es so schneller geht und er sowieso immer alles besser weiß, ist es beschlossene Sache.

Dinahs Mum bekommt die beiden Mädchen so dicht aufeinander, weil sie nicht immer alles besser weiß. Ihr wurde versichert, dass sie während der Stillzeit nicht schwanger werden kann, und löblicherweise hat sie Engelsgesicht vierzehn Monate lang regelmäßig die Brust gegeben, und das, obwohl Engelsgesicht einen kräftigen Appetit hat und ihr oft in die Brustwarzen beißt. Zwischen den Mahlzeiten beißt Engelsgesicht sogar gern mal in die Badeseife, wobei sie kleine verräterische Halbkreise mit Abdrücken ihrer Zähne hinterlässt. Ihre Lieblingsseife ist dunkelgrün marmoriert. Sie heißt Cuticura, und Engelsgesicht findet sie unwiderstehlich.

Dinah schläft in der ersten Zeit in einem Pappkarton

und wird mit Olivenöl abgerieben, da sie für ein richtiges Bad noch zu klein ist. Dies ist zu einer Zeit, als Olivenöl ausschließlich medizinisch genutzt wird. Engelsgesicht ist wie gelähmt, als sie zum ersten Mal das ohrenbetäubende Geplärre des Kleinen Wurms vernimmt, und meidet den Pappkarton für Tage. Selbst zwei Jahre später hat sie noch Angst vor lebensgroßen Puppen. Im Gegensatz zu Engelsgesicht ist der Kleine Wurm kein guter Esser. Sie rutscht von der Brustwarze ab und will nicht saugen.

»Wir mussten dich schlagen, damit du isst«, sagt ihr Dad Jahre später.

Ihm rutscht leicht die Hand aus. Ihr Dad wird Ta genannt, was eigentlich eine Abwandlung von Pa ist. Aber Dinahs Mum, die aus Berlin stammt, hat daraus den Kosenamen Tächenherz gemacht. Sein wirklicher Name ist Fred.

Dinah will ihre ganze Kindheit hindurch nicht richtig essen. Als einer der Kollegen ihres Dads zu Besuch kommt und ihnen eine Packung Kekse mitbringt, sagt er: »Lisa kann sie essen und Dinah damit spielen.« Die Kekse heißen Iced Zoological, aber die Mädchen nennen sie einfach nur Tierkekse. Die am Rand gezackten rechteckigen Plätzchen sind mit einem pastellfarbenen Zuckerguss überzogen und in einer anderen Farbe mit Tieren verziert. Es gibt gelbe Giraffen auf rosarotem Grund und weiße Tiger auf himmelblauem Grund. Dinah liebt es, mit den Keksen zu spielen. Sie ist schon immer gut darin gewesen, sich Spiele auszudenken, während Engelsgesicht eine solche Verinnerlichung fremd ist. Sie mag Besuche oder Ausflüge oder Süßigkeiten. Am liebsten mag sie Toffo-Lux. Sie lungert herum und sagt: »Mir ist langweilig. Es ist nichts los. Was soll ich machen? Was gibt's zu essen? Was gibt's zum Nachtisch?« Seit die beiden drei und vier Jahre alt sind, liegt es immer am Kleinen Wurm, sich Spiele auszudenken.

Manchmal geht sie mit Engelsgesicht in den Geräteschuppen, an dessen Wänden ganze Familien von Weberknechten leben. Wenn sie ihre speichendünnen Beinchen mit dem Zeigefinger berührt, krabbeln sie so geschickt und schnell die Wände hoch, dass Dinah richtig schwindelig wird. Sie klettert selbst gerne auf Mauern und Bäume, aber sie könnte niemals eine senkrechte Wand hochlaufen. Aus irgendeinem Grund hasst Engelsgesicht die Krabbelviecher – vor allem, wenn sie krabbeln. Und wenn Dinah sie die Wände hochtreibt, fängt Lisa immer panisch an zu schreien. Dinah veranlasst dies natürlich nur weiterzumachen, zumal sie viel kleiner ist als ihre Schwester und auf diese Weise den Unterschied ausgleichen kann.

Essenszeit ist für Dinah die reinste Hölle. Wenn der Löffel immer näher kommt und sie die Lippen zusammenpresst.

»Der ist für Teddy«, sagt ihr Dad. »Der ist für Panda. Das ist der letzte. Das ist der allerletzte.«

Sie weiß, dass es erst der letzte sein wird, wenn der Teller leer ist. Manchmal nimmt er selbst einen Löffel, um sie zu ermutigen und weil er wie Engesgesicht einen gesunden Appetit hat. Als sie dann sechs Jahre alt ist, sagt er zum Schluss immer: »Der ist für Co.« Co ist der Name von Dinahs Stoffpuppe, die sie zu ihrem fünften Geburtstag bekommen hat. Ihr Name ist eigentlich Ro. Ro ist die Abkürzung von Rosema, was keine Abkürzung von Rosemary ist. Und wenn die Erwachsenen sie fragen, sagt Dinah mit Nachdruck: »Nein. Ihr Name ist Rosema. Nur Rosema.«

Dinah lernt nur eine einzige echte Rosemary kennen, aber das erst, als sie in die Schule kommt. Rosemary ist ein Mädchen aus der Nachbarschaft, das unter den Kindern der Umgebung hohes Ansehen genießt, da es extrem hellhäutig ist. Rosemary hat mausblondes Haar, eine kleine Schnuppernase und zarte durchsichtige Ohren. Viele Kinder haben eine helle Haut, aber nicht so hell, dass das Licht durch sie hindurchscheint wie bei Rosemary. Diese Transparenz wird mit Reinheit verbunden. Rosemarys Dad ist ungeheuer reich, obwohl er weder lesen noch schreiben kann. Man sagt, er unterschreibe mit einem X.

Sein Erfolg entlockt Dinahs Mum zuweilen spitze Bemerkungen, da der Vater der Mädchen alles andere als reich ist. Und das, obwohl er in acht Sprachen lesen und schreiben kann und zwischen den Kriegen in einem dieser holländischen Gymnasien, die für superschlaue Jungen und Mädchen eingerichtet wurden, eine strenge Ausbildung erhielt. Außer dass er sich selber beibrachte, mehrere Instrumente zu spielen, ist seine Stärke die Mathematik. Er arbeitet eine Zeit lang als Aktuar in einer Bank, aber er langweilt sich dort so sehr, dass er jetzt für einen Hungerlohn Lehrbeauftragter an der Universität von Kapstadt im Fachbereich für Mathematik ist. Die Mutter der Mädchen hält seine mathematische Arbeit für ein Puzzlespiel.

»Tächenherz puzzelt wieder«, sagt sie fast so, als fände sie das putzig.

Ihre Wohnung ist nicht sehr groß, und wenn ihr Dad an dem einzigen Tisch im Haus Arbeiten korrigiert, muss er ihn für die Mahlzeiten immer freiräumen. Dinahs Schreckenszeit. Manchmal, wohl auch um das Geschnatter der Mädchen auszublenden, die im selben Zimmer spielen, beginnt er laut zu puzzeln. Engelsgesicht und Dinah finden sein mathematisches Kauderwelsch äußerst komisch und verwandeln es in einen Sprechgesang.

»Pi zur Kurve«, rufen sie, während sie abwechselnd auf eine große Holzkiste, den *Klappkasten*, klettern und herunterspringen. »Pi zur Kurve.«

Manchmal übernehmen sie auch Satzfetzen der italienischen Liebeslieder, die ihr Dad zur Klavierbegleitung ihrer Mutter singt. Eines handelt von einem wunderschönen Mund: *O bocca bella. O bocca bella.* Jahrelang glauben die Mädchen, das Lied handle von Malzgrütze, da eines von Lisas Lieblingsessen ein schokoladenbrauner Haferbrei ist, der Maltabela heißt. Der Refrain wird ständig wiederholt, und die Mädchen kichern und singen mit glucksenden Stimmen lauthals mit: »Oh Maltabela, oh Malta, Maltabela!«

Ein ähnliches Missverständnis unterläuft ihnen bei einem italienischen Arbeiterlied, das Kameraden besingt, die im Kampf ihr Leben ließen. Einer der Kameraden heißt Carlo Franchi. Der Kampf hat ihn so ausgezehrt, dass im Lied immer wieder das italienische Wort für »erschöpft« vorkommt, *stanchi*, das sich auf Franchi reimt. Dinah glaubt, das Lied handle von zwei Clowns mit Namen Franky und Stanky. Sie stellt sich die beiden mit orangefarbenen Pumphosen und kleinen orangefarbenen Melonen vor. Und wenn Franky richtig herum steht, steht Stanky auf dem Kopf, und andersherum genauso.

Das wenige Geld macht Dinahs Mum schwer zu schaffen. Sie stammt aus einer ehemals reichen Familie, auch wenn sich das ganze Familienerbe mittlerweile in Rauch aufgelöst hat – ein Großteil sogar wortwörtlich, da die Häuser der Familie in Berlin, Fürstenwalde und Frankfurt am Main allesamt zerbombt wurden, wie auch die Geschäfte, in die sie investiert haben. Der andere Teil des Vermögens ging bereits vor dem Krieg verloren, als die Eltern von Dinahs Mutter als nicht sehr ausgefuchste Immigranten in ihrer Anfangszeit in Kapstadt darum betrogen wurden. Es fällt Dinahs Mutter schwer, beim Kauf von Gemüse oder Keksen auf jeden Pfennig zu achten oder sich vorzustellen, dass es die Welt, in der sie groß wurde, nicht mehr gibt. Nicht einmal die Straßen in Berlin sind noch am selben Ort, auch wenn sie noch dieselben Namen haben.

Dinah, die gerne in Schubläden stöbert, findet heraus, dass ihre Mutter von Zeit zu Zeit Unmengen von Schweizer Zartbitterschokolade und Nescafé und Lux-Seife hortet sowie Fläschchen mit 4711, und zwar immer dann, wenn sich am fernen Horizont oder irgendwo sonst auf der Welt irgendetwas zusammenbraut. Korea, Suez, Zypern. Das kommt daher, dass sie den Ersten Weltkrieg in Deutschland erlebt hat. Schweizer Schokolade, Nescafé, Seife und Echt Kölnisch Wasser sind die wichtigsten Dinge im Leben. Zumindest wenn man deutsch ist.

Dinahs Mum kann eine Menge Geschichten aus ihrer Kindheit erzählen, im Gegensatz zu ihrem Dad, der nur fünf zur Auswahl hat. Wann immer sich die Gelegenheit bietet, erzählt sie von Skiurlauben im Harz und von ihren zwei Cousins, den beiden Skisprungmeistern, und über deren Mutter, Tante Berthe, und ihren Vater, der Richter war. Sie erzählt von der Hochzeit ihres Cousins Gunther mit einer weißrussischen Balletttänzerin, die vor den Bolschewisten geflohen war und auf ihrem eigenen Hochzeitsempfang einen Tobsuchtsanfall bekam – eine erwachsene Frau in roter Spitze, die schreiend auf dem Boden lag und mit den Beinen um sich trat. Sie erzählt von Bootsausflügen mit ihrem Vater und ihren drei Brüdern auf dem familieneigenen Motorboot *Sophie*.

Sophie war der Name von Dinahs Großmutter mütterlicherseits, die allerdings das Boot, das nach ihr benannt wurde, nie betrat, da sie leicht seekrank wurde. Auch vertrug sie Höhen nicht sehr gut. Als sie mit ihrem kastanienbraunem Haar zur Schönheitskönigin von Wiesbaden gekürt wurde, stieg sie, um am Neujahrstag des Jahres 1900 das neue Jahrhundert zu begrüßen, auf einen speziell für den Anlass errichteten Obelisken. Oben angekommen, fiel sie, majestätisch winkend, in Ohnmacht, während ihr großer weißer Federhut wie ein Engel langsam auf den weit unten liegenden Platz hinabschwebte. Alle Fotos von ihr zeigen eine Frau mit weiblichen Rundungen und vollem lockigen Haar. Sie sieht Dinahs Mum kein bisschen ähnlich. Dinahs Mum ist groß und schlank, hat hohe Wangenknochen und weit auseinander stehende blaue Augen sowie feines babyblondes Haar. Sie sieht aus wie ihr Vater, der von einer der friesischen Inseln stammt, allerdings zur Schule nach Berlin geschickt wurde, wo die anderen Jungen ihn Bahne Banane nannten, weil er Jacob Bahne Jacobsen hieß.

Die Mutter der Mädchen erzählt ihnen Geschichten von ihrem Hund Dina. (Fast wie Dinah, nur anders ausgesprochen.) Sie erzählt, dass sie Dina verboten hatten, die Hühner im Hof zu töten, Dina aber nicht widerstehen konnte und sie trotzdem hin und wieder biss, so dass alle Hühner im Garten der Lindenstraße vierundachtzig lahmten. Sie erzählt, dass ihr Vater das heruntergekommene alte Haus in der Lindenstraße den Erben eines alten Obersts abgekauft hatte, der umgeben von lauter Hunden und Katzen seinen Lebensabend verbracht hatte, und dass der verwilderte Garten bis hinten mit Tiergrabsteinen übersät war.

»Rechts die Hunde, links die Katzen«, erzählt Dinahs Mutter den Mädchen.

Sie erzählt Geschichten vom Tiergarten und der Berliner Oper und von einer ganz besonderen Vorstellung, bei der das Boot, auf dem Wagners Liebende davongetragen werden sollten, aufgrund des unmäßigen Gewichts der Sänger unter ihnen zusammenbrach.

Dinah besitzt viele Puppen. Neben Rosema und den Babypuppen sind ihre Lieblinge Deborah, Naomi und Jennifer. An Rosema hängt sie am meisten, auch wenn sie wie eine perfekte Kandidatin für den Schönheitschirurgen aussieht. Dinah hat ihre ursprünglichen Haare, die sich nicht mehr bürsten ließen und schon ganz verfilzt waren, mit unansehnlicher schwarzer Wolle ersetzt, die sie ihr mit Steppstich auf den Mittelscheitel nähte, so dass Rosema jetzt, wenn Dinah sie auf den Kopf dreht, aussieht wie ein Mohikaner, der Kopfstand macht. Anfangs kann Dinah Rosema nicht leiden, weil sie nur eine Stoffpuppe ist und richtige Puppen aus Porzellan oder Zelluloid oder Bakelit gemacht werden und die Augen klipp-klapp auf- und zumachen können. Also muss Rosema ein Jahr lang immer sterben, wenn Dinah und Lisa Krankenhaus spielen. Sie packen sie an einem ihrer schlaffen Arme oder Beine und feuern sie in die Ecke.

Dinah ist im Gegensatz zu Lisa mit der Zeit wie besessen von ihren Puppen. Sie werden für sie zu realen Personen ihres Lebens, und als Dinah eingeschult wird, gehen auch all ihre Puppen zur Schule. Sie sitzen jeden Tag in ihren Klassenzimmern, und Dinah bastelt für alle Miniaturbücher und kleine Schuluniformen. Jeder Sessel im Wohnzimmer ist ein anderes Klassenzimmer, und je nach Alter der Puppen haben sie zu unterschiedlichen Zeiten Schulschluss. Die jüngeren Puppen müssen daher von Dinahs Mum nach Hause gebracht werden. »Zu Hause« ist Dinahs Bett. Die Jungen aus der Nachbarschaft, die ihre Puppenspiele heimlich beobachten, bekommen schnell heraus, dass Rosema das Missbrauchsopfer ist, und schmeißen sie ebenfalls in der Gegend herum. Alles an der armen Rosema scheint förmlich danach zu schreien, von ihnen misshandelt zu werden. Sie kommen angerannt und kicken sie wie einen Fußball quer durch den ganzen Garten. Sie schleudern sie hoch in die Bäume, wo sie einen Moment lang mit den Haaren in den Zweigen hängen bleibt, bevor sie wie eine zerkrumpelte Spinne auf die rote Erde fällt. Eines Tages gerät ein Junge namens Donald Carter völlig außer Rand und Band. Dinah sieht, wie er Rosema mit den Zähnen packt und sie wild mit dem Kopf hin und her schleudert. Er wirft sie in die Luft und fängt sie mit dem Mund wieder auf. Er faucht sie an wie ein wildes Tier, und plötzlich hat er ihr die Nasenspitze abgerissen. Das öffnet Dinah die Augen. Von Schuldgefühlen überschwemmt, schließt sie Rosema in ihr Herz und schwört, sie für immer zu lieben. Nachdem sie ihr Kind verstoßen hat, liebt sie es jetzt mit doppelter Hingabe. Mit Nadel und etwas fleischfarbenem Garn, das ihre Mutter zum Stopfen ihrer Seidenstrümpfe benutzt, näht sie Rosemas Nase wieder an.

»Rosema hab ich am liebsten«, sagt sie. »Rosema ist die Beste von allen.«

Sie und Rosema werden unzertrennlich.

Dass Dinah schon in frühen Jahren nähen kann, liegt daran, dass ihre Mum es nicht kann. Nähen folgt dem Gesetz wechselnder Generationen. Wenn die eigene Mutter nicht nähen kann, dann kann man es selbst. Dinahs Mums Vorstellung vom Strümpfestopfen besteht darin, um das Loch ein paar Heftstiche zu setzen und es dann zu einem hubbeligen Knoten zusammenzuziehen. Das ist einer der Gründe, warum Dinah und Lisa Blasen an den Fersen haben. Der andere ist, dass sie viel zu klobige Schuhe tragen. Ihr Dad, der ein Freidenker ist und in den meisten Dingen unumstößliche Ansichten vertritt, ist ohne Schwestern aufgewachsen. Er findet Mädchenkram unwichtig und albern und hat keine Zeit dafür. Er kauft seinen Töchtern Jungenspielzeug und Jungenschuhe, und so besitzen die Mädchen eine rotgrüne Meccano-Modelleisenbahn mit Miniaturhäusersätzen von Bayco und verschiedene Kreisel und klobige Schnürschuhe aus steinhartem Leder. Mit sechs Jahren allerdings, gerade weil sie so klein und schmächtig ist, werden Dinahs Füße von einem Schuhverkäufer neu vermessen, und der teilt den Eltern mit, sie habe einen so schmalen Spann, dass sich das Mädchen die Füße ruiniere, wenn sie ihr nicht extraschmale Mädchenschuhe von Startrite kauften – die zufällig mit Lasche und Schnalle und ausgestanztem Blümchenmuster geliefert werden. Es ist der glücklichste Tag in Dinahs Leben, und die arme Lisa ist furchtbar neidisch.

Dinah ist eine kleine Heulsuse, und sie hat ein sehr weiches Herz. Eines Tages kann sie nicht aufhören zu weinen, weil sie aus Versehen eine kleine Spinne den Abguss hinuntergespült hat. Ihre Mum, die einen Hang zum Makabren hat, erklärt ihr, dass tagtäglich viel schlimmere Dinge passieren, und erzählt ihr von einem Strafprozess, über den in der Zeitung berichtet wurde. Es geht um eine Mutter, die ihre Kinder zuerst fesselte und dann zwang, ihr eigenes Erbrochenes zu essen. Da Dinahs Mum zu Ängsten neigt, redet sie sich gerne grausige Geschichten vom Leib. Deshalb erzählt sie Lisa und Dinah auch von dem mehrfachen Vergewaltiger aus Kapstadt, mit dem sie den australischen Soldaten verwechselte. Er konnte jedes Schloss knacken und kam durch jede Tür. Also drang der Vergewaltiger in ein Haus oder eine Wohnung ein, wenn die Frau, die dort lebte, nicht zu Hause war, und versteckte sich in der Wohnung. Und sobald die Frau nach Hause kam und die Tür hinter sich verriegelte, kam der Vergewaltiger aus einem Schrank.

Die Anekdote veranlasst Dinah, in jedem Haus, das sie betritt, zuerst alle Schränke zu inspizieren, und seien es schmale Wandregale. Sie sieht unter Betten, Truhen und Kommoden nach, falls es sich um einen kleinen – wenn nicht gar zweidimensionalen – Vergewaltiger handeln sollte. Erst dann wagt sie es, die Tür hinter sich zu schließen. Dinahs Mum nennt den Vergewaltiger einen Mörder, um nicht erklären zu müssen, was eine Vergewaltigung ist, denn Dinah und Lisa sind noch nicht aufgeklärt, zumindest nicht, bis sie fast zehn und elf Jahre alt sind. Dann zieht Dorothy aus der Manning Road sie nämlich in einen Schrank und erzählt ihnen im Flüsterton, was ihre Mum und ihr Dad alles im Bett miteinander machen.

Als ihr Dad an der Universität von Durban einen festen Lehrauftrag für Mathematik erhält, fährt er zu Semesterbeginn allein voraus. Und nachdem die Mum der Mädchen endlich alles zusammengepackt hat, nehmen sie daher tags darauf nur zu dritt den Zug. Für die Katze hat Dinahs Mum ein neues Zuhause gefunden, allerdings nicht für ihre letzten beiden Kätzchen. Und so schleicht sie sich am Abend vor ihrer Abreise im Dunkeln aus dem Haus und schiebt die Kätzchen durch den Zaun des nahe gelegenen Cecil-Rhodes-Naturparks. Sie hat die Gärten schon immer gemocht und hofft, dass sich die Kätzchen dort gut eingewöhnen und ein schönes Leben haben werden. Der Naturpark wird auch Groote Schuur genannt, was Große Scheune bedeutet. Er verfügt über ein kleines Rudel Löwen, die Lisa und Dinah manchmal in der Nacht brüllen hören können.

Die Zugreise nach Durban dauert mehrere Tage, und die Mädchen schneiden zweiundsiebzig Stunden lang fröhlich Papierpuppen aus. Zwischendurch essen sie im Speisewagen von dicken Porzellantellern Erbsensuppe mit Schinken, während draußen die Telegrafenmasten in der weiten Landschaft die Hügel auf und ab ziehen. Dinah ist von den Kellnern und ihrer virtuosen Methode, Tee und Kaffee einzuschenken, ganz begeistert. Die vernickelte Kaffeekanne in der einen, den Milchkrug in der anderen Hand, schütten sie aus einiger Höhe jeweils einen Strahl in die Tasse, während sie gekonnt mit der Bewegung des Zuges mitgehen. Dinah ist es ein Rätsel, wie sie es schaffen, dass Kaffee und Milch im selben Moment den Tassenrand erreichen. Ihre Mutter bemerkt hingegen nur, der Kaffee sei nichts als Dreck. Sie schüttelt den Kopf und verzieht das Gesicht. »Schrecklich«, sagt sie. »Schrecklich.« Alle Kellner im Zug sind Afrikaaner und alle Kabinen-Boys Farbige vom Kap.

Die recht hellhäutigen Ureinwohner vom Kap hießen ursprünglich Khoi, aber die holländischen Siedler nannten sie Hottentotten. Die Holländer waren am Kap gelandet, nachdem die Portugiesen kurz zuvor bewiesen hatten, dass das Meer am Kap nicht wirklich »kochte«. Und so verloren die Khoi ihr gesamtes Gebiet an die Holländer und wurden zu besitzlosen Arbeitern degradiert. Sie verloren auch ihre Sprache, wenn man von den eigentümlichen Schnalzlauten einmal absieht, die von den Xhosa übernommen wurden. Schließlich waren die Khoi nicht mehr die Khoi, sondern die Farbigen vom Kap. Sie vermischten sich mit den Weißen und deren Sklaven – Sklaven, die von überall herkamen. Aus Guinea, Angola und Madagaskar, aus Indien, Java und China. Doch es waren die Malaien, die unter allen Sklaven das höchste Ansehen genossen und auch die alte Moschee in der Dorp Street errichteten. Wenn also ein Farbiger vom Kap sagt, seine Tochter sehe aus wie eine Moslemin, meint er damit, dass sie glattes Haar hat – was tatsächlich recht angesehen ist. Und wahrscheinlich hat seine Tochter auch diese wunderschönen grünen Augen.

Durban bedeutet schweißtreibende Hitze, Bananenbäume und riesige Sukkulenten. Die Mädchen treten in die viktorianische Gotik des Bahnhofsgebäudes, wo sie ihr Vater bereits erwartet, um sie durch das dichte Gedränge indischer Obsthändler und Zulu-Rikschamänner zu manövrieren und sie in ein Taxi zu setzen. Lisa und Dinah haben noch nie zuvor einen Rikschamann gesehen und können nicht aufhören, sie anzustarren, obwohl es sich nur um ganz gewöhnliche Rikschamänner mit schmuddeligen ungefärbten Turbanen handelt, die Maissäcke transportieren. Sie kennen noch nicht die bunten Rikschamänner am Strand, die zehn Tonnen schweren Kopfschmuck tragen. Das mit Horn und Perlen besetzte Gestell steht links und rechts fast einen halben Meter vom

Kopf ab, und die Rikschamänner, die eigentlich eher wie aztekische Priester aussehen, sind ausschließlich dafür da, weiße Touristen in Bademontur am Strand entlangzukutschieren, damit sie von sich Fotos machen lassen können. Dinahs Dad sagt, die Rikschamänner würden kaum älter als vierzig Jahre, da es mehr als ungesund sei, mit einem zehn Tonnen schweren Ding auf dem Kopf vier Touristen durch die Gegend zu ziehen.

Ihr Haus ist ein kleiner Fertigbaubungalow, der neben vielen anderen zur Unterbringung ehemaliger Soldaten auf einer riesigen, exotisch angelegten Plantage hochgezogen wurde. Die Anlage heißt Butcher Estate und gehört einem der örtlichen Zuckerrohr-Barone. Mittlerweile wurde die Anlage an die Universität verpachtet, die in den Häusern einen Teil ihres akademischen Personals und Studenten unterbringt. Vor ihrer Küchentür wirft ein Jakarandabaum seine mauvefarbenen Glockenblüten ab, und in einem dichten Wald aus hohem Bambusrohr lebt eine Kolonie grauer Seidenaffen. Sie haben schwarze Gesichter und puppenhaft kleine schwarze Hände und Füße. Sie keckern und toben und mampfen Bananen und fliegen mit ihren Babys am Bauch durch die Luft, und manchmal baumeln sie nur so zum Spaß an ihren Schwänzen hin und her. Draußen vor dem Wohnzimmerfenster kann man neben dem Kricketfeld der Studenten unter einer schattigen grünen Pergola spazieren gehen, die mit Passionsfruchtranken und Bougainvillea überwuchert ist. Und in Durban ist so gut wie alles mit Bougainvillea überwuchert. Die meisten Bäume haben einen schirmartigen Wuchs und tragen mannigfaltige rote Blüten. Manchmal sind ihre Samenhülsen so groß wie Dolchscheiden, die dann auf dem Boden aufbrechen und dicke gesprenkelte Bohnen freigeben.

Der Krieg ist vorbei, und aufgrund der folgenden Emigrationswelle aus Europa stammen viele der Akademiker aus anderen Ländern. Die meisten haben sich eifrig ihrer Nachkommenschaft gewidmet, und so hängen Trauben von Kindern an den Fenstern der anderen Bungalows, während auf den öffentlichen Grünflächen junge Professorengattinnen mit wippenden Kinderwagen ihre Babys spazieren fahren. Unter den Nachbarskindern im Butcher Estate gibt es also immer jemanden zum Spielen und auf jemanden aufzupassen und jemanden, gegen den man sich verbünden kann. Dinah mag Harry Stent am liebsten, und bald wird sie von allen gehänselt.

»Schau mal. Da ist dein Liebster«, rufen die Kinder und lachen.

Harry ist ein schmächtiger Junge mit dicht gelocktem blonden Haar. Seine kleinere Schwester Margaret hingegen ist ein kleiner Pummel mit schwarzen Augen und olivfarbener Haut und schlägt nach ihrer Mutter, die aus Spanien kommt. Margaret ist noch zu klein, um richtig sprechen zu können, aber sie sagt immer »mehr«, wenn sie Kekse sieht, und streckt ihre rechte Grübchenhand aus. Die anderen Kinder lachen sie aus und meinen, sie könne nicht »mehr« haben, wenn sie noch gar nichts hatte. Aber sie sagt einfach nur wieder: »Mehr.«

Schließlich treffen die Möbel von Dinahs Familie ein. Es sind nicht sehr viele, und in der Küche benutzen sie einfache Orangenkisten als Regale, die mit billigen Vorhängen aus Kretonne verhangen sind. Aber da gibt es noch die beiden reich verzierten thronähnlichen Stühle – Großvater Giesekes Stühle, die alles andere als Bungalowstühle sind. Sie wurden von Dinahs Mums Großvater geschnitzt, für den das Schnitzen ein Hobby war, und stammen aus der Zeit um 1870. Allerdings sehen sie eher aus wie eine Art Prachtbarock und würden gut in die Bankettszene von *Macbeth* passen.

Dinah ist im Butcher Estate vor allem von den Kletterbäumen begeistert. Manche von ihnen wachsen so dicht an den Bungalows, dass sie auf mehreren Akademikerdächern picknicken kann. Mit einem Feuereimer baut sie sich ein Aufzugssystem, um ihre Puppen hinaufzuholen. Manchmal ziehen sie und ein paar der Jungen sogar Lisa hoch aufs Dach, die nicht gerne klettert, aber doch dabei sein möchte. Wenn sich ihnen dann aber eine Bande Affen nähert, um ihre Bananen zu klauen, ergreifen die Kinder die Flucht und lassen die arme Lisa laut schreiend allein zurück. Dinah muss in solchen Situationen immer nach Hause rennen, um ihre Mutter zu holen.

»Mum! Schnell!«, brüllt sie. »Lisa sitzt fest!«

Dies wird zu einem feststehenden Begriff.

Unter den Anwohnern des Butcher Estate herrscht eine entschiedene Meinungsverschiedenheit über die Affen, und für gewöhnlich heißt es Einwanderer gegen gebürtige Südafrikaner. Die Immigranten finden die Affen aufregend, während die einheimischen Südafrikaner – einschließich der meisten Studenten – sie für eine Plage halten und über sie reden, als wären sie Ratten, die man loswerden muss. Von Zeit zu Zeit werden Pläne für Affenpogrome ausgeheckt, damit der Butcher Estate endlich von ihnen befreit werde, und es kursieren Geschichten über Affen, die Frauen und Kinder angegriffen haben sollen.

Es gibt einige altüberlieferte Methoden, um Affen aus dem Weg zu räumen. Eine sieht vor, einen toten Affen an einen Baum zu nageln, woraufhin alle anderen die Flucht ergreifen. Bei einer anderen muss man einen lebenden Affen in einen Eimer mit weißer Kalkfarbe tunken und ihn dann wieder laufen lassen. Der weiß gefärbte Affe würde dann alle anderen Affen verschrecken, die sofort das Weite suchten und sich andernorts niederließen. Dinah hält die zweite Methode für noch schrecklicher als die erste, da sie mit dem weiß gefärbten Affen Mitleid hat, der ganz allein zurückbliebe, sobald sich die andern aus dem Staub gemacht hätten – genau wie der hinkende Junge auf Krücken im *Rattenfänger von Hameln*, der nicht mit auf den Zauberhügel kann.

Engelsgesicht wird ein Jahr vor dem Kleinen Wurm eingeschult. Sie wird in dem Jahr sieben Jahre alt, und die Schule ist die Berea Road School für Mädchen. Sie trägt ein grasgrünes Schürzenkleid mit einer weißen Bluse und dazu passende grasgrüne Pluderhöschen mit aufgenähter Tasche für ihr Schnupftuch. Jeden Morgen vor der Schulversammlung müssen die Mädchen ein gebügeltes Taschentuch auf ihren Schreibtisch legen – und auf das Taschentuch ihre Hände, um ihre sauberen Fingernägel zu zeigen. Kleid und Höschen sind aus einem für Schuluniformen vorgeschriebenen Stoff namens Tabrolca. Außerdem muss Lisa zu ihren schwarzen klobigen Schuhen weiße Söckchen tragen, und sie bekommt einen Ranzen mit zwei Schulterriemen und einen Strohhut mit einem Abzeichen.

Engelsgesicht hat kein Glück mit ihrer Klassenlehrerin. An ihrem ersten Schultag wird sie mit fünfundsiebzig anderen neuen Mädchen in die Schulaula getrieben, wo sie alle in ihren grasgrünen Kleidern endlos lange warten müssen. Schließlich kommt eine hübsche, lächelnde junge Lehrerin herein. Sie hat kastanienbraunes Haar, trägt einen schräg geschnittenen Rock und Slingpumps mit Korkabsätzen und ruft eine Reihe von Namen auf. Die glücklichen kleinen Mädchen stellen sich nebeneinander vor ihr auf und werden in ein Klassenzimmer geführt, während Lisas Hälfte weiter warten muss. Lisa muss ganz nötig und pinkelt unauffällig im Stehen auf den Linoleumboden. Ein Teil läuft an ihren Beinen hinunter in ihre Söckchen, aber das meiste sammelt sich in einer Pfütze auf dem Boden, von der Lisa ein wenig Abstand nimmt. Schließlich erscheint ein altes Drachenweib mit wässrigen blauen Augen und hochgedrehten Zöpfen unter einem dieser altmodischen Haarnetze aus Echthaar. Ihr Name ist Miss MacLean. Sie lässt die Kinder in Zweierreihen vor sich antreten und tippt dann mit einem Kartenstock auf Lisas Pfütze.

»Und wer, bitte schön, war das?«, sagt das Drachenweib. Aber Lisa meldet sich nicht.

Miss MacLean hat es auf Lisa abgesehen und schikaniert sie, wo es nur geht, zumal Lisa nur mit links schreiben kann und dabei viel herumschmiert. Als die Klasse nach einem halben Jahr mit Federhalter schreiben darf, füllen ein paar der Mädchen Löschpapierschnipsel in die Tintenfässer, die wie nachtblaue Tintenquallen an der Feder hängen bleiben, wenn man sie hineintunkt. Die Quallen werden für Tintenschlachten benutzt.

Eines Tages fischt ein Mädchen namens Tilly Boston eine Qualle aus ihrem Tintenfass und schleudert sie gegen die Wand. Aber Miss MacLean beschuldigt Lisa und verlangt, sie solle ihre Mum um ein gerahmtes Bild bitten, um es über die Flecken zu hängen. Die Mutter der Mädchen schneidet aus dem *Life*-Magazin eine Fotografie der Schweizer Alpen aus und setzt sie in einen Rahmen. Miss MacLean ist mit dem Bild zufrieden und hängt es über die Quallenflecken an die Wand.

Das einzige andere Bild im Klassenzimmer ist ein Porträt von König George VI., denn Durban ist extrem royalistisch. Jedermann weiß, dass die Engländer die Größten sind, und Lisa lernt in der Schule Lieder wie: »Du Rose von England wirst niemals verblühn« oder »Wir finden England überall, auf Straße, Weg und Pfad«. Und in einem Kirchenlied lernt sie, das Schwert in der Hand niemals ruhen zu lassen, bevor sie Jerusalem auf Englands grünen und freundlichen Auen errichtet hat. Dinah sehnt sich schon jetzt danach, Engländerin zu sein, obwohl sie noch nicht einmal zur Schule geht.

Lisa, die gelernt hat, wie man Briefe aufsetzt, schreibt zu Hause viele Briefe. Dann bringt sie es Dinah bei, und bald sind die Mädchen jeden Nachmittag fleißig dabei, Briefe an ihre Mum zu schreiben, auch wenn die Briefe immer gleich sind, da Lisa den Sinn von Briefen noch nicht wirklich verstanden hat.

Eines Tages, gegen Ende des ersten Schuljahres, lernt Lisa, Einladungen zu schreiben. Also schreiben sie für den nächsten Nachmittag ganz viele Einladungen zum Tee und werfen sie durch jeden Briefschlitz in der Nachbarschaft. Sie brauchen für die Einladungen und Briefumschläge einen ganzen Tag. Sie malen auf jeden Umschlag Blumen. Und alle kommen zum Tee.

Die Mutter der Mädchen hat außer einer halben Packung Butterkekse und einem Pfund englischen Five-Roses-Tee nichts zu essen im Haus, und während die Gäste auf dem Rasen Platz nehmen und anfangen, miteinander zu plaudern, versucht die Mutter der Mädchen, ihre Verlegenheit zu überspielen, und schickt Lisa eilends los, um im Kolonialwarenladen an der Ecke schnell etwas zu besorgen. Es gibt zwei Kolonialwarenläden. Aber ihre Mum kauft nur in dem einen ein, da sie in dem anderen einmal eine Kakerlake gesehen hat. Lisa kehrt mit einer Flasche Milch, einer Packung Romany Creams und zwei großen Schokoladen-Biskuitrollen zurück.

Als Dinah in die Schule kommt, ist sie schwächlicher und asthmatischer denn je. Genau wie ihre Mum. Das Asthma ihrer Mum wurde erstmals durch Dinahs Babyasthma ausgelöst, da sie damals alles versuchte, ihrem kleinen Baby die Last abzunehmen. Jetzt glaubt sie, das feuchte Klima von Durban würde ihr nicht gut bekommen. Sie hat ihren mädchenhaften Teint verloren, ist spindeldürr geworden, und ihr hübsches blondes Haar ist aufgrund ihrer schlechten Gesundheit und der obligatorischen Nachkriegsdauerwellen schon ganz stumpf geworden. Die Dauerwellen sind Hopp-oder-Topp-Angelegenheiten, und manchmal kommt Dinahs Mum in Tränen aufgelöst mit verbrannten gelben Haarspitzen vom Friseur. Dinah ist ein sehr zartes Kind und steckt sich überall an. Und jede Krankheit endet mit einer Bronchitis. Doch die schlechte Gesundheit ist wie ein Band zwischen beiden, und für ihre Mum ist Dinah immer nur Meine Arme Kleine Dee. Ein Kosename, der stets mit ängstlichen Blicken und ringenden Händen einhergeht.

»Ich mach mir solche Sorgen um dich«, sagt sie.

Dinah beginnt die erdrückende Fürsorge und Aufmerksamkeit ihrer Mum zu lieben. Sie hasst es zwar, nachts aufzuwachen und keine Luft zu bekommen, aber schon greift sie nach den Tabletten auf dem Nachttisch: eine kleine Ephedrin und eine halbe Luminal. Sie liebt die Tage, wenn sie nicht in die Schule gehen kann und mit ihrer Mutter im Bett kuschelt – das heißt, sobald beide aufgehört haben, nach Atem zu ringen. Manchmal haben sie gleichzeitig Bronchitis und verbringen ganze Tage zusammen im Bett. Die Betten machen das Asthma natürlich nur noch schlimmer, da die noch unbekannte Hausstaubmilbe in den alten deutschen Federbetten und Kissen von Dinahs Mum ihr Unwesen treibt. Mikroskopisch kleine Krabbeltiere feiern ausgelassene Partys in des Kaisers Bettzeug. Dinahs Großmutter mütterlicherseits hatte nämlich zu Beginn der Weimarer Republik bei der Auktionierung von Kaiser Wilhelms Haushalt mitgesteigert.

Niemand weiß etwas über Hausstaubmilben, als Dinah ein kleines Mädchen ist. Asthmatiker röcheln in der Nacht wegen ihrer Träume, wegen Freud, wegen dem Unbewussten. Asthmatiker sind Verrückte. Es kommt alles von ihrem Kopf. Dinahs Dad hat kein Asthma. Er ist ein typisches Beispiel körperlicher Überlegenheit, wenn man einmal von seinen schrecklichen Migräneanfällen absieht, die ihn drei Tage leise stöhnend in ein abgedunkeltes Zimmer verbannen. Ansonsten nimmt er immer drei Stufen auf einmal und fährt an den Wochenenden für stramme Tagesmärsche ins Hinterland von Natal, wo er mit seinen wuchtigen Stiefelschritten sogar die Grünen Mambas vertreibt. Allerdings zieht er gerne alle möglichen tödlichen Krankheiten in Betracht. Er tut dies am liebsten beim Essen, während er sich Unmengen von Brot und Käse in den Mund stopft und dennoch seine jungenhaft schmale Statur behält.

»Schade um den kleinen Happen«, urteilt er über ein Viertelpfund Mortadella oder eine ganze Ecke Blauschimmelkäse. Dann kommt er auf die Vorkehrungen für seine Beerdigung zu sprechen. »Keine Umstände, kein Theater«, sagt er. »Schmeißt mich einfach auf den Kompost.«

»Aber nein, Tächenherz«, sagt Dinahs Mum, die sich sehr leicht aufregt. »Nein. Nein. Nein.«

Passend zu ihrem dümmlich offen stehenden Mund beim Atmen gewöhnt sich Dinah ein Reihe von Ticks an. Sie kneift abwechselnd ihr linkes und rechtes Auge zu und verzieht ihr Gesicht zu einer Grimasse. Das liegt zum Teil an ihrer nervösen Art, vor allem aber daran, dass ihr eines Auge viel kurzsichtiger ist als das andere. Für den Nahbereich benutzt sie also ihr linkes und für die Weite ihr rechtes Auge. Ihr Dad hält nichts davon, ihr eine Brille zu besorgen. Er meint, ihre Augen würden dadurch nur noch schlechter. Außerdem kann er ihre Sehschwäche im Vergleich zu seiner Kurzsichtigkeit nur als Banalität ansehen. Dinahs Dad hat seine gesamte frühe Kindheit in einem bezaubernden Nebel der Unwissenheit verbracht, einem rosa und gold durchstreiften Strudel aus Licht und Schatten – bis er in die Schule kam. Die Lehrer wollten ihn bereits als geistig zurückgeblieben einstufen, als eines Tages die Schulschwester kam, seine Augen testete und ihm eine Brille gab.

Die Staubmilben-Federbetten gehen mit geschmackvollen handgewebten, staubimprägnierten Bettüberwürfen einher, die Dinahs Mum mag, weil sie künstlerisch veranlagt ist. Genau wie Dinah. Sie zeichnet gerne, und sie zeichnet sehr gut.

»Dinah ist künstlerisch«, sagt ihre Mum. »Genau wie ich.«

Lisa wird als praktisch eingestuft. Sie ist nicht künstlerisch. Sie ist ordentlicher als Dinah, und sie backt gerne Kuchen. Außerdem kneift sie ihre Augen nicht zusammen. Diese verschiedenen Merkmale entwickeln sich zu bleibenden Persönlichkeitsbildern. Lisa, sagt ihre Mum, sollte Reporterin werden. Sie wisse immer als Erste Bescheid, wenn es irgendwo Neuigkeiten gibt. Das stimmt. Sie weiß, dass Mrs Spinks ihr Baby bekommen hat, und sie weiß, wann genau sich Babs das Bein brach.

Wenn sie Bilder von Häusern und Bäumen malen, sind Lisas Bilder nie so gut wie Dinahs. Ihre Mum findet Dinahs Bilder immer schöner. Lisa sagt, das kommt daher, weil sie Dinah lieber hat.

»Lass uns Bilder tauschen«, sagt sie eines Tages. Sie gehen zu ihrer Mutter und zeigen ihr die fertigen Werke. »Welches findest du schöner?«, sagt Lisa.

Lisa lässt ihre Mutter immer wählen. Ihre Mutter zeigt auf Dinahs Bild, das Lisa in der Hand hält. Lisa ist außer sich. Sie wirft das Bild auf den Boden und stampft wütend davon.

»Du bist das Nesthäkchen«, sagt sie. »Sie mag dich am liebsten. Weil ich adoptiert bin. Ich weiß, dass ich adoptiert bin.«

Manchmal trommelt Lisa, die gut organisieren kann, die Nachbarskinder zusammen, und dann trampeln sie, mit Pfannen und Töpfen bewaffnet, laut polternd rund ums Haus, während Dinah und ihre Mutter eine ihrer schnuckeligen Kuschelorgien feiern.

»Dinah ist das Näähst-häkchen«, singen sie immer und immer wieder.

Als Nesthäkchen hat man keine guten Karten bei den anderen Kindern. Dinah ist sich dessen bewusst, aber sie hängt zu sehr an ihrer Rolle, um sie aufzugeben. Und es stimmt, dass sie beide künstlerisch sind, auch wenn sich das Talent ihrer Mutter nur in häuslichen Dingen zeigen kann. Dinah erinnert sich an ein Geburtstagsfest, für das ihre Mum jedem Kind ein Namenskärtchen in Form einer Ballerina bastelte. Mit glänzenden Rockschößen aus pastellfarbenem Seidenpapier. Sie erinnert sich an einen Bauernhof-Geburtstagskuchen mit lauter Marzipanschweinchen und einem Stall voller winziger Marzipanhühner.

Dinahs Dad ist das Kränkel-Tete-a-Tete genauso leid wie Lisa. Er poltert durchs Haus und flucht auf Holländisch, vor allem wenn Dinahs Mum beim Essen wieder der Armen-Kleinen-Dee-Behandlung verfällt. Er und Lisa sind beide Erstgeborene. Sie sind starke, dynamische und selbstbewusste Persönlichkeiten. Sie identifizieren sich miteinander. Dinah und ihre Mum sind Mimosen. Dinah isst immer noch nichts, und ihre Mum schüttet den frisch gepressten Orangensaft durch ein Haarsieb, weil sich Dinah alles zusammenzieht, wenn sie »Fitzel« darin findet. Ihr Dad schlägt mit der Hand auf den Tisch, dass die Teller klappern.

»Du wirst Dinah den Orangensaft diesmal NICHT durchs Sieb gießen!«, sagt er. »Das wird noch schlimm mit ihr enden. Du wirst schon sehen.«

Aber Dinah quengelt weiter. »Ich mag keine Kartoffeln. Ich will nur Sauce.«

Zum Frühstück isst sie ein Sechstel von einem Weetabix, aber nur, wenn sie jede einzeln abgelöste Krümelflocke auf ein kleines Stückchen kalte Butter kleben darf.

Manchmal isst sie neun Rosinen, nachdem sie sie in einem Muster auf dem Tisch arrangiert hat. Eines Tages regt sich ihr Dad dermaßen auf, dass er das Tischtuch vom Tisch reißt. Tassen, Kannen, Schüsseln krachen zusammen mit Dinahs Rosinen auf den Boden.

»Das Mädchen landet noch in der Klapse!«, sagt er.

Die Mahlzeiten enden oft in einer Tragödie.

Aber wenn Lisa und Dinah gemeinsam auf die Straße gehen, sind sie in geschwisterlicher Loyalität vereint. Vor allem, wenn erwachsene Wichtigtuer persönlich werden.

»Das Mädchen ist ein einziger Strich in der Landschaft«, sagen sie.

Gewöhnlich geben sie Dinah nicht die Ehre, sie direkt anzusprechen. Sie reden über sie in der dritten Person, als wäre sie gar nicht zugegen. Aber sie zuppeln gerne ungehemmt an ihren mickrigen blonden Zöpfen herum, die zwischen ihren Schulterblättern ausfriemeln.

»Man sollte sie ihr abschneiden«, sagen sie.

Die Wichtigtuer haben allerdings genauso viel Spaß mit Lisa, deren rechter Arm von Geburt an verkümmert ist. Die Nabelschnur hatte sich bereits früh im Mutterleib um ihren Arm gewickelt und die Blutzufuhr zur Hand abgeschnitten. Sie hat also nur eine richtige Hand. Die Mutter der Mädchen führt das Unglück auf einen Badeausflug zurück, als sie während der Schwangerschaft von einer großen Welle umgeworfen wurde. Also ist Lisas verkümmerter Arm allein ihre Schuld. Lisa wurde am Winteranfang geboren und ihrer Mutter zum Stillen als so gut verpacktes Bündel gereicht, dass sie den verkümmerten Arm erst bemerkte, nachdem ihr die Schwestern zwei Tage später davon erzählten. Zum Glück waren mittlerweile alle im Krankenhaus von Engelsgesicht ganz verzaubert, die bei ihrer Geburt acht Pfund wog, einen weichen Flaum rotblonder Haare hatte und eine Haut wie Milch und Honig.

»Was ist denn mit deinem Arm passiert, kleines Mädchen?«, fragen die Wichtigtuer. Etwas an Lisas kraftvollerem Auftreten bringt sie dazu, sie direkt anzusprechen. »Hat dich ein Hai angegriffen?«

Nachdem an einem von Durbans Stränden plötzlich und unerwartet Killerhaie aufgetaucht waren und einem Kind den Arm abrissen, ist dies monatelang die beliebteste Variante. Dann werden mit viel Brimborium die Hainetze eingeweiht, und alle fühlen sich wieder sicher, außer dass man weiterhin auf die Quallen und Strömungen Acht geben muss.

Lisa und Dinah sind die Wichtigtuer egal.

»Geh an meinem Geborenen Arm«, sagt Lisa, wenn sie einen potenziellen Wichtigtuer nahen sieht. »Geh an meinem Geborenen Arm, damit die alte Frau uns nicht anspricht.«

Und Dinah wechselt sofort an ihre rechte Seite, um den verkümmerten Arm zu verdecken. Lisa nennt ihren rechten Oberarm ihren Geborenen Arm, weil sie immer sagen muss: »Ich wurde so geboren. Nein, es war kein Hai. Ich wurde so geboren.«

Abgesehen von ihrem Geborenen Arm, fehlt Lisa nie wirklich etwas.

»Lisa ist gesund wie ein Ochse«, sagt ihre Mum. Ein Ausdruck, der nicht unbedingt dafür geschaffen ist, das Selbstbewusstsein eines kleinen Mädchens zu stärken, das für sein Alter zu groß geraten ist. Lisa ist mindestens einen Kopf größer als alle ihre Klassenkameradinnen, abgesehen von Tilly Boston, die aber sehr kräftig gebaut ist.

»Schwere Knochen«, sagen die Leute.

Mit acht Jahren ist Lisa zu groß für die Schlittenfahrt durch die Nikolaus-Grotte bei Greenacre's und muss außen herum zum Ausgang laufen, um sich ihr Geschenk abzuholen, während Dinah im gleichen Moment in einer Wolke aus Kunstschnee und Schaumstoffglöckchen die Bahn heruntergesaust kommt.

ZWEI

Die Einschulung ist eine Katastrophe. Dinah ist in Tränen aufgelöst, die Eltern dürfen die Kinder nur bis zum Schultor begleiten, und da die arme Lisa nicht weiß, was sie tun soll, fängt sie ebenfalls an zu weinen. Ein paar der älteren Mädchen kommen auf sie zu und fragen Lisa, was passiert sei.

»Ich weine, weil meine Schwester weint«, sagt sie.

Lisa tut den großen Mädchen Leid, und sie nehmen ihr die Bürde ab. Sie bringen Dinah in die Aula, und als meine es das Glück doch noch gut mit ihr, ist ihre Lehrerin die mahagonihaarige junge Frau mit den roten Lippen und Keilabsätzen aus Kork. Ihr Name ist Miss McNeil.

»Du bist doch schon ein großes Mädchen«, sagt sie freundlich.

Die Reaktion ist ein Crescendo aus Schnodder und Tränen.

»Ich möchte aber ein kleines Mädchen sein«, schnüffelt Dinah.

Miss McNeil setzt sie auf den linken Platz von einem dieser Schultische mit festmontierter Bank und Stauraum unter dem Klappsitz und der Schreibfläche.

Das Mädchen neben ihr heißt Delsia Dovey. Die Mädchen haben die merkwürdigsten Namen. Shelmadir Sanderson, Trevlyn Noel Barham, Vinora Salvesen, Hyreath Carrick, Rayleen Fisher. Rayleen erklärt den Mädchen, dass ihr Dad Ray und ihre Mum Eileen heißt. Bei Trevlyn ist es das Gleiche. Ihr Vater heißt Trevor und ihre Mutter Lynette. Moira Daveys Vater gehört das Beerdigungsinstitut neben dem Bahnhof in der Stadt. Direkt daneben ist ein Eisenwarenladen, dessen Inhaber K. Argo heißt. Dinah muss immer die Augen zusammenkneifen, wenn sie an dem Geschäft vorbeigeht, damit der Punkt verschwindet. Sie weiß, dass es eigentlich Kargo heißen müsste. Das ist ein richtiges Wort, während K. Argo keinen Sinn ergibt.

Miss McNeil verteilt an die Mädchen dicke Bleistifte und Schreibblöcke. Wenn die Bleistifte stumpf werden, kann man sie am Lehrerpult mit einem an der Tischplatte festgeschraubten Spitzer wieder anspitzen. Er sieht aus wie der Fleischwolf von Dinahs Mum, und ein paar der Mädchen benutzen den Spitzer so gerne, dass am Ende des Tages nichts mehr von ihren Stiften übrig ist.

Hygiene ist ein vom Lehrplan vorgeschriebenes Fach und äußerst wichtig, da es nicht nur die Zeit der Kinderlähmung ist, sondern alle möglichen Bazillen durch die Gegend fliegen. Mobile Röntgenstationen kommen zur Schule, um den Mädchen Aufnahmen von ihrem Brustkorb zu zeigen und sie über die verschiedenen Gefahren aufzuklären. Viele Schwarze haben TB, und es sind die Schwarzen, die bei einem zu Hause das Geschirr abwaschen. Schwarze bereiten in der Küche das Essen zu, und Schwarze könnten in die Küchenspüle spucken. Gemüse muss daher in einer violetten Lösung aus Pottaschepermanganat eingeweicht werden. Dies ist besonders wichtig, da die Gemüsehändler auf dem Markt Inder sind. Wenn man sich unter den älteren Indern umsieht, sieht man manchmal Personen, deren Gesichter von Pockennarben zerfurcht sind. Und wenn Lisa und Dinah samstags ins

Einkaufszentrum gehen, sehen sie immer diese beinlosen schwarzen Bettler, die sich auf ihren Händen fortbewegen.

Neben den Hygienestunden werden den Kindern besondere Lehrfilme der Gesundheitsbehörde vorgeführt, in denen sich riesige Fliegen mit bösen Augen auf riesigen Butterbroten erbrechen. Die Körper der Mädchen werden in diesen Filmen als einziges Bürgerkriegsgebiet dargestellt. Bataillone von roten und weißen Blutkörpermännchen tragen in ihrem Innern ihre Gefechte aus. Und es vergeht nicht eine Geburtstagsfeier, bei der nicht wenigstens ein Kind geschiente Beine hat. Die Kinderlähmung hat eines der Babys hinweggerafft, das noch vor kurzem auf den Grünanlagen wippend spazieren gefahren wurde. Was die Eiserne Lunge bedeutet, hat inzwischen jeder begriffen, und ein paar der Kinder kommen mit Knoblauchzehen um den Hals zur Schule, die sie vor Krankheiten schützen sollen. Das ist lange bevor jemand auf den Gedanken kommt, sie zum Kochen zu verwenden.

Die Filme der Gesundheitsbehörde werden im Durbaner Stadtmuseum gezeigt. Um zum Vorführungsraum zu gelangen, muss Klasse eins in einer grasgrünen Schlange zuerst durch die Bibliothek und dann durch einen Raum mit riesigen ausgestopften Nashörnern und Elefanten gehen. Ringsum sind beleuchtete Nischen wie Höhlen in die Wand gelassen, in denen Szenen aus dem Leben der Ureinwohner nachgestellt sind. Die Bibliothek ist toll, weil man sich dort fünf *Bobbsey-Twin*-Bücher auf einmal ausleihen kann und sie erst zwei Wochen später zurückbringen muss. In Durban haben alle Bibliotheksbücher einen besonderen gestanzten Ledereinband, und unter dem Wappen der Stadt auf dem Vorsatzblatt ist ein Merkzettel eingeklebt, auf dem steht: Benutzer, die sich bei der Rückgabe eines einheimischen Dienstboten bedienen, müssen die Bücher in Papier einschlagen. Schwarzen ist es verboten, die Bibliothek zu benutzen.

An ihrem ersten Schultag muss Dinah zu ihrem Entsetzen feststellen, dass sie nicht von Miss McNeil in Hygiene unterrichtet werden, sondern von Miss Cowper, einer ruppigen alten Frau mit brutal gestutztem Haar. Hinzu kommt, dass ihr Hals breiter ist als ihr Kopf und durch eine enge Goldkette in zwei Hälften geteilt wird, wodurch ihre absonderliche Anatomie nur noch unterstrichen wird. Miss Cowper beginnt den Unterricht mit einer Lobeshymne auf den guten alten Haferbrei. Sie steigert sich so hinein, dass ihre Ausführungen fast die ganze Stunde füllen, doch schließlich gibt sie das Thema zur Diskussion frei.

»Alle Mädchen Hände hoch, die zum Frühstück Haferbrei hatten«, sagt sie.

Dinah versinkt in einem Meer eifrig wedelnder Hände. Tatsächlich sind alle Hände oben, außer die von Dinah. Sie kommt gar nicht erst auf den Gedanken, dass nicht alle ehrlich sind, und sie zittert vor Angst, als Miss Cowpers sie mit strengem Blick fixiert.

»Du da«, sagt sie. »Was hast DU zum Frühstück gegessen?«

Statt zu antworten, beginnt Dinah zu weinen.

»WAS, bitte schön, ist mit dir los?«, sagt Miss Cowper.

Dinah bekommt nur ein Flüstern heraus. »Ich habe keinen Haferbrei gegessen.«

Sie muss es drei Mal wiederholen, bevor Miss Cowper sie hören kann. Mittlerweile fangen die Mädchen hinter ihr leise an zu kichern.

»Und was HAST du gegessen?«, sagt der Drachen.

»Reiscrispies«, piepst Dinah und erinnert sich an die fünf Körner Puffreis, die sie drei Stunden zuvor nebeneinander auf den Frühstückstisch gelegt hat. Zwei für Snap, zwei für Crackle und nur einen für Ta.

Miss Cowper gibt einen ungeduldigen Stoßseufzer von sich, der schon fast wie ein Grunzen klingt. »Geh in den Garderobenraum und WASCH dir das Gesicht, du albernes kleines Mädchen.«

Dinah macht sich auf den Weg in den Raum mit den kleinen niedrigen Waschbecken und den Miniaturtoiletten ohne Deckel, mit festmontierten Holzsitzen. In einer der Toiletten schwimmt ein dunkler Haufen, der nicht abgezogen wurde. Dinah ist entsetzt, da sie niemals auf einer öffentlichen Toilette ein Geschäft hinterlassen würde. Sie und Lisa rennen sogar nach Hause, wenn sie bei einer Freundin sind und merken, dass sie mal müssen.

Dinah stellt sich vor die Waschbecken. Sie sind mit rosa glänzenden Stücken glitschiger Karbolseife ausgestattet, die aussehen wie Brocken menschlicher Lunge. Sie spritzt sich Wasser ins Gesicht und trocknet es an einer feuchten Handtuchrolle ab, die alles andere als hygienisch wirkt. Dann geht sie kleinlaut zu Miss Cowpers Unterricht zurück. Sie trifft zur gleichen Zeit ein wie Miss McNeil, die von einer Welle eifrig wedelnder Hände begrüßt wird.

»Miss McNeil, Miss McNeil«, rufen die Mädchen. Jedes will es ihr als Erste sagen. »Miss Cowper hat Dinah ein albernes kleines Mädchen genannt.«

Miss McNeil besitzt das denkbar freundlichste Lächeln. »Ich glaube, wir sind alle mal ein wenig albern«, sagt sie.

In der großen Pause lernt Dinah alle möglichen Dinge, von denen sie noch nie zuvor etwas gehört hat, aber sie versucht so zu tun als ob. Die Mädchen aus Klasse eins haben ihr Pausenbrot mit in den Garten genommen. Sie sitzen in einem Kreis auf dem Rasen unter einem Lycheebaum, dessen rosa gepanzerte Früchte wie kleine hart gekochte Eier auf die Erde fallen. Dinah hört zum ersten Mal von Comics, weil ein paar der Mädchen nachmittags in der Kindervorstellung im Filmtheater in der Stadt waren und sich jetzt erzählen, welche Comics sie vor dem Film im Foyer für welche getauscht haben.

Und sie reden von der Radiosendung *Mister Walker Wants to Play*, bei der die Leute anrufen können und Mister Walker darum bitten, ihren Lieblingshit zu spielen. Mister Walker fragt die Anrufer immer, was ihre Hobbys sind und ob sie jemandem einen Gruß bestellen wollen, bevor ihr Lied gespielt wird.

Also sagt der Anrufer: »Meine Hobbys sind Spitzenhäkelei und Krocket, Mister Walker, und ich würde gerne schnell meiner Tante Ida Hallo sagen und natürlich den Kindern – Hallo ihr da draußen, immer schön wacker bleiben –, und als Lied würde ich gerne ›Deep in My Heart‹ von Bing Crosby hören. *Vielen* Dank, Mister Walker.«

Mister Walker ist Australier, aber er hat sich für die Sendung einen amerikanischen Akzent zugelegt. Dinah hat noch nie eine kommerzielle Radiosendung gehört oder einen Comic gelesen, und der einzige Film, den sie je gesehen hat, hieß *Nanook of the North*. Das war im Roxy Filmcafé, in das sie mit ihrem Dad gegangen ist. Im Filmcafé zeigen sie den ganzen Tag lang immer den gleichen Film. So kann man kommen und gehen, wann man will.

Und man bekommt für seine Eintrittskarte zusätzlich einen kostenlosen Tee oder ein Glas Limonade.

Dann lernt Dinah etwas über Einheimische und Kulis.

»Was ist dir lieber? Wenn dir eine Einheimische oder ein Kuli dein Pausenbrot schmiert?«, fragt ein kleines Mädchen.

Dinah weiß nicht, wovon das Mädchen spricht. Sie hat noch nie gehört, dass man einen Schwarzen als Einheimischen bezeichnet, und sie hat noch nie von einem Kuli gehört. Ein Kuli ist ein Inder, und es gibt viele Inder in Durban. Dinahs Familie hat noch kein Dienstmädchen, und die Pausenbrote schmiert ihr Dad. Er kocht sehr oft zu Hause und übernimmt auch sonst viel im Haushalt, besonders seit ihre Mum so kränklich ist. Dinahs Brote sind mit Salami und Gewürzgurken mit einem Klecks selbst gemachter Mayonnaise belegt, und sie hat in einer ausgewaschenen Dettol-Flasche etwas frisch gepressten Orangensaft dabei. Alle anderen haben Brote mit Edamer oder roter Marmelade. Keine Melonen-Ingwer-Marmelade. Die essen nur die Einheimischen. Igittigitt! Einheimische essen auch immer von ihren eigenen Blechtellern und Tassen. Und jedes der Mädchen kennt eine Geschichte, bei der ihre Mutter eines Tages nach Hause kommt und das einheimische Dienstmädchen dabei erwischt, wie es aus einer der guten Porzellantassen trinkt. Igittigitt! Das Mädchen wird immer entlassen, was ihm ganz recht geschieht. Denn reicht man ihnen den kleinen Finger, reißen sie einem die Hand aus. So sind die Einheimischen eben.

Einheimische oder Kuli? Es dauert eine Weile, bis Dinah im Kreis an der Reihe ist, und sie bekommt schnell heraus, dass alle anderen ihre Brote lieber von einer Einheimischen geschmiert bekämen als von einem Kuli.

»Ich hätte lieber, dass mir eine Einheimische meine Brote schmiert«, sagt Dinah.

Kulis sind eine inhärent größere Bedrohung als Einheimische. Kulis sind wie eine Seuche. Die Mädchen reden von Kulis, als wären sie Kakerlaken. Zerquetscht man sie, spritzt gelber Saft heraus. Einheimische sind in Ordnung. Sie sind nur etwas dumm, aber man kann sie wenigstens zu mehr Sauberkeit erziehen. Alle können Geschichten davon erzählen, was für einen dicken Schädel Einheimische haben. Jedes der Mädchen außer Dinah hat mit eigenen Augen gesehen, wie ein Busfahrer einen Einheimischen niederschlägt und ihm dann direkt über den Kopf fährt. Danach steht der Einheimische immer auf und geht einfach weiter.

Im Geschichtsunterricht erklärt die nette Mrs Hale, dass auf den Zuckerplantagen in Natal nur indische Einwanderer arbeiten, weil Einheimische unter harter Arbeit verstehen, unter einem Baum zu sitzen und sich den Hut über die Augen zu ziehen. Eines Mittwochs, dem Wochentag, an dem die Mädchen für die einheimischen Kinder im Armenviertel zusätzlich Brote mitbringen sollen, hält die Direktorin zwei große bretthart Scheiben Brot aus dem Spendenkorb in die Luft und fragt, welches der Mädchen sie mitgebracht hat. Als Hilary Barber sich meldet, glaubt Dinah, dass sie nun Ärger bekommen wird, weil sie so schreckliches Brot mitgebracht hat, das ganz ohne Butter und nur mit einem Hauch Marmelade beschmiert ist.

»Seht euch die Brote von Hilary an, Mädchen«, sagt die Direktorin. »So mögen die Einheimischen ihre Brote.«

Sie sagt den Kindern nicht, was Inder mögen, weil wir Indern keine Brote mitbringen. Igittigitt!

An jedem Sonntagmorgen spielt Dinahs Dad mit einem indischen Rechtsanwalt namens Veejay Pillay Tennis. Dinah hat panische Angst, dass jemand in der Schule davon erfährt.

Dein Dad spielt Tennis mit Kulis. Igittigitt!

Auch Dinahs Mum ist wegen Mr Pillay ein wenig aufgebracht. Sie streiten zu Hause darüber. Ihre Mum hat nichts gegen Mr Pillay, aber sie findet, ihr Dad sollte sich nicht so weit aus dem Fenster lehnen. Lisa und Dinah lachen mit ihrem Dad ihre Mum aus, weil sie so ein Feigling ist, aber Dinahs Mum weiß, wovon sie spricht, wenn sie sagt, Politik könne gefährlich werden. Sie ist die Einzige in der Familie, die Hitler mit eigenen Augen gesehen hat. Und nach dem Ersten Weltkrieg hat sie als Kind auf dem Nachhauseweg von der Schule einmal gesehen, wie eine kommunistische Demonstration zerschlagen wurde. Rosa Luxemburg hielt in Berlin eine Volksansprache, aber dann kam die Polizei und schlug den Leuten mit Knüppeln auf den Kopf und zerrte sie in Polizeiautos. Dinahs Mum sah, wie einem Mann das Blut aus der Nase schoss, als ihm ein Polizist auf den Kopf schlug. Also weiß sie, dass einem als Kommunist auf den Kopf geschlagen wird, bis einem das Blut aus der Nase schießt. Und doch holt sie eines der kaiserlichen Damasttischtücher heraus, als Alan Paton sie eines Tages zum Tee besucht. Denn er ist zwar politisch aktiv, aber er hat ein Buch geschrieben, das ihn in Amerika berühmt gemacht hat. Es heißt *Cry, the Beloved Country* und soll sogar verfilmt werden.

Dinahs Dad spielt weiterhin Tennis mit Veejay Pillay, und eines Tages wird die ganze Familie zu einer Hindu-Hochzeit eingeladen. Hierfür müssen sie über die große Grenze in das indische Viertel gehen, das unterschiedlicher nicht sein könnte. Die Straßen haben mehr Schlaglöcher, und es gibt mehr Bananenbäume. Inder dürfen in unseren Stadtteilen weder wohnen noch arbeiten oder Geschäfte betreiben. Die Weißen leben an den kühleren Hängen, und die Inder leben in den sumpfigen Tälern, die bevorzugt von Moskitos heimgesucht werden. Dinahs Dad sagt, dass wir diese geografischen Grenzen unserem Führer General Smuts zu verdanken haben. Die Viertel, in denen Inder leben oder früher einmal gelebt haben, kann man an der Dichte der Mango-, Lychee- und Avocadobäume erkennen, die von ihnen gepflanzt wurden. Später dann, als die Menschen immer rigoroser aus ihren Vierteln vertrieben werden und das imperialistisch-rassistische System ins Kriminell-Wahnsinnige kippt, werden die Bäume zu Gedächtnismalen, einer Art Spur wie die Kieselsteine bei Hänsel und Gretel.

Die Hochzeit findet an einem Ort statt, den Dinahs Klassenkameradinnen als Kuli-Tempel bezeichnen würden, auch wenn sie ihnen von der Hochzeit nichts erzählt und ein Kuli-Tempel der Lebenswelt ihrer Klassenkameraden so fern ist, dass jeder Bezug rein metaphorisch zu verstehen ist. Kuli-Tempel bedeutet knallbunt und billig. Wenn ein Mädchen also sagt: »Die war aufgetakelt wie ein Kuli-Tempel«, meint sie, die betreffende Person hätte sich zu aufdringlich und schrill gekleidet. Der Kuli-Tempel ist tatsächlich erstaunlich farbenfroh. Ebenso die Saris und Kleider der kleinen indischen Mädchen. Sie sind alle aus violetter und pinkfarbener und safrangelber Seide mit Überwürfen aus kratziger Spitze mit vielen Glitzerapplikationen und silbernen Bordüren. Die Braut und der Bräutigam sitzen opulent geschmückt fast den ganzen Tag in einer Art Laube am Altarende des Tempels, während den Gästen auf Bananenblättern Unmengen von Essen serviert werden. Die Bananenblätter sind die Teller. Dinah ist von dem reich verzierten Innern des Tempels tief beeindruckt. Sie war noch nie in einer katholischen Kirche – oder in irgendeiner anderen – und war auch mit dem Barock noch nicht in Berührung gekommen. Alle Kirchen, an denen sie auf dem Nachhauseweg von der Schule vorbeikommt, sind presbyterianisch oder methodistisch, und sie sind alle aus rotem Backstein, außer der einen, die mit einer Art Erdnusssplitter-Rauputz versehen ist. Die neueren Kirchen sehen alle aus wie Tankstellen oder riesige Musikboxen aus den vierziger Jahren. Ein paar der Niederdeutsch Reformierten Kirchen, die sie von Zeitungsfotos her kennt, sehen aus wie Kornsilos. Dinahs Dad ist gegen jede Art von Religion, aber einmal in der Woche hört Dinah im Radio den Schluss des niederdeutsch reformierten Gottesdienstes auf Afrikaans, der jeden Sonntagmorgen vor dem klassischen Musikprogramm gesendet wird, das sich ihr Dad immer anhört.

Der Gottesdienst überzieht oft die Sendezeit, weil der Pfarrer sich gerne beten und predigen hört. Er zieht dabei die Wörter in unendlich drögem Tonfall dermaßen in die Länge, als wollte er, dass jedes Wort ewig währt. Dinahs Dad treibt es fast in den Wahnsinn. Während er auf irgendeinen Haydn oder Palestrina wartet, der im wöchentlichen Radioprogramm angekündigt wurde, drischt er mit zusammengerollter Zeitung auf das Radio ein und beschimpft den Pfarrer in fließendem Afrikaans. Wenn die Gebete ein Ende gefunden haben, ertönt die Schlusshymne. Meistens handelt es sich um eine stark verlangsamte Version einer der vielen englisch gesungenen Kirchenlieder, die Dinah von den morgendlichen Schulversammlungen kennt. Der Kirchengesang hat einen tief dröhnenden Klang und wird grundsätzlich einstimmig gesungen. Mehrstimmig singen nur die Einheimischen, und wer will schon wie die sein?

Während Dinahs frühen Kindheit kann man auf fast allen Busfahrten durch Durban am Straßenrand Trupps von Zulu-Arbeitern mit schweißglänzenden freien Oberkörpern sehen. Sie heben und senken ihre Spitzhacken zu den unglaublichsten Rhythmen und singen in so wunderschönen Harmonien, dass es Dinah den Atem verschlägt. Sie weiß nicht, ob es Gefangenentrupps oder einfache Arbeiter sind, aber auf ungefähr zwölf schwarze Männer kommt ein weißer Vorarbeiter. Der weiße Vorarbeiter hat ebenfalls einen bloßen Oberkörper, allerdings krebsrot verbrannt. Er schreit die Männer die ganze Zeit an, und zwar mit einer solch grundlosen Vehemenz, dass man denken könnte, er hätte den Verstand verloren. Dann, eines Tages, gibt es nur noch einen schwarzen Mann mit einem Presslufthammer. Die Straßentrupps samt Vorarbeiter sind verschwunden, und später, wann immer Dinah jemanden danach fragt, scheint sich niemand mehr an die Lieder der Straßenarbeiter zu erinnern.

Nach der Mittagspause haben sie Religions- und Bibelunterricht bei Mrs Garson, die mit ihren merkwürdigen halbrunden Brillengläsern wie eine Bilderbuchomi aussieht. Sie hat einen scharf gezogenen Mittelscheitel, fast genauso wie Rosema, und einen großen runden Dutt. Mrs Garsons Busen hängt ihr bis über den Gürtel ihres Hemdkleides, und ihr Gesicht ist merkwürdig weiß gepudert. Ebenso ihre Augenbrauen und Wimpern. Sie sieht aus, als würde sie ihr Gesicht jeden Morgen in einen Sack

Mehl stecken und einmal kräftig pusten. Mrs Garson ist so religiös, dass sie zu jeder Gelegenheit eine passende Bibelstelle weiß. Wenn also ein paar der Mädchen tuscheln, während sie sich die Turnschuhe anziehen, schreibt sie an die Tafel: »Lasset aber alles ehrbar und ordentlich zugehen.« Und dann schreibt sie in Klammern dahinter: I Korinther, Kapitel 14, Vers 40 – oder wie auch immer die Quelle lautet.

Einmal die Woche hält Mrs Garson in der Mittagspause eine freiwillige Bibelstunde ab, und sie bringt den Mädchen bei, mit geschlossenen Augen und gefalteten Händen das Vaterunser zu beten. Dinah lernt es noch am selben Tag auswendig und läuft nach der Schule aufgeregt nach Hause, um es ihren Eltern zu zeigen. Sie wünscht sich nichts sehnlicher, als von ihnen für ihre neue Fertigkeit gelobt zu werden. Dinah bittet sie, vor der Tür zu ihrem und Lisas gemeinsamen Schlafzimmer zu warten, bis sie mit geschlossenen Augen und gefalteten Händen neben ihrem Bett auf dem Boden kniet. Dann ruft sie: »Fertig!« Ihre Eltern kommen herein, und sie fängt an zu beten:

»Vaterunserderdubistimhimmelgeheiligtwerdedeinname –«

Weiter kommt sie nicht, da ihr Dad in schallendes Gelächter ausbricht. Dinah ist bis ins Mark getroffen. Es ist wahrscheinlich einer der schrecklichsten Momente in ihrem Leben. Sie hasst ihn. Sie fühlt sich erbärmlich und würde sich am liebsten in Luft auflösen. Aber sie weiß, dass das, was Mrs Garson über die Frohe Botschaft sagt, die Wahrheit ist – jedes einzelne Wort. Lisa wurden zwei Jahre lang in der Bibelstunde die gleichen Geschichten erzählt, aber ohne eine Spur zu hinterlassen. Lisa ist von

Natur aus Materialistin, und die Frohe Botschaft erreicht sie nicht.

»Wenn es einen Gott gibt, warum können wir ihn dann nicht sehen?«, sagt Lisa.

Dinah überlegt sich verschiedene Gründe. »Er wird von den Wolken verdeckt«, sagt sie.

»Und was ist, wenn keine Wolken da sind?«

»Er ist eben so groß, dass er den ganzen Himmel aufbraucht«, sagt Dinah. »Was man sieht, ist einfach nur ein kleiner Zipfel von seinem blauen Umhang.«

Manchmal vertritt sie die konträre Meinung und spricht sich gegen Gottes unglaubliche Größe aus.

»Weißt du, Lisa«, sagt sie, »Gott kann man nicht sehen, weil er nur so groß ist wie ein winziger Floh im Teppich.«

»Einen Floh kann ich aber sehen«, sagt Lisa. »Wetten, dass ich einen Floh sehen kann?«

Dinahs Mum hat ebenfalls religiöse Neigungen, aber sie wagt nicht, sie vor dem Dad der Mädchen kundzutun, der einen viel stärkeren Willen hat als sie. Eine Zeit lang spielt sie sonntags in der Kongregationskirche in der Aliwal Street beim Morgengottesdienst die Orgel, aber Dinahs Dad vermutet, dies sei nur ein Vorwand, um in die Kirche zu gehen. Und sobald sie nach Hause kommt, befragt er sie zu religiösen Themen, und natürlich weiß er immer viel mehr über die Dreifaltigkeit und die Jungfrauengeburt und das Haus David und die Bergpredigt und all den ganzen Kram als sie, also geht sie nach einer Weile nicht mehr hin, weil sie sich nicht gerne streitet.

Dinahs Mum denkt, ein Streitgespräch sei dasselbe wie ein Streit. Und abgesehen von den Familiengeschichten, ist sie auch nicht sonderlich gesprächig. Sie liest am liebsten Bücher über Pflanzen und Tiere, weil Pflanzen und

Tiere nicht reden. Ihr liegt der Naturschutz am Herzen, lange bevor er in Mode kommt, und sie regt sich fürchterlich über gefällte Bäume und Walfangflotten auf. Der Walfang ist für sie ein Skandal, und dieses Gefühl gibt sie an die Mädchen weiter. Als Dinahs Klasse eines Tages einen Ausflug zur örtlichen Walfangstation unternimmt, bleibt der Tag ihr als einziges Schreckenserlebnis in Erinnerung – besonders da sie sich für das Gruppenfoto alle auf einen toten Wal stellen müssen, der schon ganz phosphorfarben angelaufen ist. Die ganze Klasse steht also in Gummistiefeln auf einem Klumpen toten Säugetiers, und Dinah muss bei dem Gestank würgen.

Eines Tages, als sie beide allein sind, fragt Dinah ihre Mutter nach Gott.

»Natürlich gibt es Gott«, sagt ihre Mum im Flüsterton. »Natürlich gibt es ihn. Gott ist in jedem Baum und jeder Blume. Er ist überall. Aber erzähl es bitte nicht deinem Vater.«

Also haben Dinah und ihre Mum eine Gottesverschwörung. Gott ist ein Geheimnis, das sie teilen. Dinah liebt es, dass sie ein Geheimnis haben. Sie fühlt sich ihrer Mum dadurch noch näher – so, wie wenn sie zusammen in die Stadt gehen und bei Anstey's Tee trinken und zu Hause niemandem davon erzählen.

»Ich trickse einfach beim Gemüse«, sagt ihre Mum immer.

Ta ist sehr gut im Rechnen, und er führt über die Haushaltsausgaben genauestens Buch. Er ist in allem sehr gut. Wahrscheinlich, weil sein Vater das Gegenteil war. Tas Vater war ein hoch gewachsener furchtloser, blitzgescheiter Rebell, der aus seinem kalvinistischen Elternhaus in

Utrecht ausbrach und die Tochter einer ehemaligen Diamantschleifer-Familie aus Amsterdam heiratete. Die Diamantschleifer waren blasshäutige spanisch-portugiesische Juden mit kastanienbraunem Haar. Die meisten von ihnen waren aber mittlerweile ohne Beschäftigung und auf dem sozialen Abstieg. Die Tochter, ein süßer kleiner Rotschopf, arbeitete als Verkäuferin. Selber ohne Ausbildung und in dichter Folge mit drei Söhnen beschenkt, schuftete der Blitzgescheite Rebell von nun an für den Lohn eines ungelernten Arbeiters zwei Jahrzehnte lang als Schullehrer im Armenviertel von Den Haag.

Da die Studenten an der Universität immer wieder sagen, dass Dinahs Dad ein fantastischer Lehrer sei, war es der Blitzgescheite Rebell vermutlich ebenfalls, nur dass seine Schüler Schlagringe trugen und Väter hatten, die ständig ins Gefängnis wanderten. Er verspielte sein Geld beim Pferderennen, und wenn er mal welches hatte, verlieh er es, als kumpelhafter Typ, an bedürftige Halbbekannte. Für Dinahs Dads Kindheit bedeutet dies eine einzige Folge demütigender Erlebnisse. So wurden ihre Möbel von Gläubigern auf die Straße geschleppt, und wenn der Vorratskeller leer war, schickte ihn seine Mutter zu den Nachbarn, um eine Tasse Reis zu borgen. Dies ist die zweite Familiengeschichte von Dinahs Dad. Der Geldmangel liefert aber auch den Hintergrund für die dritte, als ihnen eines schönen Tages ein grobschlächtiger Riese in rissigen Lederstiefeln einen Besuch abstattete und Dinahs Dads Kaninchen mitnahm. Mit einer kohlkopfgroßen Faust stopfte der grobschlächtige Riese das Kaninchen in einen schmierigen Sack, der bereits bis oben hin mit den Kaninchen von anderen Leuten gefüllt war.

»Ich bring ihn auf den Bauernhof, Jungchen«, sagte der Riese und grinste Dinahs Dad mit zahnlosem Lächeln an.

Dann zwinkerte er Tas Mutter zu und gab ihr eine Münze. Er schnürte den Sack zu und verließ das Haus. Stampf, stampf, stampf.

Mit dreizehn Jahren – Dinahs Dad hatte sich bereits in der Schule hervorgetan – ließ ihn der Direktor seines Vaters eines Tages zu sich kommen.

»Du bist doch ein kluger Junge, nicht wahr?«, sagte er. »Dein Kopf sitzt fest auf deinen Schultern. Ab heute werde ich das Gehalt deines Vaters dir auszahlen. Du gibst ihm Geld für Bier und Zigaretten, einverstanden? Deiner Mutter gibst du jeden Tag Haushaltsgeld. Jeden Tag. Verstehst du?«

Dinahs Dad verstand sehr gut. Und das Prinzip funktionierte, bis Ta von zu Hause wegging und sein Dad für die Dauer der Besatzungszeit im holländischen Widerstand verschwand. Vermisst, vermutlich tot. Das ist seine vierte Familiengeschichte. Dann, eines Tages, während sie alle zusammen in Durban beim Frühstück sitzen, bekommt Dinahs Dad ein schwarz umrandetes Telegramm. Es ist von einer älteren Dame aus reichem Haus, die der Blitzgescheite Rebell im Widerstand kennen gelernt hatte und mit der er seither zusammenlebte. Seiner Frau hatte der Blitzgescheite Rebell aber dennoch einen großen Gefallen getan. Sie hatte durch ihn ihre jüdische Identität abgelegt, und obwohl die Gestapo ihn als registrierten Kommunisten bei ihr suchte und obwohl sie die Bohlen aus dem Fußboden rissen und obwohl ihre Schwestern abgeholt wurden und in den Konzentrationslagern der Nazis starben, überlebte sie den Krieg und schickt Lisa und Dinah heute immer die schönsten englischen Kinderbücher, auch wenn sie selbst kein Englisch spricht. Durch ihren Buchhändler in Den Haag schickt sie ihnen Märchen und Beatrix-Potter-Bücher. Sie schickt ihnen *The Lord of Rushie River* und die Geschichte von Perez der Maus und Martina der Kakerlake.

Dass Dinahs Mum beim Gemüse »tricksen« muss, wenn sie bei Anstey's Tee trinken gehen, liegt daran, dass der Vater der Mädchen, seit er dreizehn ist, Haushaltsbücher führt und sich sehr gut darauf versteht. Er stattet Dinahs Mum mit einem kleinen Notizbuch aus, in das sie pfennig-genau eintragen muss, was sie ausgegeben hat. Am Ende einer jeden Woche setzen sich Dinahs Eltern dann gemeinsam an den Tisch und überprüfen die Einnahmen und Ausgaben. Dinahs Mums Rechnungen gehen nie auf – entweder hat sie zu wenig oder zu viel Geld übrig. Ob aber zu viel oder zu wenig, der Vater der Mädchen schlägt jedes Mal wütend die Hand auf den Tisch, auch wenn sich Dinahs Mum über das zusätzliche Geld immer freut. Lisa und Dinah verkriechen sich während der Prozedur immer in ihrem Schlafzimmer, und Dinahs Mum ist am Ende meist in Tränen aufgelöst.

Zwei weitere Dinge, die für Dinahs Mum oft mit Tränen enden, sind die Musikabende am Klavier oder wenn sie sich ein neues Kleid kauft. Gemeinsam widmen sich Dinahs Eltern stundenlang romantischen Liebesliedern, und nicht nur denen von der Accademia di Santa Cecilia, sondern auch Liedern von Schubert und Schumann. Sie spielt am Klavier, während er mit seiner schönen Tenorstimme singt. Sie spielen alle Liederzyklen durch, und jeder, der sie hört, findet sie wunderbar, aber jedes Mal hört Ta plötzlich auf zu singen. Sie bekomme den Rhythmus mal wieder nicht hin, sagt er. Er wird so wütend, dass er anfängt zu brüllen. Normalerweise brüllt er auf Deutsch, der Sprache, in der sie vorwiegend kommunizieren.

»HÖRST du das denn nicht, Popchen? Es geht ›ta-TA ta ta ta ta!‹«, sagt er. »Du spielst ›TA ta ta taa TA‹!«

Über ihre Kleider sagt er immer, dass sie sich beim Kauf nicht nur vergriffen habe, sondern so sehr danebenliege, dass er anfange, an der Menschheit zu zweifeln. Manchmal schlägt er sich aus lauter Verzweiflung mit der flachen Hand gegen die Stirn. Dinah erinnert sich an ein Kleid aus hübschem gelben Leinenstoff mit einem weit schwingenden Glockenrock, über den eine Art Schürze gebunden wird, die seitlich gerafft ein asymetrisches Bild ergibt. Die geraffte Schürze treibt Ta in den Wahnsinn. Er kann nicht fassen, mit welcher Dummheit seine Frau gestraft sein muss, um mit so einem Ding nach Hause zu kommen. Also bringt sie das Kleid am nächsten Tag zurück und tauscht es gegen ein anderes.

Über Lisas und Dinahs Kleider regt er sich hingegen niemals auf, und so kann ihre Mutter ihre Kreativität an den Töchtern ausleben. Sie entwirft den Mädchen ein paar Kleider, die Mrs van der Walt dann für sie schneidert. Mrs van der Walt ist eine Afrikaanerin mit krächzender Papageienstimme, die in einer winzigen Wohnung in einer Seitenstraße der Umbilo Road bei den Mahlwerken wohnt. Um zu ihr zu kommen, muss man zuerst den Bus nehmen und dann außen am Gebäude eine Betontreppe hinaufgehen. Mrs van der Walt spricht immer mit einer Zigarette im Mundwinkel und trägt den ganzen Tag über Hausschuhe mit heruntergetretenen Fersen. Sie gibt den

Mädchen einen Stoß in die Rippen und nennt sie laut krächzend Liebchen.

Die Kleider der Mädchen sind meistens gleich, nur wenn Dinah zwei kurze Puffärmel bekommt, flüstert ihre Mum Mrs van der Walt zu, Lisas Ärmel doch ein wenig länger zu machen, damit man ihren Geborenen Arm nicht sieht.

Mrs van der Walt nickt und sagt über Lisas Arm: »Was 'ne Schande!« Dann bläst sie Lisa voller Mitgefühl eine Wolke Zigarettendunst ins Gesicht.

Wenn sie »Schande« sagt, meint sie damit aber nicht etwa »eine Schmach«; im Lokalkolorit bedeutet »Schande« vielmehr eine Mischung aus »Was für ein Jammer!« und »Ist sie nicht süß?«. So sagen die Leute auch zu Babys in Kinderwagen oder zu süßen kleinen Hündchen »Was 'ne Schande«. Und eben auch zu Mädchen mit komischen Armen.

Der Grund, warum Lisa und Dinah sich mit Teppichflöhen auskennen, ist ihr Hund Punch. Punch hat manchmal Flöhe und mitunter sogar Zecken, aber er ist jede Art von Plage wert, da Punch ein Geschenk des Himmels ist, um das die Mädchen nicht einmal gewagt hatten zu bitten. Er taucht ganz von alleine auf, und zwar in dem Jahr, als Dinah eingeschult wird, und alles wegen der mathematischen Ausflüge ihres Dads. Der Dad der Mädchen geht regelmäßig mit seinem Kollegen Peter Bullen spazieren, einem Mann, der bei Lisa und Dinah hoch im Kurs steht. Peter ist jünger als ihr Dad und noch nicht verheiratet und nimmt sich daher immer viel Zeit für sie: ein schlaksiger blonder Typ, der sich den Mädchen willenlos ausliefert, sie auf seinen Knien herumturnen und seine

Haare in Zöpfen und Schleifchen verwursteln lässt. Auch ist Peter ein dankbarer Zuschauer ihrer verschiedenen Darbietungen, für die sich die Mädchen kostümieren und abwechselnd ankündigen.

»Miss Lisa de Bondt wird nun ›Weh den Wind gen Süden‹ singen.«

»Miss Dinah de Bondt wird nun ›Ein Vöglein mit gelbem Schnabel‹ aufsagen.«

»Miss Lisa de Bondt und Miss Dinah de Bondt werden nun ›Käfer und Grashüpfer‹ tanzen.«

Eines Tages gehen Peter und der Vater der Mädchen wieder einmal spazieren. Auf dem Weg puzzeln sie viel herum und merken gar nicht, wie weit sie gegangen sind. Sie gehen die Musgrave Road hinunter bis zum Mitchell Park, wo Schwärme kreischender Hirtenstare den Himmel verdunkeln, bevor sie sich auf ihre Schlafplätze in den Bäumen niederlassen. Erst dann bemerken die beiden, dass ihnen ein lebhafter kleiner schwarzer Hund gefolgt ist, eine Mischung aus einem Scotchterrier und etwas Länglicherem – obwohl Lisa und Dinah in den kommenden Jahren immer steif und fest behaupten: »Er ist ein Rassehund«, wenn Leute sie danach fragen. Peter und der Vater der Mädchen nehmen denselben Weg zurück, da sie hoffen, der Hund würde irgendwann nach Hause gehen, aber er folgt ihnen bis zum Butcher Estate, wo er einfach durch die Haustür spaziert und erwartungsvoll mit dem Schwanz wedelt. Lisa und Dinah sind völlig aus dem Häuschen. Sie schmusen und rollen mit ihm auf dem Boden herum, obwohl ihr Vater sie ermahnt, ihn nicht auch noch zu ermuntern. Schließlich bekommt der Hund in einer Auflaufform etwas Wasser und verbringt die Nacht auf einer gefalteten Decke auf dem Küchenboden. Am

Morgen ist er immer noch da, wedelt mit dem Schwanz und fährt sich auf ganz entzückende Weise mit der Zunge über die Schnauze, um anzudeuten, dass es Zeit fürs Frühstück sei.

Am selben Nachmittag laufen der Vater der Mädchen und Peter Bullen die Strecke noch einmal ab, und auch an den drei folgenden Tagen. Jedes Mal begleitet sie der kleine lebhafte Hund den ganzen Weg bis zum Mitchell Park und den ganzen Weg zurück. Und jedes Mal zittern Dinah und Lisa vor Angst, ob ihr Dad ohne den Hund zurückkommt. Schließlich, am vierten Tag, ist es so weit. Der Hund hat aus einem der Häuser auf der Musgrave Road einen leisen Pfiff gehört. Er stellt die Ohren auf und flitzt davon ins Haus. Lisa und Dinah können sich nicht beruhigen. Sie wissen einfach, dass der Hund für sie bestimmt ist, und jetzt ist er nicht mehr da. Sie weinen immer noch, als sie eine Stunde später ein bekanntes Kratzen an der Haustür hören. Und da ist er wieder: der kleine schwarze Hund. Er hechelt und lächelt und wedelt ungestüm mit dem Schwanz.

Am nächsten Tag bringt Ta den Hund zu dem Haus auf der Musgrave Road zurück, wo er sich den Bewohnern vorstellt und seine Geschichte erzählt. Die Bewohner sind ein alter pensionierter Arzt und seine Frau, die ihm danken und versprechen, den Hund für ein paar Tage nicht aus dem Haus zu lassen. Der Name des Hundes ist Punch, aber eigentlich sollte er Houdini heißen, denn als Ta nach Hause kommt, hat sich Punch bereits alleine zum Butcher Estate durchgeschlagen. Zwei Wochen lang bringt der Vater der Mädchen den Hund immer wieder zurück. Punch wird festgebunden und eingesperrt, bis sich das ältere Ehepaar schließlich geschlagen gibt. Punch hätte

Kinder schon immer sehr geliebt, erklären sie, und jetzt, da ihre eigenen Kinder nicht mehr im Haus sind, sei Punch wohl unruhig geworden.

»Besser, Sie behalten ihn«, sagen sie.

Also drücken sie ihn ein letztes Mal an sich und verschwinden schnell im Haus.

Die Mädchen jubilieren. Punch gehört ihnen. Er liebt sie von allen auf der Welt am meisten. Er hat es bewiesen. Er hat sie auserwählt. Er hat sie aus der Menge erkoren. Jahrelang ist Punch der beste Freund der Mädchen. Sie nehmen ihn überall mit hin, obwohl er ganz wild auf Keilereien ist und an keinem Hund vorbeikommt. Jeder Picknickausflug endet in der Notaufnahme, da sich Punch auf dem Weg gerne Bisswunden zuzieht – Zwischenfälle, die immer von ihm angezettelt werden. Beim Tierarzt stellt er dann erst mal klar, was er von stationärer Behandlung hält, indem er aus dem Behandlungsraum flieht und irgendwann mit blutig schleifendem Verbandszeug zu Hause aufkreuzt. Lisas und Dinahs Mum versucht die Mädchen stets davon abzuhalten, mit Punch spazieren zu gehen, aber sie betteln und quengeln so lange, bis sie ihnen nachgibt.

»Lasst bloß nicht die Leine los«, sagt sie. Aber angesichts Punchs unwillkürlicher Angriffe auf Hunde, die doppelt so groß sind wie er, ist es genau das, was sie immer tun. Sie lassen die Leine los und rennen in Panik nach Hause.

»Maa-a! Punch beißt sich wieder«, schreien sie.

Punch hat keinerlei Gespür für seine natürlichen Grenzen, und eines Tages fällt er einen Bullterrier an. Der Hund versucht zuerst noch, Würde zu bewahren, indem er den kleinen Emporkömmling ignoriert, aber schließlich, als Punchs Kläffen, Knurren, Schnappen und Springen ihm zu bunt werden, beugt sich der Bullterrier einmal kurz nach unten und nimmt Punchs linkes Ohr zwischen seine Riesenkiefer. Und dort muss Punch erst einmal bleiben. Den Kopf seitlich auf den Boden gedrückt, versucht er, mit seinen stämmigen kleinen Hinterbeinen das Gleichgewicht zu halten. Er wimmert erbärmlich, aber der Kiefer des Bullterriers bleibt geschlossen. Er kann oder will nicht loslassen. Passanten bleiben mit hilfreichen Vorschlägen stehen.

»Dreht ihm den Schwanz um«, sagt einer.

»Haltet ihm ein Streichholz unter die Nase«, ein anderer.

Schließlich kommt ein hilfsbereiter Nachbar mit einem Zinkeimer voll kaltem Wasser heraus und schüttet ihn dem Bullterrier über den Kopf. Es funktioniert. Der Hund ist so überrascht, dass sich sein Kiefer öffnet, und er lässt los.

Punch ist ein geselliger kleiner Hund und außerdem sehr gefräßig, und so kommt ihm der Butcher Estate äußerst gut zupass. Tagsüber spielt er mit den Kindern, und wenn am Abend die verschiedenen Essensdüfte aus den Küchen dringen, deren stalltorartigen Türen alle zur Wiese hinausgehen, hält er die Nase in den Wind und überlegt sich, welche Familie er heute besuchen wird. Leber ist eines von Punchs Lieblingsgerichten, und da dies eine Zeit der Fleischmahlzeiten ist, eine Zeit der Brüstchen, Nierchen und Zungen, der Kutteln und Haxen und gefüllten Herzen, eine Zeit, bevor Angelsachsen daran dachten, rote Paprika mit Couscous zu füllen oder Weißwein über Arborioreis zu schütten, hat Punch häufig Glück. Dinah verzeiht ihm sogar, wenn ein Wellensittich vermisst wird und Punch plötzlich mit blauen Federn an den Lefzen aufkreuzt. Sie schreibt ein Gedicht über den Vorfall mit einem schwermütigen Refrain:

Singt Klage um Joey,
den ein Hund auffraß.

Dinah kann sich allerdings nicht dazu durchringen, den Namen des Hundes zu nennen.

In der Schule ist Sally Dinahs beste Freundin, und das, weil Sally es so bestimmt. Sally ist viel größer als Dinah, und ihr Vater ist der Fleischer in ihrer Ladenzeile. Sie hat kurzes Haar, weil ihre Mutter ihr nicht erlaubt, es wachsen zu lassen. Sally sagt, Dinah dürfe mit niemand anderem spielen, weil sie *ihre* beste Freundin sei. Klasse eins verbringt die meiste Zeit der Pause damit, einander für Spiele aufzurufen, die niemals stattfinden, weil die Klingel geht, bevor sie überhaupt angefangen haben. Aber das Aufrufen scheint sowieso das Lustigste von allem zu sein. Es fängt immer damit an, dass zwei Mädchen einander unterhaken und gemeinsam über den Schulhof hüpfen.

»Wer will *ungezogene Kin-der* spielen?«, singen sie.

Jeder, der mitspielen will, hakt sich bei ihnen ein, und so geht der Hüpfgesang weiter. Die Kette wird immer länger, und der Gesang wird lauter und lauter. Oft wird die Kette so lang, dass sich eine Art Unterspiel entwickelt, bei dem die längste Kette in all die anderen hineinfegt und sie in einem Kreis umschließt. Manchmal bleibt die Kette genau vor Dinah stehen, und eins der Mädchen fragt, ob sie nicht mitspielen möchte, aber Sally legt sofort ihre Hand vor Dinahs Brust.

»Sie will nicht mit euch spielen«, sagt sie. »Sie ist *meine* Freundin.«

Dinah sieht der Tanzreihe sehnsüchtig hinterher, weil das Hüpfen und Singen so viel Spaß zu machen scheint. Als Sallys Freundin muss sie sich außerdem jeden Tag von ihr die Zöpfe neu flechten lassen. Dinah weiß, dass sie nach Sallys Flechtbemühungen immer schrecklich aussieht, weil ein Zopf immer dicker ist als der andere. Außerdem hat sie danach einen Zickzackscheitel auf dem Hinterkopf, und manchmal sitzt ein Zopf viel höher als der andere. Und dann ziept Sally dabei auch noch. Dinah versucht sich zu wehren, aber Sally ist stärker als sie.

»Ich will nicht, dass du mir die Zöpfe machst«, windet sich Dinah. »Das letzte Mal waren sie ganz komisch.«

»Da war ich noch klein«, sagt Sally. »Jetzt bin ich größer und weiß, wie man sie richtig macht.«

»Das war aber erst gestern«, sagt Dinah, aber Sally zieht ihr schon die zu ihrem grasgrünen Schürzenkleid passenden grasgrünen Zopfbänder ab.

In der Mittagspause tauscht Sally gerne.

»Lass uns Brote tauschen«, sagt sie.

Sally verdrückt Dinahs Vollkornbrote mit Blauschimmelkäse und das eingelegte Gemüse, obwohl eingelegtes Gemüse zu den wenigen Dingen gehört, die Dinah gerne isst, besonders die Blumenkohlstückchen. Dann geht Dinah mit Sallys schwitzenden Pflaumenmarmeladen-Toasts in ihrer Brotbüchse nach Hause. Die Marmelade suppt in der schwülen Hitze durch das weiche Brot und färbt es dunkelviolett. Beim Anblick von Sallys Marmeladentoasts bekommt Dinahs Dad immer einen Anfall, vor allem da er das neue Vollkornbrot für besonders köstlich und fortschrittlich hält und es die ganze Zeit über kauft. Allerdings ist es nicht wirklich für ihn bestimmt. Das Vollkornbrot wurde als Lebensmittel eingeführt, um der ungemein stärkelastigen Nahrung der mittellosen schwarzen Stadtbevölkerung ein paar Nährstoffe zuzuführen. Aber die schwarzen Städter – sie, die früher erfolgreiche Viehzüchter mit einer abwechslungsreichen Landwirtschaft waren – weigern sich, es zu kaufen. Die schwarze Bevölkerung ernährt sich mittlerweile von einer minderwertigen Industriekost aus Maismehl, Weißbrot und Cola. Manchmal kommt noch ein knorpeliges Stück Fleisch mit Fliegeneiern hinzu. »Boy-Fleisch zwei Schilling. Hunde-Fleisch zwei Schilling sechs Pence.« Dinah wünschte, sie könnte Sallys Brote in die Mülltonne werfen. Aber Sally bringt Dinah nach der Schule immer nach Hause. Dann bringt Dinah Sally nach Hause. Dann bringt Sally wieder Dinah nach Hause, und dann ist Zeit zum Abendbrot.

Sallys Dad hat ein Hobby daraus gemacht, in seinem Garten lauter Steinmauern zu bauen, und das Hobby von Sallys großem Bruder besteht darin, Milchflaschen auf der Straße zu zerschmettern oder mit Steinen Straßenlaternen zu zerdeppern. Sallys Familie hat einen Hund, der mit einer Kette an einer der Steinterrassen festgemacht ist. Die Kette hängt an einer langen Eisenstange, so dass der Hund den ganzen Tag an der Stange hin und her läuft und sich zu Tode bellt. Die Kette verursacht Dinah Magenschmerzen, aber nicht so schlimme wie bei dem Haus, an dem sie auf dem Heimweg von der Schule vorbeigeht. Dort halten die Bewohner einen Affen im Vorgarten. Er hängt mit einem Ring um den Hals an einer ein Meter langen Kette, die an einem Baumstumpf festgemacht ist. Alles, was der Affe tun kann, ist auf den Baumstumpf springen und wieder zurück auf die Erde. Der Garten gehört zu einem dieser weißen Fabrikarbeiter-Haushalte, die es geschmackvoll finden, ihre Blumenbeete mit bogenförmig ausgeschnittenen Autoreifen zu verzieren, und ihre Freizeit damit verbringen, im Garten mit einer Rinderpeitsche herumzuknallen. Die Peitsche nennt man Sjambok, und man kann sie bei den Straßenverkäufern am Strand kaufen.

Am Ende von Dinahs erstem Schuljahr gibt Miss McNeil für ihre Klasse eine Weihnachtsfeier, und jedes Mädchen bekommt aus einer großen bunten Plastiktüte einen Luftballon geschenkt. Die Ballons lassen sich im Durchmesser etwa dreißig Zentimeter groß aufblasen, und sie sind rot, grün, gelb, blau oder orange – außer der von Dinah. Ihr Luftballon ist der einzig silberne in der Tüte und lässt sich doppelt so groß aufblasen wie die anderen. Dinah kommt nicht auf die Idee, dass dies nur ein schöner Zufall sein könnte. Der Grund ist, dass Miss McNeil sie am liebsten hat. Sie hütet den Ballon wie einen Schatz und gewinnt ihm fast menschliche Züge ab. Während ein paar der Mädchen so wild mit ihren Ballons herumtoben, dass sie am Ende des Nachmittags zerplatzt sind, nimmt Dinah ihren Ballon mit nach Hause und bindet ihn an ihren Bettpfosten, wo er monatelang hängen bleibt. Mit der Zeit sieht er aus wie eine festgebundene grau verschrumpelte Niere. Dann geht auch noch der letzte Rest Luft heraus. Dinah versteckt den feuchten grauen Lappen in einer Schublade zwischen ihren Schlüpfern und Unterhemden. Sie liebt Miss McNeil, und sie weiß, dass Miss McNeil sie auch liebt. Und als Miss McNeil nicht mehr da ist, wird die Schule zur Hölle.

DREI

Mrs Vaughan-Jones übernimmt im zweiten Schuljahr Dinahs Klasse. Bei ihr muss man ständig auf der Hut sein. Sie ist wie einer dieser heimtückischen Kracher, die unkontrolliert durch die Gegend zischen – man weiß nie, wo sie am Ende landen oder wann der große Knall kommt. Und sie ist wie ein Trinker, streitsüchtig und unberechenbar. Sie steht neben dem Lehrerpult auf einem kleinen Podest und hält Lobeshymnen auf sich selbst.

»Ich bin vielleicht streng, aber gerecht«, sagt sie.

Das ist ihr Lieblingsspruch, und sie äußert ihn immer, kurz bevor sie den Gang hinunterschreitet und mit ihrem metallverstärkten Lineal links und rechts Hiebe verteilt.

Sie hat auch einen Klassenliebling, ein Mädchen, das in der ersten Klasse bei Miss MacLean war und nie mit dem Lineal geschlagen wird. Dinah versucht, Mitleid mit ihr zu haben, weil sie wie Lisa ein Jahr lang Miss McLean ertragen musste und jetzt bei Mrs Vaughan-Jones gelandet ist. Allerdings fällt es ihr ziemlich schwer, da der Klassenliebling aussieht, als würde er die ganz Zeit in sich hineingrinsen. Vielleicht liegt es aber auch nur daran, dass das Gesicht des Mädchens wie ein Pudding aussieht. Auf jeden Fall hat sie immer einen selbstzufriedenen Ausdruck, wenn sie aufgefordert wird, den Kreidelappen vor der Tür auszuschütteln. Oder wenn sie den anderen Lehrern in der Schule Nachrichten überbringen darf. Oder wenn

Mrs Vaughan-Jones sie wieder einmal drannimmt, selbst wenn alle anderen in der Klasse den Finger oben haben.

»Ja, *du*, meine Liebe«, sagt sie zum Klassenliebling.

Doch eines Tages verlässt der Liebling mitten im Schuljahr die Klasse. Sie geht auf eine neue Schule, die näher bei ihrem Elternhaus liegt, und Mrs Vaughan-Jones ist plötzlich ohne Liebling, bis Yolande Berry aus Manchester ihrer Klasse zugeteilt wird. Monatelang versucht Mrs Vaughan-Jones, Yolanda in allem als Beste hervorzuheben, nur weil sie aus England kommt.

»Halt. Alle mal hersehen«, sagt sie. »Seht euch Yolanda an.«

Mrs Vaughan-Jones ist Yolanda gegenüber so unterwürfig, dass der Rest der Klasse fast vier Monate braucht, um festzustellen, dass Yolanda nichts weiter als ein Schwein ist. Sie hat fettige Haare und einen grünlichen Belag auf den Zähnen. Hinzu kommt, dass sie mit offenem Mund kaut und ihre Socken nicht allzu oft wechselt.

Mrs Vaughan-Jones nennt Dinah immer nur Kuhschwanz statt bei ihrem richtigen Namen, und bald nennt sie auch die ganze Klasse so. Dinah bekommt den Namen, weil sie beim Sport immer als Letzte aus der Umkleide kommt. Manchmal nennt Mrs Vaughan-Jones Dinah aber auch Die Schlange, weil Dinah immer solche Angst hat, etwas zu sagen, dass Mrs Vaughan-Jones, *wenn* Dinah einmal etwas sagt, nur die stimmlosen Zischlaute am Ende ihrer Worte hört. Also schiebt sie ihr großes unheimliches Mondgesicht mit der bläulich runzligen Haut und den ganzen Leberflecken direkt vor Dinahs Nase und macht ganz laut: »Zischhhh!« und besprenkelt Dinahs Gesicht mit schaumigen Speicheltupfen. Dinah wagt nicht, sie abzuwischen, bevor sich Mrs Vaughan-Jones umdreht, aber irgendwie scheint sie trotzdem alles mitzubekommen. Als hätte sie solche Facettenaugen, wie Fliegen sie haben, die in alle Richtungen auf einmal sehen können. Ihre Augen sind allerdings stechend blau und wässrig und an den Winkeln mit einem dotterartigen Film überzogen.

Beim Kopfrechnen müssen sich alle Mädchen vorne im Klassenzimmer in einer Reihe aufstellen, während Mrs Vaughan-Jones ihnen die Aufgaben entgegenbrüllt: »... und zweiunddreißig minus sieben mal fünf plus vierzehn minus sechs mal zwei ...« Sie redet unglaublich schnell und findet kaum ein Ende. Anfangs sind die Mädchen die reinsten Nervenbündel, außer Janet Camperdown und Jennifer Wilson, die immer rechtzeitig fertig werden. Aber bald haben alle begriffen, dass niemand wirklich mitrechnen muss. Man nimmt Janet oder Jennifer einfach als Souffleusen. Bis Mrs Vaughan-Jones darauf verfällt, die eine oder andere Stichprobe zu nehmen.

Mrs Vaughan-Jones hat eine Pausenregel. Sie ist die einzige Lehrerin in der Schule, bei der die Mädchen ihr Pausenbrot im Klassenzimmer essen müssen, und sie lässt niemanden zum Spielen auf den Hof, bevor seine Brotdose leer ist. Für Dinah ist es eine einzige Qual. Sie ist außerstande, ihre Brote aufzuessen, und außerdem so langsam, dass ihr nicht einmal Zeit zum Spielen bliebe, würde sie auch nur die Hälfte schaffen. Sie kann Sally ihr Pausenbrot nicht aufhalsen, weil Sally nicht in ihrer Nähe sitzt, und sie kann ihren Eltern nicht sagen, ihr weniger zu essen mitzugeben, da ihre Mum sonst vielleicht in die Schule käme, um mit Mrs Vaughan-Jones zu reden. Sie würde ihr erklären, warum Dinah ihrer Meinung nach Zeit zum Spielen haben sollte und warum sie es viel schöner fände, wenn die Mädchen ihr Pausenbrot miteinander unter einem Baum essen würden.

Dinah weiß, dass Mrs Vaughan-Jones sie jetzt schon hasst. Und das nicht nur, weil sie Asthma hat und allgemein kränklich ist, sondern wegen Lisa. Dinahs Mum hat sich einmal darüber beschwert, dass Mrs Vaughan-Jones Lisa immer auf ihre linke Hand schlägt. Vor allem, da Lisa nur eine richtige Hand zur Verfügung hat. Außerdem setzte sie Lisa den ganzen Tag neben sich an das Lehrerpult, anstatt sie neben den anderen Mädchen zu lassen. Mrs Vaughan-Jones erklärte zwar immer, sie könne so Lisas Linkshänderschrift besser korrigieren, aber in Wirklichkeit wollte sie ihr nur, sobald sie kleckste, auf die Hand schlagen können, ohne von ihrem Stuhl aufstehen zu müssen. Lisa kleckste danach natürlich mehr denn je, und sie war unglücklich, dass sie nicht bei ihren Freundinnen sitzen konnte. Nachdem ihre Mum jedoch in die Schule kam und sich darüber beschwerte, hörte das Schlagen gar nicht mehr auf. Auch konnte sich Mrs Vaughan-Jones bestimmter sarkastischer Bemerkungen über »mancher Leute Mütter« nicht enthalten, die sich immer beschweren mussten. Besonders über »mancher Leute Mütter« mit deutschem Akzent. Dinah lehrt es von Anbeginn, niemandem auch nur ein Wort davon zu erzählen, was einem in der Schule passierte.

Lisa ist jetzt in der Klasse von der netten Miss Vaizey, aber Mrs Vaughan-Jones macht Dinah gegenüber immer noch sarkastische Bemerkungen über ihre Schwester und ihre Mum – sogar über ihren Dad –, und zwar so, dass es die ganze Klasse hören kann. Daher weiß Dinah auch, dass sie ihren Dad für einen eingebildeten Schlaumeier hält und ihre Mum für eine Nazideutsche, die kein richtiges Englisch kann. Hinzu kommt, dass beide Mädchen von minderwertiger Physik sind und eigentlich in die »Freiluftschule« gehören. Mrs Vaughan-Jones verachtet körperliche Schwäche und vergibt jedes Halbjahr eine besondere Plakette, die sie allen Mädchen anheftet, die keinen Tag gefehlt haben. Früher bekam immer der Klassenliebling die Plakette angeheftet. Jetzt ist es Enid, die das Ganze allerdings sehr komisch findet.

Aufgrund der Pausenbrotregel bleibt Dinah immer bis zuletzt im Klassenzimmer sitzen, wo sie unter Mrs Vaughan-Jones stechendem Blick auf ihren Broten herumkaut. Diese Art langsamer Folter bereitet Mrs Vaughan-Jones offensichtlich solches Vergnügen, dass sie gerne auf ihre eigene Mittagspause verzichtet. Und so beobachtet sie Dinah das ganze Jahr hindurch.

Das klassenbeste Mädchen zu küren ist eines von Mrs Vaughan-Jones' unangenehmsten Ritualen. Die allmonatlichen Prüfungen bedeuten, dass die Mädchen alle vier Wochen ihre Plätze wechseln müssen. Jeden Monat verliest Mrs Vaughan-Jones die Prüfungsergebnisse, von der besten bis zur schlechtesten Schülerin. Die Mädchen müssen derweil ihre Schulpulte leeren und, wenn ihr Name vorgelesen wird, nach vorne kommen und sich mit all ihren Schulsachen in einer Reihe aufstellen. Und wenn Mrs Vaughan-Jones endlich damit fertig ist, die schlechtesten Mädchen zu beschimpfen, sind der Klassenbesten durch das Gewicht der ganzen Bücher fast die Arme abgefallen. Schließlich müssen die Mädchen sich auf ihre neuen Plätze setzen. Es gibt die Reihe 1A, gefolgt von den Reihen A, B, C und D. In jeder Reihe sitzen acht Mädchen. Und das klassenbeste Mädchen trägt den ganzen Monat über eine große rote Rosette und muss vorne in Reihe 1A auf dem ersten Platz sitzen.

Jeden Monat sagt Mrs Vaughan-Jones das Gleiche zur 1A-Reihe. »Ihr seid meine 1A-Eiscreme-Mädchen.«

Niemand weiß, warum sie das sagt, bis Janet Camperdowns Mum ihrer Tochter erklärt, dass es früher einmal eine Eiscremesorte gab, die 1A-Eiscreme hieß.

Dinah kommt bei den monatlichen Tests fast immer auf den ersten oder zweiten oder dritten Platz. Sie wechselt sich mit Jennifer Wilson und Janet Camperdown ab. Wenn sie nicht unter die ersten drei kommt, ist sie die Schlechteste von allen. Und zwar immer dann, wenn sie aufgrund von Krankheit bei den monatlichen Tests gefehlt hat. Dann gibt ihr Mrs Vaughan-Jones null von hundert Punkten, und Dinah muss einen Monat lang auf dem letzten Platz der Reihe D neben Patsy John sitzen, die immer die Letzte ist, außer wenn es Dinah trifft.

Patsy ist ein nettes Mädchen. Und sie ist sehr beliebt, da sie so klein ist, dass die anderen Mädchen sie auf dem Schulhof wie ein Baby herumtragen können. Als die Mädchen eines Tages medizinisch untersucht werden, schreibt die Schulschwester »Fetales Alkoholsyndrom« auf Patsys Formular. Dinah weiß das, weil sie in Hemd und Höschen direkt hinter Patsy steht und Wörter gut falsch herum lesen kann. Sie gehören beide zu einer kleinen Sondergruppe minderentwickelter Exemplare, die für die Freiluftschule in Betracht gezogen werden.

Alle Mädchen aus Reihe D stammen aus armen Verhältnissen. Sie sind die Kinder armer weißer Familien. Das heißt alle außer Aletta Engelbrecht, die ganz offensichtlich nicht weiß ist. Sie ist ein herausstechendes Beispiel falscher Rassenzuordnung.

Aletta ist ein Mischlingskind mit hellbrauner Haut, das eigentlich als Farbige eingestuft werden müsste. Sie hat schwarze Löckchen, die zu zwei hübschen Zöpfen gebunden sind, kleine perlweiße Zähne und hohe Wangenknochen. Aletta hat einen Körper wie eine Tänzerin oder eine Akrobatin. Sie ist eines dieser ungewöhnlichen Kinder, die immer blitzsauber, adrett und anmutig wirken – auch wenn ihr das nicht viel nützt, wenn sich die anderen Mädchen gegen sie verbünden. Dann nämlich nennen sie sie einfach eine »Chut«. So nennen die Mädchen aus Dinahs Klasse Mischlinge.

Aletta verteidigt sich, so gut sie kann. »Ich habe nur so eine dunkle Haut, weil meine Mum mich als Baby in Olivenöl gebadet hat«, sagt sie, aber niemand glaubt ihr.

Und Dinah weiß, dass das nicht stimmen kann, da ihre eigene Haut, trotz all der Olivenölbäder, kreidebleich geblieben ist. Sie hasst es, wenn die anderen Aletta verhöhnen. Sie hasst es besonders, da sie selber immer so tut, als würde sie es nicht bemerken.

Dinahs Mitschülerinnen sagen, Mischlinge seien noch schlimmer als Schwarze, weil Gott nicht gewollt habe, dass sich die Rassen mischen. Also sind Mischlinge ein Fehler. So als mischte man Blut mit Wasser. Das hört man oft von den Leuten. Und wenn Dinahs Dad das hört, sagt er immer, wenn Gott nicht wollte, dass sich die Rassen mischen, hätte er dafür gesorgt, dass ihre Kinder unfruchtbar bleiben. »Wie Maultiere«, sagt er immer. Aber die Leute starren ihn nur verständnislos an, denn was haben Maultiere damit zu tun, wenn man sich über Mischlinge aufregt? Aber jeder weiß ja, dass Mathe-Profs verrückte Typen sind, die mit Laternenpfählen sprechen und gerne mal in Pyjamahosen das Haus verlassen, wenn sie zur Arbeit gehen.

Es gibt wahrscheinlich niemanden in der Klasse, der Schwarze so verachtet wie Aletta. Wenn also ein Zulu-Gärtner am Fenster ihres Klassenzimmers vorbeigeht, hält sie sich die Nase länger als alle anderen zu. Sie tut das, damit jeder weiß, dass sie findet, dass Schwarze stinken. Aber jeder weiß, dass Schwarze stinken, und niemand ist wirklich beeindruckt.

Einmal erzählt ihnen eine der schwatzhafteren Lehrerinnen während ihrer Pausenaufsicht von einem aufregenden nächtlichen Einbruch bei sich zu Hause.

»Ich mache die Augen auf und sage zu meinem Mann: ›Ich rieche Boy!‹«

Ein einheimischer Junge war durch die Balkontür zu ihnen eingestiegen, aber dann ist sie durch seinen Geruch aufgewacht, und er ist davongerannt.

Gegen Ende der zweiten Klasse, nachdem die Afrikaner Nationalist die Wahl von 1948 gewonnen haben und die Rassengesetze verschärft werden, ist Aletta Engelbrecht plötzlich verschwunden. Niemand spricht darüber. Es ist so, als wäre sie nie da gewesen. Außer dass sie auf dem Klassenfoto der zweiten Klasse in der ersten Reihe sitzt und mit ihrer glänzend weißen Zahnreihe in die Kamera lächelt. Um Weiße von Nichtweißen zu unterscheiden, kommt es vor, dass ein besonderes, von der Regierung eingesetztes Komitee einem einen Bleistift ins Haar steckt, und wenn er herausfällt, wird man als weiß eingestuft. Auch erkennt man Nichtweiße daran, dass Nichtweiße auf den Fingernägeln keine hellen Halbmonde haben. Jeder in der Schule sagt das, aber Dinah weiß, dass das nicht stimmen kann, da Lucy wunderschöne helle Halbmonde besitzt, obwohl sie dunkelbraun ist.

Lucy ist ihr Hausmädchen. Dinahs Dad war immer sehr entschieden, im Haus keine Dienstboten zu haben, aber es ist schwer, das durchzuziehen, wenn ständig arbeitslose Zulus an die Haustür klopfen und nach Beschäftigung suchen. Manchmal kommen sie an die Tür und wollen handgemachte Hexenbesen verkaufen oder hölzerne Verandastühle mit dazugehörigem Tisch, die sie so verschnürt haben, dass sie einen ganzen Satz davon auf dem Kopf tragen können. Und so erscheint denn auch Lucy eines Tages an der Tür, in Begleitung ihres Vaters, einem runzligen alten Mann. Sie selbst ist ein blühendes, robustes, lebhaftes Mädchen von nicht mehr als vierzehn Jahren. Sie trägt eine marineblaue Schulgymnastikhose, eine schneeweiße Schuluniform-Bluse mit Gürtel und keine Schuhe. Ihr Vater trägt einen Kopfring am Finger und hat einen knorrigen Gehstock und diese langen herunterhängenden Ohrläppchen, in denen früher einmal tellergroße Einsätze gewesen sein müssen. Lucy hat Zulu-Initiationsnarben im Gesicht – drei Zentimeter lange waagerechte Schnittkerben auf beiden Wangen, die ihr hübsches Aussehen nur noch unterstreichen. Und Lucy ist sehr hübsch. Doch sind die meisten Zulus außergewöhnliche Erscheinungen. Entweder liegt es an ihrer vorteilhaften DNS oder an ihrer Haltung und dem Bewusstsein, dass sie vor nicht allzu langer Zeit noch ein eigenständiges Volk waren. Vielen von ihnen sieht man die jahrhundertelange Unterdrückung durch die Siedler noch nicht an.

Lucy und ihr Vater sprechen beide so gut wie kein

Englisch, aber sie machen verständlich, dass Lucy eine Stellung als Hausmädchen benötigt. Als einer der Gärtner des Butcher Estate geholt wird, um als Übersetzer auszuhelfen, beginnt Lucys Vater in einer groß angelegten Rede, den Gehorsam und Fleiß seiner Tochter zu preisen. Und sollte sie ungehorsam sein, müsse Dinahs Dad sie mit einem Stock schlagen, sagt der alte Mann und hebt zur Verdeutlichung seinen Gehstock drohend in die Höhe. Dinahs Dad sieht ihn mit kurzsichtig zusammengekniffenen Augen an und wirkt beunruhigend egalitär. Nichtsdestotrotz bleibt Lucy. Und ihr Vater geht.

In der kasernenähnlichen Unterkunft der Dienstboten wird ihr ein Zimmer zur Verfügung gestellt, und sie bekommt einen großen Vorrat an Kerzen und einen Primus-Kocher, der die Wände schwärzt. Aber Dienstboten werden nicht mit Strom versorgt. Sogar die Bungalows der Weißen haben ein ziemlich unstetes Netz, und Lisa und Dinah sind es gewohnt, plötzlich im Dunkeln zu stehen, während die Stimmen auf den neuesten Schallplatten ihres Dads – Kathleen Ferrier in Glucks *Orfeo* oder Elizabeth Schwarzkopf in *Der Rosenkavalier* – merkwürdig leiernd in der Stille versinken.

Lucy wird von allen sehr gemocht. Dinahs Mum, die schnell ermüdet, liebt sie nicht nur wegen ihres strahlenden Lächelns und ihres freundlichen, übersprudelnden Wesens, sondern auch wegen ihrer erstaunlichen Ausdauer. Sie putzt Schuhe. Sie putzt die roten Verandafliesen. Sie zeigt nie ein Zeichen von Erschöpfung. Sie schält und hackt. Und für die Mädchen ist sie wie eine große Schwester. So trägt sie die kleine Dinah jeden Morgen huckepack zur Schule. Oder sie nimmt sie bei der Hand, während sie Dinahs Schultasche auf dem Kopf balanciert. Dinah liebt die hellen Innenflächen von Lucys schlanken braunen Händen. Sie fragt sie danach, aber Lucy lacht nur. Zulus lachen ständig über Dinge, die Weiße nicht komisch finden. Es ist irgendwie eine dynamischere Art von Lächeln.

Lucy verjagt die Affen aus der Küche, indem sie mit den Füßen aufstampft, »*Hamba!*« ruft und laut mit der Zunge klickt. Und sie zerquetscht Kakerlaken mit bloßen Füßen, als wäre nichts dabei. Kakerlaken gehören in Durban zum Alltag. Sie tauchen plötzlich von nirgendwo auf, winken mit den Fühlern und sehen einen herausfordernd an. Sie sind zehn Zentimeter lang, dunkelbraun und haben einen harten Rückenpanzer. Sie können überall leben, sich von allem ernähren, und sei es vom Putz der Wände. Sie kriechen, Fühler voraus, aus den Abflussrohren von Waschbecken und Badewanne und sind noch verhasster als die fliegenden Ameisen, die in abendlichen Schwärmen die Luft verdunkeln wie ein Schneesturm.

Am nächsten Morgen fliegen die Ameisen dann nicht mehr, sondern kriechen in Massen auf dem Boden herum. Sie haben ihre Flügel abgeworfen und werden zu Termiten, die sich mit ungeheurer Geschwindigkeit durch die Fundamente von Häusern oder die Wurzeln von Passionsranken fressen. Sie mampfen so schnell, dass man den Ranken beim Welken geradewegs zusehen kann, während Haufen von papiernen Flügeln im Rinnstein die Abzugskanäle verstopfen. Die Abzugskanäle haben Dinah, die sich beim Klettern und Kriechen für gewöhnlich jeder Herausforderung stellt, von jeher fasziniert. Aufgrund der tropischen Regengüsse in Durban sind die Rinnsteine ziemlich tief und die Bürgersteige sehr hoch, und die Betonrampen, die über den Abzugskanälen vom Bürgersteig auf die Straße führen, erlauben es einem kleinen Kind, gerade so hindurchzukriechen. Dinah kann sich an einige Mutproben erinnern, bei denen sie auf dem Bauch durch die zweieinhalb Meter langen dreieckigen Betontunnel robbte, die rechts und links der Rampe für sturzflutartige Wassermassen offen stehen.

Jedes Jahr fährt Lucy in den so genannten Kraal. Nach Hause ins Zulu-Land. Und sie kommt immer mit Geschenken zurück, vornehmlich einem unfassbar dürren Huhn und einer Hand voll Orangen, die nicht größer sind als Golfbälle. Der Dad der Mädchen erklärt ihnen, die Größe sei auf die Übernutzung des Bodens in den übervölkerten Landstrichen zurückzuführen. Aber in der Schule lernen Lisa und Dinah, dass die Orangen so klein sind, weil die Zulus durch ihre Art der Landbestellung Erderosionen verursachen und sich weigern, Ackerterrassen anzulegen, egal wie oft wir versucht haben, es ihnen beizubringen. Die erodierten Erdhänge nennt man Dongas. Zulus haben ein Wort für Erderosion, aber sie haben kein Wort für Danke. Das sagen zumindest die Weißen. »In der Sprache der Zulus gibt es kein Wort für Danke.« Deshalb kennen die Zulus auch keine Dankbarkeit.

In Geografie müssen die Mädchen von der fehlerhaften Pflugweise der Zulus Zeichnungen anfertigen: senkrecht den Hügel hinablaufende Ackerfurchen. Daneben zeichnen sie Bilder von der korrekten Weise: Ackerfurchen, die in konzentrischen Kreisen um den Hügel herumführen. Sie zeichnen die Bilder mit ihren neuen Lakeland-Buntstiften, die in einem Metallkasten mit einem Aquarell von Windermere auf dem Deckel aufbewahrt werden. Dinahs Mum steckt Lucys Huhn in einen Dampfkochtopf und macht einen großen Topf Suppe daraus. Sie nennt die Hühner immer »das tausendjährige Federvieh«, aber nur, wenn Lucy sie nicht hört.

Eines Tages, Lucy ist bereits fünf Jahre bei ihnen, ertönt aus der Dienstbotenunterkunft ein ungeheures Geschrei, und als sie nachsehen gehen, finden sie Lucy in Tränen aufgelöst. Ihr Vater hat eine Hochzeit für sie arrangiert und ist gekommen, um sie nach Hause zu holen. Sie weint und klammert sich an Lisa und Dinah, und die Mädchen weinen und klammern sich an sie. Aber wie der alte Mann früher bereits betont hatte, ist Lucy ein folgsames Mädchen. Sie fügt sich bald und lässt sich widerstandslos ihren Dienstmädchenoverall und das Kopftuch abnehmen. Dann wird sie kunstvoll für die Hochzeit hergerichtet.

Als die Hochzeitsgesellschaft zum Aufbruch bereit ist, sind Lucys Brüste entblößt, und ihr Haar ist mit rotem Lehm in eine Turmfrisur modelliert worden. Hals, Handgelenke und Knöchel sind mit Perlenketten geschmückt, und sie trägt eine perlenbesetzte Felltasche als eine Art Schurz, um ihre Scham zu bedecken. Dann wird sie für die Bahnfahrt dritter Klasse in eine Decke gewickelt. Lucys Erscheinung dürfte die Mädchen nicht wirklich schockieren, da man im Stadtzentrum von Durban noch immer viele barbusige junge Zulu-Frauen mit Lehmfrisuren sehen kann, deren Haarpracht an die hohen exotischen Hüte in Piero-della-Francesca-Gemälden erinnern. Sie schmücken sich mit kunstvoll gearbeitetem Perlenschmuck und klimpernden Samenfußkettchen. Es sind Mädchen vom Land, die ihre in der Stadt arbeitenden Männer besuchen. Als sie aber Lucy in ihrem Hochzeitsstaat sehen, halten Lisa und Dinah plötzlich Abstand zu ihr – und

Lucy zu ihnen. Es ist, als wäre sie nicht mehr wirklich Lucy, und die Mädchen sind zu schüchtern, um die Hand auszustrecken und sie zu berühren. Dann ist Lucy verschwunden, und obwohl sie sich nach ihr sehnen, sehen sie sie nie wieder.

Das ganze Jahr in Mrs Vaughan-Jones' Klasse fühlt sich Dinah immer nur elend, und mit ihrer Gesundheit geht es stetig bergab. Drei Mal fällt sie in der Schulversammlung in Ohnmacht und muss jedes Mal ins Krankenzimmer getragen werden. Fast jeden Sonntagabend bekommt sie so schlimmes Asthma, dass sie am Montagmorgen nicht in die Schule gehen kann. Vier Mal hintereinander erkrankt sie an schwerer Bronchitis. Und ein Mal hat sie so hohes Fieber, dass sich ihr die Haut von den Händen schält. Sie bleibt so lange im Bett, dass ihre Eltern beschließen, ihr ein Fairy-Fahrrad zu kaufen, um sie aus dem Haus zu locken. Dinah verlässt das Bett gerade lange genug, um von ihrem Fairy-Fahrrad zu fallen und sich beide Knie aufzuschlagen. Dann kehrt sie mit zwei dicken eitrigen Schürfwunden, die schließlich mit einer Art Pelz zuwachsen, an dem man schön herumpulen kann, wieder ins Bett zurück. Das Fairy-Fahrrad geht in den Allgemeinbesitz der Kinder im Butcher Estate über, und alle Kinder, bis auf Dinah, lernen darauf Rad fahren.

Eines Montagmorgens, nach einer weiteren durchkeuchten Nacht, fängt sie vor Schmerzen laut an zu schreien und sagt, sie könne nicht pinkeln. Ihr Bauch ist ganz hart und gebläht, und als der Arzt schließlich kommt und ein heißes Bad empfiehlt, ist es zu spät, um noch in die Schule zu gehen. Und das ist ein Himmelsgeschenk! In der Wanne entspannen sich Dinahs Blasenmuskeln schließlich, und ihr Pipi fließt reichlich und färbt das Badewasser bernsteinfarben gelb.

Dinah hat mittlerweile nur noch Angst vor der Schule und sehnt sich Blitzschläge, Gelenkzerrungen und Asthmaattacken herbei. Egal was. *Egal was.* Das Bett entwickelt sich zu einem höchst verführerischen Ort. Wenn sie nicht in der Schule ist, sitzt sie aufrecht in den Kissen und näht den ganzen Tag. Ihre Mum kauft ihr Stoffquadrate aus Filz. Und Dinah näht zu selbst entworfenen Schnittmustern einen ganzen Zoo aus dreidimensionalen Miniaturstofftieren. Die Tiere gehören fortan zum Familienschatz und werden jedes Jahr zu Weihnachten an den Tannenbaum gehängt. Es gibt einen Affen und eine Giraffe und einen Löwen mit orangefarbener Wollmähne. Es gibt einen Elefanten und ein Reh und einen Hasen und einen Schäferhund mit einer rosa Filzzunge, die ihm aus dem offenen Filzmund hängt. Dinah erinnert sich gut an die Genugtuung, als ihr plötzlich einfiel, wie sie den offenen Mund machen würde. Sie bastelt selbst entworfene Papierpuppen mit einer ganzen Garderobe aus Papierkleidern, die mit Ecklaschen an den Schultern und Hüften der Puppen festgehakt werden.

Sie schreibt selbst erfundene Geschichten in selbst gemachte Bücher mit vielen Illustrationen – Bücher, die immer ihrer Mum gewidmet sind. *Der merkwürdige kleine Hund, der nur Tomaten aß.* Oder: *Das Kätzchen, das keinen Schwanz hatte.* Eines Tages beginnt sie eine besonders ausgefeilte Geschichte. Sie handelt von einer Maus, die ein altes holländisches Segelschiff vor der Beutenahme durch Piraten rettet, indem sie die Seile durchknabbert, mit denen es an dem Piratenschiff vertäut ist. Der Name der Maus ist ein Wortspiel. Sie heißt Hieronimaus.

Manchmal stiehlt sie sich aus dem Bett, um mit ihrem großen Puppenhaus zu spielen, das aus einer stetig wachsenden Reihe hölzerner Margarinekisten besteht, die ihre Mum für sie lackiert hat. Das Puppenhaus wird von Pfeifenreinigerpuppen bewohnt, die sie von ihrer Großmutter aus Den Haag geschenkt bekommen hat. Zu jedem Geburtstag schenken ihr die Leute vom Butcher Estate immer mehr Puppenmöbel – und die nette Mrs Notcutt, die einen ganzen Schrank nur für Geburtstagsgeschenke besitzt, hat die Pfeifenreinigerpuppen bereits mehr als einmal mit einer kompletten Zimmereinrichtung ausgestattet. Immer wenn Dinah einen neuen Satz Möbel bekommt, muss ihre Mum eine neue Kiste bemalen. Und so dauert es nicht lang, bis die Puppenhausbewohner eine fünfzehnräumige Villa mit Musikzimmer, drei Badezimmern, fünf Wohnzimmern und einem Kinderzimmer besitzen. Und während ihre Eltern – von den Gieseke-Thronen einmal abgesehen – zu dem hellen schwedischen Birkenholzinterieur der Nachkriegszeit tendieren, ziehen die Pfeifenreinigerleute einen etwas gediegeneren Stil vor. Ihr Haus ist ganz in Chippendale und Mahagoni gehalten, und der Flügel ist mit einem spiegelglanzroten Lack überzogen. Dinah hat auch einen Miniaturwebstuhl von Dryads, der mit seinen zwanzig mal dreißig Zentimetern gerade groß genug ist, um darauf für alle Puppenhauszimmer Teppiche zu weben.

Manchmal setzt sich auch ihre Mum daran und webt den Puppen einen Teppich, da sie sich tief im Innern selber einen Webstuhl wünscht. Dinahs Mum arbeitete vor dem Krieg in Berlin als Modedesignerin. Sie entwarf Ballkleider für ein kleines Modehaus, bis der Chef der Firma sie eines Tages darum bat, die Modelle doch selber vorzuführen.

»Sie haben eine so hübsche Figur, Marianne«, sagte er, »Sie würden in den Kleidern ganz bezaubernd aussehen.«

Für ihre Eltern kam dieser Vorschlag allerdings nur der Andeutung gleich, ihre Tochter hätte eine lose Moral, und sie veranlassten Dinahs Mum, sofort zu kündigen, um fortan wie ein altmodisches Mamsellchen zu Hause auf den geeigneten Gatten zu warten. Jetzt entwirft sie Kleider für Dinahs Puppen. Da sie aber vom Nähen nichts versteht, muss Dinah die Kleider immer selbst zusammennähen.

Es gibt nichts Schöneres für Dinah, als mit ihrer Mutter alleine zu Hause zu sein. Ihr einziger Rivale ist das Klavier. Dinahs Mum spielt den ganzen Morgen über Scarlatti und Bach und Brahms. Sie spielt Haydn und Mozart und Chopin. Das ist für Dinah eine harte Prüfung, die nach ihr ruft und etwas zu trinken will, aber ihre Mutter kann sie nicht hören. Manchmal pfeift Dinah beharrlich so lange mit, bis ihre Mutter unterbricht. Es gibt aber auch Tage, an denen nichts und niemand Dinahs Mutter vom Klavierspiel abhalten kann, außer ein tropischer Gewittersturm, der sie einander in die Arme treibt. Eines Tages kauern Dinah und ihre Mutter nach einem ohrenbetäubenden Donnerschlag eng umschlungen im Flur, als an der Wand gegenüber, ein Meter weit von ihnen entfernt, ein Blitz im Zickzack die Wand hinunterfährt. Dinah hat keine Ahnung, dass der Blitz sie hätte töten können, aber sie wird sich ihr Leben lang an das Krachen und Prasseln erinnern. Es ist der Tag, an dem Gott einen großen goldenen Weihnachtsbaum an die Flurwand gezeichnet hat. Nur für sie beide und für niemanden sonst.

Wenn Dinah nach einer ihrer Krankheiten in die Schule zurückkehrt, fängt Mrs Vaughan-Jones sofort an, sie zu sticheln und zu piesacken. Ohne auch nur einen Blick auf das Entschuldigungsschreiben ihrer Eltern zu werfen, nimmt sie Dinah ins Verhör. Wenn Dinah versucht zu antworten, wird ihr entweder das Wort im Mund herumgedreht, oder sie wird nachgeäfft. Gegen Ende des Schuljahres zieht es Mrs Vaughan-Jones allerdings vor, Dinah mit ihren Entschuldigungsschreiben direkt zur Direktorin zu schicken, die mit den Lehrerinnen immer einer Meinung ist, und die Freiluftschule ist ihre liebste gemeinsame Drohung. Für Dinah eine mehr als beängstigende Vorstellung: eine von Freiluftfaschisten ersonnene Einrichtung, in der alle Trottel und Krüppel der Gegend auf einen Haufen zusammengeworfen werden. Als Schülerin der Freiluftschule muss man jeden Morgen in einem gesonderten weißen Bus mit einem Schriftzug auf der Seite zur Schule fahren. Und man muss den ganzen Tag lang Bastkörbe flechten, anstatt etwas Richtiges zu lernen, selbst wenn man intelligent ist, da einen richtige Arbeit zu schnell ermüden könnte. Dinah weiß, dass die Freiluftschule das Ende von allem bedeutet.

Doch dann geht Mrs Vaughan-Jones eines Tages zu weit. Es ist die letzte Woche im laufenden Schuljahr, kurz vor Weihnachten, und es ist Spieletag. Dinah lag den Tag zuvor noch mit Bronchitis im Bett, aber sie weiß, dass man am Spieletag eines seiner Lieblingsspielzeuge in die Schule mitbringen darf. Sie glaubt, es wäre klüger, Rosema mit ihrer geflickten Nase und den schwarzen Wollhaaren zu Hause zu lassen, und so begleitet sie Felicity-Jane, eine neue Puppe, die Riemchenschuhe aus Plastik hat und selber stehen kann.

Obwohl Dinah noch vor Unterrichtsbeginn in der Schule eintrifft, befiehlt Mrs Vaughan-Jones Dinah, Felicity-Jane mitten in die offene Schulzimmertür zu stellen. Sie selbst muss sich mit dem Rücken zur Tür vor dem Lehrertisch aufstellen. Und dann beginnt die übliche Sadistenrunde mit Fragen zu Dinahs Krankheit.

»Waren vielleicht deine Haare krank?«, sagt sie und zieht Dinah an den Zöpfen. Dann tritt sie Dinah auf die Füße. »Waren vielleicht deine Füße krank?«, sagt sie.

Während sie fortfährt, geschieht das Unausweichliche. Die arme schieläugige, dauergewellte Melanie stürzt zur Tür herein, um nicht zu spät zu kommen, und kickt Felicity-Jane quer durch den Raum. Die Puppe ist zwar ganz geblieben, aber Mrs Vaughan-Jones beschließt, Dinahs Befragung abzubrechen und sich Melanie vorzuknöpfen. Sie schlägt ihr im Rhythmus ihrer Schimpftirade mit dem metallverstärkten Lineal auf den Kopf.

»Wie-oft-hab-ich-dir-gesagt-in-der-Schule-nicht-zurennen?«

Dann hält sie ihr vor, wie unvorsichtig sie mit Dinahs neuer Puppe umgegangen sei, die »so viel Geld« gekostet habe. Dinah fühlt sich einfach furchtbar. Mrs Vaughan-Jones zwingt Melanie, sich vor der ganzen Klasse bei Dinah zu entschuldigen. Melanie hat mittlerweile angefangen zu weinen, und Dinah ebenfalls.

Schließlich, als die beiden Mädchen gedemütigt und schnüffelnd vor ihr stehen, setzt Mrs Vaughan-Jones ihr unheimliches Mondgesichtlächeln auf.

»Aber wir haben für Dinah eine Überraschung, nicht wahr, Klasse zwei?«, sagt sie.

»Jamrsvaughanjones«, antwortet die Klasse im Chor.

Sie holt die große Klassenbeste-Rosette aus der Schublade des Lehrerpults und steckt sie Dinah zum letzten Mal auf ihre keuchende eingefallene Brust. Dieses Mal hatte Dinah es geschafft, noch vor ihrer Bronchitis die monatlichen Tests mitzuschreiben, und so musste jemand anderes ihre ganzen Bücher vom letzten Platz der Reihe D zum Anfang der 1A-Eiscreme-Reihe tragen. Dinah wird auf ihren neuen Platz geschickt, aber vor lauter Angst, dass Felicity-Jane doch noch kaputtgeht, kann sie sich über ihren Aufstieg nicht richtig freuen, da sie auf Geheiß von Mrs Vaughan-Jones die Puppe wieder mitten in den Türrahmen stellen musste.

In dem Moment kommt ein neues Mädchen mit seinen Eltern ins Klassenzimmer. Ein Trio schöner, feingliedriger italienischer Einwanderer, die mit der Nachkriegsimmigrationswelle nach Südafrika gekommen sind. Claudia Tucci sieht mit ihrem weißen Musselinkleid genauso aus wie ein Kinderfilmstar, und ihre Haare sind mit zwei Schleifen zu Affenschaukeln geflochten. Ihre Mum hat rot geschminkte Lippen, trägt Pumps, bei denen die Zehen herausschauen, dazu Handschuhe, und genau wie Claudia hat sie ein weißes Kleid an, allerdings mit weit schwingendem Rock und dazu passendem weißen Strohhut, der aussieht wie ein großer Teller, bei dem der Mittelteil fehlt. Signor Tucci trägt einen eleganten schwarzen Anzug und glänzend polierte schwarze Schuhe. Er hat einen akkurat gezogenen Mittelscheitel und einen adretten kleinen Schnurrbart. Keiner von ihnen spricht ein Wort Englisch. Sie schlängeln sich vorsichtig, mit überraschtem Blick, an Felicity-Jane vorbei und nähern sich dem Lehrerpult, wo Mrs Vaughan-Jones feucht spuckend auf sie einredet und ihr wahnsinniges Mondgesicht in Claudias Engelsgesicht schiebt, bevor sie ihr einen Stoß in die Rippen versetzt. Dann beschließt sie, die Familie durch das Klassenzimmer zu führen, und beginnt am Anfang von Reihe 1A.

»Das ist Dinah«, sagt sie. »Unsere Klassenbeste. Schnieft wie gewöhnlich.«

Dinah weiß, dass sie mit ihren rot geschwollenen Augen und ihrer rot geschwollenen Nase und ihren asthmabedingten schwarzen Augenrändern furchtbar aussieht. Sie würde am liebsten im Boden versinken, als das engelsgleiche Trio sie anstrahlt.

Keiner der Familie Tucci versteht ein einziges Wort von dem, was Mrs Vaughan-Jones sagt, aber sie können sehen, dass das klassenbeste Mädchen der Klasse zwei kein sehr glückliches Kind ist. Signora Tucci öffnet ihre weiße Basthandtasche und holt ein kleines, in Papier gewickeltes Bonbon heraus und steckt es Dinah in die Tasche ihrer hässlichen grasgrünen Uniform. Signor Tucci versucht, sie mit viel Händeringen und Augenzwinkern aufzumuntern, während Mrs Vaughan-Jones ununterbrochen weiterredet. Als die drei die Klasse verlassen, springt Claudia ihren Eltern mit tänzelnden kleinen Hüpfschritten voraus den Gang entlang. Ihre Füße sind zwei niedliche kleine Mäuse. In der Schule erscheint sie aber nie wieder.

Unterdes ertönt aus den anderen Klassenzimmern der Gesang von Weihnachtsliedern. Alle in der Schule machen weihnachtliche Dinge, schöne, besondere Dinge, außer die Klasse von Mrs Vaughan-Jones. Sie lässt die Mädchen Wörter von der Tafel abschreiben. Plötzlich springt sie vor und will mit ihrem Metalllineal auf Patsy John losgehen. Allerdings scheint sie vergessen zu haben, dass sie noch auf dem Lehrerpodium steht. Sie stolpert ins Leere und fällt der Länge nach hin. Die Klasse, die vorher schon ruhig war, ist jetzt so still, dass es fast unheimlich ist. Dinah denkt, dass Mrs Vaughan-Jones vielleicht tot ist – aber sie könnte sich natürlich wie eine böse Hexe im Märchen auch nur tot stellen, um sie hinters Licht zu führen.

Schließlich, nach einer halben Ewigkeit, steht Mrs Vaughan-Jones langsam auf und geht, das Lineal noch immer in der Hand, wortlos auf Patsy zu. Ihr Unterkiefer zittert, und an ihrem Kinn hängt Speichel. Wortlos zerrt sie Patsy an den Haaren von ihrem Stuhl hoch und zieht sie mit sich nach vorne, bis zu der Stelle, an der Mrs Vaughan-Jones hingefallen war. Stille Tränen sammeln sich in Patsys Puppenkulleraugen, und der Schmerz in den Haarwurzeln auf ihrer Kopfhaut muss unerträglich sein. Dann schüttelt Mrs Vaughan-Jones Patsy an den Haaren hin und her, zwingt sie schließlich zu Boden und stellt ihr den Fuß ins Kreuz. Dann befiehlt sie Penny-Lou, Patsys Pultfach zu leeren und ihre ganzen Bücher und Stifte in einem Haufen auf den Boden zu legen.

»Du wirst jetzt hier *unten* arbeiten, Patsy John«, sagt sie mit leicht lispelnder Stimme. »Du hast mich absichtlich hinfallen lassen. Das soll dir eine Lehre sein.«

Patsy muss den Rest des Tages dort unten mit dem Kopf auf dem Boden ihre Schularbeit machen. Dann, am nächsten Tag – und dem folgenden und auch dem nächsten –, kommt Mrs Vaughan-Jones nicht mehr in die Schule. Und dann sind Weihnachtsferien.

Als die Ferien beginnen, vergisst Dinah Klasse zwei, denn danach wird sie ein Stockwerk weiter oben in der dritten Klasse bei Miss Vaizey sein, die immer lächelt und plaudert und mit baumelnden Beinen auf dem Lehrerpult sitzt. Manchmal trägt Miss Vaizey ein gepunktetes Kleid mit weit schwingendem Rock und großen Manschettenärmeln, oder sie trägt einen eng anliegenden Bleistiftrock mit Schrittfalte und einer weißen Bluse mit einer Kameebrosche. Außerdem machen die Mädchen bei ihr richtig spaßige Sachen, wie mit Modellierton auf Pappkarton 3-D-Karten von allen vier Provinzen der Südafrikanischen Union zu basteln. Das Kap, Natal, der Oranje-Freistaat und Transvaal. Für die bewaldeten Flächen nehmen sie kleine Stückchen Badeschwamm, die sie vorher in grüne Farbe tunken. Dinah weiß das alles von Lisa, deren drittes Jahr ganz wundervoll war und die viele Freundinnen gefunden hat.

An Weihnachten nähen Lisa und Dinah für ihre Mum Wäscheklammerbeutel und Nadelkissenheftchen, und ihrem Dad kaufen sie ein Paar viel zu enge Strümpfe, die er nur mit Mühe an- und wieder ausbekommt. Sie kaufen die Strümpfe mit dem letzten Geld aus Dinahs roter Sparbüchse, und es muss ein Von-uns-beiden-Geschenk sein, da Lisa kein Geld mehr hat. Sie hat ihr ganzes Geld für Toffo-Lux und Knusperriegel ausgegeben. Ihre Mum backt Hefezöpfe und Windbeutel und Weihnachtsplätzchen in Form von Tannenbäumen und Glocken und Sternen. Sie schmückt den Adventskranz mit grünen Zweigen und hohen Kerzen und roten Schleifen und hängt ihn über den Esstisch.

Da Dinahs Mum deutsche Weihnachten feiert, ist Heiligabend der große Tag, und die Mädchen öffnen ihre Geschenke nach dem Abendessen bei Kerzenschein, während im Radio, aus der King's College Chapel in Cambridge, das alljährliche Festival of Nine Lessons and Carols übertragen wird. Dinah findet die reinen, leicht überheblich klingenden Sopranstimmen der Chorknaben ganz wundervoll – besonders die des Knaben, der zum nächtlichen Sirenengeheul der Heuschrecken in der Dunkelheit ihres Wohnzimmers die Bibeltexte liest. Zum Abendessen gibt es selbst gekochten Schinken und Spargel aus der Dose und geraspelte Möhren und Kartoffelsalat mit viel Mayonnaise. Dinahs Dad macht die Mayonnaise immer selbst, wobei er mit einem Holzlöffel tröpfchenweise Öl in eine Schüssel gibt. Mayonnaise und eingelegtes Gemüse sind ungefähr die einzigen Dinge, die Dinah gerne isst. Sie würde im Grunde alles essen, solange es von Mayonnaise trieft.

Nach den Ferien ist Mrs Vaughan-Jones nicht mehr da. Als hätte sie sich in Luft aufgelöst. Aber nein! Dinah sieht sie noch ein weiteres Mal, und zwar ungefähr zwei Jahre später, als Mrs Vaughan-Jones mit wackelndem Kopf in der Stadt die West Street heruntertapert. Sie redet unverständliches Zeug vor sich hin, und ihr Mondgesichtlächeln hat einen noch wahnsinnigeren Zug bekommen. Sie hat einen Schottenrock an und eine Strickjacke mit Zopfmuster. Dinah bemerkt, dass sich Mrs Vaughan-Jones' Rock hinten im Gummi ihrer Unterhose verheddert hat und man ihre knubbeligen alten Beine sehen kann.

Ein Teil von Dinah möchte zu der alten Frau hingehen und ihr den Rock wieder richten, aber sie hat Angst, Mrs Vaughan-Jones könnte sich plötzlich schneidend umdrehen – und Dinah wäre wieder in der zweiten Klasse, wo sie sich unter Tränen durch einen Berg von Pausenbroten knabbert oder schniefend auf ihren heißen Stuhl in der 1A-Eiscreme-Reihe gedrückt wird. Außerdem fühlen sich Dinahs Beine wie Pudding an, und sie kann sich nicht einen Zentimeter weit bewegen. Mrs Vaughan-Jones geht dicht an ihr vorbei. Der Eidotter-Film in ihren Augenwinkeln hat ihrem Facettenblick offensichtlich den Garaus gemacht. Und als sie an ihr vorbei ist, wird Dinah ganz leicht ums Herz. Sie ist glücklich. Für immer befreit von Mrs Vaughan-Jones. So glücklich, dass sie am liebsten tanzen und singen würde.

VIER

Die Wahlen von 1948 werden zwischen einer Weißen Partei und einer anderen Weißen Partei ausgefochten. Schwarze und Inder dürfen nicht wählen. Mischlinge dürfen wählen, aber nur in der Kap-Region. Es ist das letztes Überbleibsel des einstmals farbenblinden Wahlrechts am Kap. Früher durften hier auch die Schwarzen wählen, aber das ist längst vorbei. Seit dem Act of Union am Ende des Burenkriegs. In der Schule lernt Dinah, dass die Abschaffung des Wahlrechts für die Schwarzen am Kap eine Gute Sache war, da die vier Provinzen der Südafrikanischen Union jetzt eine einheitliche Eingeborenenpolitik betreiben. Und EINIGKEIT MACHT STARK – das ist das Motto der Union. Genauso auf Afrikaans: *Eendrag Maak Mag*. Dinah lernt, dass alles, was die beiden weißen Sprachgruppen näher zusammenbringt, eine gute Sache ist, denn es beweist, dass die beiden Gruppen die Feindseligkeiten des Burenkriegs hinter sich gelassen haben und Afrikaaner und englische Südafrikaner jetzt die besten Freunde sind. Allerdings lassen sich die beiden Gruppen davon nicht beeindrucken und hassen einander weiter wie die Pest. Aber sie wissen, dass sie mit ihrem geschlossenen Auftreten den Schwarzen eins vor den Bug geben.

Die beiden Parteien sind die United Party und die National Party. Die englischen Weißen bevorzugen die

United Party, auch wenn sie dem früheren Buren-Heerführer General Jan Smuts untersteht. Aber dieser Tage ist der General der beste Freund aller Industriebosse im Land – und im Moment sind das nur Engländer. Außerdem zeigt er sich gerne mit der englischen Königsfamilie. Und da die Windsors ihn scheinbar ebenfalls sehr mögen, ist seine Ausbeute an gemeinsamen Fotos ziemlich groß. Mit seinem schnieken kleinen Marinebärtchen und royalem Gehabe könnte man meinen, der General gehöre selbst zur Familie Windsor, wenn ihn seine Frau Ouma nicht manchmal begleiten würde.

Ouma Smuts wird von der ganzen Nation geliebt – zumindest von dem Teil, der wählen gehen darf –, und ihr schwarzes offenes Afrohaar hätte es schwer, den Bleistifttest zu bestehen. Außerdem trägt sie – und das Jahrzehnte, bevor man dies als Trendaussage werten könnte – alte Tennisschuhe ohne Schnürsenkel. Unglücklicherweise hat der General bei den Wahlen von 1948 seine besten Jahre bereits hinter sich. Er ist über siebzig, und jeder kann sehen, dass der brillante Guerillakämpfer von einst, der spätere Freund der Quäker und Salonlöwe von North Oxford, sich das schüttere Haar auf alberne Weise über die Glatze kämmt.

Da die englischen Weißen grundsätzlich in den Städten leben, wo sie auch ihre Geschäfte betreiben, wollen sie eine Partei, die den Schwarzen gerade so viele Freiheiten einräumt, dass sie aus den Eingeborenenreservaten in die Stadt kommen können, um dort für Billiglöhne in den Minen und Fabriken zu arbeiten, solange man sie ohne Umstände wieder in die Reservate zurückverfrachten kann, wenn sie für die Arbeit zu alt oder gebrechlich sind oder aus anderen Gründen den Anforderungen nicht mehr genügen. Die Afrikaaner leben hingegen für gewöhnlich auf Farmen und in kleinen Ortschaften auf dem Land und wollen daher eine Partei, die dafür sorgt, dass die Schwarzen nicht in die Städte abwandern können. Auf diese Weise müssen sie auf dem Land bleiben und auf den Farmen der Weißen wie Sklaven arbeiten und sich in Maissäcken ausbezahlen lassen. Die Parteien sind umgangssprachlich als Nats und UP bekannt, und da Letztere »you pee« ausgesprochen wird, kursieren in der Schule viele Pipi-Witze.

In Dinahs Schule sind alle Mädchen UP, weil sie englischsprachig sind. Jeder in der Schule weiß, dass die Engländer die Besten sind, auch wenn viele der Mädchen Nachnamen wie Van Jaarsveld, du Plessis, Tonetti, da Souza, Levy, Engelbrecht, Herschel und de Bondt haben. Jeder im Schmelztiegel hat die Bücher über die kleinen englischen Prinzessinnen Lilibet und Margaret Rose gelesen. Jeder weiß, dass Crawfie das königliche Kindermädchen ist. Und jeder, sogar Dinah, tritt überschwänglich den Brownies bei und leiert den Pfadfinderschwur herunter:

ichversprechemeinbesteszutun
gottunddemkönigzudienen
undanderenimmerzuhelfen
besondersmeinerfamilie

Aber Dinah, die genauso gut flechten, stricken, nähen, Eier kochen, den Tisch decken und ordentliche Eckfalten in Bettlaken ziehen kann wie alle anderen in der Elfengruppe und immer den glänzendpoliertesten Penny für ihre wöchentliche Beitragszahlung mitbringt, wird es nie über den Kleinsten-Status hinausschaffen, nie die begehrte braune Uniform in Händen halten, da sie beim Umzug der anglikanischen St.-Thomas-Gemeinde von der Führungsgruppe wieder einmal als nicht-wirklich-dazugehörig herausgeschnüffelt wurde.

Diese Einschätzung wird zusätzlich durch ihren Vater verstärkt, der sie eines Abends von einer Versammlung abholen will und sofort gezwungen wird, sich den »Anschluss der Braunen Eulen« anzusehen. Er kann weder seinen Unmut noch seine Erheiterung verbergen, als er, in die Sitzreihen zurückgedrängt, das Spektakel bis zum Ende mit ansehen muss. Dieses unfassbare Erlebnis wird später als »der Abend, an dem sich eine Verrückte auf mich stürzte und ›Trill-llerill-eriie‹ schrie« in seine Anekdotensammlung eingehen – wobei er gerne den Teil ausschmückt, als eines der Brownie-Mädchen vor versammelter Pfadfinderschaft seine Fertigkeit im fehlerlosen Tischdecken vorführen soll und die benötigten Gegenstände nacheinander aus einem Pappkarton nimmt – um zum Schluss, als alles fertig gedeckt ist, das ordentlich gefaltete Tischtuch aus dem Karton zu ziehen. Besonders gerne erwähnt er aber auch Dinahs Pfadfinderin-Bemühungen, »im Haus zu helfen«. Diese bestehen ihm zufolge darin, eine Stunde vor dem wöchentlichen Gruppentreffen eine Kleckerwirtschaft aus Metallputzmittel und schwarzen Kupferflecken auf dem Tisch zu hinterlassen.

Alle Mädchen leihen sich aus der Schulbibliothek Enid-Blyton-Bücher aus, und sie wissen, dass richtige englische Kinder ihre Mütter Mummy nennen. Nachmittags bekommen sie gebutterten Toast zum Tee, den sie an Wintertagen vor einem knisternden Kaminfeuer trinken.

Richtige englische Kinder haben richtigen Schnee zu Weihnachten anstatt an die Fenster geklebte glitzernde Wattebausche. Und in der Küche arbeitet eine Frau, »Köchin« genannt, die garantiert keine Einheimische ist und für Picknickausflüge »ganz köstliche Brotaufstriche« zubereitet – solange man sie diplomatisch darum bittet. Auch läuft sie nicht barfuß herum wie die einheimischen Mädchen. Sie ist ein Ehrfurcht heischender weißer Drachen, der sich Respekt erbittet und in seiner Uniform einer Krankenschwester nicht unähnlich sieht, einschließlich der wuchtigen Schnürschuhe.

Englische Köchinnen sind immer Furcht einflößend, aber in Durban fürchtet sich niemand vor dem einheimischen Mädchen. Einmal tritt Lisa, als sie in Bugs Gourlays Küche beim Plätzchenbacken hilft, dem einheimischen Mädchen aus Versehen auf den Fuß und entschuldigt sich bei ihm, aber Bugs' Mum erklärt Lisa, dass sie sich bei einem einheimischen Mädchen niemals entschuldigen darf.

»Du darfst dich niemals herablassen«, sagt sie.

Bugs' Mum sagt das direkt vor dem einheimischen Mädchen, und Lisa ist das Ganze sehr peinlich.

Der Afrikaans-Unterricht in der Schule ist bei allen verhasst, und niemand lernt auch nur irgendetwas, obwohl es eigentlich eine sehr leichte Sprache ist, da die Verben nicht konjugiert werden und Mrs van Heynigen ihre Klasse jeden Tag die neuen Wörter im Chor herunterbeten lässt, während sie im Rhythmus in die Hände klatscht. Am nächsten Tag hat die Hälfte der Klasse aber wieder alles vergessen. Und wenn eines der Mädchen sein Vokabelheft nicht finden kann, hat Mrs van Heynigen ebenfalls eine feste Angewohnheit. Sie spaziert den Gang hinunter und schlägt den Pultdeckel des Mädchens zurück, der dann gegen den Kopf des Mädchens vor ihr knallt.

»Wenn man ein Buch nicht finden kann, gibt es nur eins. Man muss alle Bücher ausschütteln und sie woanders hinwerfen«, sagt sie mit rollendem R. Während sie das sagt, nimmt sie die Bücher des Mädchens aus dem Pult und schmeißt sie quer durchs Klassenzimmer. Sie tut dies so lange, bis sie das fehlende Buch findet oder das Schreibpult leer ist. Immer wenn die Bücher fliegen, gehen die Mädchen – Hände über dem Kopf – in Deckung und versuchen, nicht zu kichern. Da diese dramatischen Einlagen das Einzige sind, was sie an den Afrikaans-Stunden genießen, kommen ein paar der mutigeren Mädchen auf die Idee, ihre Vokabelbücher absichtlich zu verstecken. Aber nach kurzer Zeit riecht Mrs van Heynigen den Braten.

Dinah ist noch nie im Hinterland von Transvaal oder dem Oranje-Freistaat gewesen, wo die meisten Afrikaaner leben. Ihre Familie kann sich keinen Urlaub leisten, und ihr Dad sagt sowieso immer, er habe keine Zeit. Er verbringt seine Ferien lieber zu Hause, puzzelt herum oder spielt auf seiner neuen, gebraucht gekauften spanischen Gitarre, die allmählich seine Mandoline ablöst.

Irgendwo hinter dem Vaal und dem Oranje-Fluss liegt, so stellt es sich Dinah vor, das wahre Land, das Schrecken erregende Land. Dort herrschen, wie Dinah weiß, Afrikaaner-Farmer über in Sack und Lumpen gekleidete erdfarbene Bauern. Sie weiß auch, dass die Farmer in ihren Schlafzimmern Gewehre haben und dass Schießen ein beliebter Sport ist. Sie weiß das, weil die Farmer manchmal aus Versehen ihre eigenen Frauen oder Kinder erschießen, und dann steht es in der Zeitung. Manchmal erschießen sie auch das schwarze Hausmädchen, das ihnen morgens den Tee bringt, weil sie glauben, es sei ein Einbrecher. Oder ihre Kinder bekommen die Gewehre in die Finger und erschießen sich beim Cowboy-und-Indianer-Spiel. Hin und wieder gerät der eine oder andere Farmerssohn nach einem Saufgelage mit viel zu viel billigem Kap-Brandy zur Feier seiner Volljährigkeit in eine wahre Schießwut. Anstatt also zum Zeitvertreib aus dem Autofenster mit leeren Castle-Bierdosen auf schwarze Fußgänger zu werfen, zielt er mit der Flinte auf sie. Dinah erinnert sich an einen Mann, der in der Zeitung zitiert wurde.

»Zu meinem Einundzwanzigsten wollt ich schon immer einen *kaffirjie* erlegen, Euer Ehren«, sagt er.

Kaffirjie ist die Verniedlichungsform von »Kaffir«. Und Kaffir ist das beleidigendste Wort für einen Schwarzen, das es gibt. So wie Hotnot das beleidigendste Wort für einen Mischling ist. Aber viele Afrikaaner sagen noch immer Kaffir – als hießen Schwarze so. Von den Engländern wird Kaffir heutzutage nicht mehr so häufig benutzt. Dafür nennen die Weißen in Durban alle Inder Sammy und alle Inderinnen Mary – oder auch Kuli-Mary, wenn sie es abschätzig meinen. Also gehen sie zu ihrem indischen Obsthändler und sagen: »Hast du wohl eine schöne Wassermelone für mich, Sammy?« – gerade so, als wäre Sammy sein richtiger Name. Oder sie sagen: »Was glaubt diese Kuli-Mary eigentlich, wer sie ist? Sitzt auf der Bank, als wär sie Madame Pompadour!« Das sagen sie immer dann, wenn eine indische Frau sich wie eine Weiße auf eine Parkbank setzt, anstatt auf ihren Fersen zu hocken, wie es Inder für gewöhnlich tun.

Als Sallys Mutter mit einem Schiff der *Union Castle* nach England fährt, um ihre Verwandten in London zu besuchen, und in Selfridge's zwei indische Frauen mit Saris aus der Damentoilette kommen sieht – und zwar *der* Damentoilette, die sie gerade selbst aufsuchen wollte, ist sie so schockiert, dass sie sich beim Manager beschwert.

»Auf der Damentoilette sind zwei Marys«, sagt sie. Aber der Manager versteht sie nicht. Sallys Mutter ist so außer sich, dass sie nicht mehr richtig sprechen kann.

»Zwei Marys«, sagt sie. »Auf der Toilette. Führen sich auf wie die Saumkönige.«

Wieder daheim in Durban, erzählt sie die Geschichte wie eine lustige Anekdote, die lustig ist, weil jeder weiß, dass es keine Saumkönige gibt.

Die Menschen in Durban nennen England ihre »Heimat«, die allerdings wegen all der Marys auf den Toiletten – und der Art, wie einige Menschen einfach mitten in der Nationalhymne aus dem Kino schlurfen, anstatt sich aufrecht hinzustellen wie wir im Durbaner Filmpalast – vor die Hunde zu gehen scheint. Der Filmpalast in Durban hat eine Decke wie ein Nachthimmel, mit elektrisch funkelnden Sternen. Eigentlich sieht er aus, als hätte Walt Disney das Globe Theatre nachgebaut. Man kann sich süße Orangenlimo in Papierbechern kaufen, die einem die Kehle verklebt, und in der Pause spielt ein Organist, der wie durch Zauberhand in einem Schauer bunter Lichter aus dem Orchestergraben aufsteigt. Er begleitet die Zuschauer, wenn sie alle gemeinsam singen und dabei dem Hüpfenden Ball auf der Leinwand folgen. Der Hüpfende Ball auf der Leinwand zeigt die richtige Stelle im Liedtext an. In Durban nennt man das Filmtheater das Bioskop.

Dinahs Dad kann sehr gut Afrikaans sprechen, da er drei Jahre an der Universität von Stellenbosch studiert hat. Nach seinem Abschluss an der Universität von Leiden in Holland fehlte ihm das Geld, um weiterstudieren zu können, und auf ein Zeitungsinserat hin bewarb er sich für ein Stipendium am Kap. Er wusste nichts über Südafrika und war sehr überrascht, als er die Bewerbungsformulare erhielt und in einem vorgegebenen Kästchen seine Rasse angeben sollte. Er hatte keine Ahnung, welcher Rasse er angehörte, und er hatte auch noch nie darüber nachgedacht. Also versuchte er, sich so kundig wie möglich zu machen. Er lieh sich mehrere Anthropologiebücher in der Universitätsbibliothek aus und fand darin – wir sprechen von den dreißiger Jahren – vor allem Zeichnungen und Diagramme von Schädeln und Kieferknochen und die dazugehörigen Maße. Dinahs Dad brachte mehrere Tage damit zu, seinen Kopf zu vermessen. Er vermaß den Umfang seines Schädels und die Breite seines Nasenrückens und den Winkel von Kinn und Hals und die Tiefe seiner Augenhöhlen und den Abstand seiner Augen. Er schrieb alle Maße auf und fertigte sorgfältige Zeichnungen an, wobei er für seinen Hinterkopf den Handspiegel seiner Mutter zu Hilfe nahm. Dann verglich er alle Daten und Zeichnungen mit denen in den Anthropologiebüchern.

»Für mich stand eindeutig fest, dass ich von dem Bechervolk abstammte«, erzählt er den Mädchen. »Also schrieb ich in das Kästchen ›Bechervolk‹.«

Das ist die letzte seiner Familiengeschichten. Die Mädchen haben noch nie etwas von dem Bechervolk gehört. Und natürlich hat Dinah keine Ahnung, dass es sich um eine Kulturgruppe aus der Jungsteinzeit handeln könnte, die ihren Namen der Herstellung becherförmiger Tongefäße verdankt, und denkt, sie würde sich »Bächervolk« schreiben – aber die Mädchen finden die Geschichte trotzdem irre komisch, weil doch jedermann weiß, dass man in das Kästchen für die Rassenangabe »Europäer« schreiben muss, und wäre man weißer Amerikaner. Als Nichtweißer schreibt man »Schwarzer«, »Mischling« oder »Asiate«.

Manchmal, wenn ihr Dad mit ihnen zum Einkaufen in die West Street geht, in der sich alle großen und luxuriösen Warenhäuser befinden, redet er absichtlich ganz laut Afrikaans. Lisa und Dinah finden den Gedanken unerträglich, dass jemand sie für Afrikaaner halten könnte. Also versuchen sie aufgeregt, ihn zum Schweigen zu bringen, aber er sagt nur: »Was ist denn los?« Natürlich wieder auf Afrikaans. Abgesehen von den paar Schuljungen aus Port Natal, die manchmal mit ihnen im Bus sitzen, sind die einzigen Afrikaaner, die Lisa und Dinah in Durban zu Gesicht bekommen, arme Weiße mit wettergegerbter orangefarbener Haut, die an den Eisenbahngleisen arbeiten, oder aber riesige weiße Farmer mit Fäusten so groß wie Schinken, die in der Ferienzeit im Juli mit ihren schwergewichtigen Frauen – allesamt stillose Trampelweiber mit Krusseldauerwelle – aus dem Landesinnern auftauchen, um mit einem Haufen barfüßiger blonder Kinder Urlaub am Strand zu machen. Eingezwängt in ihren heruntergekommenen Chevys fahren sie sechshundert Kilometer zur Küste hinunter, um sich neben dem Krankenhaus am Addington Beach in einem der billigen Betonapartments für Selbstversorger einzumieten.

Und auch die neuen Polizeirekruten sind fast immer Afrikaaner: junge Burschen vom Land, meistens Sprösslinge aus verarmten weißen Pächter-Familien, die von den großen englischen Landbesitz-Korporationen von Grund

und Boden vertrieben wurden. Ohne jeden Besitz und oft nicht mal mit Schuhen an den Füßen kommen sie auf der Suche nach Arbeit in die Stadt, wo sich die Polizei schnell zu einem Privatclub der Freiluftaktivitäten entwickelt. Nachdem sie den Führerschein gemacht haben, rasen sie mit ihren Einsatzwagen wie die Verrückten durch die Stadt, veranstalten illegale Wettrennen, pfeifen Frauen hinterher und schikanieren Schwarze, wo sie nur können. Weil aber die Polizisten immer so schrecklich zu den Schwarzen sind, können Lisa und Dinah nicht wirklich verstehen, dass ihre eigene Anti-Afrikaaner-Haltung einem vergleichbaren Standesdünkel entspringt – und so verstehen sie auch nicht wirklich, dass ihr Dad, wenn er seine öffentlichen Afrikaans-Auftritte hat, sie genau damit aufziehen möchte. Er will sie lehren, die Sünde zu hassen und nicht den Sünder.

Aber der Sünder macht es einem momentan recht leicht, ihn zu hassen. Afrikaaner-Gemeindeführer sind derzeit sehr darum bemüht, am Kulturerbe des »Volks« zu schmieden. Sie versuchen, die unterschiedlichen Gruppen der Afrikaaner in einer einheitlichen Streitkraft zu vereinen, indem sie alle hinderlichen Statussymbole aus dem Weg räumen und die Integration der armen weißen Bevölkerung vorantreiben, die natürlich wiederum zu Lasten der armen schwarzen Bevölkerung geht. Sinnbildlich kreist ihr nunmehr gemeinsames Kulturerbe immer um den Großen Treck, und Lisa und Dinah fällt es schwer, sich damit zu identifizieren. Sie finden es befremdlich. Denn im Gegensatz zu den Grenzern im amerikanischen Westen besitzen die Afrikaaner keine Filmindustrie, die ihren Pioniergeist in schöne Bilder fasst und ein Publikum jenseits der eigenen Reihen erreicht.

Lisa und Dinah glauben daher, Afrikaaner seien Leute, die aus für sie nicht verständlichen Gründen ihre Zeit damit verbringen, lebensgroße Ochsenwagen in Bronze zu gießen, knöchellange Unterröcke zu tragen und sich merkwürdige Puffhauben auf den Kopf zu setzen oder Rip-Van-Wrinkle-Bärte stehen zu lassen, um dann in voller Montur andächtige Fackelzüge abzuhalten. Auf ihrem Weg von A nach B geben sie feierliche Darbietungen der ganzen Schlachten zum Besten, die sie auf ihrem Vorstoß gen Norden ins Innere von Natal und jenseits des Vaals und Oranjes hatten kämpfen müssen, wobei sie die einzelnen Gruppen schwarzer Viehzüchter natürlich immer vernichtend schlagen. Sie leben im festen Glauben an ihr vorgezeichnetes Schicksal und können es nicht lassen, Gott für seinen Beistand bei jedem ihrer Scharmützel ausgiebig zu lobpreisen. Dies hat zur Folge, dass ihre Darbietungen stets von einem aufdringlichen einstimmigen Kirchengesang begleitet werden, wenn auch die Veranstaltung zu später Stunde meist in ein geselliges Beisammensein mit deftigen Lagerfeuergelagen übergeht und Tänzen, die auch als »Volksspiele« bekannt sind. Die Volksspiele werden in voller Pioniermontur abgehalten, wobei eine einsame Quetschkommode oder die *boere orkes*, eine Art Hillbilly-Band, die musikalische Begleitung liefert. Soweit es die Wiederbelebung alten Kulturguts betrifft, scheinen die Volksspiele zumindest um einiges lustiger zu sein als der Moriskentanz, bei dem die Teilnehmer wie Kleinkinder in Söckchen auf der Dorfwiese herumspringen müssen. Die Volksspiele umgibt vielmehr eine kernige Brueghel-Aura, bei der man an Zuckerbrot und Peitsche und Inzest hinter den Ochsenwagen denkt.

Für ein Volk, das religiösen und rassistischen Fanatikern verfallen ist, sind kleine Schweinereien beizeiten das Einzige, womit sich das *Volk* vor sich selbst retten kann – und Afrikaaner kennen tatsächlich die besten schmutzigen Witze auf der Welt und verfügen über einen ganzen Kanon anzüglicher und zweideutiger Lieder –, auch wenn dieser kreative Quell ursprünglich der »Weltanschauung« der Kap-Mischlinge entspringt, von denen die neue weiße Einigkeit so bestrebt ist, sich zu lösen. Schlüpfrige Witze sind natürlich nicht gerade das, was Dinah und Lisa lernen, wenn der Lehrplan vorschreibt, Ochsenwagen-*Laager* zu malen und Voortrekker-Hüte aus Krepp zu basteln, oder was der gestrengen Afrikaaner-Gedankenpolizei entfährt – den unzähligen Klerikern und *Broederbonders*, die sich andauernd im Radio auslassen –, aber der Dad der Mädchen hat sich aus seiner Studienzeit an der Universität von Stellenbosch ein kleines Repertoire an schmutzigen Witzen bewahrt, und er kennt auch ziemlich viele der Lieder.

Der Große Treck beginnt um 1835, als die ärmeren Farmer aus der östlichen Kap-Region beschließen, dass ihnen die britische Administration am Kap nicht länger zusagt. Sie sagt ihnen nicht länger zu, da die Briten, gemeinsam mit den etablierten und reichen burischen Landbesitzern, mittlerweile ihre eigene Landaneignung, Viehbeschaffung und Erniedrigung der Ureinwohner zu Zwangsarbeitern abgeschlossen haben und sich jetzt den Anforderungen einer neuen, urbanen Wirtschaft stellen wollen, die großenteils mit Merinoschafen und freiem Handel zu tun hat. Sie sind daran interessiert, die Arbeitsbedingungen der Hottentotten zu lockern, um der neuen ökonomischen

Entwicklung in den Städten besser begegnen zu können, und sie beginnen, diesbezüglich Gesetze zu erlassen. Aber die ärmeren Buren in den Grenzgebieten laufen der Zeit hinterher; sie versuchen zwar alles, um ihr gottgegebenes Recht auf bewaffnete Viehraubzüge jenseits der Koloniegrenze zu verteidigen und dass sie die »Waisenkinder« all jener Einheimischen entführen dürfen, die sie bei diesen Beutegängen überfallen. Aber nach und nach geben die Farmer auf, packen ihre Habe in Ochsen-Planwagen und machen sich – mit vielen Gebeten und feierlichen Rückbezügen auf Moses und den Auszug aus Ägypten – in kleinen schleppenden Konvois gen Norden auf den Weg ins Ungewisse.

Ihr Vorstoß, der gerne als Ausdruck ihrer Willensstärke und ihres persönlichen Heldenmuts angesehen wird, ist für die Einheimischen, denen sie auf dem Weg begegnen, natürlich vollkommen vernichtend. Verzweifelte schwarze Häuptlinge, die sich zum ersten Mal merkwürdig behaarten weißen Fremden mit Gewehren gegenübersehen, versuchen, Zeit zu gewinnen, indem sie ihnen Weideland verkaufen, das ihnen nicht gehört. Natürlich können sie auch warten, bis sie hungers sterben, während die Buren ihre Dörfer belagern und ihre Kinder als Sklaven missbrauchen. Obwohl die Verluste unter den Ochsenwagen-Buren nicht unerheblich sind und einige von ihnen einfach spurlos verschwinden – zuletzt wurden sie in Richtung Delagoabucht gesichtet –, gelingt es den Buren am Ende, ihre beiden gottesfürchtig theokratischen Agrar-Republiken nördlich des Vaal und des Oranje zu errichten – nur um bald dem Allerschlimmsten gegenüberzustehen: Es stellt sich heraus, dass die Republik Transvaal auf einem großen Berg von Gold hockt.

Das Gold bedeutet, dass binnen kürzester Zeit jeder französische und deutsche Hasardeur, jeder verzweifelte polnische Gauner und Bordellbesitzer, jeder osteuropäische jüdische Zuhälter und Waffenschmuggler bei ihnen einfällt, um sein Glück zu versuchen, während die britische Regierung noch mit großen Augen auf das Gold schielt und plötzlich alle erdenklichen Gründe findet, warum die Buren das Gebiet nicht selbst verwalten können, welches zu seinem eigenen Wohl sofort vom Empire annektiert werden muss. Die Briten sind zudem, wie sie sagen, um die Rechte ihrer eigenen Bürger und anderer Immigranten besorgt, die den Buren hilflos ausgeliefert seien – und natürlich um die Rechte der einheimischen schwarzen Bevölkerung.

Nachdem die Briten den Burenkrieg einmal angezettelt haben, müssen sie zu ihrer großen Überraschung feststellen, dass sie es selbst nach Jahren der Kriegsanstrengung, in denen sechshunderttausend Mann aus dem ganzen Empire ins Land geholt wurden, immer noch nicht geschafft haben, die Buren zu vertreiben – die sich mittlerweile zu beharrlichen und hocheffektiven Guerillakämpfern entwickelt haben. Also setzen sie stattdessen auf eine breit angelegte Politik der verbrannten Erde. Sie treiben alle burischen Frauen und Kinder mitsamt ihren schwarzen Bediensteten in dem ersten Konzentrationslager der Welt zusammen und zerstören ihre Felder und Höfe. In den Lagern herrschen die schlimmsten Zustände, und die nach außen sickernden Zahlen der Todesopfer, die an Epidemien oder Unterernährung sterben, machen aus Großbritannien den Paria von Europa. Es stimmt zwar, dass Europa derzeit in ganz Afrika alle Arten ausgeklügelter Grausamkeiten begeht – die Belgier hacken den Menschen im Kongo die Gliedmaßen ab, und die Deutschen üben ihre Genozid-Techniken an den Hereros in Südwestafrika –, aber die Briten tun etwas nie Dagewesenes. Sie begehen Kriegsverbrechen an Weißen.

Als den Burenführern schließlich klar wird, dass der Krieg den Schwarzen die Möglichkeit gibt, in die entstandene Lücke aufzurücken und sich einen Teil des Farmlands unter den Nagel zu reißen, das sich die Buren einst von ihnen unter den Nagel gerissen hatten, beschließen sie, sich den Briten zu ergeben. Die Kapitulation findet vor einer Gruppe extrem junger und hochintelligenter Oxford- und Cambridge-Absolventen statt, die vor Arroganz und Klassenbewusstsein nur so strotzen und sich ansonsten auf lange wachsglänzende Zwirbelschnurrbärte spezialisiert haben. Die frühreifen Burschen sind als Milners Kindergarten bekannt und wenn nicht gar um einiges rassistischer als die Buren, deren Rassismus durch eine gehörige Portion Pragmatismus gekennzeichnet ist, während sich der Kindergartenrassismus ideell und visionär zeigt. Gemeinsam schustern sie den Act of Union zusammen und einigen sich darauf, den Schwarzen alle Rechte zu entziehen. Ende der Geschichte.

Der einzige Haken ist, dass es beileibe nicht das Ende der Geschichte ist, da durch das Verhalten der Briten während des Kriegs all die toten burischen Frauen und Kinder zu Märtyrern geworden sind. Dies hat einen starken Opferkult unter den Afrikaanern aufkommen lassen, der ihre besondere Form des rassistischen Nationalismus zusätzlich prägt. Von ihrer oft antisemitischen Haltung einmal abgesehen, begreifen sich die Afrikaaner von nun an als das auserwählte Volk aus dem Alten Testament. Das verheißene Land liegt gleich um die Ecke, die Burenrepubliken werden sich wieder erheben, und all die rauen Holzsärge, die mit den Leichnamen der Burenkinder aus den Lagern gerollt wurden, werden endlich gerächt werden. Und genau darum geht es bei den in Bronze gegossenen Ochsenwagen und unmelodiösen Kirchenliedern. Und obwohl die reicheren und städtisch orientierten englischen Siedler aus Lisas und Dinahs Kindheit das ganze Treiben als Proleten-Firlefanz abtun, wird ihnen das Lachen schon bald vergehen. Denn dort an der Basis, im ländlichen Hinterland – in jedem Blikkiesdorp und Pampoenvlei –, bereiten die Afrikaaner ihr Comeback vor.

Dem Ochsenwagen-Exodus wurde bereits jetzt in dem Flachrelief des kürzlich errichteten Voortrekker Monument ein Denkmal gesetzt, das sich schnell zur Hauptattraktion afrikaanser Wallfahrt entwickelt. Es steht auf einem Hügel vor Pretoria und sieht aus wie eine Kreuzung zwischen einem Mormonentempel und einer riesigen Art-déco-Musikbox. Das Bauwerk wurde ausschließlich von Ausländern errichtet. Aber das Gleiche kann man auch von Henry VIII. berichten – noch so einem nationalen Führer, der sein *Volk* von seiner schöpferischen Kraft reinigte. Anton Van Wouw wäre demnach der Hans Holbein der Afrikaaner, und er hat gute Arbeit geleistet. Das Voortrekker-Denkmal sieht beeindruckend aus. Und es ist das einzige Art-déco-Gebäude der Welt, das sich eines Flachreliefs mit Affen rühmen kann.

FÜNF

Port Natal ist die einzige afrikaanssprachige Schule in Durban, und alle Jungen, sogar die der oberen Klassen, müssen als Teil ihrer Uniform kurze Hosen tragen. Zu den kurzen Hosen gehören Jackett, Hemd, Schlips, schwarze Halbschuhe und ein Paar Socken. Also sehen sie im Grunde genau wie erwachsene Männer aus, die vergessen haben, ihre Hose anzuziehen – besonders da derzeit alle Shorts in Südafrika so kurz sind, dass sie kaum die Unterhose bedecken. Sowohl die englischsprachigen als auch die afrikaanssprachigen Weißen sind sich nämlich darin einig, dass lange Shorts nur etwas für Weicheier sind. Sie werden mit spindelbeinigen englischen Witzfiguren mit Tropenhelmen in Verbindung gebracht – die in Cartoons immer im Kochtopf der Menschenfresser landen. Auch wenn sie ihrem Mutterland leidenschaftlich ergeben sind, wissen die weißen Durbaner, dass sie viel kraftstrotzender und männlicher sind als die *englischen* Engländer. Jeder in Durban weiß, dass die Engländer in England mit Tennisschuhen im Meer baden gehen – eindeutig ein Verhalten von Weicheiern, vor allem da in Südafrika noch kein Mensch etwas von Kieselstränden gehört hat.

Niemand in Dinahs Schule will auf dem Nachhauseweg im Bus neben einem der Jungen aus Port Natal sitzen. Sie ekeln sich vor ihren strammen nackten Schenkeln, mit denen sie sich auf den Sitzen ausbreiten. Dinah stellt sich vor, dass all dies muskulöse, sonnenverbrannte, leuchtend rosafarbene Fleisch auf Schwarze ungeheuer abstoßend wirken muss, da Schwarze, wenn sie nicht gerade in ihren Arbeitsoveralls oder Küchenjungen-Uniformen stecken, in schnittigen Chicago-Gangster-Klamotten herumlaufen: lang taillierte Anzüge und verwegen in die Stirn gezogene Filzhüte sowie zweifarbige Schuhe mit Lochmuster, mit denen sie sich sehr von den englischsprachigen männlichen Weißen unterscheiden, die sich für gewöhnlich wie Zeugen Jehovas kleiden. Viele haben sich dem Sta-prest-Hosenlook der Nachkriegszeit verschrieben – Unterhosen mit Eingriff und Airtex-Unterhemden inbegriffen. Synthetikhosen mit Dauerbügelfalte werden zu kurzärmligen Nylonhemden getragen, die verbissen in die Hosen gestopft und mit einem Gürtel gesichert werden, da heraushängende Hemden als schlampig gelten und außerdem zu sehr an die Küchenjungen-Uniform erinnern. Diese wird im Gegensatz dazu aus ungefärbter Kalikobaumwolle gefertigt: lange weite Shorts mit locker darüber hängenden kurzärmligen Oberteilen, die an Hemd- und Hosensaum mit einer roten Bordüre versehen sind und ohne Unterwäsche und für gewöhnlich barfuß getragen werden.

Die schnieken Anzüge, in denen die Schwarzen ihre Freizeit verbringen, kann man am nördlichen Ende von Downtown in den indischen Warenhäusern wie Moosa's auf Pump kaufen – in dem Teil der Stadt, in dem man auch auf die beinlosen Bettler trifft. Das Viertel liegt am weitesten vom Strand entfernt. Um also zum Strand oder auch zu den Einkaufszentren der Weißen zu kommen, muss man erst durch dieses Geschäftsviertel gehen, in dem Inder in hübschen, wenn auch ziemlich heruntergekommenen alten Häusern mit New-Orleans-artigen Balkonen und schattigen überdachten Wegen ihren Handel treiben. Auf den Gehwegen stehen Körbe voller Messingarmreifen und billiger Sandalen neben Ballen von Saristoffen, die über den Gehweg fluten. Und dann gibt es noch den indischen Markt mit seinen überdachten Ständen, die vor Blumen und Auberginen und Papayas und Gewürzen nur so überquellen. Es gibt Stände mit Dekorstoffen und den einen oder anderen Zulu-Sangoma, der Heilelixiere aus dem Drüsengewebe von Affen und gemahlenes Horn von Nashörnern verkauft. Und die Mutter der Mädchen geht immer auf den indischen Markt, wenn sie frische Blumen kaufen möchte.

Lisa und Dinah gehen mit ihrer Mutter gerne einkaufen. Nicht nur, weil sie auf der West Street kein Afrikaans mit ihnen spricht und ihnen keine klobigen Jungenschuhe kauft, sondern weil sie die Mädchen nicht an den Schaufenstern der Spielwarengeschäfte vorbeischeucht, in denen Verkäufer aufziehbare Hunde und Puppen vorführen, die mit leisen Stimmchen »Mama« sagen können. Und weil sie mit ihnen in alle möglichen Geschäfte geht, wo sie Ginghambaumwolle und bedruckte Stoffe von Horrocks kauft, aus denen Mrs van der Walt den Mädchen ihre Kleider näht. Sie kauft Zackenlitzen und Druckknopfkarten und die neuesten Knöpfe für Kleine-Mädchen-Strickjacken mit Teddybären und Marienkäfern darauf und Schleifen für Dinahs Zöpfe, und für sich selbst kauft sie in der Parfümerieabteilung von Payne Brothers Gesichtspuder von Coty. Einmal, während einer Werbewoche für den Wildpark bei Greenacre's, darf Dinah ein Foto von sich machen lassen, während sie einem Löwenbaby die Flasche gibt.

Manchmal geht sie mit ihnen in die Anglo-Schweizer Bäckerei, um Wiener Strudel zu kaufen; und manchmal gehen sie gegenüber des Ehrendenkmals, mit seinen beiden gelb-blauen Engeln, die einen gelb-blauen toten Soldaten eine gelb-blaue Steinplatte hinaufzerren, in den oberen Stock in den Maypole Tearoom, von wo aus man direkt auf das Ehrenmal sehen kann, genau in Augenhöhe mit seinen gelb-keramischen Sonnenstrahlen.

Manchmal treffen sie dort die Freundin ihrer Mutter, Frau Architekt Liesl Mainz, die als Dame der Gesellschaft nicht nur ein größeres Haus als Dinahs Eltern hat und einen angesehenen Geschäftsmann als Gatten, sondern im Tearoom oft die Gastgeberin für österreichische Musiker und andere teutonische Volksgruppen gibt, die ihre Kultur verbreiten wollen. Den einen Tag verteilt sie also Kuchen an die Wiener Sängerknaben in Matrosenanzügen, ein anderes Mal bewirtet sie einen ganzen Trupp Tiroler Jodler. Die Jodler tragen alle kleine federgeschmückte Hüte – genau wie Liesl Mainz. Dinah betet nur, dass sie sie nicht bemerkt, da die Jodler so peinlich sind, zumal einer von ihnen es sich nicht nehmen lässt, während des Tees eine kleine Jodelhymne anzustimmen.

Liesl Mainz hat einen Sohn namens Peter. Er ist in Dinahs Alter, aber seine Mutter hat ihn zum Wunderkind erklärt, und er spielt natürlich in einer anderen Liga als Dinah, obwohl sie und Lisa immer zu Peters Geburtstagsfeiern eingeladen werden. Aber sogar auf seinen eigenen Festen wird er stets angehalten, den Gästen etwas auf der Geige vorzuspielen oder auf dem Klavier.

Die noblen Warenhäuser auf der West Street sind Greenacre's, John Orr's, Payne Brothers und Stuttaford, aber es gibt auch noch das Hub und den Bon Marché, die eher Penny-Bazare sind und ohne Klimaanlage auskommen müssen. Sie haben altmodische Wiener Stühle und Wandschränke mit vielen kleinen Holzschubladen und Verkaufstheken mit in den Rand eingelassenen Zollstöcken aus Messing, an denen die Meterware abgemessen wird. Und sie haben auch noch diese alten pneumatischen Messingrohre an der Decke, durch die die Verkäuferin das Geld der Kunden mit einer handgeschriebenen Rechnung, Warenadresszettel genannt, zur Kassiererin hinaufschickt.

Die Verkäuferin steckt beides zusammen in eine ovale Kapsel, die in der Mitte zugeschraubt wird, und schon saust die Kapsel durch das Messingrohr nach oben. Es macht ein Geräusch, als würde ein Fahrradreifen aufgepumpt, und man kann sehen, wie sich die Kapsel unter der Decke entlangwindet, bis sie oben in einer Kabine unterm Dach bei der Kassiererin ankommt. Die Kassiererin zählt das Wechselgeld ab, und schon saust die Kapsel zurück zu der Verkäuferin, die sie aufschraubt und dem Kunden das Wechselgeld gibt. Die Rohrpost ist für die Mädchen ungemein faszinierend, weil sie einen mit jemandem verbindet, der eigentlich nicht erreichbar ist. Lisa und Dinah haben noch nie zuvor ein Telefon benutzt, denn ihre Eltern besitzen keines. Und so hinterlässt die Messingrohrpost bei ihnen das gleiche kribbelige Gefühl, das sie haben, wenn sie durch eines dieser selbst gemachten Telefone sprechen, das sie sich nach Anleitung aus ihrem *Wonder Book of Things to Do* aus zwei Blechdosen und einer langen Schnur zusammengebastelt haben.

»Das Hub« zu sagen ist keinerlei Problem, aber wie man »Bon Marché« ausspricht, ist schon etwas kniffliger. Für die Mädchen in der Schule ist es einfach. Sie sagen einfach »Bonn Marsch«, als wäre es ein Lied. Dinah weiß, dass das nicht richtig ist, findet es aber albern, sie darauf hinzuweisen. Und französisch kann sie es auch nicht aussprechen. Das wäre im Grunde noch schlimmer. Also versucht sie, den Namen des Geschäfts ganz einfach zu vermeiden, was aber nicht bedeutet, dass das Problem damit gelöst wäre, da Lisas und Dinahs Mum zu deutsch geblieben ist, um diese Dinge zu verstehen, und sie blamiert die Mädchen immer wieder vor ihren Schulfreundinnen, indem sie »Bon Marché« so französisch wie nur möglich ausspricht, ohne zu bemerken, dass alle zu kichern anfangen.

Eine von Lisas besten Schulfreundinnen ist Elizabeth Lazarus, deren Mutter ebenfalls aus Deutschland kommt, allerdings ist Mrs Lazarus Jüdin. Die gesamte Familie Lazarus ist jüdisch. Mrs Lazarus behauptet vor Lisa immer, dass die Mutter der Mädchen ebenfalls Jüdin sei, auch wenn Lisa ihr versucht klar zu machen, dass das nicht stimmt. Lisa erklärt Mrs Lazarus, dass ihr Vater irgendwie halb jüdisch sei, ihre Mutter aber überhaupt nicht, und dass sie und Dinah deshalb jeweils ein jüdisches Ohrläppchen haben. Das hat ihnen ihr Dad einmal erzählt, aber Mrs Lazarus lässt sich nicht beirren.

»Nein, meine Kleine«, sagt sie. »Deine Mum ist Jüdin.«

Für Lisa ist das Ganze ein Rätsel. Ihr ist nicht klar, dass Elizabeth' Mutter davon ausgehen muss, dass Lisas Mum Jüdin ist, da sie sie für eine nette Frau hält und es so etwas wie eine nette Deutsche nicht gibt. Wenn man aus Deutschland kommt, muss man entweder Nazi oder Jude sein. Mehr ist darüber nicht zu sagen.

Kurz vor den Wahlen von 1948 gibt es in der Schule viel mehr Witze über die Dummheit der Afrikaaner als sonst. Die meisten Witze handeln von einem Typen namens van de Merwe, der fast immer bei der Polizei arbeitet. In einem der Witze hat Sergeant van de Merwe eine Reise nach Amerika gewonnen, wo er an einer Radio-Quizsendung teilnehmen soll. Er kann aber nicht einmal die erste Frage beantworten, in der nach einem Kleidungsstück gefragt wird, das aus Leinen, einer Gummisohle, acht Ösen, einem Schnürsenkel und einer Lasche besteht. Jeder in der Schule weiß, dass die Antwort ein Turnschuh ist. Aber van der Merwe bekommt es nicht heraus. Und dann, bei der nächsten Frage, kann er nicht einmal beantworten, was *zwei* Gummisohlen, *sechzehn* Ösen, *zwei* Schnürsenkel und *zwei* Laschen hat. Die Witze werden oft von Enid erzählt, da sie gut Witze erzählen kann. Enid lacht oft und gerne, aber sie macht dabei nie ein Geräusch. Dass sie lacht, erkennt man nur an ihren Tränen und dass ihr Körper wackelt.

Doch ungeachtet Sergeant van de Merwes sind die Afrikaner Nationalist nicht so dumm, die Wahlen zu verlieren. Sie gewinnen mit knappem Vorsprung, und die Engländer stehen unter Schock. Es ist, als würde man morgens aufstehen und plötzlich durch ein wildfremdes Land spazieren. Der UP-Stimmenanteil sieht anfänglich noch recht hoch aus, weil die Stimmen aus den Städten zuerst ausgezählt werden. Aber in der Nacht, während Lisa und Dinah schlafen, trudeln nach und nach die Stimmen aus den ländlichen Gegenden ein, in denen jeder Wahlkreis aus drei weißen Männern, mehreren hundert Schafen und zig Hektar Mais besteht. Mit knappem Vorsprung und einem Drittel weniger Stimmen als die UP sind die Nats die Wahlsieger. Für die Engländer ist es eine große Überraschung, besonders da beide Parteien in ihren Kampagnen darauf setzten, den Wählern zu beweisen, viel rassistischer als die andere Partei zu sein, und General Smuts seine Glaubwürdigkeit in dieser Hinsicht erst kürzlich unter Beweis stellte, als er die Niederschlagung eines friedlichen Streiks von schwarzen Minenarbeitern anordnete, die mit zwölf Toten, tausend Verletzten und der Festnahme aller Streikführer endete.

Nachdem die Nats die Wahlen gewonnen haben – und drei Tage und drei Nächte lang in ihren zerbeulten Chevys laut hupend durch die Straßen gefahren sind –, knöpfen sie sich erst einmal das Wahlsystem vor, um sicherzustellen, dass sie für immer an der Macht bleiben. Dann erlassen sie eine Reihe neuer Gesetze, die für den Rest von Dinahs Kindheit Gültigkeit behalten werden. Und obwohl die meisten davon nichts weiter als verschärfte und wahnsinnigere Versionen der rassistischen Bestimmungen sind, die die Briten vorgelegt haben, dreht sich einem bei ihrem rücksichtslosen Reißbrett-Fanatismus nur noch der Magen um, vor allem wenn man das Pech hat, schwarz zu sein. Manche der Gesetze bedeuten genau das Gegenteil von dem, wonach sie klingen. Das Gesetz zur Abschaffung der Pässe bedeutet, dass Schwarze jetzt neue, überarbeitete Papiere von neunzig Seiten Umfang bei sich tragen müssen. Und das Gesetz zur Schulerziehung der Bantu bedeutet, dass alle unabhängigen schwarzen Schulen schließen müssen, darunter auch die sehr guten Missionsschulen. Der Staat übernimmt die Leitung aller schwarzen Schulen – und wie ein neuer Kabinettsminister bemerkte: »Welchen Sinn macht es, einem Bantu-Kind Mathematik beizubringen?«

Das Gesetz zur Erweiterung der Universitäten bedeutet, dass die Bantu nicht mehr auf »unsere« Universitäten gehen dürfen, weil sie stattdessen verschiedene, nach Stämmen unterteilte Colleges besuchen werden. Bantu ist *das* neue Wort. Es wird dem Wort »Einheimischer« vorgezogen. Nicht nur, weil es für einen Laien mehr nach Buschtrommeln klingt (während es dem Kenner ethnografischer erscheint), sondern auch weil die Weißen auf den Gedanken gekommen sind, dass ein Einheimischer nicht unbedingt ein Schwarzer sein muss; denn verweist das Wort nicht auf die Zugehörigkeit zu einem Land, das sie gerne für sich beanspruchen würden? Das Gesetz zur Bereitstellung getrennter Vergünstigungen bedeutet, dass wir den Bantu bezüglich Vergünstigungen nicht viel bereitstellen müssen, da wir ihnen »gemäß ihres Zivilisationsgrades« und »gemäß ihrer Bedürfnisse« alles bereitstellen werden, was sie benötigen – und wie wir alle wissen, sind die Bedürfnisse der Bantu recht einfach. Da das Gesetz so gut wie alles rassisch definiert, bis hin zu wem es erlaubt ist, welche Parkbank oder Bushaltestelle zu benutzen, wird zumindest eine Flut von neuen Schildern benötigt, und eine Zeit lang verschafft die Anbringung der Schilder jenen Arbeit, deren Rechte sie beschneiden.

Dann gibt es das Mischehengesetz, das besagt, dass man keine Mischehen eingehen darf, und das Gesetz gegen die Unsittlichkeit, das den Geschlechtsverkehr unter Andersfarbigen verbietet. Dieses Gesetz führt dazu, dass mit Feldstechern bewaffnete Polizisten wie Spanner auf Bäume klettern oder Abflussrohre und Wäschepfähle hinaufrobben, um durch Schlafzimmerfenster zu schielen und an postkoitalen Bettlaken zu schnüffeln.

»Wir halten fest, dass das Kissen neben dem Kopf des Angeklagten zerwühlt war, Euer Ehren. Bei dem Beweisstück Nummer eins handelt es sich um ein schwarzes Haar, das auf dem Kissen sichergestellt wurde. Das Haar ist, wie festgestellt wurde, vom Typ Bantu, Euer Ehren.«

Das Gesetz kann einem höchstens Befriedigung verschaffen, wenn ein zugeknöpfter niederdeutsch reformierter Kirchenmann mit seinem Hausmädchen ins Bett springt und dabei erwischt wird. Das Bevölkerungserfassungsgesetz soll – mit Hilfe des Bleistifttests und der Halbmond-Fingernagel-Theorie – der Rassenbestimmung dienen, wodurch weißen Familien ihre Kinder entrissen werden können, wenn sie zu schwarz aussehen. Dinah weiß von einem Fall, weil er in allen Zeitungen stand. Es wird von einem Mädchen namens Sandra Laing berichtet, das ethnisch reklassifiziert wird, weil die Lehrer an ihrer Grundschule sie gemeldet haben. Zuerst kämpft ihre Familie wie verrückt, um die Reklassifizierung zu verhindern, aber als das alles nichts nützt, wechseln sie die Seiten und wollen nichts mehr mit ihr zu tun haben. Selbst nachdem sie schon erwachsen ist und einen Mann und zwei kleine Kinder hat, weigert sich die Familie, sie zu sehen – obwohl ihre Brüder, die nie fortgeschickt wurden, genauso aussehen wie sie.

Auch wenn beide Elternteile von Dinah die Regierung für vollkommen wahnsinnig halten, nimmt sich ihr Dad die Sache mehr zu Herzen. Und so besteht die direkteste Auswirkung des Wahlsiegs der Nationalisten für Lisa und Dinah darin, dass sie jeden Morgen durch das Gebrüll ihres Vaters geweckt werden, wenn er frühmorgens gegen Außenminister Eric Louws Radioansprachen wettert. Eric Louw, während des Kriegs ein überzeugter Nazi und unser neuer Verbindungsmann bei der UNO, schickt täglich seine Botschaften über den Sender. Kurze Memoranden, mit denen er versucht, die UNO von der Güte des Apartheidsystems zu überzeugen, das vor allem zum Wohle des schwarzen Mannes bestehe, und zu erklären, warum wir in Südafrika als Einzige die Fackel der westlichen Zivilisation hochhielten. Eric Louws guter Freund bei der UNO ist Eamon de Valera, der eingedenk des Burenkriegs die Partei der Afrikaner Nationalisten nicht etwa für die neueste und teuflischste aller rassistischen Unterdrücker hält, sondern sie immer noch als republikanisches Opfer des britischen Imperialismus ansieht.

Nachdem ihr Vater mit seinen Tiraden gegen Eric Louw den ganzen Haushalt geweckt hat, stampft er mit seinen Sandalen durchs ganze Haus und lässt seine Wut an den Jalousien aus, die er mit solcher Gewalt hochzieht, dass ihm regelmäßig die elfenbeinerne Elefantenfamilie ihrer Mum von der Vorhangleiste auf den Kopf fällt.

Während das Hauptgeschäft der neuen Regierung darin besteht, das Leben der Schwarzen zu einem noch größeren Albtraum werden zu lassen, als es bereits vor den Wahlen war, kümmert sie sich gleichzeitig auch um bestimmte Gruppen englischsprachiger Weißer. Es beginnt mit der Entlassung einer Anzahl hoch profilierter Männer bei der Armee, der Polizei und dem Staatsdienst, insbesondere der Männer, die möglicherweise im Besitz von Dossiers über die Naziaktivitäten bestimmter Mitglieder des derzeitigen Kabinetts während des Zweiten Weltkriegs sein könnten. Sie legt jedem afrikanischen Staatsbeamten die Daumenschrauben an, den sie falscher politischer Neigungen verdächtigt, und sie entlässt jeden englischsprachigen Beamten aus dem öffentlichen Dienst, dessen Afrikaans den neuen Ansprüchen nicht Genüge leistet, damit rechtschaffene Afrikaaner ihre Arbeit übernehmen können. Und schon bald sind Zivilverwaltung und Militär ausschließlich in der Hand des »Volks«.

Zu den Hauptunterfangen der Regierung zählt, Schwarzen die Arbeit wegzunehmen und sie armen weißen Afrikaanern zu geben. Dafür ist das Gesetz über Berufsvorbehalte zuständig, das ganze Arbeitsbereiche neu definiert und nunmehr Weißen vorbehält. Wenn Dinah und ihre Mum in Struttaford's einkaufen gehen, ist Dinah immer ganz angetan von dem Fahrstuhlführer. Sein Name ist Ephraim. Er trägt eine elegante Khakiuniform – ein Drillichhemd mit Schulterstücken und dazu passender Hose mit scharfkantigen Bügelfalten und Umschlägen. Ephraim muss einen glänzenden Messinghebel über eine große Messingscheibe schieben, damit der Aufzug nach oben oder unten fährt und um die Türen auf- und zuzumachen. Alle Verkäuferinnen, die in den Aufzug steigen, fangen sofort an, mit Ephraim zu plaudern, weil er ein so guter Zuhörer ist.

Eine der Damen kommt also herein und sagt: »Sieh lieber zu, dass der Aufzug heut nicht zusammenbricht, Ephraim. Ich schwör's, meine Füße bringen mich heut noch um. Nur damit du Bescheid weißt.«

Und Ephraim sagt: »*Hau*, Madam, Ihr Fuß tun heute zu weh?«

»Das kannst du laut sagen«, sagt die Verkäuferin. »Ich war gestern Abend tanzen, musst du wissen. Und Gott ist mein Zeuge, meine Schuhe haben mich bald umgebracht. Meine Ballen glühen wie Kohlen. So, dass man's niemandem erzählen darf, das sag ich dir, bei Gott.«

»*Hau*, Madam«, sagt Ephraim wieder nach mehreren mitfühlenden Klicklauten. »Fuß tun zu viel weh. Zu viel weh.«

Wenn die Verkäuferin dann aussteigt, kommt eine andere herein, und das Spiel geht von vorne los.

»Ich hoffe, dass du mich um fünf nicht so lange warten lässt, Ephraim. Du musst wissen, und Gott ist mein Zeuge, dass ich heut Abend wie der Blitz nach Hause muss. Wie der Blitz, das kann ich dir sagen«, sagt sie.

»*Hau*, Madam, zu viel tun heut Abend?«, sagt Ephraim.

»Bei Gott, da liegst du richtig«, sagt die Verkäuferin. »Es kommen nämlich *nur* meine Ma und die Ma meines Verlobten und meine Großmama und meine Tante Hettie zu Besuch – na ja, sie ist nicht *wirklich* meine Tante, ich nenn sie nur so –, aber wie auch immer. Auf jeden Fall muss ich noch kochen und das Gemüse schnippeln, und Gott weiß, was es zum Nachtisch gibt. Und aussehen, als hätte man mich rückwärts aus dem Gebüsch gezogen, will ich ja nun auch nicht gerade, oder, Ephraim?«

»*Hau*, Madam«, sagt Ephraim. »Zu viel tun heut Abend. Zu viel tun.«

»Ist schon ein Glück, wenn man sich nur von *mielie pap* ernährt, was Ephraim? Bei Gott, so wahr ich hier steh, wenn ich könnte, würd ich das auch essen.«

Die Verkäuferinnen lieben es, mit Ephraim zu plaudern. Nur einmal hört Dinah, wie eine Verkäuferin zu einer anderen sagt: »Bei den Widerworten, die einem der Boy gibt, könnt ich grad aus der Haut fahren. Gott weiß, dass es solche Frechheiten auf der Farm, wo ich herkomme, nicht gab. Gewöhnen werd ich mich bestimmt nicht dran.«

Dann eines Tages, als Dinah und ihre Mum wieder einmal in den Lift steigen, ist Ephraim verschwunden, und ein schlecht gelauntes weißes Mädchen mit Mir-doch-egal-Haltung bedient Ephraims Messinghebel. Sie kaut Kaugummi, spult ihr gerade auswendig gelerntes Liftvokabular herunter und zieht zwischendurch laut die Nase hoch.

Eisenwaren-Haushaltswaren-Bettwaren-Geschirr
Lift fährt auuuufwärts
Miederwaren-Strumpfwaren-Damenmode-Tearoom-
Damentoilette-Schmuck
Lift fährt auuuufwärts

Dinah sieht Ephraim nie wieder. Wenn aber ein Schwarzer auf diese Weise verschwindet, sagt man, er sei zurück auf der Farm. Was so viel bedeutet, dass die betreffende Person in das Eingeborenenreservat zurückgeschickt wurde, dorthin, wo die golfballgroßen Orangen wachsen.

Als sozialwirtschaftliches Experiment ist es erstaunlich mit anzusehen, wie erfolgreich das Apartheidsystem funktioniert. Von Woche zu Woche und Jahr zu Jahr werden die armen Weißen reicher und besser ausgebildet; und die Schwarzen werden immer unsichtbarer.

Die Universitätsleute auf dem Butcher Estate reagieren in unterschiedlicher Weise auf den Wahlsieg der Nationalisten. Es gibt jene, die das Land vor Entsetzen sofort verlassen und in Toronto, Los Angeles, Glasgow, Salisbury und New South Wales Arbeit finden. Harry Stent geht, die Pecks gehen, die Frankels und ihre drei Kinder gehen und auch Dr. Lieberman. Aber von allen, die gehen, ist die Abreise von Peter Bullen am schwersten zu verkraften –

auch wenn er den Mädchen all seine gebundenen Kinderbücher hinterlässt, eingeschlossen seiner *Kleinkinderbewahranstalt* und der alten *Winnie-Puuh*-Sammlung aus seiner Kindheit. Und so liefern sich Lisa und Dinah über die nächsten Jahre eine endlose Besitzschlacht um diese kostbaren Relikte, bis die Vorsatzblätter über und über mit ihren abwechselnd ausgestrichenen Namen voll geschrieben sind:

Lisa Sophia de Bondt
Dinah Louisa de Bondt

Ihre Handschriften werden mit der Zeit immer erwachsener und gehen über die ganze Seite, bis kein Platz mehr zum Schreiben bleibt.

Unter den Anwohnern des Butcher Estate gibt es aber auch solche, die behaupten, dass die Nats unmöglich länger als eine Wahlperiode an der Macht bleiben können. Sie sagen, das ganze Spektakel dauere fünf Jahre, und das war's. *Finito*. Dann wäre die ganze Chose vorbei, und wir müssten uns nur auf die Schadensbegrenzung konzentrieren. Das sind die Leute, die dann später nach und nach wegziehen, denn im Jahr 1953, als Dinah und ihre Schwester zwölf und dreizehn Jahre alt sind, gewinnen die Nats mit erheblich gewachsener Mehrheit die Wahlen. Und nicht nur, weil sich die willkürliche Einteilung der Wahlbezirke bezahlt macht, nicht nur, weil die meisten der noch unschlüssigen Afrikaaner ins Boot geholt wurden. Sondern auch, weil viele englische Geschäftsleute entdeckt haben, dass ihnen die neuen Gesetze der Regierung nur angenehm sein können, da sie ihnen erlauben, ihre schwarzen Arbeiter besser einzusetzen und zu kontrollieren.

Doch fiebern die Engländer im gleichen Jahr einem Großereignis entgegen, das in ihrer Rangordnung bedeutender Anlässe weit aufregender und interessanter ist als irgendwelche Wahlen, und die Lehrer und Schüler der Berea Road Government School für Mädchen sind da keine Ausnahme. Alle bereiten sich auf die Feierlichkeiten zur Krönung von Elisabeth II. vor. Es ist ein ganz besonderer Anlass, der für Lisa und Dinah jedoch leider eine Kehrseite hat, so sehr sie sich auch über die geschenkten Krönungstassen freuen. Bereits Wochen im Voraus hat die nahende Krönung unter dem Lehrerkollegium einen wahren Royalismus-Wahn ausgelöst, und die Direktorin der Mädchen pocht mehr denn je auf strikte Einhaltung der Anwesenheitspflicht bei den Morgenversammlungen, um ihren Vorrat an britischen Flaggen unter die Mädchen zu bringen. Jedes Kind muss von zu Hause einen Halfcrown mit in die Schule bringen, um sich eine kleine Union-Jack-Flagge an einem Stock zu kaufen. Die Flaggen sind so groß wie ein normales Schulheft und gehen weg wie nichts.

Lisa und Dinah stellt sich nun das Problem, dass ihr Vater eine ganz bestimmte Ansicht über Flaggen vertritt und ihnen erklärt, sie würden keine bekommen. Flaggen stünden für Nationalismus, und Nationalismus sei eine schlechte Sache. Denn Nationalismus sei neben Religion die Wurzel allen Übels.

»Schaut euch an, was in Deutschland passiert ist«, sagt er. »Schaut euch an, was hier passiert.«

Lisa und Dinah sind wenig beeindruckt. Sie haben es satt, in der Schule immer die Außenseiter zu sein. Sie wollen nur in die Menge eintauchen und mit ihren Union Jacks wedeln.

»Ach, *bi-i-i-ttee*«, quengeln sie. Aber ihr Dad bleibt hart.

»Geht und sagt eurer Miss Marshall, dass ich euch noch eher eine Flagge von Transvaal in die Hand drücken würde«, sagt er. »Und warum eigentlich nicht?« Er beginnt sich richtig hineinzusteigern, und die Mädchen können sehen, welch Freude es ihm bereitet. »Los«, sagt er. »Geht schon. Sagt ihr, dass ihr gerne mit der Vierkleur wedeln würdet.« Die Vierkleur ist die Fahne der einstigen Burenrepublik Transvaal.

Jeden Morgen bei der Schulversammlung verhört die Direktorin die Mädchen, die Reihe um Reihe im Schneidersitz vor ihr auf dem Holzfußboden sitzen.

»Alle Mädchen aufstehen, die noch keine Flagge haben«, sagt sie.

Zuerst stehen noch viele Kinder auf, denn selbst normale kleine Mädchen brauchen ihre Zeit, sich an einen Halfcrown zu erinnern. Aber jeden Tag, da sich die Gruppe derjenigen ohne Flagge verkleinert, wird die Sache peinlicher und peinlicher. Besonders schrecklich ist es für Lisa, die als Aufsichtsschülerin tätig ist und in die oberste Klasse geht. Eines Tages bleiben nur noch Lisa und Dinah und ein kleines Grüppchen vernachlässigter Kinder übrig, deren Eltern selten etwas auf die Reihe bekommen, geschweige denn ihren Kindern einen Halfcrown mitzugeben. Und dann, schließlich, kommt der schreckliche Tag, an dem nur noch Lisa und Dinah übrig sind.

Die Mädchen möchten am liebsten sterben, denn die beiden anderen Möglichkeiten, die ihnen zur Auswahl stünden, kommen ihnen einfach nicht in den Sinn. Die eine wäre, in der Aula einfach nicht mehr aufzustehen, und die andere, die Sache zu erklären. Stattdessen schleppen sie sich den ganzen Tag mit ihrer Schmach herum. Denn gehen sie gedrückt nach Hause, wo Lisa zum Glück vor ihrer Mum weinend zusammenbricht. Ihre Mum verspricht, ihnen beiden am nächsten Morgen je einen Halfcrown zuzustecken, und flüstert, dass sie ihrem Vater aber nichts davon erzählen sollen. Doch ist die Krönung noch lange nicht vorbei. Denn zusätzlich zum Fähnchenschwenken gibt es eine große Feier mit Liedern und englischen Volkstänzen und einer großen Kostümparade, für die man sich von seiner Mutter ein Kostüm nähen lassen muss. Außerdem muss sie einen Kuchen backen, den man dann zum Fest mitbringt.

Dinahs Mum wirft sich voller Enthusiasmus in das Kostümprojekt. Lisa, die mittlerweile fast so groß ist wie die Erwachsenen, hat so gut wie allen Babyspeck verloren und passt schon in die Kleider ihrer Mutter. Außerdem ist sie seit neustem ganz verrückt nach italienischer Oper, da die Mädchen vor kurzem zu einem Gastspiel von Verdis *La Traviata* mitgenommen wurden. Also kommt Dinahs Mum auf die Idee, dass Lisa als Violetta gehen soll. Sie durchwühlt den *Klappkasten* und zieht verschiedene Kleider hervor, die aus ihrer schicken Ausgehphase in Kapstadt stammen, als sie noch nicht verheiratet war, und sie entscheidet sich für ein knöchellanges weißes Musselinkleid mit Rüschen, das sie samt Geborenem-Arm-Ärmel von Mrs van der Walt ändern lässt. Lisa sieht mit ihrer Kamelie im kastanienbraunen Haar und dem Fächer in der Hand und dem bestickten Schultertuch mit Seidenbordüre zwar mehr wie Carmen aus, aber sie ist auf jeden Fall sehr hübsch. Und Dinah soll wegen ihrer langen blonden Haare als Alice im Wunderland gehen.

Bei ihren regelmäßigen Vorleseabenden gehören die *Alice*-Bücher von jeher zur Lieblingslektüre ihres Dads. Er mag die ganzen mathematischen Witze darin. Und da er derjenige ist, der vorliest, sucht auch er die Bücher aus. Bis Peter mit Hilaire Bellocs *Kleinkinderbewahranstalt* auftaucht, werden die Mädchen also regelmäßig mit Geschichten aus dem *Struwwelpeter* traktiert, die ihnen auf Deutsch vorgelesen werden. Ihre Eltern finden die Geschichten wahnsinnig komisch – auch wenn die arme Lisa als einhändige Daumenlutscherin es nicht gerade witzig findet, wenn der Daumenschneidermann mit gezückter Schere plötzlich auf die Buchseite springt und die Daumen des kleinen Jungen abschneidet. Lisa ist danach immer leicht beunruhigt.

Dinah hält hingegen nicht sehr viel vom Suppenkasper, der plötzlich nichts mehr essen will und mit wiederholten Rufen »Ich esse meine Suppe nicht!« immer dünner und dünner wird, bis er schließlich stirbt. Der *Struwwelpeter* wird gewöhnlich im Wechsel mit *Huckleberry Finn* und *Tom Sawyer* gelesen, die Lisa und Dinah beide für Jungenbücher halten – und natürlich mit den *Alice*-Büchern, die eigentlich noch viel zu hoch für sie sind. Und doch versorgen die Bücher sie mit einem geistigen Mobiliar, an dem die Mädchen in den kommenden Jahren noch ihr Vergnügen haben werden.

In Sir John Tenniels Illustrationen hat Alice genauso langes Haar und die gleiche Art von Kräuselwelle wie Dinah, wenn sie ihre geflochtenen Schulzöpfe aufmacht. Außerdem trägt Alice ein Kleid mit weit schwingendem Rock und Puffärmeln, das zufällig fast genauso aussieht wie Dinahs liebstes Festtagskleid. Alles, was Dinah für ihre Kostümierung also noch braucht, ist ein Alice-Haarband und eine Schürze, die leicht zu besorgen sind. Doch dann beschließt Dinahs Mum, dass sie auch noch einen Flamingo haben sollte: einen lebensgroßen Stoffflamingo, den sie später – genau wie Alice in der Krocketszene, in der sie den Flamingo als Krocketschläger benutzt – falsch herum in der Hand tragen muss. Dinahs Mum hat viel Spaß mit dem Flamingo. Zum einen ist es die erste Skulptur, an der sie sich versucht, zum anderen ist es eine der wenigen wirklichen Herausforderungen, denen sie sich in den letzten Jahren gestellt hat. Sie beginnt mit einem Gestell aus feinmaschigem Käfigdraht, das sie mit Stoffstreifen einer alten Decke beklebt. Dann bezieht sie das Ganze mit unterschiedlich schattiertem flamingorosafarbenem Filzstoff, wobei sie Flügel, Schnabel und Schwimmfüße kunstvoll herausarbeitet. Der fertige Flamingo ist ein voller Erfolg und mit seinen wundervollen Spindelbeinen genauso groß wie Dinah. Und Dinahs gewelltes offenes Alice-Haar tut das seinige dazu. Die Mutter der Mädchen hat ihren Töchtern ausnahmsweise etwas Rouge aufgetragen, und beide sind mit ihrem Aussehen sehr zufrieden. Und so machen sich Violetta und Alice am Krönungstag mit fröhlichem Hüpfschritt auf den Weg zur Schule.

Anfangs sind sie nur leicht verunsichert, als ihnen auf dem Weg fünf Londoner Bobbys, zwei Beefeaters und ein Gardegrenadier begegnen, aber als sie schließlich zur Paradeaufstellung auf dem Schulhof eintreffen, müssen Lisa und Dinah zwischen zwei Dutzend gekrönten Lilibets und einem Dutzend Herzogen von Edinburgh feststellen, dass sie wieder einmal diejenigen sind, die aus der Reihe fallen. Es gibt noch ein paar Beefeaters und zwei Robin Hoods, vier Admiräle Nelson, von denen sich jeder ein Pappfernrohr an seine Augenklappe drückt, einen guten Quadratkilometer englischer Gentleman mit Melone, Regenschirm und selbst gemachten Ausgaben der *London Times*, fünfundzwanzig Rotröcke, ein halbes Dutzend britische Soldaten in Khakiuniform, drei Sir Walter Raleighs und zwei prachtvoll gekleidete Elisabeth I. Ein stolzes kleines Mädchen ist von Kopf bis Fuß in Union-Jack-Stoff gehüllt: Sie trägt einen Union-Jack-Hut, ein Union-Jack-Kleid und Union-Jack-Ballettschuhe mit Pompons. Aber das wahrscheinlich am meisten beneidete Mädchen von allen geht als bronzefarbene Britannia. Sie trägt einen Dreizack in der Hand und steckt in einem beeindruckenden münzähnlichen Bronzereifen, auf dem in unauffällig verdrahteten Bronzelettern, die aussehen, als würden sie frei schweben, ONE PENNY geschrieben steht. Das Kostüm wird viel bestaunt und schreit förmlich nach dem ersten Preis, bevor der Umzug überhaupt begonnen hat. Schließlich gibt es noch zwei Punchs und Judys und eine blau angemalte Boadicea.

Niemand außer Lisa ist als schwindsüchtige Ausländerin mit zweifelhaftem Lebenswandel unterwegs, und niemand außer Dinah trägt unerklärlicherweise eine Schürze über ihrem besten Festtagskleid, während sie einen großen rosa Vogel in der Hand hält, und den auch noch falsch herum. Und noch bevor die Parade überhaupt begonnen hat, muss sich die arme Lisa ungefähr zwanzig Mal erklären.

»Ich bin Violetta. Aus *La Traviata*. Nein. Das ist eine Opa. Eine *Opa*, hab ich gesagt.«

Die umstehenden Kinder starren sie nur an und zucken mit den Schultern. Das Einzige, was die Mädchen aus Lisas Klasse von einer Oper kennen könnten, stammt aus dem abendlichen Springbok-Radioprogramm, wenn die Firestone-Streicher Auszüge aus der Ouvertüre vom *Fliegenden Holländer* spielen. Die Auszüge werden alle fünfzig Sekunden von Werbepausen unterbrochen, in denen die Zuhörer wiederholt daran erinnert werden, dass die Firestone-Streicher die freundliche Unterstützung der Firestone-Gummifabriken genießen.

Dinahs Elend beim Spießrutenlauf der Kostümparade wird regelmäßig durch die wiederkehrende Frage der Zuschauer ausgelöst: »Und wer ist das?« – »Und wer ist das?« – »Und wer ist *das*?«

Nur hin und wieder gibt es eine Abwandlung, wenn die fürsorglicheren unter den Zuschauern einen Schritt nach vorne treten und sie am Ärmel zupfen.

»Entschuldigung«, flüstern sie mit vorgehaltener Hand. »Entschuldigung, Kleines, aber du trägst den Vogel falsch herum.«

Also beugt sich Dinah irgendwann dem Willen der Mehrheit und trägt den Flamingo richtig herum.

Nachdem der Umzug vorbei ist, lassen Dinah und ihre beste Freundin Angela Trevean ihre Utensilien unter einem Baum liegen und machen sich schnell zu den Unmengen von selbst gemachten Kuchen auf den Weg, die bereits aufgeschnitten auf großen Platten auf sie warten.

»Schau mal den Kuchen da«, sagt Angela. »Oder *den* da. Schau mal *die* da.«

»Schau mal *den* da«, gibt Dinah zur Antwort.

Sie kichern und zeigen einander, welcher Kuchen ihrer Meinung nach am komischsten aussieht – obwohl *so* komisch im Grunde genommen keiner ist. Sie fangen einfach bei allem an zu kichern, und ihre Kicherkoller sind zu einer Art Markenzeichen von ihnen geworden. Währenddessen häufen sie sich stückeweise Schokoladenbiskuitrollen und bunte Zuckergusstorten auf ihre Teller. Manche Mütter waren sogar so patriotisch, ihre Kuchen aus drei verschiedenfarbigen Schichten zusammenzusetzen: rot, weiß und blau.

»Schau dir *den* mal an«, sagt Angela.

»Ihh«, sagt Dinah, und sie kichert und stöhnt besonders laut, da es sich um einen zweifarbigen Kuchen in Kastenform handelt, schokoladenbraun und sandfarben. Der deutsche Marmorkuchen ihrer eigenen Mum. Und Dinah ist nicht besonders wild darauf, dass Angela das herausfindet. Sie weiß, dass ein richtiger Kuchen aus zwei mit Marmelade aufeinander geklebten runden Biskuitböden besteht. Angelas Mutter weiß das, weil sie aus Cornwall kommt. Und weil sie aus Cornwall kommt, hat sie auch einen Kobold als Türklopfer. Angela kann sich zwar nicht mehr an St. Austell erinnern, da sie noch ein Baby war, als sie Wales verließen. Aber sie weiß, dass Kobolde zu ihrem Erbe gehören. Dinahs Mum nennt den Kuchen Karierter Affe.

Dem zweiten Wahlsieg der Nationalisten verweigert sich Dinahs Mum einfach. Sie bewältigt die Angelegenheit, indem sie sich über die burlesken Seiten des Apparates lustig macht und seinen Schrecken verdrängt. Sie tut, als wäre die Furcht erregende Entwicklung nichts weiter als eine lächerliche Posse, in der Schwarze und Weiße das Hauptpostamt durch verschiedene Türen betreten, um sich dann, wenn sie einmal drinnen sind, in der gleichen Schlange anzustellen. Und offen gestanden, ist die Schlange auch unabhängig von der Hautfarbe viel zu lang, da die Post eine weitere der Institutionen ist, die armen Afrikaanern zu Arbeit verhilft. Und die armen weißen Afrikaaner erwerben ihre Arbeitskenntnisse meistens erst vor Ort.

Der Vater der Mädchen reagiert auf den zweiten Wahlsieg mit dem Eintritt in die Liberal Party – einer neuen Partei mit einem nicht rassistischen Mitgliederstamm, die sich als marktwirtschaftliche Alternative zu der mittlerweile verbotenen Communist Party versteht. Bislang waren die Kommunisten die einzige Partei in Südafrika, die sich für ein rassenunabhängiges Wahlrecht ausgesprochen hatte, aber seit dem Abfall des Blitzgescheiten Rebellen traut ihr Dad den Kommunisten nicht mehr.

Der Liberal Party gelingt es nie wirklich, die erhoffte breite Unterstützung der schwarzen Bevölkerung zu erlangen, wenn sie auch den einen oder anderen schwarzen Intellektuellen gewinnt. Und Dinahs Erinnerung an die Liberal Party beschränkt sich auf ein singuläres Ereignis, als sich ihre Mum bereit erklärte, während der jährlichen Parteikonferenz zwei Delegierte bei sich aufzunehmen. Da das Haus recht klein ist und nur über zwei Schlafzimmer verfügt, bekommen die Delegierten Lisas und Dinahs Betten, während die Mädchen auf dem Schlafzimmerboden ihrer Eltern in Schlafsäcken übernachten. Die Delegierten sind zwei unbekannte Akademiker aus Kapstadt namens Dr. Liebmann und Dr. Manheim.

»Ich hoffe, die Delegierten sind nicht so groß«, sagt ihre Mum skeptisch, als sie die Kissen auf den schmalen kleinen Mädchenbetten aufschüttelt.

Kaum hat sie das gesagt, stehen die Delegierten auch schon in der Tür und müssen sich bücken, um überhaupt eintreten zu können. Dann sehen sie sich im Wohnzimmer nach einer Sitzgelegenheit um, die ihrem Gewicht vielleicht standhalten könnte, da die Doktoren Liebmann und Manheim beide fast zwei Meter groß und eindeutig fettleibig sind.

Dinahs Mum findet die Geschichte zum Schreien komisch, und von Zeit zu Zeit erinnert sie sich plötzlich und sagt auf Deutsch: »Ach Gott, ach Gott! Dieser dicke Liebman und dieser dicke Manheim! Ach Gott, ach Gott noch mal!« Und ihre Augen füllen sich vor Vergnügen mit Tränen.

Angela Trevean ist seit der dritten Klasse Dinahs beste Freundin. Despoten-Sally ist Vergangenheit, und zwar dank der netten Miss Vaizey und ihrem besonderen Kuppeltalent.

»Sally und Dinah«, sagt sie eines Tages gegen Anfang des zweiten Halbjahres der dritten Klasse. »Ich muss euch leider auseinander setzen.«

»Aber, Miss *Vaiz*-ey«, sagen die Mädchen.

»Ihr tuschelt mir zu viel und passt nicht richtig auf«, sagt sie. »Sally, ich will, dass du mit Angela den Platz tauschst.«

Dinah kommt nicht auf den Gedanken, dass Miss Vaizey aufgefallen sein könnte, dass Sally sie ständig nur schikaniert und die nette kleine Angela Trevean noch keine richtige Freundin gefunden hat, aber die neue Sitzordnung bedeutet Liebe auf den ersten Blick, und kaum sitzen die beiden nebeneinander, geht das Tuscheln und Kichern auch schon los. Angela und Dinah tuscheln und kichern sich fast ohne Unterbrechung durch die nächsten vier Klassen, aber niemand kommt auf die Idee, sie zu trennen. Sie kichern sich hinauf bis zur letzten Klasse und ins erste Jahr der Highschool. Aber momentan kichern sie sich erst einmal durch die Koch- und Nähstunden von Mrs Stewart, vor allem, da Mrs Stewart nicht nur schnell aus der Haut fährt, sondern eine ziemlich exzentrische Person ist, deren Zorn zu schüren eine spannende Sache ist.

Mrs Stewart ist exzentrisch, weil sie aus England kommt, und einer ihrer Lieblingssätze ist: »Wenn es das Wetter erlaubt«, was immer alle zum Kichern bringt. Der Kuchenverkauf wird stattfinden, »wenn es das Wetter erlaubt«. In Durban erlaubt das Wetter immer alles, und für die Mädchen gibt es keinen Grund auf der Welt, warum sie das sagen sollte. Durban ist der Ort, an dem man ein Picknick am Strand schon fünf Wochen im Voraus planen kann. Auch müssen Angela und Dinah kichern, weil Mrs Stewart sie nach jeder Kochstunde den Küchentisch schrubben lässt und jedes Mal den Ellbogen von einem der Mädchen greift und ihn vor und zurück über den Tisch schiebt.

»Ein bisschen mehr Schmiere im Gelenk, mein Mädchen«, sagt sie. »Ein bisschen mehr Schmiere im Gelenk. Ja, so ist es richtig.«

Sie kichern, weil sie Ammoniak bis in den Himmel lobt und sagt, dass er »so schön sauber« rieche. Mrs Stewart öffnet also eine Flasche und hält sie sich mit tiefem Atemzug genüsslich unter die Nase, bevor sie alle Mädchen einzeln daran riechen lässt. Auf der Flasche steht in großen Lettern SCRUBB'S AMMONIA.

»Ah«, sagt sie. »Wie schön sauber das riecht! Riecht das nicht wirklich schön sauber?«

Und während sie so schwelgt, kann sich die ganze Klasse vor Schwindel kaum auf den Beinen halten. Aber Missbrauch von Narkotika ist damals noch kein Thema für den Jugendschutz.

Angela und Dinah kichern in den Nähstunden, weil Mrs Stewart sie immer alles »zum Hineinwachsen« nähen lässt und alles, was sie nähen, vollkommen untragbar ist. Außerdem müssen die Mädchen alle Nähte drei Mal nähen, egal wie eng sie die einzelnen Stiche bei den ersten beiden Malen setzen. Und bevor sie weiternähen dürfen, müssen sie die fertige Naht zur Inspektion nach vorne bringen. Alles, von der Sporthose bis zum Pyjama, wird mit der Hand genäht, gerade so, als wäre die Nähmaschine noch nicht erfunden. Mrs Stewart, die aussieht wie ein Schlachtschiff und riesengroße Asbesthände hat, die sogar gegen siedendes Wasser immun sind, wie sie kürzlich in der Kochstunde unter Beweis stellte, nimmt einem das Kleidungsstück ab und beginnt wie eine Wilde an der Naht zu reißen, während man selbst versucht, keinen Kicheranfall zu bekommen. Und wenn sie die Naht endlich entzweigerissen hat, schleudert sie einem das Kleidungsstück entgegen, so dass man es im Fluge auffangen muss.

»Flickzeug nenn ich das«, sagt sie, obwohl Angelas Stiche immer mikroskopisch klein und akkurat gesetzt sind. Sogar Dinahs Nähte sind einigermaßen gerade. »Das soll genäht sein? Flickzeug nenn ich das. Warum fädelt ihr nicht gleich im Gefängnis Ihrer Majestät Postsäcke zusammen?«

Das Kicherpotenzial bei Mrs Stewart hat meistens mit einem ihrer ewigen Standardsätze zu tun, aber eines Tages, als sie gerade eine von Angelas Hauptnähten aufgerissen hat, fordert sie Angela unerwarteterweise auf, noch einmal »darüber zu gehen«, und Angela ergreift die Gelegenheit beim Schopf. Sie legt die beiden Hälften ihrer riesigen Pyjamahose vor Mrs Stewart auf den Boden und beginnt, »darüber zu gehen«. Hin und her und her und hin, insgesamt drei Mal, bevor Mrs Stewart ihr befiehlt, sich sofort hinzusetzen.

Die Kochstunden sind jedoch der größte Spaß. Nicht nur wegen dem Ammoniak und der Schmiere im Gelenk, sondern weil Mrs Stewart sie solch widerwärtiges, ungenießbares Zeug kochen lässt. Über Monate hinweg üben sie sich in »Krankendiät«, aber auch wenn sie für gesunde Menschen kochen, wird alles immer gedämpft und gedünstet und eingekocht. Sie kochen Gerstenbrühe, gedünstete Pflaumen mit Vanillesauce und viele verklumpte Puddinge mit Tapioka und Sago und Talg und Pfeilwurzstärke und Maismehl. Fast alles, was sie kochen, ist zähflüssig und vollkommen geschmacklos – vor allem, wenn es Kochfisch gibt. Das liegt daran, dass sie Kochfisch immer mit einer besonders zähflüssigen und nach nichts schmeckenden Sauce zubereiten.

Eines Tages, nachdem die Mädchen wieder einmal Kochfisch mit weißer Sauce zubereitet haben, lässt Angela nach Unterrichtsschluss ihren Fisch aus Versehen auf dem Fensterbrett im Klassenzimmer stehen, wo er dann das ganze Wochenende über stehen bleibt, das auch noch durch einen nationalen Feiertag verlängert wird. In Dinahs Schule gibt es viele nationale Feiertage, da neben den regulären Feiertagen des Empire und der Union mittlerweile auch noch einer ständig wachsenden Anzahl von Afrikaaner-Helden und Voortrekker-Schlachten gedacht werden muss.

Dinahs Dad begrüßt diese patriotischen Feiertage, da sie im Radio mehr klassische Musik spielen als sonst. Wahrscheinlich, weil man meint, sie klinge weihevoller. Wenn also im Radio ein klassisches Werk außer Programm läuft und nicht gerade ein patriotischer Feiertag begangen wird, vermutet Dinahs Dad stets einen bedeutsamen Todesfall dahinter.

»Premierminister erschossen«, sagt er.

Zwar liegt in seinen Worten mehr Hoffnung als Überzeugung, aber eines fernen Tages – nach einer übermäßig langen, nicht angekündigten Übertragung von Auszügen aus der h-Moll-Messe – behält Dinahs Dad schließlich Recht. Jemand hat während der Rand Easter Show in Johannesburg auf Dr. Verwoerd geschossen. Allerdings sind die Kugeln einfach an ihm abgeprallt und unterstreichen seinen Status als Halbgott somit nur noch.

Währenddessen fault Angelas Stinkefisch auf dem Fensterbrett im Klassenzimmer leise vor sich hin, und als die Mädchen nach dem Wochenende in die Schule zurückkehren, hat die weiße Sauce grüne Haare bekommen. Als sie die Servier-Blechhaube lüften, schlägt ihnen ein so verheerender Gestank entgegen, dass Angela und Dinah vor Entzücken fast hysterisch werden. Und der Tag ist durch spontane Wallfahrten zum Fensterbrett gekennzeichnet, bei denen die Klassenkameradinnen der Mädchen voller Bewunderung zu dem heiligen Ort hinübertippeln und vorsichtig den Deckel lüpfen. Schließlich allerdings bekommt Mrs Gordon Wind davon, und Angela muss das Ganze wegschmeißen.

Angela hat wie Dinah eine große Schwester, und sie hat ein großes Talent, große Schwestern zur Weißglut zu bringen. Ihre eigene Schwester ist mittlerweile auf der Highschool und somit außer Reichweite, aber dafür ist Lisa ein dankbares Opfer, vor allem seit sie als Aufsichtsschülerin in neuen Würden steht. Als Erstes sieht der Plan vor, Bilder von ausgesprochen hässlichen Männern aus der Zeitung auszuschneiden, Lisa im Schulkorridor aufzulauern und sie ihr dann vors Gesicht zu halten und in lauten Sprechgesang auszubrechen.

»Das ist dein Verlobter, das ist dein Verlobter«, singen die kleinen Schwestern, und weil Lisa sich so schrecklich aufregt, finden sie es einfach zu schön, um damit aufzuhören.

Mit der Zeit wird der Plan allerdings leicht verändert. Zuerst beschließen die Mädchen, gleich mehrere ausgeschnittene Verlobte mitzunehmen und sie Lisa einfach ins Gesicht zu schmeißen, bevor sie, »Verlobter, Verlobter, Verlobter« schreiend, schnell das Weite suchen. Dann werden die Verlobten zu kleinen Konfettischnipseln zerrissen und Lisa auf dem Nachhauseweg über den Kopf geschüttet. Schließlich schmeißen die Mädchen Lisa einfach nur noch große Mengen Zeitungsschnipsel ins Gesicht, während ihr Sprechgesang ein solches Genuschel ist, dass es niemand außer ihnen versteht.

»Werloba-werloba-werloba!« Aber Lisa gerät immer noch außer sich.

»Haltet-den-Mund-haltet-den-Mund-haltet-den-MUUND!«, schreit sie ihnen entgegen. »Ich warne euch.«

Angelas Gegenwart ist für Lisa mehr als schrecklich, aber für Dinah ist sie ein Segen. Sie hat sich in kürzester Zeit von einer unscheinbaren Heulsuse und Mimose in eine lässige Straßengöre verwandelt. Außerdem ist Angela das beste Gegengift für Dinahs Mums morbide Ängste.

»Pass bloß mit der Nadel auf« ist eine von Dinahs Mums Lieblingswarnungen. »Pass auf, Dee, dass du sie nicht verlierst.«

Sie selbst ist beim Nähen entsetzlich vorsichtig, und für ihre knubbelgestopften Socken verwendet sie eine

Nadel, die noch aus der Vorkriegszeit stammt. Und sollte Dinah auch nur auf den Gedanken kommen, eine Nadel zu verlieren, wird sie die Geschichte von Tante Berthe schnell eines Besseren belehren. Tante Berthe, sagt Dinahs Mum, hat als Mädchen beim Nähen einmal eine Nadel verloren. Sie drang in ihren Po ein, und nachdem die Tante etliche Jahrzehnte unter den schlimmsten Atemwegs- und Verdauungstraktbeschwerden litt, die von den schlimmsten krampfartigen Schmerzen begleitet wurden, trat die Nadel nach ihrer Reise durch Tante Berthes gesamte Innereien schließlich zwischen ihren Schulterblättern wieder zu Tage.

»Meine Schwester verliert andauernd Nadeln«, sagt Angela zu Dinah. »Normalerweise im Bett.«

Sie selbst hat es gerade geschafft, die dritte Nadel an diesem Nachmittag zu verlieren, und versucht sie auf der Maismatte unter ihren Füßen wieder zu finden.

»Und was passiert dann mit ihr?«, sagt Dinah bestürzt, aber Angela lacht nur.

»Sie pikst sich«, sagt sie, zuckt kurz mit den Achseln und steht vom Boden auf. »Kann sie nicht finden.«

Für Dinah ist dies ein bedeutender, ein großer Moment der Befreiung.

SECHS

Dinahs Mums Eltern wanderten 1933 nach Kapstadt aus, kehrten aber noch einmal nach Berlin zurück, bevor sie das Land endgültig hinter sich lassen wollten. Der Zeitpunkt ihres Besuchs war jedoch so unglücklich gewählt, dass sie, noch in Deutschland, vom Krieg überrascht wurden. Und nach Kriegsende war es ihnen nicht mehr möglich, zu ihren Kindern nach Südafrika zurückzukehren. Die probritische Regierung der United Party unter General Smuts verbot allen Deutschen die Einreise. Lisa und Dinah verdanken es also dem Wahlsieg der Afrikaner Nationalist von 1948, dass sie im Jahr darauf endlich ihre Großeltern mütterlicherseits kennen lernen. Die Mädchen waren damals acht und neun.

Als die beiden fremden Großeltern in ihrem Bungalow in Durban auftauchten, blieben sie nur drei Stunden. Danach wurden sie in den Zug nach Johannesburg gesetzt, wo sie bei einem ihrer Söhne wohnen würden. Dinah hatte also späterhin immer das Gefühl, dass ihr Bild von den beiden Großeltern nicht so sehr von ihrem kurzen mittäglichen Besuch geprägt wurde als durch die Familiengeschichten ihrer Mum aus der Berliner Vorkriegszeit.

Mit Wohnsitz in der Lindenstraße waren die Jacobsens um 1928 eine bürgerlich-liberale, politisch eher apathische Familie. Aber sie wussten, dass Hitler *gewöhnlich* war –

ein gewöhnlicher, schmutziger kleiner Mann. Und noch heute hat das Wort »gewöhnlich« für Dinahs Mum einen moralischen Beiklang. Dinahs Mum und ihre Brüder machten sich einen Spaß daraus, Hitlers Akzent nachzuäffen und sich Geschichten über die ganzen Frühstückseier und Essensreste zu erzählen, mit denen sich der Demagoge angeblich gerne das Hemd bekleckerte.

Lindenstraße 1928. Bedenkt man, dass die Jacobsen-Kinder in einer Zeit der Hyperinflation, Massenarbeitslosigkeit, Arbeiteraufstände, Demonstrationen, politischen Morde und Flüstergerüchte über Staatsstreiche aufwuchsen, führten sie durchaus ein unbeschwertes und privilegiertes Leben, mit einem Dienstmädchen, einem Gärtner und einer Köchin.

In der Stadt lebte die Familie ein paar Minuten zu Fuß von Unter den Linden entfernt in einem großen Haus mit eigenem Obstgarten und Stallungen. Sie verfügten über einen wohl bestückten Weinkeller, und der obere Salon mit dem Bechsteinflügel war groß genug, dass die jungen Leute darin Feste und Bälle für ihre Freunde geben konnten.

Wenn die Familie nicht in der Stadt war, überwinterte sie im Harz oder entspannte sich auf dem Wannsee, falls sie nicht mit ihrem Motorboot eine Rheinfahrt entlang den mittelalterlichen Burgen unternahmen. Bei diesen vergnüglichen nautischen Unternehmungen trugen die Jacobsen-Geschwister immer Matrosenanzüge und machten voneinander Ulkfotos in theatralischen Posen: »Mann über Bord!« – »Sieh mal, Paps, wir steuern freihändig!« Ihr Vater war ein wohlhabender und angesehener Architekt – Vater erster Güte und ein ausgezeichneter Versorger.

Im Jahr 1930 wurde es Herrn Jacobsen jedoch zunehmend unbehaglich zu Mute. Die deutsche Wählerschaft hatte gerade den Stimmenanteil der Nationalsozialisten bedeutend vergrößert, und ihm wurde klar, dass Hitlers Weg nach oben nicht nur unaufhaltsam schien, sondern auch, dass der Mann ein Kriegstreiber war, der nach territorialer Expansion strebte. Und da Familie Jacobsen neben Marianne über drei gesunde männliche Nachkommen verfügte, die alle das richtige Alter für Kanonenfutter hatten, sorgte er sich um das Leben seiner Jungen.

»Hitler wird Krieg führen«, sagte er. »Deutschland wird wieder Krieg führen.«

Die jungen Jacobsens langweilten sich schnell bei diesen Gesprächen. Sie hatten sich nie sehr für das politische Geschehen interessiert. Und obwohl sie theoretisch junge Erwachsene waren, jagten sie sich immer noch gegenseitig über den Flur, ärgerten das Dienstmädchen und versteckten einander die Schuhe. Sie machten sich schick, gingen auf Partys und bemerkten nicht einmal, dass ihr Vater immer mehr über Karten fremder Länder und entlegener Gebiete grübelte.

Von den drei Jungen war Otto der älteste, auch wenn Marianne das älteste Kind war. Otto war ein Draufgänger, kühn und selbstbewusst. Er war der Anführer, der mit den Ideen, den anderen immer voraus. Als die Nazis Berlin kolonisiert hatten und direkt vor der Universität und vielen Kameras ihre Bücherverbrennung aufführten, studierte Otto bereits seit zwei Jahren Geologie. Der Nächste in der Reihe war Heinrich: der Bücherwurm, der Stille, der durch die forsche Art seines älteren Bruders ein wenig unterdrückt schien. Er hatte gerade die Schule beendet und arbeitete seit kurzem in einem Berliner Verlagshaus –

auch wenn die Zeit für Verleger von Büchern nicht gerade günstig war.

Heinrich war damals bereits seit drei Jahren mit Irmi liiert, seiner fleißigen und wissbegierigen Freundin aus der Schulzeit, die in Mariannes Klasse ging und mit der er heimlich verlobt war. Die Verlobung wurde geheim gehalten, weil Irmis Vater als selbstherrlicher und autoritärer alter Tyrann nicht wollte, dass seine einzige Tochter heiratete. Er wollte, dass sie sich auf seine alten Tage einzig und allein um seine Bedürfnisse kümmerte. Und wann immer die jungen Jacobsens ein Fest feierten, oblag es Herrn Jacobsen, den Tyrannen abzulenken, indem er ihn mit Brandy und Zigarren versorgte. Auf diese Weise konnte die arme Irmi wenigstens ein bisschen Spaß haben, obwohl Spaß das Allerletzte war, womit Lisa und Dinah ihre früh gealterte Tante mit den traurigen Augen in Verbindung brachten.

Der große blonde schöne Jürgen war zarte sechzehn und besuchte noch die Schule. Er und Marianne sahen sich nicht nur sehr ähnlich, sie waren auch Seelenverwandte und beste Freunde. Beide hatten hohe Wangenknochen und große, weit auseinander stehende Augen. Sie waren beide schüchtern, kreativ und unaufdringlich und träumten viel vor sich hin. Als die Dinge hingegen schwierig wurden, begannen ihre Überlebensstrategien voneinander zu differieren.

Als die Jacobsens in der Tafelbucht einfuhren und im Schatten des Tafelbergs in die strahlende Sonne der Adderley Street traten, fanden sie alles »entzückend«. Kapstadt – mit seinen kleinen, glatt verputzten Achtzehnte-Jahrhundert-Bauten, seiner beruhigend urbanisierten »schwarzen« Bevölkerung mit unterschiedlich hellbrauner Hautfärbung, seinen Spuren islamischer Kultur, die den zahlreichen Nachfahren der malaiischen Sklaven zu verdanken sind – all das erschien ihnen nicht so sehr Herz der Finsternis als östliches Mittelmeer.

Das gewohnte Selbstvertrauen der Alten Welt im Koffer, trafen sie voller Erwartungen und in Ermangelung jedweder Skepsis in ihrer neuen Heimat ein – und das, obwohl keiner der Familie Jacobsen die englische Sprache beherrschte. Aber waren sie nicht Herr Architekt Jacob Bahne Jacobsen aus Berlin, der Heimat von Mies van der Rohe und dem Bauhaus? War nicht Walter Gropius ein Freund der Familie gewesen? Hatte nicht Otto Klemperer mehr als einmal die Gastfreundschaft ihres Hauses genossen? Frau Architekt Sophie Jacobsen war seit je eine imposante Erscheinung gewesen, deren Dekolleté ihren hin und wieder getragenen Familienschmuckstücken sehr zu Ehren gereichte. Otto Jacobsen war ein anständiger und gut aussehender junger Mann und entschlossen, sein Geologiestudium ohne Unterbrechung fortzusetzen. Und Heinrich? Nun, Heinrich wollte Bücher verlegen, und es musste ja schließlich Verlage geben. Es gab nur eines, das die Jacobsens verstimmte. Dass es unerklärlicherweise keinen anständigen Kaffee gab.

Jürgen würde, so stellte es sich die Familie vor, zuerst die Schule beenden und sein Abitur machen. Dann würde er studieren und wie sein Vater Architekt werden. Und Marianne? Nun. Marianne war ebenso schön wie begabt. Sie konnte Mozart und Scarlatti ganz wundervoll auf dem Klavier spielen. Oder auch Schubert und Brahms. Und sie sprach, wenn auch leicht stockend, Französisch. Sie malte Landschaftsaquarelle und Stillleben. Sie glasierte Rosenthal-Porzellan. Marianne würde, wenn sie einmal die alberne Leidenschaft zu ihrem Cousin überwunden hatte, zweifelsohne eine gute Partie machen.

Herr Jacobsen stand zu der Zeit kurz vor seinem sechzigsten Geburtstag, und seine Frau war zwei Jahre jünger als er. Sie sprachen alle Menschen, denen sie begegneten, auf Deutsch an, und wenn sie niemand verstand, versuchten sie es mit Französisch. Für Frau Jacobsen war eine Welt unvorstellbar, in der die Menschen kein Deutsch sprachen – oder wenigstens Französisch. Französisch war doch die internationale Sprache schlechthin, oder etwa nicht? Warum um alles in der Welt sollte ein Mensch also Englisch sprechen?

Dinahs Mum und ihre Brüder hatten allesamt keine besonders gründliche Schulbildung genossen. Die Jungen waren auf kleine Privatschulen gegangen und von humpelnden und an Schützengrabenneurose leidenden Versehrten aus dem Ersten Weltkrieg unterrichtet worden. Und Dinahs Mum wurde bei ihren ersten Englischversuchen sofort von einer betagten englischen Pädagogin sabotiert – einem weiblichen *Fin de Siècle*-Bohemien in Hosenbeinen, die mit ihrer elfenbeinernen Zigarettenspitze besser in einen Londoner Salon gepasst hätte als in ein Berliner Klassenzimmer von 1920 und die sich als frühere Geliebte von Oscar Wilde ausgab. Sie gehörte nicht zu denen, die duldeten, dass ein junges deutsches süßes Mädchen das »th« nicht aussprechen konnte.

Dinahs Mum versuchte es wieder und wieder und versagte jedes Mal. Also schickte sie der Hosenbein-Bohemien einfach aus dem Klassenzimmer, um sich vor der Tür zu schämen. Nach einer Zeit wurde es zur Gewohnheit, Marianne aus dem Klassenzimmer zu schicken, bevor der Unterricht überhaupt begonnen hatte. »She srew me alvays outside se class, because I could not pronounce siss foolish ›th‹«, erzählte Dinahs Mum später Lisa und Dinah und hielt standhaft an der Überzeugung fest, das »th« sei nur zu bewältigen, wenn man die Zunge ganz aus dem Mund streckt, sie fest zwischen die Zähne klemmt und dabei riskiert, den anderen mit Spucke zu übersäen. Dinahs Mum zufolge war das englische »th« im Grunde fast schon »gewöhnlich«.

Eines Tages beschloss Marianne – sie war gerade sechzehn geworden –, dass sie nicht mehr länger vor dem Klassenzimmer stehen mochte. Also holte sie Mantel und Hut aus dem Garderobenraum und ging geradewegs nach Hause.

»Ich geh da nie wieder hin«, sagte sie zu ihrem Vater, und er war ganz ihrer Meinung. Wofür brauchte seine Tochter denn auch eine Schulbildung? Wofür sollte sie ein paar belanglose Zeugnisse erwerben? Ein paar Fetzen Papier, die ihr verschiedene triviale Fähigkeiten bescheinigten, als wäre sie dazu bestimmt, irgendeine Arbeitsdrohne zu werden. Irgendeine Bürokraft.

Als sie sich nach einer Weile des Nichtstuns zu langweilen begann, schrieb sie ihr Dad in einer Berliner Kunstschule ein, wo sie lernte, hauchdünne Porzellantassen mit Rosenknospen zu bemalen – und danach erlaubte er ihr, in einem Modesalon eine Stelle anzunehmen und Ballkleider zu entwerfen.

Die Kunstschule hatte unter anderem zur Folge, dass sich Marianne und Wilhelm ineinander verliebten. Wilhelm war Mariannes Cousin, der Skispringmeister, der sich mittlerweile zu einem schön gelockten jungen Mann mit markantem Unterkiefer und hervorstehendem, tief gekerbtem Kinn entwickelt hatte. Wilhelm studierte ebenfalls an der Kunstschule, und die beiden waren bald unzertrennlich, bis, ja, bis Mariannes Mutter der Karriere ihrer Tochter einen Riegel vorschob. Es nagte sehr an Marianne, sich Wilhelm vorzustellen, wie er sich mit seinen Kunstfreunden in den Ateliers verbrüderte, während sie unter den Argusaugen ihrer allgegenwärtigen Mutter leiden musste, die immer etwas an ihr auszusetzen hatte.

Sophie Jacobsen war nie eine große Bewunderin ihrer Tochter gewesen. Sie zog die Gesellschaft ihrer Söhne vor. Sie fand Marianne zu dünn und bar jeder weiblichen Reize. Dinahs Mum konnte nicht mit denselben Attributen aufwarten, mit denen Frau Jacobsen so reichlich gesegnet war: kleine Füße, fülliger Busen, ausladende Kurven und kräftiges gewelltes Haar. Frau Jacobsen konnte nicht würdigen, dass das Aussehen ihrer Tochter in Wahrheit genau im Trend der Zeit lag. Und so vergeudete sie viel Zeit und Energie mit ihren hoffnungslosen Bemühungen, Marianne umzumodeln. »Marianne«, sagte sie immer: »Setz dich gerade hin! Marianne, sieh dir bloß dein Haar an!« Sie konnte einfach nicht glauben, dass das kurze zarte blonde Haar ihrer Tochter jemals als die Krönung weiblicher Schönheit angesehen werden könnte.

Da Marianne es zu Hause nicht länger aushielt – abseits des wirklichen Lebens, auf das sie einen so kurzen und doch so verführerischen Blick hatte werfen können –, zog es sie immer öfter zu den großen Berliner Bahnhöfen. Sie lauschte den endlosen Litaneien der Zielbahnhöfe, sah den zischenden Dampfwolken zu, und sie verweilte auf den Brücken über der Spree, wo sie die Kähne beobachtete und Luftschlösser zu bauen begann. Sie träumte von fernen exotischen Ländern, ohne zu ahnen, wie bald diese Fantasien harte Wirklichkeit werden sollten und wie erfolgreich sie sie von Wilhelm trennen würden.

In Kapstadt sollte Dinahs Großvater bald feststellen, dass seine Qualifikationen als Architekt von der örtlichen Stempel-Bürokratie nicht anerkannt wurden – ein Umstand, der seinem behaglichen Selbstbewusstsein einen ersten Schlag versetzte. Um seinen Beruf ausüben zu können, war er gezwungen, sich nicht ganz legaler Mittel zu bedienen, und so ließ er sich bald von einem Bauunternehmer zu einer Partnerschaft überreden, der ihm versprach, das alles für ihn zu regeln. Herr Jacobsen brachte sofort mehr als die Hälfte seines flüssigen Kapitals in die Partnerschaft ein und entwarf ein wunderschönes Haus, das auch prompt in einem der eleganten Vororte von Oranjesicht gebaut wurde – und zwar zur gleichen Zeit, als die Polizei dem Bauunternehmer auf die Spur kam und ihn als Serienbetrüger entlarvte. Als das Gericht das Vermögen aus der Firma beschlagnahmte, um die Gläubiger des Bankrotteurs zu bezahlen, war es natürlich das Geld des Herrn Architekten, das in der Senke verschwand. Und als sich die Familie von diesem Unglück einigermaßen erholt hatte, begannen die Eltern Jacobsen langsam ihr Alter zu spüren. Sie fühlten sich fremd und ärmlich. Sie steckten ihre Ziele ein wenig niedriger und beschlossen, ihr verbleibendes Vermögen in einen Blumengroßhandel zu stecken, der mit all den Annehmlichkeiten eines schönen Lebensabends lockte. Alles, was sie vom Leben auf dem Lande wussten, beruhte auf Herrn Jacobsens Kindheit, die er auf dem friesischen Milchbauernhof seiner Eltern verbracht hatte, aber das sanfte mediterrane Klima am Kap mit seinen beschaulichen Weinhängen, den Meeren wild wachsender weißer Lilien, die ganze Brachen überwucherten, und seiner Vielfalt an leuchtend exotischen Blumen, die malaiische Händler auf den Marktständen feilboten – all diese Dinge verführten die Jacobsens zu glauben, das Kap sei letztlich der Garten Eden und eine Gärtnerei genau das auf ihre Situation zugeschnittene Idyll. Der Plan war, Blumen zu pflanzen und hochwertigen Honig und Marmelade herzustellen. Und da viele Hände nötig waren, um das Unternehmen in Gang zu setzen, wurden Ottos und Heinrichs Karierrepläne vorübergehend auf Eis gelegt.

Dinahs Mum war im Gegensatz zu ihren Brüdern nicht Teil des Projekts. Seit der Trennung von Wilhelm und dem scheinbar unaufhaltsamen Niedergang ihres Vaters war sie noch introvertierter geworden. Während seiner finanziellen Wirren hatte sie mehr noch als ihre Geschwister sich bemüht, ihm wenigstens als Dolmetscher auszuhelfen, war daran aber kläglich gescheitert. Sie wusste, dass sie ihr Englisch so schnell wie möglich aufbessern musste, und hatte sich trotz der Missbilligung ihrer Mum bei zwei älteren englischen Schwestern als eine Art Aupair und Gesellschafterin beworben – »als Dienstmagd«, wie es ihre Mutter freundlich ausdrückte.

Die älteren Damen wiesen Dinahs Mum an, sie Miss Connie und Miss Louisa zu nennen. Sie hatten Marianne bald ins Herz geschlossen und bedauerten ihr Schicksal, so alles-andere-als-englisch zu sein. Infolgedessen brachten sie ihr mit aller Härte englische Manieren bei. Ihnen gefiel der Gedanke, ihren Protegé in wahrer englischer Lebensart zu unterweisen.

Eines Tages, Miss Connie hatte Marianne mit einem

Päckchen zum Postamt geschickt, gab der Postbeamte ihr so viele Briefmarken aus, dass Marianne sie nicht alle auf die Oberseite von Miss Connies Päckchen kleben konnte, ohne die Adresse zu verdecken.

»Schell ei sshtick sam of sies schtemps on tu se beckseid?«, fragte Marianne den Beamten.

Der Postbeamte, ein junger Mann, grinste sie an und machte eine anzügliche Bemerkung, die Marianne nicht wirklich verstand, obwohl sie seinen Unterton sehr wohl bemerkte. Mit glühenden Wangen kehrte sie in Miss Connies und Miss Louisas Haus zurück, wo sie den Damen von dem Vorfall berichtete und fragte, was sie denn Falsches gesagt habe.

Die beiden englischen Damen, die in ihrer Kindheit nicht einmal ein Wort für Toilette gekannt hatten, waren unverhältnismäßig schockiert. Marianne hatte Schande über sich gebracht. Das stand außer Frage. Sie hatte das Unaussprechliche ausgesprochen. Die älteren Damen begannen sofort zu überlegen, ob Marianne jemals wieder an der feinen Gesellschaft teilnehmen könnte. Und Dinahs Mum, die nicht wusste, dass die Sitten ihrer Gastgeber nicht mehr ganz der Zeit entsprachen, war entgeisterter denn je, und angesichts der Schwere ihres Fauxpas fühlte sie sich weitaus schlechter als in der Zeit, bevor sie sich in die Obhut ihrer Gastgeber begeben hatte.

Wenngleich Miss Connie und Miss Louisa dazu neigten, Mariannes minimale Übertretungen maßlos zu übertreiben, taten sie dies doch stets zum Wohle ihrer Erziehung und Moral. Und obwohl Marianne die unaufhörlich auf sie niederprasselnden Maßregelungen als äußerst erniedrigend empfand, verlor sie nur ein einziges Mal die Beherrschung. Und zwar, als ihre Mentorinnen sie des

Diebstahls bezichtigten. Marianne, so deuteten sie an, habe die Sahne aus dem Kühlschrank geklaut.

Die englischen Damen hatten, Mariannes Meinung nach, eine absolut widerwärtige Angewohnheit. Sie sammelten jeden Tag die Haut von ihrer warmen Milch und bewahrten sie auf einer Untertasse im Kühlschrank für Sonntagmorgen auf. Dann verteilten sie die schrumpeligen Fetzen als besondere Leckerei auf ihrem Haferbrei. Dinahs Mum hatte diese kleinen Milchknäuel schon immer abstoßend gefunden – wie schweißgetränkte Lumpen –, aber die englischen Damen nannten sie »die Sahne«, die sie zum Glück für zu kostbar hielten, um sie mit niedriger gestellten Personen des Haushalts zu teilen.

Dann kam der Sonntagmorgen, als Marianne aus ihrem Schlafzimmer ins Wohnzimmer zitiert wurde. Miss Connie als die Ältere redete sie zuerst an.

»Ein gewisses Etwas, das mit S anfängt, ist aus dem Kühlschrank verschwunden«, sagte sie. »Ich denke, Sie wissen, worauf ich anspiele.«

Marianne gab keine Antwort und starrte die Schwestern verwundert an. Dann ergriff Miss Louisa das Wort.

»Sagen Sie uns nur die Wahrheit, Marianne«, sagte sie freundlich. »Wir tun dies nur zu Ihrem Besten. Sagen Sie uns die Wahrheit, Liebes, und wir wollen vergeben und vergessen.«

Es dauerte eine ganze Weile, bis Marianne begriff, worauf die Schwestern hinauswollten, aber als es ihr dämmerte, geriet sie vor Empörung vollkommen außer sich – wobei die Verunglimpfung ihres guten Geschmacks sie weit mehr aus der Fassung brachte als der Vorwurf, sie würde lügen.

»Ich?«, sagte sie. »*Ich?!* Soll diese dreckigen alten Lumpen gegessen haben? *Gott, ach Gott! Wie widerlich!*« Und sie schüttelte sich vor Ekel.

Marianne, die sich zunehmend fremd und verloren fühlte, begann Zuflucht im Religiösen zu suchen, zumal die Abstände zwischen Wilhelms Briefen immer größer wurden. Sie sinnierte einsam über dem Lukasevangelium, und sie besuchte die Kathedrale von Kapstadt, in der sich fünfundsechzig Jahre später Erzbischof Desmond Tutu im Gedenkgottesdienst für den Kommunisten, Atheisten und Freiheitskämpfer Joe Slovo an die Nation wenden sollte. Doch dann beschloss sie, Wilhelm zu besuchen.

Als das Schiff im Hamburger Hafen anlegte, regnete es. Und Mariannes erster Eindruck nach dem honigmilden Klima am Kap war der von grauer Wäsche in grauen Hinterhöfen von noch graueren Mietshäusern. Das Zweite, was ihr auffiel, war der überall gegenwärtige Marschtritt von Soldatenstiefeln. Wilhelm war, wenn sie ihn traf, unerklärlich aggressiv bis offen feindselig. Ihre Verabredungen waren fast immer *à trois*, da er meistens in Begleitung einer jungen Frau erschien, die Marianne in späteren Jahren immer nur »das Mannequin« nannte.

Das Mannequin hatte ein Faible für teure Kleidung – ein Umstand, den Wilhelm sich zunutze machte, um an Mariannes Kleidern herumzumäkeln. Marianne verletzte das sehr; sie war verletzt und bestürzt über die Veränderung des Mannes, den sie geglaubt hatte, eines Tages zu heiraten. Aber Wilhelm bestrafte sie nicht nur, weil sie fortgegangen war und ihn verlassen hatte. Was sie damals noch nicht wissen konnte, da sein Stolz ihm verbot, es zuzugeben, war, dass seine Familie gerade schwere Zeiten durchlebte. Sein Vater, der Richter, war seiner Stellung enthoben worden, da er sich weigerte, der Partei beizutreten, und hatte zu trinken begonnen. Während seine Mutter, die sich um die Ausbildung ihrer beiden Jungen kümmern musste, begann, mit einem Korb Hühnereier auf dem Rücken von Haus zu Haus zu ziehen. Und als Marianne schließlich wieder nach Kapstadt abreiste, sagten sie und Wilhelm sich nicht einmal Lebewohl.

Kurz vor ihrem schmählichen Abschied stattete Marianne dem Buchhalter-»Freund« ihrer Familie, der den Verkauf ihres verbleibenden Besitzes abwickeln sollte, in seinem Berliner Büro einen vorher vereinbarten Besuch ab. Das Gespräch war entmutigend. Der Buchhalter hatte seinen Assistenten geschickt, der sich merkwürdig ausweichend verhielt und nicht wirklich informiert zu sein schien. Die Bücher waren nicht einsehbar, die Kasse war leer, und die angegebenen Gründe ergaben keinerlei Sinn. Kurz gesagt, es stand nicht zum Besten. Die Wochen auf dem Schiff waren schwer für Marianne, und obwohl ihr ein netter junger Arzt den Hof machte und sie beschwor, ihn doch zu heiraten, war ihr Herz noch zu gebrochen, um sich seiner Liebe zu öffnen.

In Kapstadt erwartete sie eine weitere Katastrophe. Die Gärtnerei entpuppte sich als kompletter Reinfall. Die Blumen waren hübsch, aber keiner der Jacobsens hatte auch nur die geringste Ahnung, wie man sie verkaufte, und mit den Mittelsmännern konnten sie sich nicht verständigen. Die Blumen blieben welkend am Wegrand liegen. Dazu entdeckte Frau Jacobsen, dass sie allergisch gegen Bienen war. Keiner der Jacobsens hatte je gewusst, wie es war, kein Geld zu haben – und mittlerweile hatten sie auch noch Schulden.

Jürgen und Heinrich lebten nicht mehr in Kapstadt.

Jürgen hatte die Schule abgebrochen und war in Abwesenheit seiner Schwester nach Transvaal gegangen, um in einer der Minen zu arbeiten. Heinrich, der seine publizistischen Pläne aufgegeben hatte, arbeitete mittlerweile bei einer Firma für Elektrogeräte in Johannesburg als Angestellter in der Exportabteilung. Und so waren zwei von Mariannes drei Brüdern bereits das geworden, was sie den Rest ihres Arbeitslebens bleiben sollten: ein Schlips- und ein Blaumannträger.

Nur Otto war stark genug gewesen, um am Ball zu bleiben.

»Mir stinkt das alles hier«, erklärte er seiner Schwester. »Das ist doch lächerlich. Ein einziges Chaos. Ich geh nach Deutschland und mach dort meinen Abschluss.«

»Tu's nicht«, sagte seine Schwester. »Bitte, Otto, tu's nicht.«

»Ich komm doch zurück. Keine Sorge«, sagte er.

Otto hatte sich bereits entschieden und auch schon seine Rückfahrt gebucht, und um genau zu sein: für zwei. Als Mann, der den Frauen nie abgeneigt war, hatte sich Otto ein Mädchen gesucht, das er zu heiraten gedachte. Der Hochzeitstermin in vier Wochen stand fest, und das Mädchen lernte für ihr gemeinsames Abenteuer bereits Deutsch.

Jetzt, da sie nur noch zu dritt waren, bezogen die verbliebenen Kapstadt-Jacobsens eine bescheidene Unterkunft in der Stadt und begannen, das Undenkbare in Betracht zu ziehen. Marianne würde sich eine Arbeit suchen müssen – Marianne, die vielleicht gerade mal Klavierstunden geben konnte, nur dass die Familie nicht einmal mehr ein Klavier besaß. In jener Nacht wälzte sich Marianne im Bett hin und her, doch dann kam ihr eine Idee. Sie würde den deutschen Konsul nach Anstellungsmöglichkeiten für ausländische Staatsbürger mit Feine-Mädchen-Manieren, keinen Zeugnissen und fraglos nur So-lala-Englisch-Kenntnissen um Rat fragen. Dass ihre Kleider mittlerweile ein wenig schäbig aussahen, konnte sie auch ohne Wilhelms Hilfe erkennen, aber am nächsten Tag machte sie das Beste aus sich und betrat mutig das Gebäude.

Der Konsul war höflich und zuvorkommend, und er schenkte ihr sehr viel Zeit. Er bot ihr eine Zigarette an und brachte sie dazu, ausgiebig über sich zu erzählen. Der Kaffee war der beste, den sie seit Jahren getrunken hatte, und die freundliche Art des Konsuls löste ihre Zunge. Und als Marianne aufbrechen wollte, wusste er alles über das Haus in Oranjesicht und die Gärtnerei und über Ottos Rückkehr nach Berlin. Als Antwort bot er ihr einen Job an.

»Ich würde Sie gerne als meine Sekretärin anstellen«, sagte er. »Können Sie morgen anfangen?«

»Ich?«, sagte sie. »Aber ich kann doch gar nicht tippen. Verzeihen Sie bitte, aber ich habe noch nie eine Schreibmaschine angefasst.« Oder ein Memo geschrieben. Oder eine Akte sortiert. Oder einen Brief aufgenommen.

Der Konsul ließ sich nicht beirren. »Ein Mädchen wie Sie«, sagte er. »Sie werden das alles schnell lernen. Ganz sicher, meine Liebe.«

Also bekam Marianne eine Arbeit, für die sie ihre phänotypischen Erbmerkmale höchst geeignet machten. Denn ihre Fähigkeiten als Sekretärin hatten sicherlich wenig damit zu tun. Sie wurde die persönliche Assistentin des deutschen Konsuls, einem halbherzigen Karriere-Nazi, der sie auf väterliche Weise liebte und ihr gleich einen Kosenamen gab. Er nannte sie Jacobina. Ihre politische Meinung interessierte ihn nicht; er verstand sie als recht vage, wenn auch nicht unbedingt im Einklang mit der allgemeinen Reichspolitik. Aber schließlich waren sie in Kapstadt. Nicht in Berlin oder München – und der Marschtritt der Soldaten war noch weit entfernt. Und wenn ihre Interpunktion auch sehr zu wünschen übrig ließ, war Jacobina auf den Cocktailpartys im Konsulat eine große Bereicherung.

Der Zufall wollte es, dass etwa zur gleichen Zeit Mariannes alternder Vater einen Brief aus dem Reich erhielt. Darin wurde ihm ein gut bezahlter Job in Berlin angeboten. Er sollte Flugzeughangars entwerfen. Und obwohl ihm natürlich sofort klar war, warum das Reich gerade in diesem Moment so viele neue Hangars benötigte, erlaubte er sich nicht, weiter darüber nachzudenken oder seine Befürchtungen auch nur kundzutun.

»Es wäre nur für ein paar Monate«, sagte er zu seiner Frau. »Nur ein paar Monate, und dann komm ich zurück, Liebling.«

Jetzt, da sie nur noch zu zweit waren, konnten es sich die verbleibenden Kapstadt-Jacobsens erlauben, wie richtige Damen zu leben. Marianne und ihre Mutter zogen in eine freundliche Pension an einem der vielen hübschen weißen Strände von Kapstadt, wo sich Frau Jacobsen endlich an das Leben am Kap gewöhnte und dem Hotelpersonal unverzüglich beibrachte, ihre Teebestellungen auf Deutsch entgegenzunehmen. Sie sträubte sich daher auch zuerst, als ihr einsamer Ehemann ihr schrieb und sie bat, doch zu ihm zu kommen. »Nur zu Besuch«, sagte er. Aber als Frau ihrer Zeit gab sie schließlich, wenn auch widerwillig, nach.

»Ich fahre nur zu Besuch«, sagte sie. »Mach dir keine Sorgen. Ich bin bald zurück.«

Der Auswanderungsplan lag in Scherben, und die Familie, die Deutschland verlassen hatte, um Hitlers Reich den Rücken zu kehren, war wieder bei Kasse – allerdings verdingte sich Herr Jacobsen als Gastarbeiter für die Luftwaffe, während seine Tochter für einen Karrierediplomaten und treuen Parteigänger arbeitete. Über dem Schreibtisch im Büro des Konsuls hing die Hakenkreuzfahne, und der *Völkische Beobachter* kam regelmäßig mit der Post. Dinahs Mum sah nicht einmal hinein. Sie warf die Zeitung einfach direkt in den Papierkorb – denn warum sollte sie einen Blick auf etwas werfen, von dem sie bereits wusste, dass es gewöhnlich war?

Das Haus in Oranjesicht, das von den Schuldenverwaltern des Mittelsmanns in einer Zeit weltweiter Inflation für »einen Apfel und ein Butterbrot« verkauft worden war, wie Dinahs Mutter zu sagen pflegte, stand derweil in luftiger Höhe auf seinem Felsvorsprung und würde voraussichtlich immer dort stehen bleiben; seine einfachen geschwungenen Linien erinnerten an einen Atlantikliner, an romantische Reisen an ferne exotische Orte. Und Dinah mutmaßte in späteren Jahren immer, dass es wahrscheinlich das einzige Gebäude des Herrn Architekten Jacob Bahne Jacobsen war, das nicht unter einem Bombenhagel vergraben wurde.

Jetzt, da sie allein war, begann sich das verbleibende Mitglied der Kapstadt-Jacobsens ordentlich zu amüsieren. Sie mietete eine Wohnung mit Blick über Bantry Bay und genoss das Leben einer unabhängigen, selbstbewussten, eleganten jungen Frau, die mit ihrem Geld machen konnte, wozu sie Lust hatte. Mit ihrem unauslöschlich deutschen Akzent sprach sie mittlerweile recht gut Englisch – fließender sollte es nie werden –, und sie lernte jeden Tag weiter, um Berlin und Wilhelm zu vergessen. Dann, als freundliche Geste gegenüber ihrer Wahlheimat, beschloss Marianne, sich auch der zweiten offiziellen Landessprache anzunehmen. Sie machte sich daran, Afrikaans zu lernen.

Marianne nahm das Projekt in Angriff, indem sie sich in der öffentlichen Bücherei nach Afrikaaner-Literatur umsah, aber sie fand nichts, das ihr zusagte. Die Romane waren ihr zu folkloristisch, sie spielten alle »daheim auf der Farm«.

Also änderte Marianne ihren Plan und suchte eine Fachbuchhandlung für fremdsprachige Literatur auf, von der ihr jemand erzählt hatte. Ihre Überlegung war, dass sie, da sich Afrikaans, abgesehen von einer Hand voll malaiischer und hugenottischer Wörter, aus dem Holländischen herleitete, genauso gut holländische Bücher lesen konnte. Zu der Sprache selbst wäre es dann nur noch ein kleiner Schritt.

Und dann verliebte Marianne sich sofort in den prächtigen holländischen Buchhändler. Sein Name war Willem Klopper. Willem/Wilhelm – die Ironie entging ihr natürlich nicht, auch wenn dieser Wilhelm ebenso groß und blond wie der erste – viel feingliedriger und schmal gebaut war. Er entführte sie jedes Wochenende in sein hübsches altes Strandhaus. Das Haus lag an der romantischen buchtenreichen Küste südlich von Kapstadt, in dem er eine Art Privatsalon für junge holländische Künstler unterhielt: Maler, Dichter und Intellektuelle. Alle waren erst kürzlich nach Kapstadt gekommen, und keiner von ihnen konnte sein Glück recht fassen, mit einem Mal ein solches Leben zu führen – in einem Sonnenparadies, in dem man sich die Feigen, Aprikosen und Nektarinen nur von den Bäumen pflücken musste und reichlich Wein billig die Kehle hinunterfloss, während in ganz Europa die Lichter ausgingen.

Die Gesellschaft bestand fast ausschließlich aus Männern, was Marianne sehr angenehm war, da sie keine Schwestern hatte und sich in männlicher Gesellschaft schon immer wohler gefühlt hatte. Sie genoss es umso mehr, da die Männer sie alle so offenkundig liebten. Sie war wie eine Trophäe, ein gemeinsamer weiblicher Schatz. Ihr Afrikaans war natürlich zum Scheitern verurteilt, und wann immer sie es späterhin noch einmal versuchte, hörte sich das, was herauskam, immer holländisch an.

Doch für Marianne stellte sich ein weit größeres Problem. Willem, der sie drei Jahre lang ins Theater und Ballett und in die Oper ausgeführt hatte, machte ihr einfach keinen Heiratsantrag. Auch hatte er nie versucht, sich ihr körperlich zu nähern, was einer Frau mit Mariannes Erziehung allerdings nicht wirklich absonderlich vorkam.

Eines Samstagmorgens – es war eine Woche vor ihrem zweiunddreißigsten Geburtstag – saß sie allein an Willems Strand. Sie hatte kurz zuvor ihr Gesicht im Spiegel betrachtet und erkannt: Ja, sie hatte Krähenfüße.

Sie machte sich plötzlich Sorgen um ihre verblassende Schönheit und dass Willem die letzten Jahre ihrer Blüte aufbrauchte, als sich einer der Strandhausgäste zu ihr gesellte. Ihr fiel auf, dass er eine extrem dicke Brille trug und seine Sommersprossen sogar Augenlider und Ohrläppchen bedeckten. Es war der Mathematiker aus Den Haag, der noch nicht lange zu Gast im Strandhaus war.

Und plötzlich merkte sie zu ihrer eigenen Scham, dass sie zu weinen begann.

»Was ist los?«, fragte er und setzte sich zu ihr.

Von sich selbst überrascht, erzählte sie ihm alles über ihre Falten und ihre verblassende Schönheit. Sie erzählte ihm, dass sie Ende der Woche Geburtstag hätte und neunundzwanzig würde, denn Dinahs Mum gehörte schon immer zu den Frauen, die meinen, über ihr Alter schwindeln zu müssen. Bitte, sagte sie zu dem sommersprossigen Mathematiker, könnte er ihr nicht erklären, warum Willem nicht um ihre Hand anhielt? Was war nur mit ihm los?

Der Mathematiker war sieben Jahre jünger als Marianne, obwohl er glaubte, es wären nur vier. Er war sehr erstaunt über das, was sie sagte, denn er selbst hatte in dem Moment, als er das Haus betrat, Marianne einfach hinreißend gefunden. Er fand, sie sähe aus wie Marlene Dietrich, nur ohne die gemalten Augenbrauen. Und jetzt weinte sie sich bei ihm über ihr Aussehen und ihre schwindende Schönheit aus. Vor allem aber schien sie nicht das Geringste über Willems sexuelle Neigungen zu wissen.

Als er ihr auf die sanftmöglichste Weise erklärte, warum Willem sie nicht heiraten könnte, war es nun an Marianne, erstaunt zu sein, die es sogar mit drei Brüdern im Haus geschafft hatte, zweiunddreißig Jahre alt zu werden, ohne jemals von gleichgeschlechtlichem Sex unter Männern gehört zu haben.

Und dann fiel der Blick des Mathematikers auf ihre Füße. Normalerweise gab sie immer sehr darauf Acht, sie niemandem zu zeigen, aber sie hatte sie kurz entblößt, um sich den Sand aus den Schuhen zu schütteln. Als junges Mädchen hatte sie schlanke, elegante Füße gehabt, die ihren langen Fingern entsprachen, aber mittlerweile waren ihre großen Zehen fast rechtwinklig nach innen gebogen und jeweils mit einem riesengroßen brennend roten Ballen versehen. Ihre vier kleineren Zehen waren nicht weniger deformiert. Alle wuchsen zur Seite, alle waren gekrümmt, und alle flochten sich über und untereinander in ein einziges verkantetes Gewirr, das aussah, als würde es gleich absterben. Jeder Zehennagel schnitt in das Fleisch des nächsten, und auf jedem flammte ein Hühnerauge mit gelblich nässender Krone. Er hatte noch nie in seinem Leben so fürchterliche Füße gesehen. Er fragte sich, wie sie überhaupt gehen konnte – und wenn, wie sie es schaffte, keine Miene zu verziehen. Er spürte, dass er sie beschützen wollte, und im gleichen Moment wurde er ungeheuer wütend auf Willem.

»Was ist denn mit Ihren Füßen passiert?«, sagte er. Und schon fing sie wieder an zu weinen.

Kurz nach ihrem dreizehnten Geburtstag hatten ein paar Jungen aus ihrer Schule damit begonnen, sie auf dem Heimweg mit Schneebällen zu bewerfen. Sie nannten sie »Bananenfuß« und »Bohnenstange« und »Missgeburt« – und sie warteten am Schultor auf sie, Tag für Tag. Als junges Mädchen war sie nicht auf die Idee gekommen, dass ihr leuchtend schönes Gesicht seine Kindlichkeit verloren haben könnte oder ihre Größe und ihre Hüften und ihre kleinen hohen Brüste einem ungehobelten Haufen fünfzehnjähriger Jungen, deren Hormone gerade verrückt spielten, zusetzen könnten. Sie verstand nur, dass sie zu groß war und ihre Füße wahrscheinlich so lang wie Boote würden. Und die einzige Lösung für sie bestand darin, mit ihren neuen Winterschuhen Größe 40 heimlich in den

Schuhladen zurückzugehen und sie gegen eine Nummer kleiner einzutauschen. Ihren Eltern sagte sie natürlich kein Wort. Die Folge war, dass sie den ganzen Winter hindurch die schlimmsten Qualen erleiden musste, während ihre Zehenknochen kreuz und quer übereinander wuchsen und krampfartige Schmerzen ihr bis in die Beine schossen.

Natürlich wusste sie so gut wie jeder andere, dass sie sich nicht wieder umentscheiden und ein neues Paar Stiefel besorgen konnte. Sie wuchs in der Zeit nach dem Ersten Weltkrieg auf, in der Kleider rationiert waren und sich niemand ein zweites Paar Stiefel kaufen durfte.

Es war schließlich ihr Vater, der ihre Qualen bemerkte. Er ließ sie ihre Schuhe ausziehen, dann musste sie die Strümpfe abstreifen. Dinahs Mum hat nie vergessen, wie sie vor ihm stand und ihn weinen sah. Marianne war sein Lieblingskind, sein ganzer Stolz, seine ganze Freude.

»Mein armes dummes Mädchen«, sagte er. »Hierfür, meine kleine Marianne, wirst du dein Leben lang bezahlen.«

Und so war es natürlich auch. Früher sah Dinah ihrer Mutter manchmal zu, wenn sie ihren Hühneraugen mit einer zweischneidigen Rasierklinge zu Leibe rückte, die sie in ihrem Nähkasten aufbewahrte. Sie legte auf die blutenden Wunden Wattebausche und wob durch das Gewirr ihrer überlappenden Zehen lang gezogene Wattestreifen, und wenn sie ihre Füße zurück in die Schuhe schob, versuchte sie, nicht zu stöhnen. Dinahs Mum wäre niemals barfuß gegangen. Niemals. Nicht einmal in ihrem eigenen Haus.

An Willems Strand hatte sich Marianne unterdes langsam erholt – sie und der sommersprossige Mathematiker waren recht nah zusammengerückt. Schließlich gingen sie gemeinsam zurück zum Strandhaus. Sie redeten und lachten, als würden sie sich ewig kennen, und übernahmen sogar freiwillig den Abwasch. Er spülte, sie trocknete ab. Diese Arbeitsteilung behielten sie auch während der gesamten Zeit ihrer folgenden Ehe bei. Und den Bewohnern des Strandhauses war sehr bald klar, dass Marianne und Fred zusammengehörten.

Willem geriet außer sich und begann einen Riesenstreit. Keiner der Männer wich auch nur einen Zentimeter. Mit dem Resultat, dass die arme Marianne aus dem Strandhaus geworfen wurde – auf immer verbannt aus dem Paradies.

»Und *wenn* du ihn schon heiraten musst«, spuckte ihr Willem hinterher, »dann versprich mir wenigstens, dass du kein Kind von ihm bekommst.«

Zur Hochzeit schickte er ihr ein unversöhnliches Geschenk, eine ledergebundene Shakespeare-Ausgabe, in der er verschiedene aussagekräftige Passagen bedeutungsvoll unterstrichen hatte. Sie sah ihn nie wieder. Kurze Zeit später verkaufte Willem Klopper die Buchhandlung. Er räumte das Haus am Strand und zog nach Johannesburg, ohne eine Adresse zu hinterlassen.

Marianne und Fred heirateten am Tag vor dem Kriegsbeitritt Südafrikas. Die Hochzeit war eine eilig beschlossene Sache – eine mittägliche Blitzaktion auf dem Standesamt, damit Marianne nicht zur feindlichen Ausländerin erklärt wurde. Der Tag des Kriegsbeitritts war relativ leicht vorherzusehen. England hatte Deutschland bereits zwei Tage zuvor den Krieg erklärt. Und seither rang das südafrikanische Parlament um eine Einigung. Die Abgeordneten stritten und wechselten die Lager, und jede Abstimmung war zu knapp für den einen oder anderen Beschluss. Die ersten Septembertage gehörten also dem Kampf zwischen den beiden Parteivorsitzenden, den Generälen Smuts und Herzog.

Für viele der Afrikaaner-Parlamentsmitglieder war die Sache ziemlich klar. England war weiterhin der Feind, und als solcher konnte England kein Verbündeter sein. Viele hatten einfach nur eine antibritische Haltung, andere wiederum sympathisierten offen mit den Deutschen. Und dann gab es noch jene Extremisten, die in naher Zukunft NS-Geheimorganisationen beitreten würden, um ohne Rücksicht auf Verluste mit Sabotageakten die Kriegsbemühungen der Alliierten zu schwächen. Im Parlament verlor Herzog schließlich die Debatte, indem er sein Blatt überreizte. Ihm unterlief der Lapsus, Hitler geradezu zu rühmen, und somit verlor er einen maßgeblichen Stimmenanteil des gemäßigteren Lagers. Dies ermöglichte Smuts, die knappe Mehrheit hinter sich zu bringen. Und am 6. September 1939 trat Südafrika in den Krieg.

Nur wenige Tage zuvor hatte Fred Marianne überredet, ihre Arbeit im Konsulat aufzugeben. Er war von Anfang an entsetzt, aber auch erstaunt gewesen, dass sie überhaupt dort arbeitete.

»Hast du denn total den Verstand verloren, für so ein Pack zu arbeiten?«

Marianne tat sofort, was er sagte, wenn auch mit widersprüchlichen Gefühlen, denn der Konsul war immer gut zu ihr gewesen, und es fiel ihr schwer, sich ihn als den Verbrecher vorzustellen, für den Fred ihn hielt. Aber jetzt war sie verheiratet, und es herrschte Krieg, und dann gab es das Konsulat auch nicht mehr.

Da Mariannes Wohnung um einiges schöner war als die von Fred, begannen sie ihr gemeinsames Eheleben bei ihr, und Marianne konnte einfach nicht fassen, dass seine ganzen Sachen tatsächlich in einen kleinen Rucksack und einen mittelgroßen Pappkarton passen konnten. Aber Fred reiste gerne ohne viel Gepäck. Er war schon immer der Meinung gewesen, dass »Dinge« nur Staubfänger waren.

Zwei von Mariannes drei Brüdern wurden einen Tag nach ihrer Hochzeit als feindliche Ausländer interniert. Und als sie sechs Jahre später wieder freigelassen wurden, sah Jürgen hübscher aus denn je. Heinrich hingegen hatte kein Haar mehr auf dem Kopf und verschiedene nervöse Ticks.

Irmi, Heinrichs Verlobte und treue Liebe aus seiner Berliner Schulzeit, blieb in Deutschland, um ihre sterbende Mutter zu pflegen. Aber ihre Mutter ließ sich mit dem Sterben viel Zeit. Sie lebte, bis der Krieg ausgebrochen war, und danach pflegte Irmi ihren Vater, der zum Sterben allerdings nicht so lange brauchte, während ihre beiden Brüder ganz ohne ihre Hilfe starben. Sie fielen an der Ostfront. Und Otto, zurück in Berlin, war während seines Studiums Vater von zwei kleinen Jungen geworden. Seinen Abschluss in Geologie machte er gerade noch rechtzeitig, um am Russlandfeldzug teilzunehmen – und so war er der einzige von Mariannes Brüdern, der in Stalingrad endete.

Dinahs Mums Arbeit im Konsulat war auch ihre letzte. Danach blieb sie als Ehefrau zu Hause. Und wenn dies in der Nachkriegszeit auch die Regel gewesen sein mag, war ihr immer bewusst, dass es sie unmündig machte. Dinah fiel später auf, wie zurückhaltend sich ihre Mutter in der

Gesellschaft studierter Frauen benahm; dass sie jeden Satz mit dem Gemurmel einleitete: »Ich bin zwar keine kluge Frau und habe auch nicht studiert …« Aber erst nach dieser schützenden Selbsteinschätzung wagte sie eine Meinung zu haben.

Und so drängte Marianne ihre Töchter stets, ihre Examen zu machen, um in der Berufswelt bestehen zu können.

»Diese dummen Papiere«, sagte sie manchmal leicht bitter und meinte die Urkunden, die man in allen möglichen Bereichen für seine Leistungen erhielt.

»Mein ganzes Leben«, sagte sie mit einem Seufzer, »habe ich nie solche Papiere gehabt.«

Ansonsten beschränkte sich ihr mütterlicher Rat fast ausschließlich auf Füße. Aber Dinah wollte nicht auf sie hören. Sie hangelte sich gerade so durch die Highschool, und bevor sie das Haus verließ, zwängte sie ihre Füße in zwölf Zentimeter hohe spitze Stöckelschuhe.

An dem Tag, an dem ihre Großeltern im Bungalow auftauchten, muss sich Dinahs Familie schließlich von den Eichenthronen verabschieden. Die Großeltern haben Heinrichs Verlobte Irmi mitgebracht – die blasse, ältliche Irmi, mittlerweile mit Brille –, der die Stühle anscheinend vor sechzehn Jahren als Hochzeitsgeschenk versprochen worden sind.

Aber vor allem erinnert sich Dinah daran, dass Großmutter an dem Tag nach Betreten des Bungalows als Erstes auf Wendy Jones zustürzt und sie in die Arme schließt. Sie tut dies offensichtlich, weil sie Wendy für Lisa hält.

Wendy ist neben Lisa das einzige andere rothaarige Kind im Butcher Estate. Und obwohl sie blasser ist als

Lisa und mit ihrem leicht sandfarbenen Haar ein eher keltischer Typ, werden die Mädchen unweigerlich als »die zwei kleinen Rotschöpfe« zusammengeworfen. Als die drei älteren Ausländer das Haus betreten, spielt Wendy zufällig gerade mit Lisa und Dinah im Wohnzimmer, und so kann Dinah von ihrer Ecke aus beobachten, wie Großmutter – nachdem sie ihre Tochter begrüßt hat und ihrem Schwiegersohn vorgestellt wurde – schnurstracks auf Wendy Jones zueilt, da sie der Rotschopf mit zwei Händen ist.

Dinah erinnert sich noch genau an den Moment. An ihren Schock in dieser einen Sekunde, als ihr schlagartig bewusst wird, dass ihre Mum zwar von Lisas roten Haaren, aber nichts von Lisas merkwürdigem Arm erzählt hat. Und Sophie Jacobsen, die kastaniengelockte Königin des Wiesbadener Obelisken von 1900, geht natürlich davon aus, dass ihre Enkeltochter – ihr Namenskind Lisa Sophia de Bondt – der Rotschopf mit den gesunden Händen ist.

Dann sind die Großeltern plötzlich wieder verschwunden – abgereist nach Johannesburg, wo sie bei Jürgen und seiner Familie unterkommen. Dort werden sie bis zum Schluss bleiben. Denn als Dinahs Eltern Jürgens Familie schließlich ablösen, ist der alte Mann bereits gestorben und Dinah emigriert. Im Gegensatz zu ihrer Schwester wird Dinah den langsamen Verfall von Sophie Jacobsen also nicht miterleben, die zehn schwere Lungenentzündungen übersteht, bevor sie mit hundertundvier das Zeitliche segnet. Sie lebt ein Leben, in dem sie bis zum Schluss von wildfremden Verkäuferinnen verlangt – und das natürlich stets auf Deutsch –, ihr ganz bestimmte Wäschemarken und Abführpulver zu besorgen, die seit 1943 nicht mehr erhältlich sind.

Irmi und Heinrich finden sechzehn Jahre, nachdem sie sich vor dem Krieg in Berlin getrennt hatten, wieder zusammen. Sie fühlen sich wie fünfunddreißig und gehen auf die sechzig zu, ein gesetztes, kinderloses, berufstätiges Paar. Irmi ist als Sekretärin beschäftigt. Ihre Schreibmaschinen- und Stenografiekenntnisse verdankt sie ihrer sterbenden Mutter, die kurz vor ihrem Tod unter ihrem Krankenbett ein Portemonnaie hervorholte und es ihrer Tochter gab. Und während der Tyrann außer Haus war, schickte sie Irmi heimlich auf die Sekretärinnenschule.

»Irmi, die Welt da draußen verändert sich«, sagte sie. »Du musst auch für dich selber sorgen können.«

Irmi und Heinrich beziehen eine Wohnung in Hillbrow, einem Wohnviertel mitten in Johannesburg, über dem stets der leichte Geruch alter Gasherde lag. Dann, nach und nach, entwickelte sich das Viertel zu einer der ersten Wohngegenden mit gemischter Bevölkerung. Der erste Ort, an dem junge schwarze Männer mit Dreadlocks auf offener Straße mit weißen Mädchen anbandelten, das erste weiße Wohngebiet, in dem Schwarze in billigen Hochhaussiedlungen illegale »Junggesellen«-Wohnungen anmieteten. Hillbrow konnte sich des ersten Buchladens in Südafrika rühmen, der die ganze Nacht geöffnet hatte, und es war das Viertel, in dem viele der älteren kulturinteressierten jüdischen Emigranten aus Deutschland lebten, die einzige Gegend also, in der es Roggenbrot und gepökeltes Rindfleisch zu kaufen gab. Und es ist der Ort, an dem im Jahre 1963 Barney Simon, der Direktor des Johannesburger Market Theatre, zwei der meistgesuchten politischen Flüchtlinge auf der Straße traf.

»Versteck uns«, sagten Harold Warpe und Arthur Goldreich. »Unser Fluchtwagen ist nicht gekommen.«

Nachdem er sie mit dem Lastenaufzug zu sich nach oben geschafft hatte und damit selbst eine Gefängnisstrafe riskierte, versteckte er sie in seiner Wohnung – eine heimliche gute Tat, die auch für die nächsten dreißig Jahre geheim gehalten werden musste.

Doch nach und nach bekamen die älteren deutschen Juden Angst, abends das Haus zu verlassen, und die Anzahl der Konzertgänger und Theaterbesucher ging drastisch zurück. Sie hatten Angst vor Schnappmessern, Überfällen, Schießereien auf offener Straße. Hillbrow wurde zum Hoheitsgebiet der Drogenbarone. Und dann, als Südafrika seine Grenzen öffnete, wurden die örtlichen Drogenbarone von größeren, noch gefährlicheren Drogenbaronen vertrieben, die von Norden her ins Land kamen.

Heinrich und Irmi waren zu dieser Zeit bereits in Rente. Sie hatten ihre Sachen gepackt und waren mitsamt den Eichenthronen nach Berlin zurückgekehrt, denn keiner von beiden hatte in Südafrika je das Gefühl der Fremdheit abschütteln können. Heinrich starb jedoch nur wenige Wochen nach ihrer Rückkehr, und Irmi, die sich ohne ihn in Berlin nicht mehr heimisch fühlte, kehrte mit dem nächsten Schiff nach Johannesburg zurück. Sie mietete sich in das deutsche Altenheim ein, in dem vor allem betagte Gruselgestalten lebten, die in Südwestafrika gedient hatten. »In Südwest«, wie sie immer sagten. Als Dinah ihre Tante in ihrem kleinen funktionalen Zimmer mit Dusche und Kochnische besucht, möchte sie ungern fragen, wo die beiden Eichenthrone geblieben sind. Sie stellt sich vor, dass sie irgendwo in einem Berliner Auktionshaus unter den Hammer kamen.

SIEBEN

Lisa und Dinah kommen in demselben Jahr auf die Highschool. Es ist das Jahr, in dem Premierminister Dr. Malan sich aus der Politik zurückzieht und Mr J. G. Strijdom an seine Stelle tritt – versessen darauf zu erreichen, was Dr. Malan trotz Bemühungen nie geschafft hatte: die Abschaffung des Wahlrechts der Farbigen am Kap. Mr Strijdom nimmt die Sache in Angriff, indem er einfach die Anzahl der Richter an den Berufungsgerichten als auch die Zahl der nationalistischen Senatoren erhöht, bis er genug Stimmen zusammenhat, um das Gesetz durchzudrücken. Man nennt es das Gesetz zur getrennten Vertretung der Wähler. Dann stellt er »gemischte« Gewerkschaften unter Strafe, damit sich schwarze und weiße Arbeiter nicht zusammenschließen können. Dies ist das Industrieschlichtungsgesetz. Die Engländer in Durban stören sich allerdings weniger an diesen Maßnahmen als an Mr Strijdoms Entscheidung, Südafrika in eine Republik zu verwandeln. Und als er dann auch noch erklärt, »God Save the Queen« sei nicht länger die Nationalhymne, platzt den Weißen in Durban der Kragen. Es gibt von der drögen afrikaansen Nationalhymne zwar eine englische Übersetzung, aber Dinah kennt niemanden, der sie je auswendig gelernt hat.

Dinah bemerkt, dass sich das Wort »Kommunist« zu einem Lieblingsschimpfwort der Regierung entwickelt. Es gab unter Dr. Malan zwar das Gesetz zur Unterdrückung des Kommunismus, aber jetzt tönt es auf allen Sendern nur noch Kommunist hier, Kommunist da über den Äther. Grund dafür ist vor allem die so genannte Missachtungskampagne. Tausende schwarzer Südafrikaner lehrten die Regierung das Zittern, indem sie in Warteräumen, Zugabteilen und öffentlichen Büchereien, eben allen Orten, die offiziell »Europäern/*Slegs Blankes*« vorbehalten sind, einen landesweiten Sitzstreik organisierten. Mitterweile stehen fast überall Schilder in den zwei offiziellen Landessprachen der Weißen. Sogar im Schulbus heißt es: »Spucken verboten/*Moenie Spoeg Nie*«. Viele der Ausländer sind jedoch vor allem von den Schildern in Fleischereiauslagen entsetzt, die »Boy-Fleisch für zwei Schilling« anbieten. Es liegt wohl an dem kannibalistischen Unterton, zumal manche Fleischereien mit dem Angebot »Boy-Fleisch zwei Schilling. Hundefleisch zwei Schilling sechs Pence« aufwarten.

Die Regierung antwortet auf die Missachtungskampagne, indem sie achttausend Menschen verhaften lässt, und bedient sich dann des Gesetzes zur Unterdrückung des Kommunismus als Allzweckwaffe, um die Anführer lahm zu legen. Dinah hat nicht die leiseste Ahnung, was ein Kommunist ist. Sie weiß nur, dass der Blitzgescheite Rebell einer war, bevor sie das schwarz umrandete Telegramm über sein Ableben informierte. Also glaubt sie jetzt, wie die meisten Südafrikaner, Kommunismus sei, wenn ein Schwarzer in einem für Weiße vorbehaltenen Wartezimmer Platz nimmt oder wenn ein Schwarzer die öffentliche Bücherei betritt. Die Liste der Gebannten ist mittlerweile so lang, dass der Gedanke daran mit dem Blick auf die Namenstafel am Ehrendenkmal vergleichbar ist.

Währenddessen sind die Nats mit dem harten Führungsstil von Mr Strijdom sehr zufrieden, und das Parlament scheint sich in der Rolle des Schreckensregimes im Kampf gegen den passiven Widerstand der Kampagnenführer außerordentlich gut zu gefallen. »Agitator« ist ein weiteres Lieblingswort der Regierung. Agitatoren müssen eleminiert, ergo an der Wurzel gepackt und ausgerissen werden. Denn eine der Grundüberzeugungen des Apartheidsystems lautet, dass Schwarze ohne Agitatoren sich keiner Missstände bewusst wären. Und so treibt der Staat fünfhundert Personen zusammen – Kommunisten und Agitatoren aller ethnischen Gruppen – und klagt sie des Landesverrats an. Das Gericht dezimiert ihre Zahl zwar auf einhundertundfünfzig, dennoch sitzen eine Menge Leute auf der Anklagebank, und der Prozess zieht sich über vier Jahre hin. Begleitet wird das Spektakel von einer makabren Kirmesstimmung, da sich plötzlich auch die internationale Presse auf die Angeklagten stürzt und die Anklage immer wieder ausgetrickst wird.

Auch wenn es den Angeklagten während dieser Zeit nicht möglich ist, ihren Lebensunterhalt zu verdienen, bietet der Prozess den führenden Köpfen des Widerstands zumindest die Chance, ethnienübergreifende Verbindungen zu knüpfen – Kontakte, die der Staat im richtigen Leben mittlerweile unter Strafe stellt. Ein kleiner Triumph für den Widerstand und eine köstliche Ironie, an die man sich in den dunklen und brutalen Jahren, die kommen werden, noch gerne erinnern wird. Als auch der letzte Angeklagte freigesprochen ist, kann der Staat nichts weiter unternehmen, als jedes Haus zu stürmen, in dem eine Freilassung gefeiert wird, um, wenn möglich, ein gemischtes Trinkgelage zu sprengen, da das Gesetz mittlerweile auch verbietet, Schwarzen Alkohol auszuschenken.

Je drastischer die politischen Maßnahmen werden, desto länger brüllt Dinahs Dad jeden Morgen das Radio an. Für die Mädchen gehört das Gebrüll schon zur täglichen Weckroutine. Irgendwann allerdings beginnt ihr Dad seine Wut zu entladen, indem er sie schon frühmorgens mit seiner ständig wachsenden Schallplattensammlung beschallt. Zu seiner morgendlichen Lieblingsauswahl gehören Benjamin Britten und Peter Pears, die Verdammnis und Schwefel heraufbeschören.

From Brig' o' Dread when thou may'st pass,
Ev-ery nighte and alle
To Purgatory fire thou comest at last
And Christe receive thy saule

Währenddessen hangeln sich Lisa und Dinah durch ihr normales kleines weißes Schulmädchenleben.

Lisa hatte sich sehr auf die Highschool gefreut, da sie mit dem Wechsel auch Dinah und Angela und der täglichen Papierschnipseldusche entkommen würde. Sie freut sich schon, als Einzige einen Hockeyschläger und einen marineblauen Highschool-Badeanzug zu besitzen, und stellt sich vor, wie neidisch Dinah auf ihren neuen Schulatlas und ihr neues *Concise Oxford English Dictionary* sein würde. Die blausilberne Metallschachtel mit den mathematischen Instrumenten hat sie bereits bekommen. Doch dann wird sie um ihre Freude betrogen, da sich gerade in diesem Jahr das Highschool-System ändert. Es gibt ein Pilotprojekt, bei dem die Mädchen aus Dinahs Schule ein Jahr früher zur Highschool wechseln und anstatt der bislang vier Jahre fünf Jahre auf der weiterbildenden Schule verbringen. Also kann sich Lisa doch nicht von Dinah und Angela verabschieden.

Dinah und Lisa sind schon längst nicht mehr die besten Freunde. Dinah hat sich mittlerweile zu einer Art Querulantin gemausert und hält Lisa für ein all-zu-braves Mädchen. Sie weiß, dass sie im Gegensatz zu Lisa niemals Aufsichtsschülerin sein wird und es auch niemals sein wollte. Sie hält Aufsichtsschülerinnen für Verräter. Diese Ansicht kommt zum Teil sicherlich dadurch zu Stande, dass sie nicht die Erstgeborene ist, aber sie hat auch mit der Regierung zu tun. Allein der Gedanke an die Regierung reicht Dinah, um jeder Art von Autorität von vornherein zu misstrauen. Hinzu kommt, dass sie unordentlich und kreativ ist. Sie ist ständig am Ausschneiden, Kleben, Malen und Nähen, und so ist der Boden ihres gemeinsamen Schlafzimmers mit einem Wust aus Papierschnipseln, eingetrockneten Pinseln, zerbrochenen Buntstiften und Glitzerkonfetti bedeckt. Das gemeinsame Schlafzimmer ist beiden ein Gräuel geworden, besonders aber für Lisa, die keine Unordnung erträgt und sich mittlerweile nach mehr Privatsphäre sehnt. Hin und wieder versucht sie für Ordnung zu sorgen, indem sie in der Mitte des Zimmers einen Kreidestrich zieht und Dinah anschreit, dass sie alles, einfach *alles* wegschmeißen wird, das über die Linie kommt.

Ohne dass Dinah es weiß, steckt Lisa mitten in der Pubertät. Sie hängt ständig mit ihrer Mum zusammen und legt mit ihr eine neue Art weiblicher Klüngelei an den Tag, die Dinah ziemlich bedrohlich findet. Sie hat keine Ahnung, dass das Ganze mit der Menstruation zu tun hat, und als sie es ein Jahr später selber trifft, ist sie von

Lisas Reinlichkeit während ihrer Regel mehr als beeindruckt. Dieses ganze Gefummel mit den grässlich hubbeligen Watteeinlagen, die man an einem rutschenden elastischen Hüfthalter festmachen muss, der kneift und sich dauernd verdreht, ist einfach furchtbar. Und dann kommt auch noch das Einweichen und Waschen der plüschigen Schulunterwäsche hinzu. Und das mit dem unbrauchbaren Seifenpulver von 1950. Außerdem gibt es natürlich noch das Problem der unauffälligen Entsorgung. Wie hat Lisa das nur geschafft, wenn es auf der Toilette nicht einmal einen Treteimer gibt?

Dinah hat zumindest von alledem nichts gemerkt. Sie merkt nur, dass Lisa ständig sauer auf sie ist. Sie sagt: »Halt den Mund« und »Ich hasse dich« und »Damit du's weißt, in meiner Klasse finden dich alle blöd«. Lisa bekommt gefährlich körperliche Wutausbrüche und lässt sich von Dinah nur noch bedienen. »Hol mir eine Banane«, sagt Lisa, und wenn Dinah sich weigert, wird sie von Lisa geboxt. Manchmal ist Dinah so wütend, dass sie sich auf heimtückische Kleinschwester-Weise an ihr rächt. Sie zerschneidet Lisas Lieblingsshorts oder versteckt Lisas Bettelarmband. Sie weiß, dass das Armband etwas ganz Besonderes ist, denn sie besitzt selber eines. An jedem Geburtstag der Schwestern schenken ihnen die Leute kleine silberne Anhänger, und mittlerweile ist jedes Glied der Kette mit zwei kleinen Anhängern beschwert.

Zitternd vor Angst, kauert Dinah mit Lisas Sachen fast eine halbe Ewigkeit auf der termitenfreien Zone unter den Bodenbrettern des Bungalows, während Lisa über ihrem Kopf tobt und vor Wut in Tränen ausbricht.

»Ich *weiß*, dass Dinah es versteckt hat«, sagt sie. »Ich

weiß, dass sie es war. Und diesmal bring ich sie um. Ich schwör's.«

Der Haken an der Sache ist, dass Dinah es sich mit ihrer Taktik bei den Eltern verscherzt, denn Lisa versteht sich sehr gut darauf, Erwachsenen Vertrauen einzuflößen. Dinah bleibt also nichts anderes übrig, als die Rolle der bösen Tochter anzunehmen. Denn wenn man schon einmal die böse Tochter ist, kann man sich auch gleich damit abfinden.

Der Wechsel zur Highschool ist fast zeitgleich mit dem Wegzug der Familie vom Butcher Estate – fast, aber nicht ganz, denn der Pachtvertrag der Universität läuft erst ein paar Wochen später aus. Lisa und Dinah werden also die ersten Tage mit den Studenten der Universität in alten Planlastwagen der Armee zu ihrer neuen Schule gebracht. Da die Studenten alles Jungen sind – und fast alle Ingenieurwissenschaft studieren –, fühlen sich die Mädchen bei dem hohen Testosteronspiegel im Lastwagen so unwohl, dass sie darauf bestehen, mit dem Bus fahren zu dürfen.

In Durban sind alle grünen Busse den Schwarzen vorbehalten. Also rattern und rumpeln sie immer an den Grüppchen weißer Schulkinder vorbei, die mit ihren Panamahüten und den unterschiedlich farbigen Hutbändern und Schuljacken an der Bushaltestelle warten. Die weißen Kinder nennen die Busse der Schwarzen Grüne Mambas. Sie pfeifen auf dem letzten Loch, verpuffen Ladungen von schwarzem Rauch und sind immer heillos mit Arbeitern überfüllt, die aus den Wohngebieten der Schwarzen in die Stadt fahren.

In Transvaal sorgen die Busse der Schwarzen derzeit

für eine Menge politischen Sprengstoff, da die Busunternehmen versucht haben, die Preise anzuheben. Schwarze Pendler boykottierten daraufhin die Busunternehmen, indem sie sich jeden Tag in einer Art Völkerwanderung die dreißig Kilometer hin und zurück zu Fuß in die Stadt aufmachten. Demonstranten versperrten den Bussen den Weg, warfen Brandsätze und Steine, manche warfen sich sogar selbst davor. Die Busunternehmen heuerten als Antwort die ärmsten unter den eingewanderten Arbeitern aus den Townships an, um die Demonstrationen zu zerschlagen, während die Liberal Party versuchte, mit Hilfe von Freiwilligen und deren Privatautos ein Mitfahrsystem zu organisieren. Allerdings lieferten sie der Polizei nur die Möglichkeit, weitere Agitatoren und Kommunisten festzunageln; die musste sich einfach nur hinstellen und die Kennzeichen der weißen Autofahrer notieren. Letztlich reichten Tausende von Schwarzen, die zu Fuß durch die weißen Stadtzentren zogen und Protestlieder sangen, aus, um die Stadtverwaltung zu einem Kompromiss zu zwingen.

Die meisten weißen Schulkinder, mit denen Lisa und Dinah zur Schule fahren, wissen nichts von dem Busboykott. Für sie sind die Grünen Mambas nur eine spaßige Gelegenheit, ihre Freundinnen aufzuziehen. Denn immer wenn eine Grüne Mamba vorbeifährt, kann man so tun, als wäre es der Bus, auf den die Freundin wartet.

»Da kommt dein Bus, Denise«, sagt man, und alle kreischen vor Lachen. Denise tut schrecklich empört, doch dann ist sie an der Reihe.

»Sieh mal, da kommt deiner«, sagt sie. »Halt, Grüne Mamba! Halt! Hier will noch jemand mit.«

Doch dann finden die Busfahrten für Lisa und Dinah

ein Ende. Sie verlassen den Butcher Estate und machen Platz für den neuen Pächter, die südafrikanische Polizei. Dinahs Mum fängt an zu weinen, als die Pergola heruntergeschnitten wird und auf den hohen grünen Hecken von der Ridge Road bis hinunter zur Vause Road Spiralen von Stacheldraht angebracht werden. Bald stehen überall zweisprachige »Betreten verboten«-Schilder mit Abbildungen von deutschen Schäferhunden mit speicheltropfenden Lefzen. Dinah betritt den Estate nie wieder, obwohl sie manchmal daran vorbeigeht. In ihrer Erinnerung bleibt er ein magischer Ort, groß genug, um sich darin zu verlaufen, mit seinen riesigen Bambusstauden und Seidenaffen und einem Himmel voller Jakarandablüten direkt vor der Hintertür. Danach scheint ihr Interesse an der Natur erloschen. Und wann immer sie hiernach vom Zaun aus den Butcher Estate betrachtet, gibt ihr der bedrohlich aggressive Tonfall der Polizei das Gefühl, einer feindlichen Besatzung gegenüberzustehen.

Die Universitätsfamilien verlassen nur nach und nach ihre Bungalows. Dinahs Familie bleibt bis ganz zuletzt. Dann beziehen sie für sechs Monate eine Unterkunft in Campusnähe, während ihr eigenes Haus gebaut wird. Die vorübergehende Bleibe ist eines von sechs Backsteinhäusern, die in die einheimischen Waldungen von Pigeon Valley gebaut wurden, und liegt so nahe an der Highschool, dass die Mädchen fast jeden Tag Gefahr laufen, zu spät zur Schulversammlung zu kommen. Ihr Dad schaltet zum ersten Mal in seinem Leben morgens das Radioprogramm Springbok ein, damit die Mädchen die ihnen verbleibende Zeit an den Werbeblöcken messen können. Sie wissen, dass sie vor der letzten Zeile der Zoomo-Hustenbonbon-Werbung aus dem Haus sein müssen. Zuerst hören sie den künstlich bemühten Hustenanfall und dann eine Stimme, die sagt: »Schluss mit dem Husten. Nehmen Sie ZOOMO!« Bei dem Wort ZOOMO müssen sie die Hauptstraße erreicht haben.

Das neue Haus wird mit dem Geld bezahlt, das Miss Connie und Miss Louisa Dinahs Mum hinterlassen haben. Es sind tausend Pfund, und das Geld kommt völlig unerwartet. Dinahs Mum liebt Häuser, und so macht sie sich mit freudetanzenden Gedanken an den Geldsegen auf den Weg, um sich in den altehrwürdigen Wohngebieten von Durban nach ihrem Traumhaus umzusehen. Sie flaniert die eleganten schattigen Alleen zwischen der Einkaufsstraße und Mitchell Park entlang, in denen subtropische Pflanzen die alten Gebäude umranken und dichtes Blattwerk die kolonialen Veranden und großen Flügeltüren und das weiß verputzte Mauerwerk kühlt. Sie liebt es, wie das Klima Innen und Außen ineinander fließen lässt, und sie sieht sogar ein Haus, in dem ein Baum mitten durch das Dach wächst.

Aber dann gibt es ja noch Ta, der es strikt ablehnt, sich auf irgendeinen ihrer Häuserpläne einzulassen. Als Mann, der in kleinen Mietswohnungen aufgewachsen ist, hält er nichts davon, Vabanque zu spielen. Und nachdem er die Alte Welt hinter sich gelassen hat, will er auch mit dem Einrichtungsstil der Alten Welt nichts mehr zu tun haben. Messingtürgriffe, Kaminsimse und Tapeten, Fußleisten, schmiedeeiserne Ornamente, Kandelaber und Schiebefenster – all diese Dinge erinnern ihn an eine Zeit, die er lieber vergessen will. Er weiß, auch ohne sie sich anzusehen, dass alte Häuser einzig und allein dem Verfall entgegendämmern und jedes Haus, das nicht gemäß der örtlichen Baubestimmungen von 1950 erbaut wurde, nichts als Rost und Feuchtigkeit, Termiten, Schwamm und Kakerlaken, wenn nicht gar Einsturz und Flut bedeutet. Außerdem riecht es dort immer nach Mottenkugeln und den Pelzmänteln alter Damen.

Der unverhoffte Geldsegen wird also dazu verwandt, auf einem Hügel hinter der Universität ein Stück rote Erde zu kaufen, wo sich das Buschland rapide in neue Wohngegenden verwandelt, und mit dem verbleibenden Geld machen sie eine Anzahlung auf einen der behördlich abgesegneten Bungalows, bei denen man sich zwischen Grundriss A, B und C entscheiden kann. Ein Bauunternehmer wird beauftragt, aber dann taucht das erste Problem auf, denn das Haus wird einfach nicht fertig. Dem Bauunternehmer, einem jüngst eingereisten Einwanderer aus Europa, sind die Möglichkeiten für weiße Unternehmer im neuen Apartheidsystem von Südafrika zu Kopf gestiegen. Er hat schnell begriffen, dass er nichts weiter tun muss, als einen unterbezahlten schwarzen Handwerker einzustellen, der ihm bar jeder Rechte die ganze Arbeit abnimmt. Also ist der Bauunternehmer dauernd abwesend. Er verbringt seine Zeit damit, seine Angelfertigkeiten zu vervollkommnen, während das Haus vom ersten bis zum letzten Stein von einem einzelnen Zulu-Arbeiter errichtet wird, der Dinahs Dads Fragen bei Besuchen auf der Baustelle immer nur mit drei Worten beantwortet: »Boss ist fischen.«

Aber schließlich – dem Fleiß und der Fertigkeit des Zulu-Arbeiters sei gedankt – wird das kleine Haus tatsächlich fertig. Lisa und Dinah teilen sich eines der drei kleinen Schlafzimmer, damit ihr Dad ein Arbeitszimmer haben kann. Einen Ort, an dem Dinahs Mum einen Webstuhl aufstellen oder mit Farben hantieren könnte, gibt es allerdings nicht. Die Eingangstür führt direkt in das L-förmige Wohnzimmer, wobei der Esstisch und Dinahs Mums Klavier im kleineren Teil untergebracht werden. Die Fenster haben Rahmen aus gehärtetem Stahl und einfache einbruchsichere Gitterstäbe.

Und doch ist es aufregend, ein eigenes Haus zu haben, und Ta ist ganz begeistert. Er ist angetan von den glatten Sperrholztüren, die frisch nach Klebstoff riechen, und von der gesprenkelten Emelux-Beschichtung, die in der Küche, dem Badezimmer und der Toilette statt teurer Keramikkacheln die Wände vor Nässe schützt. Er ist begeistert von dem gewellten Asbestdach und den Abflussrohren, die – ebenfalls aus Asbest – weder rosten noch reißen können. Und er ist voller Lob für die Toilettenspülung, einem ökologisch einwandfreien Abwassersystem, das der Familie vorschreibt, besser auf weiches Toilettenpapier zu verzichten und auf immer und ewig die kratzig harten Einzelblätter von Jeyes zu benutzen. Sinnigerweise wurde für das Jeyes-Kratzpapier bereits ein spezieller Halter in die Emelux-Wand eingelassen.

Das Haus verfügt nur über eine Toilette, da es im Badezimmer keine gibt. Für Dinahs Mum, die unter einer sehr eigenwilligen Verdauung leidet, stellt dies ein großes Problem dar. Dinahs Mum muss jeden Morgen nach ihrem ersten Schluck Kaffee innerhalb von fünf Minuten auf die Toilette gehen, oder der ganze Tag ist verdorben. Nur ist dies fast immer die Zeit, in der Dinahs Dad sich auf der Toilette einschließt, um das Kreuzworträtsel zu lösen. Dinahs Mum besitzt eine ganze Batterie an Mittelchen wie Chocolax, Brook-Lax, Paraffinöl und kalifornischen Feigensirup, die sie zusammen mit der Lux-Seife und dem Nescafé und der Schweizer Schokolade in ihrer Wäscheschublade aufbewahrt. Außerdem besitzt sie ein altes Emailleklistier mit einem ekligen Gummischlauch, das Dinah eines Tages beim Herumschnüffeln in einem Leinenbeutel entdeckt. Sie hat keine Ahnung, wofür das Gerät gut sein soll, und kann natürlich auch nicht fragen. Dinahs Dad verlässt die Toilette hingegen stets gut gelaunt.

»Der Hinweis ist ›Halbmond‹«, sagt er. »Die Antwort ist ›Mo‹. Und? Wie findet ihr das?«

Was Dinahs Eltern bei dem Kauf nicht bedacht haben, sind die anfallenden Kosten für ihr neues Haus. Und da vor ihnen noch niemand in dem Bungalow gewohnt hat, sind auch noch niemandem die grundsätzlichen Mängel aufgefallen. So verfügt Dinahs Haus über keinen gepflasterten Weg, keine geflieste Terrasse, keine Vorrichtung, um die Wäscheleine zu spannen, keinen Rasen, keinen Briefkasten am Tor, keinen Zaun, keinen Kleiderhaken an der Badezimmertür, keine Bücherregale und keine Vorhangstangen. Es gibt keine Pflanzen im Garten und so gut wie keine Blumenerde. Dinahs Mums Garten besteht aus drei terrassenförmig angelegten Schrägen aus roter Erde, die sich mit dem ersten schweren Regen in eine einzige Matschrutschbahn verwandeln. Also macht sich Dinahs Mum ohne einen Pfennig Geld in der Tasche – und mit der wöchentlichen Haushaltsabrechnung vor Augen – auf den Weg zum botanischen Garten, um sich über Pflanzen schlau zu machen. Und während sie sich über eine Auswahl verschiedener Gewächse beugt und ihre Namen aufschreibt, lernt sie einen Menschen kennen, der bald ein Teil ihres Familienlebens werden soll. Francis-der-Gärtner ist ein indischer Angestellter des Park- und Gartenbauamtes.

»Ich bin Francis-der-Gärtner«, sagt er ihr ins Ohr. »Ich besorg Ihnen welche davon. Billig, Madam. Sehr billig. Kommen Sie später wieder. Fünf Uhr. Kommen Sie.«

Seit diesem Tag bessert Francis-der-Gärtner sein mageres Gehalt auf, indem er Dinahs Mutter alle möglichen Sprossen, Ableger, Setzlinge und Stecklinge verkauft, die er tagsüber in den Blumenbeeten zusammensammelt und ihr liebevoll in feuchtes Zeitungspapier einwickelt. Francis-der-Gärtner verfügt über ein enormes Wissen, allerdings kann er nicht lesen. Er ist dünn wie ein Stock und leidet an chronischer Bronchitis, was ihn und Dinahs Mutter auf besondere Art verbindet. Am Anfang erklärt er ihr noch, was sie mit den ganzen Ablegern und Setzlingen anfangen soll, aber bald arbeitet er jede freie Minute zusammen mit ihr im Garten. Francis ist immer knapp bei Kasse, und nach kurzer Zeit reden sie schon über Bäume.

Wie sich herausstellt, wohnt Dinahs Familie nicht weit von dem Wellblechverschlag entfernt, in dem der Gärtner mit seiner Frau und seinen fünf Kindern lebt. Denn gleich hinter der Straße, die den Garten von Dinahs Familie abschließt, beginnt das Viertel Cato Manor. Viele der ärmsten indischen Familien, deren Häuser während der antiindischen Unruhen im Jahr 1949 niedergebrannt wurden, haben sich dort in baufälligen Hütten eingerichtet. Die meisten Inder von Durban sind wie Francis-der-Gärtner Söhne und Töchter der einstmaligen Hindu-Vertragsarbeiter, der Armen des Subkontinents, die nach Südafrika verschifft wurden, um in den Zuckerrohrplantagen von Natal zu arbeiten.

Dann gibt es noch die freien Muslime von Gujarat: Inder, die mit etwas Geld ins Land kamen und sich als eigenständige Geschäftsleute und Barackenvermieter in den schwarzen Wohngegenden niederließen, wo auch sie per Gesetz leben mussten. Dies sind die Inder, die Schwarzen wie Weißen am meisten verhasst sind. Durch die rassistische Gesetzgebung und tückischen Lizenzvergaben in die Shylock-Rolle gedrängt, leben die besitzhabenden Inder ständig in Gefahr und sind oftmals selber knapp bei Kasse. Dann, in den Monaten nach dem traumatischen Wahlausgang von 1948, kehren sich die Ärmsten der Armen, die Zulus von Natal, nicht gegen Weiße, sondern gegen Inder, da diese sichtbarer in der Schusslinie stehen. Indische Geschäfte und Häuser werden niedergebrannt, und die brutalen Übergriffe enden mit einhundertundvierzig Toten. Eine aufgeheizte Menge unterscheidet nicht zwischen einem reichen Muslim und einem armen Hindu. Jeder Inder kommt ihnen gerade recht.

Dinahs Mum erlebt den Ausbruch der Unruhen auf dem indischen Markt in der Grey Street. Sie kauft gerade Blumen für eine Nachbarin, die auf der Entbindungsstation liegt, als sie plötzlich von einer brüllenden Menge umringt wird. Dann hört sie, wie jemand nach ihr ruft.

»He, Lady, sind Sie verrückt? Kommen Sie da raus!«, brüllt ein Polizist, aber die Masse drängt einfach an ihr vorbei, und weder sie selbst noch ihre Blumen kommen zu Schaden.

Aufgrund der enormen Wachstumsgeschwindigkeit der Pflanzen in Durban erblüht Dinahs Mums Garten bald zu einer einzigen Pracht. Die kahlen roten Lehmterrassen sind in kürzester Zeit mit grobem, recht unenglischem Rasen bedeckt, durch den schwarze Tausendfüßler kriechen. Es gibt Avocado- und Papayabäume, und im Vorgarten steht ein knorriger Baum mit roten Hängeblüten, die ein wenig wie Fuchsien aussehen. Passionsfruchtreben ranken über der Veranda und an der Lehmmauer des Seitengangs zur Küchentür entlang. Um den Fuß des Avocadobaums liegen runde Pflastersteine, und eine kleine Bank steht in seinem Schatten. Ein paar der Bäume werden später unter Naturschutz gestellt und bedrohen, über das kleine Haus geneigt, wohl bis in alle Ewigkeit Dach und Dachrinnen.

Dinahs Eltern verzichten auf einen Gartenzaun. Und da ihres das einzige nicht umzäunte Haus ist, wird ihr Seitendurchgang – sehr zum Unmut ihrer Nachbarin – bald zur öffentlich genutzten Abkürzung für die schwarzen Fußgänger von Cato Manor. Dinahs Eltern verzichten bewusst auf einen Zaun. Zum einen, weil ihnen die freie Aussicht gefällt, aber auch weil ihnen klar ist, dass mit der unerbittlichen Ausbreitung der weißen Wohngebiete immer mehr der früher öffentlich begehbaren Wege durch kilometerweite Zaunabsperrungen abgeschnitten werden und schwarze Fußgänger, teils mit schweren Traglasten, unendlich weite Umwege laufen müssen, um nach Hause zu kommen. Aber die schwarzen Fußgänger sind nicht alles, worüber sich die Nachbarin empört. Seit kurzem gibt es nämlich Evalina, die zur festen Einrichtung im *kia* des Bungalows wird.

Alle Häuser in Durban sind am unteren Gartenende mit einer Hütte für schwarze Bedienstete versehen. Die Hütte ist etwas, worauf Dinahs Dad keinen Einfluss hatte. Sie gehört zu den Bungalows A, B und C automatisch dazu. Und nicht einmal fünf Minuten nachdem die Familie ihr neues Heim bezogen hat, wird Ta auch schon von Charly, dem aus Mosambik stammenden pechschwarzen redegewandten Chauffeur des Universitätsrektors dazu gebracht, seine neue Freundin als Hausmädchen in der Hütte einzuquartieren. Auf diese Weise steht Evalina ihm immer zur Verfügung.

Evalina ist wundervoll. Und es ist wundervoll, sie im Haus zu haben. Sie ist eine üppige Frau mit starker Persönlichkeit, die vor Charme nur so überschäumt. Jeden Morgen hört man sie zu den verführerischen Klängen von Radio Bantu, dem Ghetto-Sender von SABC, der derzeit das Beste aus dem goldenen Zeitalter der schwarzen Township-Musik über den Äther schickt, mit Besen und Kehrblech herumklappern. Sie hat einen Riesenbusen, ein herzhaftes kehliges Lachen, und alle Telefonanrufe im Haus sind für sie. Wenn Evalina also ihren Mittagsschlaf hält, müssen Dinahs Eltern immer Boten spielen. Ständig laufen sie den Garten hinunter und rufen: »Evalina! Telefon!« Dann kommt Evalina mit verrutschtem Kopftuch und ohne Unterwäsche ächzend den Gartenweg hochgewackelt und zieht sich ihren offenen Overall um den Leib.

»*Hau*, Master – keine Wäsche«, sagt sie und gibt manchmal sogar einen kurzen Einblick, um ihre Aussage zu bekräftigen.

In ihrer Hütte herrscht ständig Betrieb, es wird viel gefeiert, und die Nachbarin ist starr vor Entsetzen. Vor allem, da sie herausgefunden hat, dass Dinahs Dad dem Mädchen mehr als das übliche Gehalt zahlt. Dies gilt allgemein als unmögliches Benehmen, da man dadurch die einheimischen Mädchen »verdirbt«.

»Man weiß nie, wer gerade kommt oder geht«, sagt sie.

Da die meisten südafrikanischen Haushalte ihren Dienstboten jeden Besuch strikt untersagen, hält es die Nachbarin für ein Unding, dass Evalina Besuch empfangen darf. Und doch ist Dinahs Elternhaus das einzige in der Straße, in das nie eingebrochen wird. Und als Evalina schließlich Jahrzehnte später als Hehlerin eines florierenden Räubersyndikats entlarvt wird, liegt die Nachbarin zum Glück schon lange unter der Erde.

Dinahs Mum ist mit ihrem Garten sehr zufrieden, aber sie regt sich immer noch über den schmalen unbefestigten Lehmweg auf, der an ihren zaunlosen Garten grenzt. Allerdings hat sie kein Geld, den Weg pflastern zu lassen – zumal er ja der Gemeinde gehört, oder etwa nicht?

»Schreib der Stadtverwaltung doch bitte einen Brief für mich, Dee«, sagt sie eines Tages. »Sag ihnen, sie sollen sich darum kümmern.«

»Ich?«, sagt Dinah. »Die werden sowieso nichts tun.«

»Doch. Wenn du ihnen schreibst, dass dein Vater Professor ist«, sagt sie.

Dinah lacht ihre Mutter aus. Sie hält die Idee für dämlich. Für altmodisch, fremdländisch und dämlich. Sie glaubt, der vorkriegsdeutschen hierarchischen Weltanschauung ihrer Mutter werde nur mit Spott begegnet. Sie weiß, dass ihre Mutter sehr stolz darauf ist, dass Ta kürzlich zum Professor ernannt wurde, und dass sie wahrscheinlich *wirklich* glaubt, ein Lehmweg vor ihrem Garten entspreche nicht mehr seiner Stellung.

»Stell dir nur mal vor«, sagt Dinahs Mutter, »wenn seine Kollegen und Besucher immer durch den ganzen Matsch laufen müssen.«

Also schreibt Dinah einen, wie sie findet, absolut übertriebenen Brief. Sie schreibt in lebhaften Bildern von den erlesenen Gästen des großen Mannes – der Riege genialer Köpfe in Talaren und Doktorhüten, die sich alle die Schuhe ruinieren, wenn sie an regnerischen Abenden durch Sturzbäche von Matsch waten müssen. Aber erstaunlicherweise findet ihre Mutter den Brief richtig gut und schickt ihn sofort ab. Fünf Tage später erscheint ein Trupp Bauarbeiter vor ihrem Haus. Sie springen von einem Laster, laden von Hand zu Hand Stöße von Steinplatten ab, und schon am Abend ist Dinahs Haus das einzige in der Straße, dessen Gartenfront mit zwanzig Quadratmetern edler Terrakottaplatten gepflastert ist.

Ta ist sehr erstaunt, als er nach Hause kommt. Und er wird sofort misstrauisch.

»Was hast du gemacht?«, sagt er.

»Nichts«, antwortet Dinahs Mutter, aber sie ist eine miserable Schauspielerin. »Dee hat für mich einen Brief geschrieben, das ist alles.«

»Was für einen Brief?«, sagt er.

»Na, wegen dem Matsch.«

Aber bald hat er es aus ihnen herausgequetscht, und er tobt vor Wut. Er fühlt sich durch die Art und Weise, wie seine Frau ihre Stellung missbraucht, zutiefst in seinen egalitären Überzeugungen verletzt. Aber allzu lange dauert seine Wut nicht an, da sich seine neue, gebraucht gekaufte Vespa auf dem Pflaster viel besser macht. Der vorherige Besitzer der Vespa hielt es für eine gute Idee, den Roller mit Abziehbildern nackter Mädchen zu bekleben, aber Ta hält dies für irrelevant, solange der Roller gut läuft. Und es lässt ihn auch unbeeindruckt, dass die Abziehbilder immer wieder in der Studentenzeitung Erwähnung finden.

An der Einfahrt zu Dinahs Straße befindet sich Clegg's Lebensmittelgeschäft, das sich auch Tearoom nennt, obwohl man dort keinen Tee bekommt. Die meisten Eckläden werden von griechischen Einwanderern betrieben, aber die Cleggs stammen ursprünglich aus Shoreditch. Mr Clegg ist im Waisenhaus aufgewachsen, und er erzählt seiner Kundschaft gerne Geschichten aus seiner Kindheit. Er ist ein kleiner drahtiger Mann mit braunen Zähnen, die nicht mehr ganz vollzählig sind. Mr Clegg war früher bei der Handelsmarine, und da er oft nur im Unterhemd herumläuft, sind seine maritimen Tätowierungen seiner Kundschaft wohl bekannt. Auf dem einen Bizeps hat er einen Anker und auf dem anderen ein Kreuz, das mit Stacheldraht umwunden ist. Mr Clegg hat einen Cockney-Akzent. Seiner Kundschaft erzählt er aber immer, dass er früher einen Oxforder Akzent hatte – das heißt, bevor er zur Navy kam.

Mrs Clegg stammt ebenfalls aus London. Sie ist dick und verschwitzt, hat kurz gestutztes hellrotes Haar und legt ihren Busen immer vor sich auf die Ladentheke. Die Cleggs haben einen erwachsenen Sohn namens Bobby – ein unterbelichteter junger Mann mit weißem Schmerbauch und rotblonden Wischmopp-Locken, der ihnen im Geschäft helfen soll, aber eigentlich nur grinsend in der Ecke herumsteht. Daher sind alle überrascht, als Bobby eines Tages eine schöne Freundin mit guten Manieren anbringt. Die Freundin heißt Maria, und die beiden sind bald verlobt. Sie bedient im Geschäft ihrer zukünftigen Schwiegereltern und kümmert sich kompetent um die Kunden, während Mr Clegg zurückgelehnt seine Capstans raucht und Bobby sie hin und wieder in den Hintern kneift oder spaßeshalber den Vorratsraum durcheinander bringt. Maria ist schlanke Konfektionsgröße 36 und sieht aus wie die junge Jean Simmons. Sie hat dunkles Haar und grüne Augen, und sie trägt immer eine hübsche weiße

Bluse mit einer Kameebrosche. Dazu trägt sie einen engen schwarzen Rock mit hellen Nylonstrümpfen und flache Schuhe Größe 34.

Die Verlobungszeit dauert recht lange, aber schließlich ist es so weit, und das Geschäft wird für die Hochzeit den ganzen Tag geschlossen. Aber schon gegen Mittag sind die Türen wieder auf, und der Verkauf geht weiter wie sonst, außer dass Mr Clegg kettenrauchend im Geschäft herumläuft und Mrs Clegg mit roten Augen in ihr Taschentuch schnieft. Der Standesbeamte hat in Marias Papieren Unregelmäßigkeiten festgestellt. Die wunderschöne Verlobte ist eine Farbige. Mrs Clegg steht unter Schock, und Mr Clegg ist außer sich vor Wut. Nur Bobby scheint die Sache wenig zu berühren. Er steht weiterhin grinsend im Laden, als wäre nichts geschehen. Maria hingegen ist fort, und niemand wird das bezaubernde und elegante Jean-Simmons-Double je wiedersehen, das es fast geschafft hätte, sich an eine Familie unappetitlicher Primitivlinge zu hängen, um als Weiße durchzugehen.

»Negerkinder«, sagt Mr Clegg abfällig und bläst den Rauch durch die Zähne. »Verdammte Negerkinder hätt ich als Enkel gehabt!«

Dinahs Straße sieht aus wie eine Baustelle, da in letzter Zeit viele der Grundstücke verkauft wurden. Ihnen gegenüber entstehen zwei identische Häuser, und schon bald wird deutlich, dass sie um einiges luxuriöser und konservativer sein werden als Dinahs Bungalow. Sie ähneln ein wenig den Häusern aus Dinahs Bayco-Häuserbausatz von früher. Sie haben rote Zipfelmützendächer und Fensterkästen aus Holz. Im Inneren sind sie allerdings recht dunkel, da sie im Gegensatz zu Dinahs Haus kein Panoramafenster mit Blick auf die Veranda haben und es auch viel mehr Innenwände gibt. Im linken Haus werden alle Fenster mit dunkelgrünen Vorhängen versehen, und innen gibt es viele Lampenschirme aus »antik«-rissigem Pergament. Sie erinnern ein wenig an Krinolinen, nur dass sie am Rand mit grünen Troddeln versehen sind. Dinah weiß das, da sie und Lisa sich bald mit dem Mädchen anfreunden, das in das linke Haus einzieht.

In Catherine Clearys Wohnzimmer stehen eine dunkle Couchgarnitur im geblümten Landhausstil und zwei Lehnstühle mit moosgrünem Plüschbezug und noch mehr grünen Troddeln. In einer Imbuiaholz-Vitrine mit geschnitzten Löwenfüßen stehen eine Reihe von Toby-Jugs-Bierkrügen in Form von Köpfen – und eine Sammlung mit Fingerhüten aus Porzellan. An der Wand hängen drei gerahmte Gemälde, und auf ein paar Tischen sind Bilder der Familie aufgestellt. Die Gemälde sind Reproduktionen von Gainsboroughs *Blue Boy* und Sir Joshua Reynolds' *Junge mit Kaninchen* und einem neuen Porträt von Königin Elisabeth II. von Annigoni. Catherines Mum hat einen konservativeren Geschmack als Dinahs Mum, die japanische Drucke mag und die französischen Impressionisten. Und so bekommen Catherine und Dinah immer Streit, wenn sie gemeinsam Kunstbücher durchblättern, da jedes der Mädchen seine Familienästhetik verteidigt. Catherine kommentiert Bilder entweder mit »Igitt« oder »Oh, wie schön« – abhängig davon, ob das Bild von Cézanne oder Lord Leighton ist, und Dinah macht das Gleiche bei Raeburn und Renoir. Dinah hält Catherines Geschmack für Schokoladenschachtelkunst, denn die französischen Impressionisten haben es noch nicht wirklich auf Schokoladenpackungen geschafft.

Catherines Mum ist eine Kriegswitwe. Ihr Mann starb dreiundzwanzigjährig in Tobruk, Nordafrika, als Catherine zwei Monate alt war. Manchmal, wenn Mrs Cleary nicht zu Hause ist, führt Catherine Dinah durch einen dunklen Flur in das grüne Kerzen-und-Rüschen-Schlafzimmer ihrer Mutter, in dem Mrs Cleary in der unteren Schrankschublade die Reliquien ihres Mannes aufbewahrt. Dort liegen seine Armeeuniform, seine in altes braunes Papier eingewickelten Abzeichen und der Brief von der Armee, in dem steht, dass er nicht mehr lebt. Aber was Catherine ihr eigentlich zeigen will, ist ein kleiner Beutel mit den Zehennägeln ihres Vaters. Es sind Donald »Bunny« Clearys einzigen sterblichen Überreste. Ihr Dad, erklärt sie, habe immer an dem alljährlichen Kameraden-Marathon teilgenommen – einem Hundert-Kilometer-Lauf von Durban nach Pietermaritzburg. Catherine erklärt Dinah, dass einem bei einem Marathon in Leinensportschuhen durch den ständigen Druck auf die Zehen die Fußnägel schwarz anlaufen und schließlich abfallen. Und jedes Jahr hob Catherines Vater seine abgefallenen schwarzen Zehennägel als Trophäen auf. Catherine liebt es, die Zehennägel aus dem Beutel zu holen. Sie breitet die verschrumpelten Dinger auf dem geblümten Bettvorleger aus, obwohl sie weiß, dass ihre Mutter einen Anfall bekäme, wenn sie davon wüsste.

Lisa und Dinah finden Catherine erstaunlich ungehorsam. Nur in einem sind sich Mutter und Tochter immer einig – und zwar, wenn die Sprache auf Katholiken fällt, ihrem Lieblingsthema.

»Die irischen Priester schlachten sich immer das fetteste Schwein«, sagen sie. »Und die Bauern müssen im Dreck nach Kartoffeln suchen.«

Während sie ihre Reden schwingen, poliert ihr minderjähriger Zulu-Hausjunge, der weder schreiben noch lesen kann, die Eingangsstufe, und das für einen Lohn von genau drei Pfund zehn Schilling und sechs Pence und zwei Sack Maismehl im Monat. Katholiken beten Götzenbilder an und blöken dabei wie die Schafe. Katholiken gehen nur zur Messe, weil sie sich vor dem Priester fürchten, und die Priester stehen immer mit Mistgabeln hinter ihnen und treiben sie in die Kirche. Der Papst ist die Hure von Babylon. Der Papst ist Jezebel, und de Valera ist Beelzebub.

Dinah ist darüber sehr erstaunt. Sie kann mit den Vergleichen nichts anfangen, da sie noch nie von Jezebel oder Beelzebub gehört hat, und sie hat auch noch nie eine Mistgabel gesehen – außer der in ihrer alten Klappbuchausgabe von *Old Macdonald's Farm*. Der Grund für Mrs Clearys merkwürdig aufgesetzte Bigotterie ist ihr lange verstorbener Mann. Er wurde in seiner Kindheit im kleinstädtischen Mafeking vor allem durch die leidenschaftlichen sektiererischen Hasstiraden seiner streng protestantischen Eltern aus Ulster erhellt, auch wenn er selbst in seinem kurzen Leben nie einen Fuß auf nordirischen Boden setzte. Aber es gelang ihm, in den wenigen glücklichen Monaten, die er mit Catherines Mutter verbrachte, zumindest seine loyalistischen Parolen weiterzugeben.

Mrs Cleary lernte ihren Mann in Mafeking bei einer samstagabendlichen Tanzveranstaltung kennen und verliebte sich sofort in ihn, den jungen irischen Draufgänger, den Wildesten aus der Meute, den Spaßmacher und Charmeur. Sie tanzte mit ihm, und dann war es um sie geschehen. Hin und wieder erzählt sie Catherine und Dinah von dem Abend.

»Nur ein wenig Pond's Vanishing Cream und ein Hauch Johnson's Babypuder«, sagt sie mit ungewohnt verzückter Miene und manchmal auch ein wenig spitz – sollte sie Catherine und Dinah gerade dabei erwischen, wie sie mit blauer Mascara von Maybelline und Max Factor's Make-up-Stift herumexperimentieren, denn Mrs Cleary gehört eindeutig zu den Frauen, die Zurückhaltung und Bescheidenheit für weibliche Tugenden halten.

Catherine hat eine zarte Haut und eine kleine zierliche Nase, aber sie besitzt so gut wie keine Wimpern oder Augenbrauen und kleine, tief liegende blaue Augen. Sie hat einen flachen breiten Hintern und neigt dazu, Speck anzusetzen. Dinah hat auffallendere Augen und Augenbrauen und einen schönen runden Hintern, aber sie hasst ihre Nase und sitzt oft mit einem Handtuch über dem Kopf über einem Topf heißen Wassers, um ihre fettige Haut zu bekämpfen. Die fettige Haut hat etwas mit ihrer körperlichen Reife zu tun, die jüngst an einem Samstagmorgen wie ein Schock über sie kam.

Ich sterbe, denkt sie. Ich verblute. Es kann nicht sein, dass ihr niemand von der Regelblutung erzählt hat. Sicher hat ihr jemand davon erzählt, und sie hat es nur verdrängt. Aber da sie weiß, dass sie stirbt und sich nicht etwa in einem ganz normalen weiblichen Zustand befindet, flüstert sie es ihrer Mum auch nicht heimlich ins Ohr. Sie verkündet es laut vor beiden Elternteilen, und so wird die Sache zu einer allgemeinen Familienangelegenheit, bei der ihre Mum losrennt, um Binden zu holen, während ihr Dad sagt: »Na ja. Jetzt wird sie im Bus wohl den vollen Preis zahlen müssen.« Bis zu dem Zeitpunkt war Dinah immer noch als unter zwölf durchgegangen.

Doch angesichts ihres öffentlichen Debüts ist es schon

ziemlich merkwürdig, dass niemand zu bemerken scheint, dass das, was Dinah durchmachen muss, das, was ihr jeden Monat widerfährt, nicht unbedingt normal ist: Dass sie an zwölf von dreißig Tagen im Monat eine ganze Packung Kotexbinden durchnässt, von denen sie oft zwei auf einmal trägt, und dass sie jedes Mal, wenn sie aufsteht, einen ganzen Sturz angestautes Blut verliert – gerade so, als würde man einen Hahn aufdrehen –, das zudem auch noch dunkel geronnene Klumpen enthält. Da die Sommeruniform an ihrer Highschool aus hellbeiger Baumwolle besteht, sehnt Dinah ihre marineblaue Winteruniform aus Serge herbei, auch wenn Durban eigentlich keinen Winter hat. Es gibt nur heiß und sehr heiß. Denn dann kämen nicht ständig gut meinende ältere Mädchen auf sie zu, um ihr zuzuflüstern, bei ihr sei es »durchgelaufen« – als wüsste sie nicht selbst ganz genau, dass sie hinten auf ihrem Kleid riesengroße Flecken hat.

Jeden Monat reibt sich Dinah an den hart gewordenen trockenen Rändern ihrer Kotexbinden die Innenschenkel wund. Sie verarztet die rot entzündeten nässenden Stellen mit Vaseline und Elastoplast-Pflastern und versucht auf dem Heimweg von der Bushaltestelle, nicht bei jedem Schritt das Gesicht zu verziehen. Und diese allmonatliche Qual dauert an, bis sie mit siebzehn durch ein neues Mädchen, das weniger hinterm Mond lebt, die unglaublichen und paradiesischen Freuden von Tampax entdeckt und sich fragt, warum der Wissenschafts-Nobelpreis nicht an seine Erfinderin vergeben wurde.

Derweil ist Catherine Cleary Dinahs Lehrmeisterin im zwischengeschlechtlichen Straßenalltag. Catherine weiß, dass wenn ein Mann einen, wie sie sagt, »Pariser« kaufen möchte, er in eine Drogerie geht, wortlos einen Halfcrown auf die Theke schnickt und der Verkäufer dann schon weiß, was er will. Sie weiß, dass wenn ein Junge »Bruder Unser Mutter Sohn« auf einen Zettel schreibt und ihn dir im Schulbus zusteckt, dass er dann mit dir B-U-M-Sen möchte, obwohl Dinah noch gar nicht weiß, was bumsen eigentlich bedeutet, bis Catherine es ihr erzählt. Catherine weiß, dass wenn ein Junge »MEUKV« hinten auf einen Brief schreibt, er ihn mit einem unanständigen Kuss versiegelt, was bedeutet, dass er mit dir knutschen will. Sie weiß alles über Beulen in Jungenschulhosen, und sie weiß, dass Jungen stöhnen, wenn sie sexuell erregt sind. Catherine kichert, wenn sie das Auf und Ab von Dinahs Mums ratternder Nähmaschine sieht, und sie zieht immer die Hüllen von Lippenstiften ab, um den glänzenden roten Stift hoch- und runterzudrehen.

»Woran erinnert dich das?«, sagt sie. Aber entweder ist Dinah zu naiv oder zu schüchtern, um sich an irgendetwas zu erinnern. Sie weiß nur, dass Catherine sich schlecht benimmt.

Catherine klärt Dinah über die Unbefleckte Empfängnis auf und erzählt ihr, wie der Heilige Geist über Maria kam.

»Der Heilige Geist hat das mit ihr gemacht«, sagt Catherine und macht mit der rechten Hand eine Faust, wobei sie den Daumen unanständig zwischen Zeige- und Mittelfinger schiebt. Dann wedelt sie mit der Faust vor Dinahs Gesicht herum. Dinah hat die Geste noch nie gesehen, aber sie kann die Anspielungen mittlerweile verstehen. Die Jungfrau Maria ist vom Heiligen Geist schwanger geworden, weil ihr im Schulbus ein Junge einen Zettel zugesteckt hat. Bruder Unser Mutter Sohn.

Catherine geht jeden Sonntag in die anglikanische St.-Paul's-Kirche in der Innenstadt zur Sonntagsschule, in der die Gewissensfrage, ob es denn richtig ist, neben einer kleinen Gruppe nichtweißer Kinder zu sitzen, für Catherine und alle anderen weißen Schüler ein großes Thema ist. Barney, der zum Spaß gerne Straßenlaternen austritt, findet es widerlich. Aber Catherine antwortet fromm: »Im Hause Gottes ist das nicht schlimm, Barry. Er will nur nicht, dass wir draußen zusammen sind. Draußen müssen die Weißen oben sein.«

Blut und Wasser mischen sich nicht. Catherine beruft sich oft auf diese Weisheit, aber Dinah hat nie herausgefunden, ob die Weißen die mit dem Blut und die Schwarzen die mit dem Wasser sind oder andersherum.

Dinah hegt immer noch heimlich religiöse Sehnsüchte, und sie vertraut sich Catherine an, die sofort einen Plan parat hat. Sie hat ihr schon des Öfteren von einem gut aussehenden dunkelhaarigen jungen Kaplan von St. Paul's erzählt, der Andrew Dalkeith heißt. Sie arrangiert ein Treffen zwischen Dinah und Pfarrer Dalkeith, der, soweit Dinah verstanden hat, bereit wäre, sie auch ohne das Wissen ihrer Eltern zu taufen. Und nachdem Dinah mehrere Früh- und Abendgottesdienste besucht hat und bald die gesamte Liturgie auswendig kennt und die Psalmen perfekt deklamieren kann, überwindet sie ihre Scheu und trifft sich mit Pfarrer Andrew Dalkeith in einem kleinen verhangenen Vorzimmer zur Sakristei. Pfarrer Dalkeith ist genauso gut aussehend, wie Catherine erzählt hat. Aber es stellt sich schnell heraus, dass er keineswegs gedenkt, sie zu taufen und den Zorn ihres Dads auf sich zu lenken. Nur hat er nicht den Anstand, es Dinah direkt ins Gesicht zu sagen, also erzählt er ihr stattdessen, dass es ihm nicht reichen würde, nur eine Seele zu retten. Er bräuchte auch die Seele ihres Vaters. Und so müsste sie ihm den Gefallen tun und zuerst ihren Dad bekehren. Dies sei offensichtlich Gottes Auftrag für sie.

Also schickt Pfarrer Andrew Dalkeith Dinah wieder weg, allerdings nicht ohne ihr ein Bündel schwülstiger Traktate und eine Ausgabe von *The Screwtape Letters* von C. S. Lewis mitzugeben, die sie ihrem Dad zuspielen soll. Dinah befolgt gehorsam seine Bitte, obwohl sie weiß, dass es nie funktionieren kann und sie sich am Ende nur wie eine Idiotin vorkommen wird, da sich ihr Dad sowieso nur amüsiert. Wie erwartet, lässt sich ihr Vater zuerst höhnisch über die Pamphlete aus, bevor er die *Screwtape Letters* zerpflückt, um schließlich so richtig in Fahrt zu kommen und sich die moralische Integrität des derzeitigen Erzdiakons von St. Paul's vorzuknöpfen, den er in rassenpolitischen Fragen für einen ebenso doppelzüngigen Speichellecker hält wie die meisten anglikanischen Kirchenmänner im Land.

Trotz der enttäuschenden Antwort von Pfarrer Dalkeith geht Dinah jahrein, jahraus treu ergeben zu Frühgottesdiensten und Abendgebeten, bis sich die ewigen Wiederholungen von Thomas Cranmers Prosa geradewegs in ihren Geist gebrannt haben. Sie lässt drei Stunden währende Karfreitagsgebete über sich ergehen, obwohl sie von dem Staub in den Betkissen immer Heuschnupfen bekommt und nie genug Taschentücher dabeihat. Sie tut dies, obwohl sie und Pfarrer Dalkeith sich nie wieder in die Augen schauen. Doch dann, eines Tages, geht sie einfach nicht mehr hin, und rückblickend fällt es ihr schwer zu sagen, warum. Die Taufsache bedrückt sie. Sie ist zu schüchtern, um das Thema noch einmal anzuschneiden, und es deprimiert sie, sich immer als Außenseiterin zu fühlen. Es ist wieder einmal so wie bei den Pfadfindern. Bevor man seine Brownie-Uniform bekam, wurde man Tweenie genannt. Und Dinah fühlt, dass sie viel zu lange ein C-oder-E-Tweeny war, um sich noch wohl zu fühlen.

Catherines Mum beschließt, einen Logiergast bei sich aufzunehmen, um besser wirtschaften zu können. Der Untermieter studiert Ingenieurwissenschaft, verliert bereits seine Haare und ist einer von Tas hoffnungslosen Prüflingen, der seit Jahren immer wieder in Mathe durchrasselt. Ta, der dafür bekannt ist, so gut wie jedem Mathematik beizubringen, ist hingegen bester Laune, wenn er einem wahrlich hoffnungslosen Fall begegnet. Und während er beim Korrigieren der Prüfungsbögen mit roter Tinte die Fehler durchstreicht, grummelt er stets triumphierend vor sich hin.

»A-ha! Du bist also doch ein Dummkopf!«, sagt er und lehnt sich genüsslich zurück, um den algebraischen Fauxpas des Unglückseligen noch ein wenig auszukosten. »Gib's auf. Das ist von Anfang bis Ende falsch! Null Punkte für dich, mein Junge!«

Manchmal geht Dinahs Mum dazwischen, da ihr die Studenten Leid tun.

»Ach, Tächenherz«, sagt sie. »Er hat doch so eine schöne Handschrift.«

Aber Dinahs Dad macht es besondere Freude, einen Dummkopf mit schöner Handschrift durchfallen zu lassen, obwohl er manchmal ihrer Bitte nachgibt und sagt: »Meinetwegen. Dann geben wir ihm eben drei Punkte. Drei von hundert. Wie ihm *das* wohl helfen soll!«

Mrs Clearys hoffnungsloser Prüfling ist so frühzeitig

gealtert und so unerträglich höflich, dass Catherine und Dinah in seiner Gegenwart nicht aufhören können zu kichern. Catherines Mum ist vertraglich verpflichtet, den Prüfling allabendlich zu verköstigen, und seine tadellosen Tischmanieren veranlassen Catherine, sich immer danebenzubenehmen. Catherine erzählt Dinah, dass der Prüfling so höflich ist, dass er mit dem Kopf fast unter den Tisch kriecht, wenn er sich die Nase putzen will. Catherine macht ihn sofort nach, verschwindet unter dem Tischtuch und gibt ein paar so enorme Schnäuzer von sich, dass sich ihre Mum gezwungen sieht, sie aus dem Zimmer zu schicken – und Catherines Mum schickt sie während der Mahlzeiten fast immer aus dem Zimmer.

Mrs Cleary gibt zwar nie Gesellschaften, aber hin und wieder kommen ihre wesentlich jüngere Schwester Nan und ihr Schwager zum Abendessen vorbei, die im Zwillingshaus nebenan wohnen. Einmal erzählt Catherine Dinah, dass sie aus dem Zimmer geschickt wurde, nur weil Onkel Philip eine Bemerkung machte, die nicht ganz Mrs Clearys Moralvorstellungen entsprach. Philip Herbert ist ein gut aussehender junger Mann mit leichtem Arbeitertouch – denn die intelligente, begabte Nan soll unter ihren Verhältnissen geheiratet haben. Philip fährt mit dem Fahrrad zur Arbeit, was an einem Ort, an dem Fahrräder nur von schwarzen Lieferanten benutzt werden oder ein Spielzeug für weiße Kinder sind, nicht wirklich das Wahre ist.

»Jemand hat einen fahren lassen«, sagt Philip an besagtem Abend, wahrscheinlich um Catherines Mum aufzuziehen. »Wer ihn zuerst gerochen, dem ist er aus dem A gekrochen«, gibt Catherine zurück und wird auf ihr Zimmer geschickt. Allerdings klettert sie unverzüglich aus dem

Badezimmerfenster, das nicht vergittert ist, um Dinah die Angelegenheit zu berichten, auch wenn Dinah nicht ganz versteht, ob Mrs Cleary schockiert ist, weil Catherine ihren Onkel beleidigt hat oder weil sie das A-Wort nicht duldet, auch wenn es nur ein A-Buchstabe war.

Als Mrs Cleary eines Tages Herrenbesuch bekommt, treibt Catherine ihr vulgäres Benehmen auf die Spitze. Der Herrenbesuch taucht zum ersten Mal auf, um für die neue Föderale Partei zu werben, die im Zuge des republikanischen Referendums unter Mr Strijdom für das royalistische Natal den Austritt aus der Südafrikanischen Union anstrebt. Das Aufflammen der republikanischen Idee hat Durban eines seiner periodisch wiederkehrenden Union-Jack-Gewitter beschert, die in so gut wie jedem Vorstadtgarten wehen, und Mrs Cleary hat dank des Herrenbesuchs jetzt ebenfalls eine Fahne im Garten. Doch auch nachdem er Mrs Clearys Fahne aufgestellt hat, kommt der Wahlhelfer immer wieder, und Mrs Cleary genießt seine Besuche. Sie legt ein wenig Lippenstift auf und zieht apartere Kleider an, und sie lächelt öfter als früher, und schließlich bittet sie den Herrenbesuch, doch zum Essen zu bleiben. Aber Catherine benimmt sich so unmöglich, dass sie den Herrenbesuch aus dem Haus treibt. Ihre unaufhörlichen Rülpsanfälle bei Tisch gewinnen für sie die Schlacht.

Die arme Mrs Cleary ist am Boden zerstört. Und ganz offensichtlich kann sie Catherines Anblick nicht länger ertragen, die ihr die einzige zweite Chance auf das Glück im Leben zu Schanden geritten hat. Sie mäkelt und meckert an ihrer Tochter herum, bis sie Catherine ein paar Monate später aufs Land in ein Klosterinternat gibt. Auf dieser Schule dann – vielleicht, um sich zu rächen oder auch nur, weil sie unter den Einfluss ihrer Kunstlehrerin und Namensschwester Schwester Catherine gerät, einer emotional, moralisch und intellektuell weitaus beeindruckenderen Frau als ihre Mutter – konvertiert Catherine zum Katholizismus, einem Glauben, den sie hingebungsvoll und gewissenhaft für den Rest ihres Lebens praktizieren wird.

ACHT

Die GHS – Girls High School – versucht, ganz englisches Mädchengymnasium zu sein. Aber durch den Lauf der Zeit und die kolonialen Umstände ist sie doch ganz anders. Während das ursprüngliche Gebäude – ein kleines Backsteinhaus im Zentrum der Stadt mit niedrigen Schiebefenstern, geteertem Schulhof und einem in Stein gemeißelten Schulmotto über der Eingangstür – noch recht englisch aussieht, ist das derzeitige Schulgebäude, das auch Dinah besucht, ein strahlend weißer Neubau, der, von einer sechs Morgen großen Gartenanlage umgeben, auf Durbans südlichem Hügelkamm liegt und einen wunderschönen Ausblick auf die Bucht bietet. Im Gebäude starren viele der früheren Direktorinnen von den Wänden auf einen herab. Die meisten Direktorinnen stammen aus Schottland. Das liegt daran, dass Großbritannien bei seinem imperialen Unternehmen in Südafrika sicherstellte, dass die Ausbildung in schottischer Hand lag. Als die Briten im Jahr 1795 den Holländern das Kap abknöpften, hielten sie es für eine gute Idee, die holländischen Kalvinisten zu anglikanisieren. Also holten sie britische Kalvinisten ins Land, um die religiöse und schulische Bildung zu übernehmen.

Die Highschool der Mädchen hat noch immer das Schulmotto von damals, und es gibt auch eine Schulhymne. Das Motto heißt »Verlorene Zeit kehrt niemals wieder«. Dinah kann damit nicht viel anfangen. Sie weiß nur, dass die Zeit immer weitergeht und, egal wie viel Zeit sie vertut, es immer mehr davon zu geben scheint. Die Schulhymne wurde von einer der früheren Schuldirektorinnen komponiert und handelt nur von toten männlichen Kriegshelden – von der heiligen Jungfrau von Orleans einmal abgesehen. Die Schulhymne ist also voll gepackt mit Männern wie Admiral Nelson und Napoleon und Richard Löwenherz, und in einer Liedzeile wird von der Tapferkeit des »stämmigen Wellington« erzählt. Daher weiß Dinah auch, dass der Duke of Wellington recht dick gewesen sein muss. Ebenso wie Cortez, da es so in einem Gedicht von Keats steht. Dinah hat kürzlich Keats und die Romantiker für sich entdeckt, da der Lehrplan für die Mädchen der unteren Klassen nur »angemessene erzählende Dichtung« vorschreibt.

Dinah mag besonders die Aula der Highschool. Sie hat eine richtige Bühne mit seitlichen Kulissen, eine Vorderbühne mit Rundbogen und dicke Samtvorhänge mit Goldquasten. Links und rechts des Saals führen weite Flügeltüren auf schattige Loggien hinaus, hinter denen Gärten mit roten Jasminbäumen liegen. Und dann gibt es auch noch einen aufregenden oberen Zuschauerrang. Für die Theateraufführungen müssen sich die größeren Mädchen immer Schnallenschuhe und Krawatten und Perücken anziehen und so tun, als wären sie Männer. Es gibt eine Aufführung von Oliver Goldsmith' *She Stoops to Conquer* und eine von Sheridans *Dueña*, und dann gibt es ein Stück, das von der Liebe zwischen Robert Browning und Elizabeth Barrett handelt. Shakespeare wird nicht aufgeführt, da er dem Unterricht vorbehalten ist, wobei die Abhandlung eines Stücks ungefähr neun

Monate dauert. Die Lektüre von *Was ihr wollt*, Dinahs erstem Shakespeare-Stück, zieht sich von Januar bis September. Im September hat das Stück jede Kontur verloren. Außerdem versteht Dinah nicht, warum die Figuren immer »Marry« und »Sblood« zueinander sagen.

Miss Bardsey spielt ihnen Gilbert-&-Sullivan-Opern vor, und Miss Byrd, die Kunstlehrerin, führt mit den Mädchen »lebende Kunstwerke« auf. Sie steckt die Schülerinnen in Kostüme und lässt sie auf der Bühne Tableaus alter Meisterwerke nachstellen. Die Schülerinnen helfen ihr beim Bemalen der Kulissen, und sie selbst besorgt geeignete Requisiten und setzt die Tableaus mit kunstvollen Lichteffekten in Szene. Dinah bekommt eine Rolle in Rembrandts *Nachtwache* und noch eine in Poussins *Dance to the Music of Time*, und alle beneiden die hübsche Pat Slavin, weil sie Königin Nofretete sein darf. Das Publikum kann die Kunstwerke oft nicht erkennen, aber Pat bekommt sehr viel Applaus, denn durch die jüngst in London ausgestellten Artefakte aus der Grabkammer von Tutenchamun, die in allen Zeitungen abgelichtet waren, stellt Pat mit ihrer Plastik-Lapislazuli-Kette eine allen bekannte Berühmtheit dar.

Die Aula wird jedoch vor allem für die täglichen Versammlungen genutzt, bei denen die Lehrer in einem großen Halbkreis rechts und links von Miss Maidment auf der Bühne Platz nehmen. Miss Maidment sitzt immer genau in der Mitte, gerade so, als wäre sie Christus, während die weitere Sitzfolge ein Alter-vor-Schönheit-Arrangement regelt. Schließlich erhebt sich Miss Maidment und ermahnt die Mädchen vom Katheder aus mit den immer gleichen Predigersprüchen zu Höchstleistungen und gutem Benehmen.

»Ihr Mädchen seid die Mütter von morgen«, sagt sie, wobei ihr vor allem daran liegt, dass ihre Highschool-Mädchen gute Leistungen erbringen, damit sie später die richtige Art von Töchtern erziehen können, die dann wiederum zu Schülerinnen der Highschool werden, um ihrerseits eine weitere Generation von GHS-Mädchen großzuziehen. Und damit endet auch schon die einzige Berufsberatung, die an der Highschool angeboten wird.

Jedes Jahr zur Abschlussfeier wird ein Würdenträger erwartet, der eine nicht enden wollende Rede hält, bevor er den Mädchen ihre Preise und Pokale und Abzeichen überreicht. Die Auszeichnungen gehen immer an die gleichen fünf Mädchen, deren Jacken von goldenen Kreppschleifen und silbernen Plaketten nur so überquellen. Alle anderen marineblauen Schuluniform-Jacken sind nur mit einem grünweißen Abzeichen auf der Brusttasche versehen – außer der von Marjorie, die gerne in Fettnäpfchen tritt. Marjorie geht in Dinahs Klasse, und eines Tages sieht ihre Mum im Bus ein paar der mit Auszeichnungen behangenen Goldbändermädchen und denkt sich: Was für eine hübsche Idee. Als Marjorie am nächsten Tag mit voll beflaggter Jacke in die Schule kommt, wird sie natürlich sofort mit Schimpf und Schande nach Hause geschickt, um sie entfernen zu lassen.

Die GHS ist eine staatliche Schule in einem Staat, der drei Viertel seines Bildungsetats für ein Zehntel seiner Kinder ausgibt. Das heißt für weiße Kinder. Es gibt keine Aufnahmeprüfung, und so besucht man die Schule, weil es die Eltern so wollen – was meistens der Fall ist, wenn sie der Mittelschicht angehören. Wenn man nicht auf die GHS wechselt, geht man auf die Mitchell High School.

»Auf die Mitchell gehen« wird allerdings als recht unfein angesehen. Es bedeutet, dass man die Schule mit sechzehn verlässt, um an der Berufsschule Steno und Tippen zu lernen. Dinah verliert auf diese Weise den Kontakt zu der Hälfte ihrer Freundinnen aus der Grundschule, eingeschlossen der zwei Intelligenzbestien Jennifer Wilson und Janet Camperdown. Denn die beiden Hauptempfängerinnen der 1A-Eiscreme-Rosette »gehen auf die Mitchell«.

Dinah hat Glück mit ihrer Klassenlehrerin, denn sie bekommt Miss Barnes, eine Perlenohrring-Schönheit alten Stils mit Celia-Johnson-Frisur und geblümten Crêpe-de-Chine-Kleidern mit breiten Schulterpolstern. Und doch ist ihr altmodischer Stil irgendwie charmant. Dinah kann sich an nicht sehr viel von ihrem Unterricht erinnern, nur dass Miss Barnes am Ende der Stunde immer ein Buch herausholt und ihnen daraus vorliest. Sie erinnert sich so gut daran, weil Miss Barnes ihnen eines Tages aus *Stolz und Vorurteil* vorliest und Dinah noch nie zuvor etwas Ähnliches gehört hat. Eine Sprache, die einen vom Boden hebt, als würde man einem Drachen beim Fliegen zusehen. Für Dinah – die Jungenbuch-Vorleseabende ihres Dads einmal ausgenommen – bedeuteten Romane bislang, sich in der Stadtbücherei ohne fremde Hilfe irgendeine spannende Lektüre zu besorgen. Mit anderen Worten: ein Dauerkonsum von Enid Blytons Schulgeschichten neben den *Bobbsey-Twin*-Büchern, gefolgt von Cherry Ames *Sue Barton Staff Nurse* und Nancy-Drew-Detektivgeschichten. Mitunter gab es auch den einen oder anderen zufälligen Glanzpunkt, wie *Anne auf Green Gables*, *Betty und ihre Schwestern* oder *Ballet Shoes*. Und kürzlich hat Dinah Lorna Hill entdeckt, deren leicht verschrobene Fünfziger-Jahre-Charaktere mit schöngeistigen musikalischen oder balletttänzerischen Ambitionen die etwas bodenständigeren, Lacrosse spielenden Heldinnen aus Blytons Dolly-Büchern kurzerhand ausgestochen haben.

Lorna Hills Kombipack aus Ponyausritten auf dem Land und dem Zauber der Sadler's-Wells-Ballettschule finden in Dinahs unerfüllten Sehnsüchten nach Reitstunden und Ballettunterricht große Resonanz. Und dann kommen in Lorna Hills Büchern natürlich auch Jungen vor: begehrenswerte clevere Jungs, in die sich Dinah verlieben kann. Und das, weil sie *clever* sind und nicht etwa herumknutschen wollen. Das macht sie so besonders. Sie versorgen Dinah mit dem Prototyp des begehrenswerten Mannes, weshalb die meisten der örtlichen Jungs, die immer nur grabschen wollen, natürlich durchs Raster fallen. Bei Lorna Hill gibt es zum einen den cleveren gesellschaftsfähigen Jungen, wie den breitschultrigen Guy aus Northumbria, der einmal Tierarzt wird. Und dann gibt es den cleveren nicht gesellschaftsfähigen Jungen, wie den verwaisten Hitzkopf Sebastian, das ungeschliffene Musikgenie, der natürlich rechtmäßiger Erbe des Herrenhauses ist und einmal ein berühmter Dirigent sein wird – denn fast alle in den Büchern werden einmal berühmt und etwas Besonderes.

»Du liest die Bücher ja nur, weil du in Guy verliebt bist«, sagt Lisa eines Tages beim Abendessen.

Dinah kommt nicht auf den Gedanken, dass Lisa nur darauf anspielen kann, weil sie die Bücher kennt und selber in Guy verliebt ist. Sie spürt lediglich, wie ihr langsam das Blut in den Kopf steigt. So als würde man ein Glas langsam mit Kirschsaft auffüllen.

»Dich steck ich doch glatt in meinen Rucksack«, sagt Guy, als er der zarten Balletteuse Jane zu Hilfe eilt, die sich mit äußerst unpassendem Schuhwerk an einem nebligen Berghang verlaufen hat. Dinah spielt die Szene im Kopf immer wieder nach. Sie selbst übernimmt dabei die Rolle von Jane, auch wenn sie gerne diejenige wäre, die sagt: »Dich steck ich doch glatt in meinen Rucksack.«

Doch keines der Bücher ergreift Dinah so sehr wie *Stolz und Vorurteil.* Ihr wird zum ersten Mal klar, dass Dialoge sich aufschwingen und auf Spitzen tanzen können und dass Sätze vor konzentrierter Energie und geschliffener Intelligenz zu leuchten und knistern beginnen. Miss Barnes zuzuhören ist, als verliebte man sich. Als ginge man auf Wolken. Es erfüllt Dinahs Geist mit einer neuen Art von Musik. Sprache ist die Musik, die sie nie spielen lernte, Sprache ist das Ballett, das sie nie tanzen lernte. Und vielleicht mag sie an dem Buch am meisten, dass es auf »Beschreibungen« verzichtet. »Beschreibungen« gibt es nicht. Sie sind entbehrlich. Sie sind weggesengt. Alles, was bleibt, ist gekonnte Konzentration. *Stolz und Vorurteil* ist das wahre Leben, und doch ist es vollkommen verwandelt, ein prickelndes Quäntchen Glück.

Im Dezember müssen alle Mädchen aus dem ersten Jahr ihre Eltern in die Schule mitbringen, um in Miss Maidments Büro ihre Wahlfächer für das Examen zu besprechen. Miss Maidment schafft es, während des gesamten Gesprächs Dinah und ihre Mum vollkommen zu ignorieren. Sie konzentriert sich ausschließlich auf Dinahs Dad. Von Dinah spricht sie nur in der dritten Person – also immer von »ihr« und »dem Mädchen«. Sie schüttelt den Kopf über Dinahs lange Liste von »könnte-besser-sein« und ihre »enttäuschenden« Beurteilungen. Denn Dinahs 1A-Eiscreme-Tage liegen weit hinter ihr. Und zwar seit dem Augenblick, als sie und Angela sich zusammenschlossen und die Schule in ihren privaten Plauderclub verwandelten. Heutzutage verbringt Dinah ihre Zeit also entweder mit Kichern oder Tagträumen, oder sie liest unter dem Schreibpult die falsche Art von Büchern. Auch ist sie vollkommen unfähig, sich auf ihre Hausarbeiten zu konzentrieren. Mit dem Ergebnis, dass sie nie welche macht und somit auch nie welche einreicht.

Bei ihrer Verwandlung vom 1A-Rosetten-Mädchen zum träumenden Faulenzer hat jedoch niemand – nicht einmal Dinah selbst – den Einfluss ihrer veränderten Körperchemie berücksichtigt. Seit der Pubertät hat Dinah plötzlich kein Asthma mehr. Stattdessen leidet sie jetzt unter chronischen Heuschnupfenattacken, für die sie rund um die Uhr auf Antihistamin-Depot-Tabletten angewiesen ist. Große Kapseln mit hunderttausend Kügelchen, die sie jeden Abend vor dem Zubettgehen einnehmen muss und, wenn nötig, mit sofort wirkenden Präparaten ergänzt. Und während die Asthmamittel Dinah immerzu wach und hibbelig machten und bei ihr Herzrasen auslösten, verwandeln sie die Heuschnupfenmittel in Lewis Carrolls Schlafmaus. Man ist nur noch am Dösen. Und so fällt Miss Maidment ihr Urteil.

»Ich schlage vor, dass Dinah den Hauswirtschaftskurs belegt«, sagt sie.

Dinah wird schlecht vor Schreck. Sie weiß, dass sie lieber sterben würde, als ihr Leben in Miss Broughtons riesiger Küche mit all den Töpfen und Pfannen zu verbringen. Und das Nähzimmer ist noch schlimmer. Natürlich weiß Dinah nur allzu gut, dass Miss Maidments Einschätzung nichts mit der Qualität ihrer Apfeltaschen oder Heftstichnähte zu tun hat. Was Miss Maidment meint, ist, dass Dinah für Theoretisches nicht geschaffen sei. Sie überführt Dinah in den Hauswirtschaftsfriedhof, und gerade als der Friedhof seinen Schlund aufreißt, wird Dinah Zeuge eines Wunders. Sie hört, wie ihr Dad ihr das einzige Kompliment seines Lebens macht.

»Zugegeben«, sagt er, »sie mag ja eine Plage sein, aber ihr abstraktes Denkvermögen ist hervorragend. Ich glaube, Sie machen einen Fehler.«

Angelas Eltern sind dagegen voller Ehrerbietung und mit Miss Maidments Vorschlag äußerst zufrieden. Gleich nachdem sie entlassen sind, treffen sich die Mädchen in der Halle bei Orangensaft und Puddingteilchen.

»Aber ich *möchte* in den Hauswirtschaftskurs«, sagt Angela.

Dinah starrt ihre Freundin an, als entheiligte sie in dem Moment jedes Andenken an Stinkefisch mit heller Sauce. Sicher, Angela hat immer die lockersten Mürbeteigböden gebacken, und ihr Knopflochstich ist unvergleichlich. Kürzlich hat sie sogar bei einem weißen Paar Spitzensöckchen die Fersen hinbekommen. Aber keine von beiden wagt zu erwähnen, dass sie nie wieder im gleichen Klassenzimmer sitzen und nie wieder in der hintersten Reihe zu zweit eine Doppelbank teilen werden. Auf dem Nachhauseweg kann Dinah an nichts anderes denken.

Sie denkt immer noch an Angela, als ihre Mum sieben Meter vom Haus entfernt Punch zusammengerollt im Rinnstein liegen sieht. Sein drahtiges schwarzes Struppelfell ist schon vor Zeiten grau geworden, aber jetzt wirkt es ungewöhnlich matt. Er sieht aus, als würde er schlafen, nur macht er keine seiner Schlafender-Hund-Atemzüge, und als Dinah ihn berührt, merkt sie, dass er ganz steif ist. Punch ist nicht überfahren worden. Er ist einfach an Altersschwäche gestorben. Als er zu ihnen kam, war er schon nicht mehr der Jüngste, auch wenn er im Herzen immer jung geblieben war. *Verlorene Zeit kehrt niemals wieder.* Punch ist tot, und er kommt nicht mehr zurück. Dinah und Lisa weinen den ganzen Abend, vor allem weil Punch – ihr lieber Punch – sich noch solche Mühe gab, auf nette Weise zu sterben, und extra vom Haus wegkroch.

Zu Beginn der »richtigen« Highschool-Zeit werden alle Klassen der Orientierungssstufe neu aufgeteilt. Dinah kommt in eine Klasse mit lauter Französisch-Mädchen und natürlich den wenigen, die wie sie Kunst und Kunstgeschichte im Hauptfach haben. Miss Byrd, die Kunstlehrerin, ist sehr wählerisch, welche Mädchen in ihre Klasse gehen dürfen, aber nach einem ernsten Gespräch unter vier Augen will sie Dinah aufnehmen. Gespräche unter vier Augen sind bei Miss Byrd alles andere als gewöhnlich, denn Miss Byrd entpuppt sich als eine der seltenen und wunderbaren Lehrerinnen, die niemals ihre Stimme erheben. Sie behandelt ihre Schülerinnen wie Erwachsene, und die Mädchen, wohl durch die Ehre angespornt, erfüllen ihre Erwartungen.

Viele der Mädchen in Dinahs Klasse sind Neuzugänge aus anderen Schulen. Es gibt zwei neue Cornelias aus Holland, die schnell die besten Freundinnen sind und Corrie und Cornie genannt werden. Dann gibt es die zarte blonde Lynn, die eng zusammenstehende Augen und eine makellose »schwebende« Handschrift hat. Denn nicht nur ist Lynns Handschrift so regelmäßig und klein, dass man meinen könnte, sie sei mit einer dieser Maschinen geschrieben, die Kursivbuchstaben verwenden, sie schwebt auch noch exakt zwei Millimeter über der Linie, auf der normale Menschen schreiben.

Dann ist da die stets vergnügte Adele mit kastanienbraunem Haar und dazu passenden Sommersprossen, die es urkomisch findet, dass ihr Dad sie – nach Adolf Hitler – Adolf nennen wollte, aber dann wurde sie ein Mädchen. Schließlich gibt es noch die nervtötende Bernice, die neben der Highschool Ballettunterricht nimmt und für ihre Schulsachen einen Schminkkoffer benutzt. Bernice' Füße stehen immer auf zehn vor zwei – der ersten Position –, und ihr Gesicht ist in einem so künstlichen Dauerlächeln erstarrt, dass sie aussieht wie ein Pin-up-Girl aus einem dieser Kalender. Ansonsten schwelgt Bernice gerne in besorgter Affektiertheit, die nie jemandem was bringt. Und sie hat einen unfehlbaren Instinkt, sich bei allen in der Klasse unbeliebt zu machen.

»Ich will ja nicht *angeben* oder so«, sagt sie und sieht derweil mit Bambiaugen in den Spiegel ihres Schminkkoffers. »Aber findet ihr nicht, dass ich ein *klein* wenig aussehe wie Audrey Hepburn?«

Etwas an Bernice' Körpersprache scheint förmlich danach zu schreien, von den anderen misshandelt zu werden. Etwas Blanche-Dubois-haftes. Und dann, am Elternabend, stellt sie alles in den Schatten, als sie mit aufgesetzt erwachsenem Du-bist-mein-bester-Freund-Gehabe Arm in Arm mit ihrem Dad aufkreuzt, der einen österreichischen Akzent und eine silberne Komponisten-Mähne hat. Bernice' Mum hingegen bekommt keines der Mädchen je zu sehen.

Beattie Blain ist ein Mädchen mit lässig coolem Auftreten, deren herausfordernde blaue Augen allen Lehrerinnen auf den ersten Blick Ärger verheißen. Also setzen sie Beattie durchweg in die erste Reihe, was aber auch nach hinten losgehen kann. Wie bei der altjüngferlichen

Miss Cornby, die aussieht, als wäre sie gerade einem Comicstrip entsprungen, und dazu noch mit einem Lispeln spricht. Beatty reagiert auf ihre säuselnden S-Laute, indem sie jedes Mal, wenn Miss Cornby den Mund aufmacht, leise vor sich hin zischt. Und das Zischen nur unterbricht, wenn Miss Cornby eine Pause macht. Und überall herumerzählt, dass Miss Cornby die gesamte erste Reihe mit einem Sprühregen aus Spucke belege. Also bringt Beattie packenweise kleine Papierschirmchen mit in die Schule, die sie sich vors Gesicht hält, wenn Miss Cornby zu reden beginnt, ein Ritual, mit dem sie immer wieder die ganze Klasse zum Lachen bringt.

Rock 'n' Roll ist derzeit das Größte. Und während im afrikanischen Hinterveld feierlich Elvis-Platten verbrannt werden und Eltern im ganzen Land Gott für die Saubermann-Alternative Pat Boone auf Knien danken, schirmt das Apartheidsystem Dinah und ihre Klassenkameradinnen erfolgreich von dem neuen Klangerlebnis ab, das sich direkt vor ihrer Tür abspielt. Miriam Makeba und The Skylarks, Kippie Moeletsi, Hugh Masakela und The Manhattan Brothers spielen auf schwarzen Hochzeiten in Sophiatown. Sie treten in schwarzen Kinos auf und in illegalen schwarzen Kneipen. Und als Sophiatown dem Erdboden gleichgemacht wird, verschwindet mit dem Ort auch eines der ersten urbanen schwarzen Zentren – denn wenn es der Regierung auch die größten Kopfschmerzen bereitet, den Rassenmix am Kap in den Griff zu bekommen, geht ihnen Sophiatown richtig an die Nieren. Zum einen liegt es mitten in Johannesburg, und dann verfügen die Anwohner auch noch über Grundbesitzrechte. Schwarze Familien haben das Land vor langer Zeit einem

Spekulanten abgekauft. Ursprünglich wollte er natürlich weiße Käufer, aber dann wurde direkt in der Nachbarschaft die Kläranlage gebaut, also verkaufte er stattdessen an Schwarze.

Jetzt hasst die Regierung alles, wofür Sophiatown steht. Es ist multiethnisch und dicht besiedelt. Es ist sehr urban und sehr auf Draht. In jedem privaten Hinterhof stehen Baracken, in denen illegale Mieter wohnen. Das Viertel ist voller Künstler, Journalisten, Musiker, Bohemiens, Kneipenköniginnen, Gangstern und Schutzgelderpressern. Und es gibt Father Trevor Huddleston, der für das Überleben des Viertels kämpft: Father Huddleston, der anglikanische Pfarrer, in dessen Highschool Generationen von aufgeweckten schwarzen Kindern lernten, sich so gut wie jeder andere zu fühlen. Und der Hugh Masakela seine erste Trompete verschaffte, eine Trompete von Louis Armstrong.

Allerdings ist es von keinerlei Bedeutung, ob man einer großartigen Swingband angehört, wenn die Lastwagen einen abholen. Entscheidend ist nur, ob man ein Bantu oder ein Farbiger oder ein Inder ist, oder auch ein Jude. Denn das bestimmt, wo man hingebracht wird, nachdem man von der Polizei dadurch geweckt wurde, dass sie mit Vorschlaghämmern die Verandapfeiler in Stücke schlagen, die der Großvater einst gebaut hat. Wenn man Glück hat, kann man gerade noch ein paar Sachen für das Baby greifen und seine Töpfe hinten auf den Lastwagen laden. Und wenn man großes Glück hat, darf man gemäß Paragraf 10 des Black Urban Areas Act im äußeren Stadtgebiet bleiben. Wenn dem so ist, wird man nach Meadowlands verfrachtet, dem Herzstück des späteren Soweto-Meadowlands, das trübe im kalten Dämmerlicht des Morgens auf dich wartet. Wenn nicht, dann wird man aus der Stadt verbannt. Und dann werden im ganzen Land plötzlich Passrazzien durchgeführt.

Für die Schwarzen werden sie zum Schrecken in der Nacht. Denn wer nicht unter den Paragrafen 10 fällt, der einem erlaubt, in der Stadt zu leben und zu arbeiten, wird ausgewiesen. Ein Mann mag unter den Paragrafen fallen, seine Frau hingegen nicht. Also zieht er in die eine Richtung, sie in die andere. Zurück ins Eingeborenenreservat, das noch nicht »Homeland« genannt wird. Als Farbiger hat man Glück. Man darf vielleicht nicht mehr wählen gehen, aber man darf in der Stadt wohnen bleiben. Schwarze sind da schon etwas anderes, denn der schwarze Mann ist von Natur aus kein Stadtwesen. Der Staatssekretär für Eingeborenenfragen hat ihn als »unschuldig und vertrauenswürdig« eingestuft – aber nur in seinem natürlichen Lebensraum. Die Bantu müssen also unbedingt vor den korrumpierenden Auswirkungen »städtischer Gaunereien« geschützt werden.

Währenddessen hat sich Dinah im weißen Anfängerkurs der Dudley Andrews School für Gesellschaftstanz angemeldet, wo die Klasse – allesamt in steifen Petticoats und schwingenden Baumwollröcken mit breiten Elastikgürteln und hüpfenden Pferdeschwänzen – den Jive, Quickstepp, Walzer und Rumba tanzen lernt. Die Mädchen sitzen auf der einen Seite des Raums, die Jungen auf der anderen. Und wenn einer der unbeliebteren Jungs den Raum durchquert und auf die Mädchen zukommt, gibt es sofort einen peinlich quietschenden Ansturm auf die Mädchentoilette. Mrs Dudley Andrews ergeht sich regelmäßig in ernsten Vorträgen über die Benimmregeln im

Ballsaal. Wenn ein Junge ein Mädchen zum Tanzen auffordert, ist es unhöflich, nein zu sagen. Dinah sieht darin irgendwie eine Analogie zu den Benimmregeln bei Heiratsanträgen. Wenn ein Junge um deine Hand anhält, ist es unhöflich, nein zu sagen.

Mrs Dudley Andrews will, dass man den Quickstepp so eng wie möglich tanzt. Das Tanzpaar soll – am Bauch fest aneinander gedrückt – zu den Klängen von Victor Sylvester wie ein einziger Körper über das Tanzparkett schweben. Wenn sie es vormacht, drängt sie sich so dicht an einen heran, dass ihre hoch sitzenden konischen Brüste einem schmerzhaft in die Brust piksen. So, als wären sie zwei monströse Versionen dieser Stahlstiftköpfe, die an Halsbändern von Bullterriern angebracht werden. Alle Brüste müssen hoch sitzen und konisch geformt sein. Also muss man einen BH tragen, selbst wenn man Körbchengröße A hat. Dinahs Dad vertritt hingegen die Meinung, dass BHs nur etwas für erschlaffte alte Damen sind. Also hat Lisa schon eine ganze Weile einen Busen, bevor sich die Mum der Mädchen mit ihr in die Wäscheabteilung von Stuttaford's stehlen kann, um ihr ein paar Schulmädchen-BHs zu kaufen, indem sie »beim Gemüse trickst«.

Dinah hat auch einen BH, aber sie hasst ihn, weil er so unbequem ist. Sie hat ihn sich ganz allein für wenig Geld auf dem OK-Bazar gekauft, ohne ihn vorher anzuprobieren, um bloß nicht durchzumachen, was Lisa durchmachen musste. Bei Stuttaford's wurde Lisa von einer extrem zuvorkommenden Wäscheverkäuferin mit durchdringender Stimme bedient. Die Wäschedame postierte sich genau vor Lisas Umkleidekabine, und wenn sie nicht gerade selbst zu Lisa hineinsah, schrillten ihre Anweisungen durch den Vorhang.

»Schüttel dich ordentlich hinein, meine Liebe!«, tönt es von draußen. »Hast du dich auch schön hineingeschüttelt?«

Lisa ist sich sicher, dass jeder in dem fünfstöckigen Warenhaus sie hören kann.

»So ist es richtig, meine Liebe«, schrillt die Wäschedame weiter. »Immer schön hineinschütteln!«

Eines der neuen Mädchen an der Highschool ist weniger neu als wieder aufgetaucht. Es ist der Klassenliebling aus der zweiten Klasse von Mrs Vaughan-Jones. Der Klassenliebling wohnt ziemlich weit weg und kommt wegen des Kunstunterrichts auf die GHS. Kunst gehört zu den drei Fächern, in denen der Klassenliebling immer die Beste sein muss. Die anderen beiden Fächer sind Englisch und Schauspielunterricht. Der Klassenliebling sieht noch genauso aus wie früher, mit demselben mausgrauen kurzen Haar und denselben leicht heruntergezogenen Mundwinkeln. Nur ist sie jetzt nicht mehr der Lehrerin liebste kleine Kreidestaubabwischerin. Jetzt beansprucht sie ein Sondermonopol auf allen Intellekt. Das heißt außer in Mathe und Musik. Und Sport zählt natürlich auch nicht. Denn der Klassenliebling beherrscht nicht ein einziges Ballspiel und hat sogar beim Countrydance zwei linke Füße. Für die schottische Reel-Aufführung erklärt ihr Miss Bowen daher, sie solle einfach nur von einem Bein auf das andere hüpfen. Aber selbst dann muss sie unbedingt in die falsche Richtung hüpfen und rempelt immerzu alle anderen an.

Der Klassenliebling ist die einzige Person, die Dinah kennt, außer vielleicht Catherine Cleary, die nicht das geringste Gehör hat. Nicht dass sie ein wenig schräg singen würde oder zu viele Halbtöne trifft. Das Geräusch, das sie beim Singen macht, steht einfach in keinerlei Verbindung zu irgendeiner Musik. Und was die Mathematik angeht, so hat der Klassenliebling in D. H. Lawrence' Briefen ein passendes Zitat gefunden, um seiner persönlichen Meinung Ausdruck zu verleihen. »Mit solchen Leuten eine Beziehung zu haben«, heißt es da, »wäre, als wollte man in Algebra eine Beziehung zum Buchstaben ›x‹ aufbauen.« Der Klassenliebling verwendet den Satz gerne, um jeden abzukanzeln, der sich auch nur ein klein wenig für Mathe interessiert. Der Klassenliebling beschäftigt sich außerhalb der Schule viel mit Schauspiel und Vortragskunst und wird daher oft gebeten, in der Schulversammlung die Bibeltexte vorzulesen, wenn Dinahs Klasse an der Reihe ist. Wenn sie etwas vorliest oder Gedichte aufsagt, spricht der Klassenliebling immer mit einer besonderen Deklamationsstimme.

Zurzeit versucht der Klassenliebling, seine intellektuelle Überlegenheit zu beweisen, indem er die Qualität des vorgeschriebenen Lehrmaterials in Frage stellt. Aber die arme Miss Yale muss eben durchnehmen, was auf dem Lehrplan steht, also ist es nicht ihre Schuld, dass die meisten Bücher Abenteuergeschichten für Jungen sind.

Dinahs Klasse muss *Stalky & Co* und *Trommeln über Transvaal* und *Barlasch von der Garde* und *Meine frühen Jahre* von Winston Churchill lesen. Und Miss Yale gibt wirklich ihr Bestes, damit die Mädchen den Inhalt von *Trommeln über Transvaal* verstehen, bis sie eines Tages vom Podium stürzt, als sie Richard Hannays Erkundungen rund um die Höhle des bösen schwarzen Priesters nachzuspielen versucht.

Dinah findet den Empire-Rassismus in den Abenteuergeschichten immer dann am allerlangweiligsten, wenn er wie in *Trommeln über Transvaal* mit Gebietsbeschreibungen für Jungs einhergeht. Sobald von Grabenböschungen, Abhanggeröll oder Sedimentgestein die Rede ist, beginnt sich ihr der Kopf zu drehen.

Momentan ist das Beste an der Schule – das Beste an Dinahs Leben überhaupt – das neue Mädchen mit dem vornehmen Akzent und den weit auseinander stehenden blauen Augen namens Maud McDonald. Das neue Mädchen hat zwei Zentimeter lange schwarze Wimpern und einen taudicken blonden Zopf, der ihr bis ins Kreuz hängt. Schockwellen gehen durchs Klassenzimmer, als sie zum ersten Mal spricht, da sie einen gestochen britischen Akzent hat, etwas, das man nur im Kino oder über Langwellensender hört. Außerdem ist Maud, wie jeder weiß, ein ausgesprochener Kichername.

»Er stammt von Tennyson«, sagt das neue Mädchen und fängt sofort an zu zitieren – wobei sie allerdings die gleiche Stimme benutzt, mit der sie auch gewöhnlich spricht.

Und doch kommt sie nicht aus England. Sie kommt vom Maris-Stella-Kloster, das nur ein paar Straßen weiter liegt. Und genau wie der Klassenliebling besucht sie die GHS wegen Miss Byrds Kunstunterricht. Das vornehm sprechende neue Mädchen ist nicht mal fünf Minuten in der Klasse, da hat sie bereits klargestellt, dass sie an keinen Ballspielen teilnehmen wird. »Probleme mit den Nebenhöhlen, Miss Chase«, sagt sie.

Miss Chase trägt ein fesches kurzes Korbballröckchen, eine Airtexbluse und eine Pfeife um den Hals und blinzelt das neue Mädchen voller Staunen an. Der Akzent hat sie für einen Moment sprachlos gemacht.

»Tennis?«, sagt sie. »Hockey? Korbball?«

»Tut mir Leid«, sagt das neue Mädchen. »Anordnung

des Arztes. Nicht bevor meine Nebenhöhlen durchgespült wurden.«

»Schwimmen?«, sagt Miss Chase. »Gymnastik?«

Das neue Mädchen schüttelt mit Bedauern den Kopf. »Leider alles nicht«, sagt sie. »Ich wünschte, es wäre anders.«

Dann wagt es Miss Chance aber schließlich doch, das Mädchen um ein ärztliches Attest zu bitten.

»Aber selbstver*ständl*ich«, sagt sie. »Keine Frage.«

Das neue Mädchen hat in der Klosterschule viel Latein gelernt. Und sie ist in Kunst sehr gut.

Im Gedränge vor der ersten Unterrichtsstunde setzt sich das neue Mädchen neben Dinah. Beide sind sofort zur letzten Reihe geeilt, und binnen weniger Minuten hat Maud Dinahs Herz erobert, da sie ihr eine aus dem Handgelenk geschüttelte Karikatur der ältesten und langweiligsten pädagogischen Größe der Highschool herüberschiebt: Miss Legge, die gerade ihren Geschichtsunterricht abhält. Am Ende der Woche – besser gesagt: am Ende der Stunde – sind Dinah und Maud feste Freundinnen. Und bald sind sie so voneinander fasziniert, dass sie nach Schulschluss nie direkt nach Hause gehen können.

Stattdessen treiben sie sich stundenlang in der Stadt herum, probieren alle Kleider in Truworth's an und spielen mit den Tiegeln und Töpfchen an der Make-up-Theke von Payne Brothers. Bei John Orr's fahren sie mit dem Aufzug hoch und runter und verbringen Stunden über den original Pariser Schnittmustern von *Vogue*, die sie in den großen Büchern an der Kleider-Ideen-Theke finden. Mit der Zeit sind sie von Kleidern geradezu besessen und versetzen an manchen Wochenenden Dinahs Vater in absolute Rage, da sie mehrere Stunden hintereinander ohne

Unterbrechung eine einzige Ausgabe der *Vogue* rezensieren. Sie tun dies auf dem Rasen vor seinem Arbeitszimmer, so dass er sie nicht überhören kann.

»Als ich in *eurem* Alter war«, brüllt er aus dem Fenster, »hab ich mein ganzes Taschengeld gespart, um mir ein Mikroskop zu kaufen!«

Die Mädchen sitzen ganz still da und beißen sich auf die Lippen, um nicht laut loszuprusten. Dann warten sie voller Hoffnung auf weitere Ausführungen von ihm. Sie wollen jede Einzelheit über die pekuniären Verhältnisse in seiner Kindheit wissen, aber er zieht sich einfach wieder ins Zimmer zurück.

Es dauert nicht lang, und die beiden nähen sich auf Dinahs Mums alter Singer-Nähmaschine ihre eigenen Kleider. Dinah quengelt, dass sie Kleidergeld haben will, und sowie sie welches bekommt, gibt sie es sofort für einen taubenblauen Wollmantel aus, auch wenn es in Durban keinen Winter gibt. Sie verabschiedet sich von ihren flachen Schnallenschuhen und kauft sich mörderische Pumps mit zwölf Zentimeter hohen Absätzen und unverschämt spitzen Zehen. Sie sucht sich in der Drogerie eine kastanienfarbene Tönung aus, mit dem Ergebnis, dass ihr blondes Haar jetzt in Neonorange erstrahlt, vor allem, wenn die Sonne darauf scheint. Dann, nach ungefähr einem Monat, entscheidet sie sich dauerhaft für ein elegantes Silber. Der silberne Haarton kommt nicht einen Moment zu spät, da Lisa wegen des »Mahagonitons« schon fast vor Wut geplatzt wäre, wobei Mrs Clegg auch keine wirkliche Hilfe war.

»Ah, wie ich sehe, hast du dir dein Haar wie deine Schwester gefärbt«, sagt Mrs Clegg zu Lisa, als sie in den Lebensmittelladen kommt, um etwas Mehl zu kaufen.

Lisa kehrt wutschnaubend zurück.

»*Mein* Haar ist normal«, spuckt sie Dinah ins Gesicht. »Und mit *deinem* siehst du aus wie ein Warnsignal auf zwei Beinen!«

Maud hat sich ihr Haar à la Grace Kelly schulterlang abschneiden lassen, und beide Mädchen schlafen jede Nacht auf riesigen Metalllockenwicklern, die auf der Kopfhaut schmerzhafte Abdrücke hinterlassen.

Und dann ist da noch Angela. Die süße gelockte Angela mit ihren rosigen Wangen und funkelnden Augen, die mittlerweile Millefeuilles und Rough-Puffs backen kann, die einem auf der Zunge zergehen. Mehrere Wochen treffen sich die Mädchen in der Pause zu einem merkwürdigen Dreiergespann, meist begleitet von dem jeweiligen nicht ausdrücklich dazugebetenen Anhang. Doch dann, eines Tages, macht Dinah den Schritt. Ich trenne mich von dir. Ich verstoße dich. Maud ist jetzt meine beste Freundin. Angela geht schweigend fort, gefolgt von ihrem Tross Begleiterinnen, die leise murmelnd mit rückwärts gewandten Blicken von dannen ziehen.

Danach reden die Mädchen nie wieder miteinander. Sie sehen sich nicht mehr in die Augen. Nicht ein Mal in vier Jahren. Oder doch, ein Mal. Aus Versehen. Angela und Dinah begegnen sich in einem der langen Schulkorridore. Sie sind allein und gehen aufeinander zu. Sie lächeln. Dann erinnern sie sich. Oh mein Gott. Das ist das Mädchen, das ich nicht kenne. Das ist die Person, deren Existenz ich leugne. Ihr Lächeln verschwindet, und sie gehen weiter.

In Geschichte unterrichtet sie die ältliche Miss Legge, die niemals den Lehrerstuhl verlässt und nur selten von ihren

Notizen aufblickt. Sie waltet über die Mädchen kraft ihrer giftigen Ausstrahlung und kann noch das leiseste Flüstern hören. Sie sitzt breitbeinig in Hemd und Krawatte und einem männlich blauen Nadelstreifenkostüm hinter dem Lehrerpult, und ihre Kniestrümpfe werden gerade so eben von ihrem nadelgestreiften Rock bedeckt. Sie trägt schwarze männliche Schnürschuhe, ihr schneeweißes gerades Haar ist extrem kurz geschnitten, und sie hat kleine stechende Augen und eine flackernd silbrige Zunge. Die Klasse steht ganz und gar unter ihrer Ägide, auch wenn ihr Unterricht die Mädchen fast zu Tode langweilt, der darin besteht, der Klasse eine geschlagene Stunde ihre handgetippten Geschichtsnotizen zu diktieren. Dann gibt sie den Mädchen auf, das Geschriebene zu Hause auswendig zu lernen. Und so wird jede zweite Geschichtsstunde in absoluter Stille verbracht, während die Mädchen versuchen, die Notizen vom Tag zuvor aus dem Kopf niederzuschreiben, und Miss Legge ein scharfes Auge auf sie hat, falls jemand abschreiben oder sich beraten sollte.

Miss Legge verlangt von den Mädchen, die Notizen wortwörtlich wiederzugeben. Synonyme sind nicht erlaubt. Wenn also eine Schülerin schreibt, dass sich bei der »Boston Tea Party« Siedler über die Besteuerung »bestimmter verzeichneter Güter« erregt hätten, streicht Miss Legge es durch und schreibt »bestimmte ›gelistete‹ Güter – siehe Notizen« an den Rand. Dann schreibt sie »Minus ½ Prozent« und »Bitte bei mir vorsprechen« daneben.

Aber selbst unter Miss Legges reptilienhaftem Schreckensregime können sich Dinah und Maud nicht auf ihre Hausarbeiten konzentrieren, außer wenn sie für eine ihrer halbjährlichen Prüfungen lernen, die man bestehen muss, um versetzt zu werden. Und so kommt es, dass Dinah dank Miss Legges hirnzersetzender Geschichtsprüfungen ihr sagenhaftes Kurzzeitgedächtnis entdeckt. Sie hat festgestellt, dass sie sich abends mit einer Kanne starkem Kaffee und fünf dicken Notizbüchern hinsetzen kann und morgens fähig ist, das Ganze frei aufzusagen. Sie verwendet dabei ein selbst entwickeltes System, das auf dem Einprägen der Absatzanfänge beruht, die sie dann durch den Rest der Zeilen bringen. Doch abgesehen davon, dass Dinah auf den letzten Drücker jede Prüfung bestehen kann, ist die Gabe einigermaßen unnütz. Denn ihr Gehirn behält die Informationen nur für bestimmte Zeit. Nach zwei Wochen ist der Inhalt der Notizbücher verschwunden – ausgelöscht, als wäre er nie da gewesen. Der einzige Vorteil besteht darin, dass Miss Legge vor Wut fast die Wände hochgeht, wenn ihre schlimmsten und bösartigsten Vorhersagen über den Haufen geworfen werden.

»Du wirst bei der Prüfung durchfallen, Dinah de Bondt«, sagt sie. »Du wirst kläglich versagen. Denk an meine Worte.«

Zwei Tage später schafft Dinah die Prüfung mit links und ohne ein einziges Synonym. Miss Legge ist sich absolut sicher, dass Dinah schummeln muss, und so wird es zu ihrer Gewohnheit, sich bei allen Prüfungen hinter Dinahs linker Schulter aufzustellen, wodurch sie die nächsten vier Jahre quasi zu Dinahs Privataufseherin wird, aber Dinah ist das egal. Sie ist viel zu beschäftigt, ihr Kurzzeitgedächtnis abzurufen. Bestimmte gelistete Güter, bla, bla, bla.

In den vier Jahren ihres betäubend langweiligen Geschichtsunterrichts gab es bei Miss Legge nur eine einzige laute Zwischenfrage, eine einzige Unterbrechung. Und zwar, als Miss Legge plötzlich inmitten ihres Vortrags das Wort »Faschist« benutzt.

»Entschuldigen Sie, Miss Legge«, sagt Adele. »Aber wer genau waren die Faschisten?«

Miss Legge hält schockiert inne. Sie hebt ihren stechenden Blick, dann fixiert sie Adele mit giftigen Augen. »Sie waren eine Oppositionspartei zu den Kommunisten«, sagt sie kalt. »Unterbrich mich nicht.«

Dann liest sie weiter. Bla, bla, bla.

»Entschuldigen Sie bitte, Miss Legge«, sagt Adele wieder. »Was ich meine, ist, woran haben die Faschisten eigentlich geglaubt?«

Miss Legge lässt ihre silbrige Schlangenzunge schnalzen. »Sie waren eine Oppositionspartei zu den Kommunisten«, sagt sie. »Ich hab es dir bereits einmal gesagt, und das sollte genügen. Noch ein Mucks von dir, Adele ...«

»Frag Yael«, gähnt Beattie plötzlich. Es ist das erste Mal, dass sich ihre rebellische Seite im Geschichtsunterricht zeigt, obwohl man sagen muss, dass sie hinter den Kulissen recht fleißig war, da sie überall herumerzählte, Miss Legge trage keinen BH. »Yael wird dir sagen können, was ein Faschist ist«, sagt sie. »Frag *sie*.«

Miss Legge schickt Beattie unverzüglich vor die Tür, während die schüchterne, kurzsichtige Yael in ihren Schoß blickt und versucht, sich das Grinsen zu verkneifen. Yael ist eine kleine Intelligenzbestie aus Israel, deren intellektuelle Eltern gerade ein Sabbatjahr nehmen. Und da sie die GHS nur kurzfristig besuchen wird, sieht der Klassenliebling in ihr keine wirkliche Konkurrentin. Der Moment geht vorüber. Miss Legge fährt fort. Bla, bla, bla.

Die Notizen stammen nicht aus Miss Legges eigener

Feder. Sie wurden von Miss Norris, der früheren Geschichtslehrerin, verfasst, einer durchaus faszinierenden Lehrerin und Durbaner Erzrassistin, deren Abhandlungen über die Einfuhr indischer Vertragsarbeiter Dinah für immer unvergessen bleiben werden.

»Die erste Schiffsladung Kulis erreicht Südafrika im November 1860. Obwohl die ersten Fuhren wenig zufriedenstellend waren und als arbeitsuntauglich zurückgeschickt werden mussten, konnten spätere Frachten durchaus zufrieden stellen ...«

Nach den Geschichtsstunden wälzen sich Dinah und Maud immer schreiend vor Lachen auf dem Rasen, bis ihnen die Tränen die Wangen hinunterrollen und ihre Kleider voller Grasflecken sind. Sie führen absurde Pantomimespiele auf und tun so, als würden sie hölzerne Frachtkisten aufbrechen.

»Wieder so 'ne verfaulte Ladung Curryklöße!«, sagt Maud mit Zollbeamtenstimme. »Nagelt sie wieder zu und ab ins Meer damit! Die nächste, bitte!«

»Curryklоß« ist ein Ausdruck, den Maud kürzlich bei ihrem ersten Date gehört hat. Sie waren zu viert zu dem Cuban-Hat-Drive-in-Restaurant in North Beach gefahren, wo das zweite Mädchen im Bunde – das Date des besten Freundes *ihres* Dates – den Ausdruck für einen der indischen Kellner benutzte.

»Hey, Curryklоß!«, rief das Date des besten Freundes. »Hey, Curryklоß. Willst du uns nicht bedienen?«

Im Cuban Hat wird das Essen, bestehend aus Hamburgern und Cola, von einem Kellner auf einem Spezialtablett ans Autofenster gehängt.

Es gibt eine Lehrerin, die Maud und Dinah besonders mögen. Das ist ihre Musiklehrerin Miss Bardsey, die als Kind unter Kinderlähmung litt und daher ein sehr dünnes Bein hat und Stützstrümpfe und orthopädische Sandalen trägt. Einmal die Woche hört sie sich mit Dinahs Klasse in ihrem Zimmer am Ende des Gangs – dort, wo die Fahrradständer stehen – auf ihrem Plattenspieler Musikstücke an. Miss Bardsey scheint die beiden Mädchen ebenfalls ins Herz geschlossen zu haben. Vielleicht, weil sie neben Yael die Einzigen in der Klasse sind, die schon von Chatschaturjan gehört haben. Oder vielleicht auch nur, um sie von ihrem Faulenzer-Ruf zu erlösen. Vielleicht entmachtet sie die Mädchen durch ihre Freundlichkeit. Sie lässt sie Platten mit nach Hause nehmen und nimmt sie in den Chor auf.

Eines Tages wählt sie die beiden aus, um an einem Musikseminar teilzunehmen, das in einer pseudogotischen Privatschule für Jungen in der Nähe von Henriettas Farm auf dem Land abgehalten wird. Das Musikseminar besteht aus Sir-Hubert-Parry-Gesängen in der Kapelle und anglikanischen Ritualen. Die Mädchen sind begeistert, und der Musiklehrer ist einfach fantastisch. Sie freunden sich mit einem Trio treffsicher singender Countertenöre an, die alle Schüler des Internats sind. Zwei von ihnen werden derzeit durch ihre sexuellen Neigungen gequält, und einer macht sich an Maud heran. Ihre Gespräche sind mit unverständlichen Anspielungen auf Päderastie, kalte Duschen und rituelle Züchtigungen durch Aufsichtsschüler gespickt, obwohl sie mit den Mädchen hin und wieder auch über Musik sprechen.

»Noch nie was von Bax gehört?«, sagen sie. »Arnold Bax?«

Aber weder Dinah noch Maud haben je von Arnold Bax gehört.

In der vierten Nacht hat sich Maud mit einem der Jungen verabredet und will sich im Dunkeln aus dem Fenster stehlen. Nachdem alle schlafen gegangen sind, hilft Dinah ihr, ein paar Bettlaken aneinander zu knoten. Dinah beugt sich ängstlich über das Fenstersims, um Mauds Abstieg zu verfolgen, aber die Nacht auf dem Land ist dunkel, und sie kann nicht das Geringste sehen. Dann hört sie einen Schlag und ein leises Stöhnen. Anstatt sich Griff um Griff an den Laken hinunterzuhangeln, ist Maud einfach hinuntergesaust – bis sie mit den Händen am ersten Knoten hängen blieb und natürlich losließ. Maud ist also aus ungefähr drei Meter Höhe in den Hof gefallen, und alle Türen sind abgeschlossen. Und gerade als Dinah schon das Bein über das Fenstersims schwingen will, um ihr zu Hilfe zu eilen, geht das Licht im Zimmer der Hausmutter an, und alle Hoffnung fährt dahin.

Nachdem Maud ihre Sachen gepackt hat, macht das Musikseminar keinen Spaß mehr. Dinah wundert sich vor allem, dass niemand außer ihr zu verstehen scheint, warum Maud aus dem Fenster klettern musste. Die Laken-Flucht hatte nichts damit zu tun, in den frühen Morgenstunden mit einem Schuljungen herumzumachen, sondern ausschließlich mit dem gotischen Ambiente. Die gotischen Bauten verlangten nach einer gotischen Antwort, einer gotischen Schulgeschichte.

Im Gegensatz zu Dinah, deren Eltern die Formulare für ihren Studenten-Monatsausweis regelmäßig ausfüllen und im Busdepot abstempeln lassen, besitzt Maud nie eine Dauerkarte, und ihr Busgeld ist für gewöhnlich nirgendwo aufzufinden. An manchen Tagen hat sie es morgens noch, aber dann fällt es wohl immer durch die Löcher in ihren Jackentaschen, oder aber – wenn ihre Mutter ihr das Geld für eine Woche im Voraus gegeben hat – sie und Dinah haben es bereits ausgegeben. In solchen Momenten hilft Miss Bardsey ihr stets als persönliches Kreditunternehmen aus, doch Maud, die sich immer vornimmt, ihr das Geld zurückzuzahlen, fühlt sich danach leicht schuldig – bis sie die Arie des Cherubino hört, die ihre Schuldgefühle noch um einiges steigert.

Miss Bardsey versorgt den Chor gerne mit ihren eigenen exzentrischen Übersetzungen italienischer und deutscher Arien, und eines Tages hat sie Cherubinos *Voi Che Sapete* übersetzt. Sie nennt das Lied »Ihr, die ihr borget«.

Ihr, die ihr borget
der Liebe Zauberbann,
für Schmerzen ihr sorget
mit wie, wo und wann.

»Oh Gott, ich kann sie nicht ansehen«, sagt Maud. »Ich schäm mich so, Dinah. Ich schäm mich so. Es ist alles wegen meines Busgelds, verstehst du?«

»Nein, ist es nicht«, sagt Dinah. »Es soll sich nur reimen. Das ist alles. Borget – sorget.«

»Oh, Gott. Jetzt muss ich den Chor aufgeben«, sagt Maud. »Das ist so ungerecht, aber ich schaff das. Es muss sein.«

Wie es die Ironie so will, hat Maud an diesem Tag ihr Busgeld noch bei sich, plus einen Extrapenny. Also schlendern die Mädchen nach der Chorprobe auf dem Weg zur Bushaltestelle an der Pommesbude vorbei, wo sie am Tag zuvor eine Gruppe Zulu-Kinder beobachtet hatten, die nach Penny-Resten fragten.

»Penny-Reste, bitte«, sagt Maud, die noch nie zuvor danach gefragt hat, und die Besitzerin der Pommesbude gibt ihr eine ganze Tüte voll mit köstlichen kleinen fetttriefenden Knusperstückchen, die durch das Sieb in die Fritteuse gefallen sind. Die Penny-Reste sind ein wahres Wunder, ein Geschmackserlebnis, ein einziger Genuss, und so geht Maud Tag für Tag wieder hin, um sich welche zu kaufen. Aber am vierten Tag weigert sich die Pommes-Frau plötzlich, sie zu bedienen.

»Penny-Reste sind nur für die Kleinen der Einheimischen«, sagt sie. »Die haben schließlich nicht mehr als ein paar Penny. Ihr müsst ordentliche Portionen kaufen, oder ihr könnt meinen Laden verlassen. Also los. Geht schon, ihr zwei!«

Maud und Dinah schleichen sich von dannen, entsetzlich beschämt, dass sie vier Tage in Folge die Armen bestohlen haben.

Während Lisa in Afrikaans von der wunderbaren und immer herausgeputzten Mrs Prinsloo unterrichtet wird, sind Maud und Dinah mit Mrs Keithley gestraft. Mrs Prinsloo trägt hautenge Kleider mit breitem Goldgürtel und goldenen Kreolen. Ihre DNS brüstet sich auf die sinnlichste Weise ihrer offensichtlichen Mischlingsabstammung von grünäugigen malaiischen Kap-Sklaven. Mrs Keith hingegen ist eine müde grauhaarige Afrikaanerin, die von einem gewalttätigen schottischen Mann verlassen worden sein soll. Im Gegensatz zu Mrs Prinsloo, die keinerlei Probleme hat, sich auf dem feindlichen Minenfeld einer englischsprachigen Mädchenschule zurechtzufinden, entbehrt Mrs Keith diese Fähigkeit vollständig und missversteht noch den letzten Wink. Wenn die Mädchen mit ihrer Klassenarbeit fertig sind, erlaubt Mrs Keith ihnen zur Belohnung, Afrikaaner-Frauenmagazine zu lesen – Zeitschriften, über die alle in der Klasse immer nur genüsslichen Hohn ausschütten.

Nachdem Dinah und Maud Mrs Keith also ihr auswendig gelerntes Afrikaaner-Gedicht vorgetragen haben, gibt Mrs Keith ihnen eine Ausgabe von *Die Huisgenoot*, die beide besonders lohnend finden. Denn nicht nur hat *Die Huisgenoot* diesmal eine pralle Wasserstoffblondine in rosa Tutu auf der Titelseite, die sich dem Anschein nach inmitten eines großen Maisfeldes pirouettenhaft in Pose wirft, es gibt auch noch einen farbigen Starschnitt des gesamten Springboker Rugbyteams. Die Zeitschrift wird auf billigem Zeitungspapier gedruckt, wodurch der einmalige Farbdruck jedem der Spieler zwei Paar Augenbrauen beschert. Doch auch ohne doppelte Augenbrauen steht das Springboker Rugbyteam für alles, was die Mädchen verabscheuen.

Das südafrikanische Rugbyteam wird ethnisch als auch ideologisch von weißen Herrenrassen-Afrikaanern dominiert, die wütend und brutal den siegreich rassistischen Nationalismus der Regierung aufs Spielfeld übertragen. Und dann ist da natürlich noch ihre unübersehbare Physiognomie. Die Rugbymänner sind wie eine eigene Spezies. Alle haben einen unglaublich dicken Hals und mächtige Schultern und Blumenkohlohren und kurz geschorene Quadratschädel. Alles Eigenschaften, die nichts, aber auch gar nichts mit dem Herzschmerzmaterial der Mädchen zu tun haben, die sich momentan auf einen süffisanten, halb schwulen englischen Public-Schoolboy-Look konzentrieren, Waschbrettbauch und Rupert-Brooke-Profil natürlich inbegriffen. Kricketspieler sind als Herzschmerzmaterial also manchmal ganz okay, Rugbyspieler nie.

Mauds Fähigkeit, den Sportunterricht zu umgehen, stärkt Dinahs Selbstbewusstsein. Dinah war von jeher schlecht in Sport, aber sie hatte immer das Gefühl, es wenigstens versuchen zu müssen. Aber schon während ihres ersten Hockeytrainings an der GHS – und sie versucht wirklich, ihr Bestes zu geben – bekommt Dinah von Miss Chase nur die sarkastische Bemerkung zu hören: »Ziel ist, den Ball zu *verfolgen*, Dinah, nicht, davor wegzulaufen. Verstanden?« Von Dinahs Tennisbegabung hat Miss Chase eine ebenso geringe Meinung. Und zwar seit dem Tag, als Dinah auf dem Platz in Ohnmacht fiel. Es lag wohl an der extremen Hitze und der blendenden Sonne und ihrem nicht korrigierten Astigmatismus und natürlich an ihrer wie immer monströs ausfallenden Regel und den Medikamenten zur Unterdrückung ihres Heuschnupfens, die alle zusammengenommen Dinah orientierungslos über den Tennisplatz stolpern ließen, ohne auch nur ein Mal den Ball zu treffen, bis ihr Gehirn vernünftig genug war, sich eine kleine Auszeit zu nehmen. Und mit sechzehn ist Dinah wahrscheinlich die einzige weiße Südafrikanerin, die beim Schwimmen keinen anständigen Kraulzug beherrscht.

Doch dank Maud hat Dinah jetzt gelernt, ihre Sportuntauglichkeit mit Stolz und Würde zu tragen. Sie hat gelernt, dass es noch andere Möglichkeiten gibt, als als ewige Zielscheibe von Miss Chase' Verachtung kläglich vor sich hin zu dümpeln. Sie hat gelernt, sich während des Sportunterrichts in die Schulbibliothek zu verdrücken, wo ihnen die freundliche Bibliothekarin – von Maud in ihren Bann gezogen – immer erlaubt blauzumachen. Auch vertraut ihnen die Bibliothekarin bei einer ihrer sporadischen Unterhaltungen schüchtern an, dass sie Autorin mehrerer historischer Romane mit ungemein reißerischen Schutzumschlägen ist. Maud schreibt ein paar schwärmerisch satirische Fangedichte an die Hockeymannschaft und veröffentlicht sie in der Schulzeitung. Danach gibt Miss Chase die beiden endgültig verloren. Sie versucht nicht einmal mehr, sie zu Gymnastik zu überreden. Sie dürfen von nun an alle körperlichen Übungen neben der sich abwechselnden Riege von Drückebergern auf der Bank aussitzen.

Die einzige Lehrerin, die Maud und Dinah wirklich bewundern und respektieren, die einzige, die sie nie auflaufen lassen und in deren Klasse sie niemals flüstern oder kichern oder sich Zettelchen zuschieben, die einzige Lehrerin, deren Hausarbeiten sie immer erledigen, ist die leicht über fünfzigjährige Miss Byrd, deren Kunstgeschichtsklassen ein fortwährender Quell der Inspiration sind. Miss Byrd und ihre Schwester sind zwei schüchterne alte Berufsjungfern, die, wie man sich erzählt, mit ihrer herrschsüchtigen Mutter zusammenleben. Aber im Klassenzimmer ist Miss Byrd ein Schwergewicht. Immer souverän und fesselnd. Sie geht mit den Mädchen auf eine Turboreise durch die gesamte westliche Kunstgeschichte, mit gelegentlichen Pflichtausflügen in die Kunst aus Indien, Afrika, Japan und China, so dass die Hefter der Mädchen innerhalb von zwei Jahren vor handskizzierten Details dorischer, ionischer und korinthischer Säulen und den verschiedensten Arten von Architraven und Fassaden sowie Grundrisszeichnungen von bestimmt an die fünfzig klassischen Bauten nur so bersten.

Dann nehmen sie die romanischen Kirchen von Europa und Vorderasien durch. Danach tauchen sie in die Gotik ein. Sie können den Parthenonfries zeichnen. Sie können Aufsätze über den Wagenlenker von Delphi und über Praxiteles' Hermes schreiben. Sie kennen das Flachrelief auf der Trajanssäule und jede Ecke und Nische des Pantheon. Sie kennen Tonnengewölbe und Strebebögen. Sie können die Säulen der Mezquita von Córdoba zeichnen und das Fächergewölbe der Divinity School in Oxford. Sie können die verschiedenen Seitenrisse von Notre-Dame und den Kathedralen von Chartres und Wells und Westminster Abbey zeichnen, ohne auch nur nachzuschlagen. Sie können Zeichnungen von Ghibertis Baptisteriumstüren und dem Dom von Brunelleschi anfertigen.

Sie kennen die Gemälde in jeder einzelnen Zelle von Fra Angelicos Kloster und alle Masaccios in der Brancacci-Kapelle in Florenz. Sie können über den Einfluss von Bellini auf Mantegna schreiben und über den Einfluss von Duccio auf Giotto. Sie können auf einen Blick den Unterschied zwischen Giovanni da Fabriano und Benozzo Gozzoli erkennen. Sie können über die niederländische Schule und die flämische Schule schreiben, über die Gemälde im England der Postreformation und über den Einfluss von Constable auf die französischen Impressionisten. Und sie können jede einzelne Figur von Rodins *Bürger von Calais* zeichnen.

Miss Byrd geht in ihrem Unterricht weit über ihr Fach hinaus, und so kennen die Kunstmädchen Balzac wegen Rodin; sie kennen Platon wegen Raffael und die *Commedia dell'Arte* wegen Watteau. Und Dinah versteht beim

Betrachten eines Gainsboroughs mehr über die Enclosure-Politik in England, als sie je bei Miss Legge wird lernen können. Miss Byrd hat keinerlei Scheu vor der Gegenwart, und so kennen die Mädchen Sickert und Stanley Spencer, Francis Bacon, Diego Rivera und Rothko und Jakob Epstein.

Da es ihre protestantische Seele wohl nicht erlaubt, lässt Miss Byrd die Künstler der Gegenreformation einfach aus. Der Barock ist mit Ausnahme von Rubens für die Mädchen ein leeres Blatt. Im siebzehnten Jahrhundert ist es in Italien plötzlich still geworden, und obwohl Dinah de La Tour und Honthorst kennt, hat sie von Caravaggio noch nie etwas gehört: dem großen Mann und Gründervater. Dinah glaubt zudem, dass Spanien nur drei bedeutende Maler hat, die allesamt »Zufallsgenies« waren. Velázquez, El Greco und Goya stehen in Miss Byrds Welt in keinem Kontext. Es gibt keinen Ribera, keinen Zurbarán, keinen Murillo. Sie tauchen leuchtend aus der Leere auf, einem fremden, wilden Nichts.

Miss Byrd ist eine auf mehrere Weise durch ihre Zeit und persönlichen Umstände eingeschränkte Frau, aber Maud und Dinah sehen das nicht, da ihr brillanter und außergewöhnlicher Unterricht irgendwie aus einem anderen Teil ihres Gehirns zu kommen scheint. Doch eines Tages, nachdem sie den Mädchen die prähistorische Höhlenmalerei näher gebracht hat, gibt Miss Byrd eine fröhlich unbedachte Anekdote zum Besten und erzählt den Mädchen, dass sie auf der Rand Easter Show in Johannesburg einmal ein paar südafrikanische Buschmänner in Käfigen ausgestellt gesehen hat. Maud und Dinah starren sie an und wollen nicht glauben, dass sie das sagen kann, ohne entsetzt zu sein. Sie selber versuchen, sich den traurigen misshandelten Rest von Südafrikas Jägern und Sammlern, die letzten Überlebenden von Verfolgung und Völkermord, gar nicht erst in einem Käfig neben Preisbullen und den neuesten Traktoren, neben Hot-Dog-Ständen und *boeremusiek* vorzustellen. Menschen als lebende Exponate bei einer landwirtschaftlichen Ausstellung. Allerdings macht Miss Byrds glockenhelles Lachen als Reaktion auf ihre verzogenen Gesichter schnell klar, dass sie Maud und Dinah einfach nur albern findet.

Hin und wieder verfügt Maud über Geld. Viel Geld. Und zwar ungefähr alle sechs Monate. Maud nennt das Geld ihren Anteil.

»Mein Anteil ist gekommen«, sagt sie. »Komm. Lass es uns ausgeben.«

Dann kauft sie sich neue Reitstiefel, und die Mädchen gehen zu Truworth's, um sich neu einzukleiden. Maud kauft jeder einen so genannten Leibgurt, bestehend aus einem vierzig Zentimeter breiten steifen Elastikband, das man sich wie einen Gürtel um die Taille schnürt, allerdings unter der Kleidung. Alle zehn Zentimeter ist er mit Fischbeinstäben verstärkt und sieht ein wenig wie ein Korsett aus, nur ohne Strumpfbänder und Brustkörbchen. Er macht ihre Fünfzig-Zentimeter-Taillen vier Zentimeter schmaler, was sie sehr befriedigend finden.

Dann gehen sie los und lassen sich für teures Geld die Haare färben. Maud hat eine große schwedische Friseurin aufgetan, die mit radikalen Mitteln Aufsehen erregende Effekte erzielt. Zuerst bleicht sie ihnen jegliche Farbe aus dem Haar, das danach so weiß ist wie das von Miss Legge. Sie sitzen da und starren in den Spiegel, zwei Sechzehnjährige, jede mit einem weißen Wischmopp auf dem Kopf.

Danach trägt die Schwedin Strähne für Strähne eine nerzgelbe Paste auf und wickelt jede einzelne Strähne kunstvoll in ein kleines Quadrat Alufolie, bis ihre Köpfe ganz und gar mit silbernen Fischschuppen bedeckt sind. Als sie von der Alufolie erlöst werden, sehen sie fantastisch aus. Ihrer beider Haar ist eine identische Mischung aus Silber und hellem Sand. Ihr natürliches Blond ist verschwunden. Sie sind die Glamourzwillinge der Highschool. Das Einzige, was jetzt noch stört, sind die schwarzen Schulhaarbänder, die sie zu jeder Zeit tragen müssen, damit ihnen »das Haar nicht ins Gesicht fällt«. Aber genau das wollen Dinah und Maud. Dass ihnen das Haar ins Gesicht fällt. Sie wollen, dass es ihnen genauso schön zerzaust in die Augen hängt, wie es die Schwedin ihnen gezeigt hat.

Mauds Anteil bedeutet eine Menge Spaß, auch wenn Dinah lange Zeit keine Ahnung hat, woher und warum sie das Geld bekommt. Dann, eines Tages – nach einer halben Ewigkeit – nimmt Maud Dinah mit zu sich nach Hause. Und Dinah ist sehr überrascht, denn Mauds Familie gehört zur Arbeiterklasse. Es ist die einzige weiße Arbeiterfamilie, die Dinah je kennen gelernt hat.

NEUN

Mauds Mutter wird als Versandbraut für einen schottischen Minenarbeiter von Aberdeen in die Kohlebergwerksregion von Nordnatal verschifft. Sie ist siebzehn, er ist doppelt so alt. Für ihre Familie bedeutet es, einen Mund weniger zu stopfen, zumal die Familie mageren Zeiten entgegensieht, da Mauds Großvater mütterlicherseits – ebenfalls ein schottischer Gastarbeiter in den Minen – kürzlich aufgehört hat zu schreiben und auch seine Postwechsel ausbleiben. Die größten Minenstädte von Natal sind Newcastle und Dundee, aber Mauds Mutter lebt mit ihrem fremden Ehemann in Danhauser, einem kleinen Provinznest, in dem sie auch ihre Tochter Lilian zur Welt bringt. Doch dann, fünf Jahre später, wird alles anders. Und nur, weil sich Mauds Mum zusammen mit einer Freundin einen Winterurlaub in Durban gönnt und sie beschließen, zum Pferderennen zu gehen.

Das Durban July Handicap ist das gesellschaftliche Ereignis des Jahres. Es ist ein einziger Laufsteg, und die extrovertierteren unter den Damen tragen Hüte mit Amselnestern oder ganzen Bananenplantagen auf dem Kopf, damit ihr Foto im Gesellschaftsteil der südafrikanischen *Sunday Times* erscheint. Mauds Mutter hat nicht die Mittel, um sich herauszuputzen. Sie trägt nicht einmal einen Hut. Nichtsdestotrotz fällt sie einem der Rennpferdebesitzer ins Auge, der alle sozialen Hürden im Fluge nimmt und zu ihrem Dauergeliebten wird, obwohl er sie gerne heiraten würde. Der Liebhaber ist ein wohlhabender Mann. Seine Familie gehört zu der Zuckerrohrelite von Natal, einer Gruppe von Großgrundbesitzern, die örtlich als Zuckerbarone bekannt sind. Und dann, als die pummelige kleine dunkelhaarige Lilian elf Jahre alt ist, wird Mauds Mum von ihrem Liebhaber schwanger.

Das kleine blonde Elfenkind wird pflichtgemäß als Tochter des Minenarbeiters eingetragen, doch seit ihrer Geburt ist der Liebhaber entschiedener denn je, Mauds Mum zur Frau zu nehmen. Das Problem ist, dass die Lunge des Minenarbeiters schon erste Krankheitssymptome aufweist und Mauds Mutter ihn nicht im Stich lassen will, schließlich wird aus zwei Übeln nicht ein Gutes. Außerdem muss sie an ihre griesgrämige zurückgesetzte ältere Tochter denken, die kurz vor der Pubertät steht – Daddys Liebling Lilian, deren Abscheu gegen das neue Baby niemals abebben wird. Der Zuckerbaron verfolgt derweil eine Strategie des langen Ausharrens. Als Erstes stellt er Mauds Mutter eine größere Summe für seine Tochter zur Verfügung, die sie dafür benutzt, das Kind so bald wie möglich als Internatsschülerin auf das Maris-Stella-Kloster in Durban zu schicken. Und sie ist voller heimlichen Stolzes, da sich das kleine Mädchen als sehr intelligent erweist, doch wagt sie nicht, ihre Freude vor dem Minenarbeiter oder ihrer älteren Tochter zu zeigen, die beide noch nie gut auf das kleine Cleverchen zu sprechen waren.

Im Kloster lernt die fünfjährige Maud schon bald, ohne einen Mucks zu weinen, während die Nonnen ihr die Knoten aus den langen blonden Haaren kämmen und ihr dabei immer wieder mit dem Bürstenrücken auf den

Kopf schlagen. Die meisten Nonnen sind irische Immigrantinnen und zu keinerlei Späßen aufgelegt. Ihr nordisch düsteres Gemüt gehört eindeutig in die Zeit vor dem zweiten Vatikanischen Konzil. Und mit der Herkunft des kleinen Feenmädchens wohl vertraut, sind sie bei ihr besonders darauf bedacht, mit der Rute nicht zu sparen. Maud, die ihre Mutter schrecklich vermisst, ist sich derweil sicher, dass sie sich in der Schule nur genug anstrengen muss, um wieder nach Hause zu dürfen. Also ist das kleine Feenmädchen bald die Beste in allen Fächern und wartet vergeblich, dass ihre Mutter sie holen kommt. Ihr ist nicht im Entferntesten klar, dass die Ablehnung ihrer großen Schwester nur umso stärker ausfallen wird, je mehr sie sich in allem hervortut, oder dass die Wut und Bedrückung bei ihnen zu Hause auf ihre bloße Gegenwart zurückzuführen ist.

Als Maud fünf Jahre in der Klosterschule verbracht hat, ist die Lunge des Minenarbeiters so angegriffen, dass er als arbeitsuntauglich mit einer kleinen Rente aus dem Minendienst entlassen wird. Das ermöglicht dem Zuckerbaron, sich weiteren Zugang zu den seinen zu verschaffen. Er kauft Mauds Mutter und ihrer Familie ein hübsches kleines Stadthaus am landeinwärts gelegenen Hang von South Ridge in Durban, und das kleine Feenmädchen kann die Klosterschule jetzt als Tagesschülerin besuchen und Reitstunden nehmen und einen reinrassigen Cockerspaniel mit lockigen honigbraunen Ohren haben. Er besucht das kleine Haus fast täglich, vor allem, da sich die arme verknatschte Lilian bei erster Gelegenheit in eine Teenagerehe flüchtet und nicht mehr zu Hause wohnt.

Für Maud und ihre Mutter beginnt eine schöne Zeit, aber das Idyll soll nicht lange währen, da bereits nach zwei Jahren im neuen Haus Lilians Ehe zerbrochen ist, sie wieder zu Hause unter dem Dach ihrer Mutter wohnt und sich zurückgesetzter fühlt denn je, obwohl sie jeden freien Platz im Haus für sich in Anspruch nimmt, da sie es in der kurzen Zeit geschafft hat, zwei Kinder in die Welt zu setzen. Jetzt gibt es also auch noch Darren und Debbie, und das hübsche kleine Haus wird von nun an von der äußerst bedrohlichen Präsenz von Lilian beherrscht, einer übergewichtigen verbitterten jungen Megäre, die ihre verwöhnte Schwester hasst und deren Hund lieber früher als später um die Ecke bringen würde. Sie hasst Mauds Verstand und ihren Privatschulakzent und die ganzen Rosetten in Mauds Schlafzimmer, die von ihren Reitsporterfolgen erzählen. Sie hasst Mauds Botticelligesicht, ihre weit auseinander stehenden blauen Augen und ihre blonden Zöpfe.

Dies ist also die vergiftete Atmosphäre, die Dinah entgegenschlägt, als sie eines Freitagnachmittags das erste Mal zu ihrer besten Freundin nach der Schule nach Hause geht. Lilian spielt sich auf wie die scheußliche Mrs Joe Gargery aus Dickens' *Große Erwartungen* und lässt an niemandem ein gutes Haar. Sie beschimpft den Cockerspaniel mit ihrer aggressiven Krächzstimme und traktiert die Freundin ihrer Halbschwester mit feindseligen Blicken.

»Wen hast du denn da wieder angeschleppt?«, sagt sie. »Wer ist das?« Aber niemand wagt, ihr zu antworten.

Der arme alte Minenarbeiter sitzt mit eingefallener Riffelbrust und schwarz zerfaserten Lungen mit einer grünen Wolldecke über den Knien in einer Zimmerecke. Er blättert durch ein paar alte Ausgaben des *Daily Mirror* – die erste Boulevardzeitung, die Dinah je gesehen hat.

Mauds mäuschenstille Mutter sieht nicht gerade wie jemand aus, der bei Pferderennen Eroberungen macht. Sie sieht aus wie die von allen geliebte Gastgeberin, die einem immer eine zweite Portion *Treacle-Tart* auftut und einen nie zwingt, das Gemüse aufzuessen. Sie macht für alle Tee und Sandwiches, raucht eine Zigarette nach der anderen und redet nur im Flüsterton. Ihre Aufgabe ist es, in den vier Wänden ihres kriegerischen Zuhauses den Frieden zu wahren. Sie hat stets ein süßes, versöhnliches Lächeln auf den Lippen, wodurch ihr Gesicht immer heiter und leicht kätzchenhaft wirkt.

Mit Lilians Rückkehr in das kleine Haus löst der Zuckerbaron schließlich die Verbindung. Er zieht sich vollkommen zurück und heiratet in kürzester Zeit eine andere Frau. Fast unverzüglich bekommt er zwei Töchter, eheliche Töchter und Mauds jüngere Halbschwestern, aber es gilt die Vereinbarung, dass sich die Mädchen niemals treffen sollen. Jeder Kontakt zum Zuckerbaron muss aufhören. So, als hätte es ihn nie gegeben. Maud ist die Tochter des Minenarbeiters, und das war's. Und seit der Zeit, als sie in Dinahs Klassenzimmer spazierte, hat Maud ihren Vater nicht mehr gesehen, außer auf Fotos in der Zeitung, da über ihn und seine ehrenwerten Gemeindeprojekte oft berichtet wird. Auch kann sie nicht aufhören, über ihre Halbschwestern nachzudenken, die wahrscheinlich mittlerweile – ausgestattet mit flaschengrünen Schuluniformen und teuren Panamahüten – auf Durbans angesehene Privatschule für Mädchen gehen. Das College auf der Marriott Road. Alles, was Maud bleibt, ist Mauds halbjähriger Anteil, den ihre Mum ihr erlaubt auszugeben.

Keines der Mädchen auf der GHS weiß etwas von Mauds familiären Verhältnissen. Niemand außer Dinah.

Denn noch am selben Nachmittag, als sie das Haus verlassen haben, vertraut sich Maud ihr an.

»Er ist nicht mein richtiger Dad«, sagt sie. »Und es ist mir auch egal. Ich bin sogar froh darüber.«

Zwei Monate nach Dinahs Besuch verlassen Maud, ihre Mutter und der Minenarbeiter das kleine Haus. Sie treten es an Lilian ab, zusammen mit dem Cockerspaniel. Sie ziehen in eine kleine Hausmeisterwohnung im oberen Stock eines Fabrikgebäudes auf der Umbilo Road, da der Minenarbeiter einen Teilzeitjob als Nachtwächter gefunden hat. Maud vermisst ihren Hund, und sie hasst ihre neue Adresse im versmogten Industriegebiet am Rand der Stadt. Also beginnt sie ein Versteckspiel. Sie steigt im Bus immer zwei Haltestellen früher aus und geht ihren alten Hang hinauf, bevor sie kehrtmacht. Dinah ist als Einzige eingeweiht, aber Catherine Cleary, die ihre Nase überall hineinsteckt, hat es irgendwie herausgefunden. Und Catherine betrachtet es als ihre Pflicht, die Wahrheit bekannt zu machen.

»Es ist eine Sünde, sich seiner Familie zu schämen«, erklärt sie Dinah. »Maud muss das nun mal lernen.«

Dinah findet Catherines Haltung nicht nur abstoßend, sondern auch unverständlich. Ihr scheint es mehr als normal, dass sich Leute ihrer Familie schämen. Ist das nicht der Grund, warum alle lieber sterben würden, als ihre Mum oder ihren Dad in der Schule aufkreuzen zu sehen? Falsche Frisur, falsche Schuhe, falsche Handtasche, falscher Akzent, falsche Körpersprache, falsches Lachen. Und würden nicht alle Mädchen lieber verhungern, als dass ihre Mutter im Türrahmen des Klassenzimmers erscheint und mit ihrem Pausenbrot winkt?

Und Dinah weiß, dass sie nicht die Einzige ist, für die Pubertät unter anderem bedeutet, es kaum mehr als fünf Sekunden mit seinen Eltern im gleichen Zimmer auszuhalten. Sie selbst muss derzeit immer den Blick abwenden, um nicht zu sehen, wie ihre Mum ihre Teetasse hebt. Und sie hält sich lieber die Ohren zu, als die ganzen kleinen Seufzer und Schniefer ihrer Mum mit anzuhören – eine grausame, aber notwendige Abwehr, wenn man sich je von seinen Eltern lösen und sein eigenes Leben leben will, besonders wenn man seiner Mutter so nahe stand wie Dinah.

Als der Minenarbeiter zur Pflege auf die Sterbestation in ein Krankenhaus in der Nähe seines alten Bergwerks in Nordnatal abtransportiert wird, müssen Maud und ihre Mutter die Hausmeisterwohnung verlassen. Ihre Mum erhält eine Stelle in einem kleinen Hotel, bei der sie sich um die Wäsche kümmern muss, und sie bekommt ein Zimmer gestellt, das sich Mutter und Tochter teilen. Seit der arme alte kranke Mann nicht mehr da ist, fühlt sich Dinah in Mauds häuslichem Terrain viel wohler. Also bleibt sie oft über Nacht im Hotel, und Maud übernachtet auch oft bei ihr. Den Mädchen gelingt es in beiden Unterkünften, gemeinsam in einem fünfundsiebzig Zentimeter breiten Einzelbett den wohligsten Schlaf zu finden. Und die ordentliche, leidgeprüfte Lisa muss es jetzt mit zwei schludrigen kleinen Schwestern aufnehmen, die ihre Schlüpfer ständig auf ihre Seite des Zimmers werfen.

Dinah ist begeistert von dem Hotel, das schon am frühen Morgen im Esszimmer für die Gäste getippte Speisekarten bereithält. Grapefruit aus der Dose und gekochte Pflaumen, Haferbrei mit Kleie, Eier, gebraten oder pochiert, Rührei oder Omelett. Samstagmittags stehen als Vorspeise Mulligatawny und Cock-a-Leekie zur Auswahl, gefolgt von käseüberbackenen Makkaroni oder Kabeljau Mornay, beides mit Markerbsen als Beilage. Eines Sonntagabends steht Schweinebraten auf der Karte, aber die »r«-Type der Schreibmaschine scheint irgendwie defekt, und so gibt es stattdessen »Schweinebnaten und Yonkshine Pudding«. Dinah und Maud sind natürlich entzückt. Schweinepenaten und Yong-Sching-Pu.

Als der Minenarbeiter dem Ende entgegensieht, wird Mauds Mum eilends zu ihm gerufen und lässt ihre Tochter allein im Hotel zurück. Aber der Tod des Minenarbeiters zieht sich über vier Monate, eine Zeit, in der Mauds außergewöhnlicher Mangel an elterlicher Fürsorge für Dinah zum beneidenswerten Inbegriff stilvoller Lebensart wird. Mauds unbeaufsichtigtes Nachtleben greift derweil in abenteuerliche Gefilde über. Sie beginnt, selbst unter der Woche, mit älteren Architekturstudenten auszugehen – Studenten, die sich regelmäßig die Nächte um die Ohren schlagen. Und dann gibt es zwischendurch ein paar kurze Liebeleien mit Zugvögeln aus dem Hotel.

Maud trifft auch manchmal Verabredungen für Dinah, doch außer dass sie ihr einen guten Vorwand geben, sich probehalber in verschiedene trägerlose Brokatabendkleider zu werfen, gehören Anlässe dieser Art für Dinah zu einem Betätigungsfeld, das sie nicht wirklich beherrscht, und sie fühlt sich danach immer, als hätte sie an jeder Hand fünf Daumen. So als müsste sie in aller Öffentlichkeit tanzen, ohne die Schritte zu kennen. Sie weiß, dass ein gewisses Maß an Körperlichkeit zur Etikette gehört, aber da sie in der Kunst des Flirtens keinerlei Erfahrungen hat und sie ihr Talent für ähnlich hoffnunglos einschätzt wie ihre Korbballbegabung, die sie bei Miss Chase unter Beweis stellen durfte, sitzt sie immer nur kerzengerade auf ihrem Stuhl und sendet unbeabsichtigt eisige Signale aus, was ihre Begleiter mehr als verwirrt. Sie sitzt da und wartet auf die elegante Balz eines literarisch-verbalen Ein-Wort-gibt-das-andere-Gesprächs, während ihr Begleiter nur darauf aus ist, seine Spucke in ihrem Mund zu hinterlassen. Oder seine Hand in ihren BH zu schieben. Die literarischen Ausflüge beschränken sich meist auf Liedtexte von Pat Boone, die ihre Begleiter ihr ins Ohr säuseln, wobei ein Vers so gut wie immer verwendet wird. Pat Boone hat ihn wie folgt gesäuselt, auch wenn ihre Begleiter ihn gerne für sich zurechtschneidern:

Je weniger du sie streichelst,
desto mehr verfallen sie dir.

»Es heißt nicht, je *mehr* du sie streichelst«, sagt Dinah. »Es heißt, je *weniger*«, aber ihre Begleiter glauben ihr nie.

Dinah und Maud, die so gut wie über alles reden, vor allem über Kleider, reden nie über sexuelle Dinge, also hat Dinah nicht die geringste Ahnung, was Maud so alles treibt, wenn sie nicht dabei ist. Und Dinahs ganze Aufklärung besteht aus einem kurzen Satz, den ihre Mum ein paar Monate zuvor geäußert hat, bevor sie sich peinlich berührt weigerte, das Gesagte näher auszuführen oder Dinah auch nur in die Augen zu sehen. Dinah darf keinem Mann erlauben, an ihr »herumzufummeln«, sagt sie – vor allem nicht, wenn er dreckige Finger hat. Für Dinah klingt dieser mütterliche Rat mit seiner Betonung auf Hygiene mehr nach einer hausärztlichen Empfehlung als der Einführung in die geheime Welt des Sex, und als einer ihrer Begleiter es eines Tages doch geschafft hat, an einem von Durbans abgelegeneren Stränden sich in Dinahs Badeanzug vorzuarbeiten, ist es für sie keine Überraschung, als sie mit einem vaginalen Ausschlag reagiert, der durch den ganzen Sand zwischen ihren Beinen hervorgerufen wurde. Und obwohl sie befürchtet, mit ihrem Ausschlag in Dr. Schaeffers Sprechstunde gehen zu müssen, gelingt es ihr, ihn mit einer Allzwecksalbe aus dem Arzneischränkchen ihrer Mutter selbst zu kurieren.

Da Maud für Dinah ein so schillerndes Wesen ist, kommt es ihr nicht in den Sinn, dass es mit fünfzehn nicht wirklich befriedigend ist, allein im Hotel zu wohnen. Doch seit etwa dieser Zeit wird Maud Dinahs Eltern gegenüber immer anhänglicher. Und Dinahs Eltern schließen sie ebenfalls ins Herz. Sie erlauben ihr alle Arten von Freiheiten, die sie Lisa und Dinah niemals durchgehen lassen würden. Zum Beispiel, wenn Maud sich erst um die Mittagszeit in einem kurzen Nylonpyjama aus dem Bett schält und sich übertrieben sexy auf Dinahs Dads Knie setzt und ihre Marlene-Dietrich-Stimme auflegt, um ihm zu helfen, eine Gruppe von Zeugen Jehovas loszuwerden, die sich irgendwie Eintritt verschafft haben.

»Warum bitten wir die Gentlemen nicht hinaus und trinken einen Schluck Wein, mein Schätzchen, hmh?«, sagt sie und fährt ihm mit den Fingern durchs Haar.

Doch gerade als ihr Auftritt die Zeugen zur Haustür gescheucht hat und Dinahs Dad seine Brieftasche zückt, um sie mit dem Kauf einer Ausgabe des *Wachturms* zu entschädigen, blamiert Maud ihn absichtlich. Sie verwandelt sich plötzlich in ein verwöhntes Kleinkind, schnappt ihm die Brieftasche aus der Hand und drückt sie sich fest an die Brust. Sie stampft mit den Füßen auf und fängt an zu schreien.

»WEHE, du gibst ihnen unser Eiscremegeld, Daddy! WEHE, du gibst es ihnen!«

Aufgrund ihres zunehmend hektischen Nachtlebens schleppt sich Maud jetzt genauso müde durch den Unterricht wie Dinah wegen ihrer Antihistamine. Deshalb halten es die Mädchen auch für äußerst sinnvoll, sich die meiste Zeit des Unterrichts gemeinsam im Krankenzimmer aufzuhalten. Das Problem ist nur, dass die Lehrerinnen Dinah wegen ihrer chronischen Allergieschübe immer glauben, während Mauds Klagen über Unwohlsein oft auf skeptische Ohren treffen. Die Mädchen haben bereits ein System ausgetüftelt, sich zeitversetzt zu entschuldigen. Maud bringt ihre Bitte, sich zurückziehen zu dürfen, also entweder in Miss Bardseys oder Mrs Keithleys Unterricht vor, und Dinah holt ihre Erlaubnis dann in der nächsten Stunde von einer anderen Lehrerin ein. Aber selbst dann ist es nicht immer leicht.

»Du scheinst mir vollkommen gesund, mein Mädchen«, sagt Mrs Keithley eines Tages. »Setz dich sofort zurück auf deinen Platz und mach mit den Aufgaben weiter.«

Maud ist entsetzlich empört darüber, dass man ihr Wort in Frage stellt, also beschließt sie sofort, Mrs Keithley die Richtigkeit ihrer Behauptung zu beweisen. Sie muss nur einen kleinen Schluck aus dem Tintenfass nehmen, dann werden ihre Lippen blau, und das wäre Beweis genug.

Die Wirkung ist unglücklicherweise drastischer als erwartet. Einmal kurz genippt, und schon beginnt Maud mit den Zähnen zu klappern. Innerhalb von Minuten ist sie kreidebleich.

»M-m-m-eine Aug-g-gen f-f-fühlen sich a-an wie gek-k-kochte Eier«, flüstert sie. »D-d-d-dinah, ich m-m-mein's ernst.«

Beide sind wie gelähmt. Als es zur Pause klingelt, schaffen sie es gerade so nach draußen, auch wenn sie überzeugt sind, dass Maud jeden Moment in Ohnmacht fällt. Doch keine von beiden würde im Traum daran denken, eine der Lehrerinnen zu holen. Halb erstarrt vor Angst, sitzen sie im Schatten unter einem Jakarandabaum. Dann, nach mehreren Schlucken Wasser, geht der Anfall endlich vorbei.

Nach der Hälfte der nächsten Unterrichtsstunde sieht Maud immer noch ausreichend blass und zittrig aus, um sich für den Rest des Tages nicht nur einen Platz im Krankenzimmer zu sichern, sondern das auch noch in Begleitung, denn Dinah darf mit ihr gehen, um sich um sie zu kümmern.

Im Krankenzimmer muss man in das Krankenbuch eintragen, was einem an dem Tag fehlt, also schreibt Dinah immer »Heuschnupfen«. Maud schreibt für gewöhnlich »Nebenhöhlenprobleme«, aber jetzt schreibt sie »Zähneklappern«. Im Krankenzimmer treffen sie oft auf Carmen Shapiro, die älter und noch etwas wilder ist als sie. Carmen ist sehr schön – eine dunkle sinnliche Schönheit, die ihrem Namen alle Ehre macht. Carmen schreibt ins Krankenbuch, was immer ihr gerade in den Sinn kommt. Sie schreibt »hypochondrische Unruhe« und »Menstruationsbeschwerden«. Sie schreibt »Sepsis« und »Wundbrand« und »Skorbut«. An einem Tag schreibt sie

»Schweißfüße«, am anderen »Wehenschmerzen«. Dank Carmen wissen Maud und Dinah also ganz genau, dass die Lehrer nie ins Krankenbuch sehen und dass man im Grunde gar nichts eintragen müsste. Carmen ist ungeheuer sportlich. Sie macht gerne Handstand oder schlägt quer durchs Krankenzimmer Räder.

Eines Tages wird Carmen jedoch auf frischer Tat ertappt, während Maud und Dinah von den Nachbarbetten zusehen. Carmen macht gerade einen Kopfstand an der Wand, als ihre Mathelehrerin ihnen einen unerwarteten Besuch abstattet.

»Ich habe Anämie, Miss Unwin«, sagt Carmen und stellt sich schnell wieder gerade hin. »Mein Arzt sagt, es sei wichtig, jede Stunde Blut in mein Gehirn zu bekommen.«

Maud und Dinah ist es ein Rätsel, warum Carmen noch nicht suspendiert wurde, vor allem, da sie selbst schon einige Male kurz davor standen, und das aus weit weniger triftigen Gründen. Das letzte Mal für etwas, das sie während des morgendlichen Schwimmunterrichts ausheckten, als sie den anderen von der Empore aus zusahen. Maud glaubt, dass sie und Dinah die Klasse vor der Mathearbeit in der nächsten Stunde retten könnten. Sie müssten nur die Umkleidezeit der anderen Mädchen verlängern.

»Wir vertauschen einfach alle BHs«, sagt sie. »Das dauert endlos, die wieder auseinander zu klamüsern.«

Also verlassen die Mädchen die sonnige Empore, während Miss Chase aufmerksam das Becken bewacht, und verbringen ein paar kurze glückliche Minuten im Umkleideraum. Sie legen Fern Levys 36D in das Fach von Pat Mayers 32AA. Sie tauschen Adeles 34C mit Lynettes 34A und Bets 34B mit Marjories 36C aus. Dann kehren sie unbemerkt auf die Empore zurück und warten auf das kreischende Durcheinander. Der Plan ist höchst erfolgreich. Die Klasse braucht ewig, ihre Unterwäsche auseinander zu tüfteln, und die Mathearbeit wird erfolgreich verschoben.

In ihrer subtilen Art zitiert Miss Maidment sie erst drei Tage später in ihr Büro. Und da sie die Mädchen auch noch einzeln zu sich bestellt, sind sie auf das, was kommt, nicht wirklich vorbereitet. Maud wird als Erste gerufen, und Dinah hat keine Ahnung, dass sie als Nächste dran ist. Sie wissen nicht einmal, worum es geht.

»Mein Gott, sieh dir mich mal an«, sagt Maud mit Blick auf ihre wie üblich derangierte Uniform. »Lass uns die Jacken tauschen, Dee«, sagt sie. »Und gib mir deinen Schlips und deine Schuhe.«

Wie es das Schicksal bei allerbesten Freundinnen oft so will, haben die Mädchen nicht nur die gleiche Schuhgröße, sondern ihnen passen auch noch alle Kleider der anderen. Maud hat das Geld für ihre Schulschuhe für lauter Helena-Rubinstein-Produkte und ein Paar rosa Partypumps ausgegeben. Und ihre derzeitigen Schulschuhe, ein Paar abgelatschter Grey-Street-Billigheimer vom indischen Bazar, sind schon ganz altersgrau und vorne an der Sohle aufgerissen. Ihr Schulschlips ist verdreht und ungebügelt und ihr Haarband nirgends zu finden. Also händigt Dinah ihr in einer Blitzaktion ihre gesamte Kleidung aus, bevor sich Maud auf den Weg zur Direktorin macht. Zehn Minuten später, als Dinah ebenfalls ins Direktorzimmer gerufen wird, fällt es ihr schwer, bei Miss Maidments Vortrag über den Zustand ihres zerknitterten Jacketts, den Schlips, ihre aufgesprungenen Schuhsohlen und das fehlende Haarband Maud keinen Bick zuzuwerfen und vor Lachen loszuprusten. Dinah tut, was sie in solchen Situationen immer tut. Sie starrt wie gebannt auf den Fußboden von Miss Maidments Büro und versucht sich mit ihren Schuhen Größe 39 genau in zwei Leisten des Zickzackparketts zu stellen, die immer einen Zentimeter zu kurz sind.

Als dann aber Mauds Mum und Dinahs Dad in die Schule bestellt werden, wissen die Mädchen, dass die Sache ernst wird. Sie beobachten still, wie Mauds Mutter sich mit großen Augen und Flüsterstimme einfach nicht vorstellen kann, dass ihr kleines Feenmädchen zu derlei Übertretungen fähig ist.

»Ach, aber sie ist doch immer so ein gutes, liebes Mädchen«, sagt sie. »Es handelt sich bestimmt um einen Irrtum.«

Derweil sieht Dinahs Dad immerzu auf die Uhr und klopft nervös mit dem Fuß auf den Boden.

»Schmeißen Sie sie raus«, sagt er. »Sie verschwenden nur Ihre Zeit mit ihr. Ich frag mich sowieso, wie Sie es so lange mit ihr haben aushalten können.«

Dieses Mal dürfen die Mädchen noch bleiben. Und für Maud ist die Abmahnung auch nicht wirklich von Bedeutung. Denn jetzt, da der Minenarbeiter tot und ihre Mutter ins Hotel zurückgekehrt ist, hat sie beschlossen, kommende Weihnachten die Schule zu verlassen. Abgesehen von ihrem Schock, versteht Dinah natürlich, dass Mauds Entschluss mit ihrer viel größeren Lebenserfahrung und allgemeinen Reife zu tun hat. Maud wird sich eine Arbeit suchen und richtiges Geld verdienen und neben wunderbaren Kleidern und einem eigenen Bankkonto sogar noch mehr Verehrer haben als früher. Das Glamouröseste von allem ist allerdings, dass Maud und ihre Mutter zuerst einmal mit einem Schiff der Union Castle nach Southampton reisen werden. Von dort fahren sie dann mit dem Zug über King's Cross Station nach Aberdeen, wo Mauds Mutter nach ungefähr drei Jahrzehnten zum ersten Mal ihre Geschwister wieder sehen wird, die sie mit siebzehn zurückgelassen hat.

»Jetzt will bestimmt der Klassenliebling deine beste Freundin sein«, sagt Maud.

»Was für ein Quatsch!«, sagt Dinah. »Sie hasst mich.«

»Nein, falsch«, sagt Maud. »Sie hasst *mich*. Weil ich deine beste Freundin bin. Merkst du nicht, wie sie dich immer ansieht? Aber egal. Du bist für sie auf jeden Fall die Einzige, die kultiviert genug ist, um ihre Freundin zu sein. Du wirst schon sehen.«

Sie kichern sich durch ihre letzte gemeinsame Morgenversammlung und erfreuen sich besonders an dem Choral »Lord, behold us«, in dem sie den Allmächtigen anrufen, sie vor »Trägheit und Sinnesfallen« zu bewahren.

Maud hat eine Decke in die Schule mitgebracht, in die sie ihre gesamten Schulsachen wirft und die sie dann wie eine Hängematte gemeinsam den langen Hügel hinuntertragen. Irgendwo auf dem Weg stopft Maud ihren Strohhut in einen Briefkasten und wirft ihre Jacke in ein Gebüsch. Vier Tage später sieht Dinah zu, wie die *Warwick Castle* von Schleppkähnen aus dem Hafen gezogen wird und Maud und ihre Mutter hinaus aufs offene Meer trägt.

Schule ohne Maud ist nicht mehr dasselbe. Ohne Maud bleibt einem nichts anderes übrig, als sich in die Arbeit zu stürzen. Also wird Dinah erneut zu einer Art 1A-Rosetten-Mädchen. Und das, obwohl sie die letzten drei Jahre in Mathe ziemlich am Schwimmen war. In Miss Byrds

Kunstgeschichtsklasse war sie schon immer gut gewesen, doch jetzt beginnt sie zu glänzen. Und auch ihre Englischlehrerin findet plötzlich Gefallen an ihr und zählt sie nunmehr zur Elite: zu einem der Mädchen eben, die aufgerufen werden, wenn es um die Interpretation von Yeats »Sailing to Byzantium« geht, und deren Aufsätze in der Klasse laut vorgelesen werden. Das Schöne am Literaturunterricht ist, dass die »angemessene« Jungmädchen-Prosa mittlerweile zu Gunsten von *Palgrave's Golden Treasury* aufgegeben wurde, der großen Anthologie, die ihnen ein Feuerwerk an Robert Herrick und Ben Jonson beschert, an Byron und an Shelley, an Yeats und Hopkins und Auden. Dinah lernt zu ihrem eigenen Vergnügen viele der Gedichte auswendig, aber meistens erinnert sie sich auch so an die Verse. Und wenn man »Felix Randal the Farrier« für sich alleine im Kopf aufsagen kann, dann, so Dinahs neue Erfahrung, ist das lange Warten an der Bushaltestelle – das Warten ohne Maud – nicht ganz so schrecklich langweilig. Auch fühlt man sich nicht so einsam. Obwohl Dinah nicht lange allein bleibt.

Die Frage, wer bei der Morgenversammlung die Bibeltexte lesen soll, bringt den Klassenliebling schließlich an ihre Seite.

»Ich hab mit Miss McAllister geredet«, sagt sie. Miss McAllister ist die Schauspiellehrerin. »Und wir beide finden«, sagt sie, »dass du eine ganz falsche Stimmtechnik hast. Miss McAllister sagt, dass du mit fünfunddreißig wahrscheinlich gar keine Stimme mehr haben wirst.«

Die Warnung macht auf Dinah keinen großen Eindruck. Sie kann sich nicht vorstellen, irgendwann einmal fünfunddreißig zu sein. Aber der Dämpfer verletzt ihr Selbstvertrauen bezüglich ihrer öffentlichen Auftritte.

Und sie hat sehr wohl mitbekommen, dass der Klassenliebling, noch während sie spricht, seinen Stuhl herangeschoben hat, um während des Englischunterrichts neben ihr zu sitzen. Am Ende des Tages hat der Klassenliebling alle gemeinsamen Schulstunden neben Dinah verbracht, und auch in den Pausen weicht sie nicht von Dinahs Seite. In den Pausen hat sie immer ein kleines Vokabelheft dabei, in das sie eigene Gedichte schreibt. Sie schreibt sie immer sehr schnell. Im Unterricht setzt sich der Klassenliebling dicht an Dinahs Seite, und manchmal will sie Händchen halten.

Dennoch versetzt sie Dinah weiterhin so viele Dämpfer wie möglich. Dinahs Auftritt als Hauptdarstellerin in Miss Bardseys Inszenierung von *Der Mikado* kommentiert der Klassenliebling mit der Bemerkung, ihre Bewegungen auf der Bühne seien »nur peinlich«. Und bei ihrem Auftritt im Chor von T. S. Eliots »Coriolanus« fällt ihr lediglich auf, dass sie einen »dämlichen« Gesichtsausdruck hat. In ihrer Beziehung zu Dinah verhält sich der Klassenliebling im Grunde wie ein typischer Fünfziger-Jahre-Ehemann. In allen Geschichten, die Dinah in Frauenmagazinen liest, sucht sich der Ehemann (oder zukünftige Ehemann – denn jede Leidenschaft muss ja schließlich in der Ehe enden) als weibliches Objekt seiner Begierde ein anhängliches Schmusehascherl aus. Ein hübsches Ding, das sich nur für Flitterkram wie Schuhe und Schmuck und hübsche Anhänger interessiert. Und wenn der zukünftige Göttergatte irgendwann ihren heimlich zusammengeklaubten Glitzerhaufen entdeckt, kann er den fürsorglich belehrenden Gönner spielen.

»Ach, was bist du doch für ein hinreißend albernes Geschöpf«, sagt er. »Wie ich dich anbete, mein süßes Dummerchen. Ein ganzer Wochenlohn für ein Paar Schuhe? Was kommt denn als Nächstes?«

Und dann umarmt der Herr und Meister sein süßes Rüschenweibchen und hält um seine Hand an.

Den ersten Samstagnachmittag, an dem der Klassenliebling Dinah zu sich nach Hause einlädt, taucht Dinah zwar nicht gerade in Hut und Handschuhen auf, aber da sie nun einmal verrückt nach Kleidern ist, putzt sie sich an Tagen ohne Schuluniform eben immer sehr heraus. Sie trägt ein neu genähtes Hemdkleid aus Linon mit kleinen Bernsteinknöpfen, hoch sitzender Taille und weit schwingendem Rock. Dazu trägt sie ihre neuen Riemchenschuhe, die sie so sehr liebt, dass sie sie – wie ein richtiges Rüschenweibchen – samt Karton und knitterigem Seidenpapier immer mit ins Bett nimmt. Ihr silbernes Haar ist frisch gefärbt und mit Hilfe von Lockenwicklern in ein präzise gezupftes Durcheinander verwandelt worden. Dinahs Jungmädchen-Liebe zu Kleidern ist ihr nicht nur wichtiger, sondern auch sinnlich viel ergiebiger als das, was sie glaubt von einem Jungen erwarten zu können. Und anders als mit den Jungs ist es ein Liebesverhältnis, bei dem sie alles richtig macht.

Zum Haus des Klassenlieblings muss sie mit zwei verschiedenen Bussen fahren: mit einem in das Stadtzentrum und von dort aus in den Norden. Als sie aus dem ersten Bus steigt, stürzt sich in der samstäglich dicht gedrängten Menschenmenge plötzlich ein Fotograf auf sie und macht ein paar Fotos von ihr. »Stell dich so hin, ja, so«, sagt er. Klick, klick. Er hebt sie mit beiden Armen hoch, trägt sie wie eine Statue zehn Meter weiter, dann setzt er sie auf einem silbernen Buick mit strahlend grinsendem Kühlerrost wieder ab. »Ja, stell dich so hin. Ja, so«, sagt er. Klick,

klick. Alle drehen sich nach ihr um und sehen sie an. »Ja, genau. Wunderbar!« Klick, klick. Dinah ist so damit beschäftigt, im siebten Himmel zu sein, dass sie ganz vergisst, ihn zu fragen, was er mit den Bildern vorhat. Und als sie im Haus des Klassenlieblings ankommt, ist sie noch immer so aufgeregt, dass sie die Geschichte sofort erzählt.

Der Klassenliebling verdreht nur die Augen und kann nicht glauben, wie einfältig Dinah ist. »Gott, wie kann man nur so *dumm* sein?«, sagt sie. »Weißt du denn nicht, dass er das mit *allen* macht?«

Der Klassenliebling hat nicht viel mit Kleidern im Sinn, aber sie hat einen Freund auf der Highschool, und neben ihrem Bett steht ein Bild von ihm.

Das nächste Mal, als Dinah den Klassenliebling besucht, trägt sie ihr flaschengrünes kariertes Kostüm, die erste ihrer Kreationen, die sie gefüttert hat. Das Kostüm hat eine elegante kurze, weit ausgestellte Jacke und einen hautengen Bleistiftrock mit einer hohen Gehfalte, die es ihr erlaubt, sich so gerade eben darin fortzubewegen – und das mit ihren zehn Zentimeter hohen, spitz zulaufenden schwarzen Pumps, die zwar eine einzige Folter für ihre Zehen, aber jeden Moment des Schmerzes wert sind.

»Chelsea!«, ruft die Verkäuferin aus der Kosmetikabteilung von Payne Brothers, in der sich Dinah noch schnell einen Lippenpinsel kaufen möchte, und klatscht in der rosa fluoreszierenden Trockeneis-Atmosphäre begeistert in die Hände. Dann kommt sie hinter der verspiegelten Theke hervor, um Dinah eine kleine Drehung zu geben.

»Meine *Liebe*«, sagt sie mit furchtbar englischem Akzent. »Sie sehen aus, als kämen Sie *geradewegs aus Chelsea*!«

Dinah ist natürlich noch nie in Chelsea gewesen, aber nach Mrs Clearys naserümpfender Abneigung zu schließen, weiß sie, dass es keinen Ort auf der Welt gibt, an dem sie lieber wäre. Aus Iris Murdochs erstem Roman, den sie gerade gelesen hat, kennt sie viele Orte in London mit Namen – Vauxhall und Pimlico und das Embankment –, und sie weiß, dass sie und Maud eines Tages Chelsea-Mädchen sein werden. Sie werden sich eine Wohnung teilen und auf dem Billingsgate-Fischmarkt für ihre Katze Makrelenköpfe kaufen – ein Detail, das in ihrer Fantasie des gemeinsamen Londoner Lebens zu einem festen Bestandteil wurde, seit T. S. Eliots *Old Possum* in ihnen eine Leidenschaft für Katzen geweckt hat.

An diesem Samstag erzählt sie dem Klassenliebling nichts von der Verkäuferin bei Payne Brothers oder wie sie von ihr im Geschäft herumgewirbelt wurde. Stattdessen sitzt Dinah angespannt in ihrem Zimmer auf der Bettkante und beobachtet, wie der Klassenliebling das Foto ihres Freundes aus dem Bilderrahmen entfernt und stattdessen ein Foto von Dinah einsetzt. Auf dem Bild ist Dinah ganz in lila Gingham gekleidet – so, wie es gerade durch die wunderbare Brigitte Bardot in Mode gekommen ist. Sie sitzt im schattig blättrigen Licht unter einem Baum auf einer Gartenbank. Auf dem Bett liegt das Vokabelheft, und Dinah fällt auf, dass es sich mit immer mehr Gedichten füllt.

Dinahs Beziehung zu dem Klassenliebling erreicht den Gipfel der Beklemmung, als sie zu zweit den größten aller englischsprachigen Schulkinder-Albträume unternehmen: Sprachferien auf einer Afrikaaner-Farm. Der Klassenliebling hat die ganze Sache arrangiert und Dinahs Eltern überzeugt, es sei alles bestens organisiert, da sie seitens der Familie ihrer Mum Afrikaaner-Verwandte habe. Ihre Mutter ist eine hübsche blonde Afrikaanerin, die zu Hause immer nur mit flauschigen rosa Pantoffeln herumläuft, allerdings macht sie auf Dinah den Eindruck, dass sie sich in Durban bei ihrem forschen englischsprachigen Mann, der genauso aussieht wie seine Tochter, nicht wirklich wohl fühlt. Ihr Mann arbeitet als Buchhalter in einem Büro in der Stadt und pflegt bei Tisch immer unangenehme Witze zu machen. Dass er seine Frau mal wieder vom Regal nehmen und ordentlich abstauben müsste oder seiner Tochter vielleicht mal eine »Muttermalbombe« kaufen sollte, da sie auf dem Gesicht einen kleinen unauffälligen Leberfleck hat.

Die Farm liegt im hintersten Grenzland des Oranje-Freistaats, einem Gebiet, das rechtmäßig eigentlich zu Basuto-Land gehört. Hohes grünes Bergland, in dem man einheimischen Basuto zu Pferde begegnet. Sie tragen große konische Hüte und wickeln sich gegen die Kälte in Umhangdecken, die in Witney für den weit verstreuten einheimischen Handel hergestellt werden. Und obwohl in den zweiwöchigen Sprachferien nichts wirklich Schreckliches passiert, bleiben Dinah die Tage als einziger Horrortrip im Rip-Van-Winkle-Land in Erinnerung. Zwei Wochen endloser Besuche auf benachbarten Farmen zu ausgedehnten Nachmittagstees in riesigen Esszimmern, die einen mit ihren Riempie-Stühlen mit Lederflechtwerk, den weißen Spitzentischdecken und laut tickenden Standuhren auf beklemmende Weise in das letzte Jahrhundert versetzen, während vergilbt bärtige Patriarchen von den Wänden auf einen hinabstarren.

Teezeit bedeutet für Dinah, in kalten Schweiß auszubrechen und voller Angst darauf zu warten, dass jemand sie auf Afrikaans anspricht und sie ihm antworten muss – erstarrt im gut gelaunten Auf und Ab rassistischer Anekdoten, mit denen sich riesige weiße Farmer mit Armen wie behaarte Schinken den Nachmittag versüßen. Hornbrillen sitzen eingeklemmt auf fleischigen Gesichtern wie zu klein gewordene Eheringe an alten geschwollenen Fingern. Und dann das Hin und Her der barfüßigen Basuto-Mädchen, den hageren weiblichen Sklaven mit unweigerlicher Zahnlücke, die mit spitzengedeckten Brotplatten schweigend um den Tisch huschen, um Puddingstückchen und *koeksusters* anzubieten – ein besonders widerliches Brandgebäck, das in Lyle's Zuckersirup getränkt wird.

Der Klassenliebling entpuppt sich derweil als Großmeisterin des zweisprachigen Miteinanders – ein Teerundenstar, der ganz offensichtlich keiner intensiven Sprachferien bedarf. Aber das *boereplaas*-Erlebnis gewährt ihr exklusiven und fortwährenden Zugang zu Dinah. Dinah, die nicht nur Publikum, sondern auch Adressatin der nicht versiegenden Inhalte ihres kleinen Vokabelheftes ist. Und so schleppen sich die zwei Wochen elendiglich dahin, während der Klassenliebling in melancholischen Gefühlen versinkt, die sie noch nicht zu deuten weiß, und Dinah die ganze Zeit glaubt, ihr müsse der Kopf zerspringen. Es ist ihr schier unmöglich, die ständige Gegenwart des Klassenlieblings zu ertragen, einer Person, die Freude daran zu haben scheint, ihr bei jeder nur möglichen Gelegenheit zu sagen, wie dumm sie doch ist, und dennoch nicht von ihrer Seite weicht.

Aber die Schreckensfarm beschert ihr auch ein wunderbares Souvenir. Ein sechs Wochen altes orangerotes Katerchen, das Dinah sofort adoptiert. Sie nennt es Muschka und nimmt es mit nach Hause. Sie hofft, ein kleiner orangefarbener Flauschknäuel könne das Herz ihrer Eltern schon erweichen und die Lücke füllen, die der Tod von Punch geschlagen hat. Auf der ganzen langen holprigen Zugfahrt zurück nach Durban drückt sie das Katerchen an sich. Modderpoort–Ficksburg–Fouriesburg–Bethlehem–Harrismith–Van Reenen–Ladysmith–Colenso–Estcourt–Mooirivier–Nottingham Road–Howick–Pietermaritzburg–Nelsrus–Cato Ridge–Drummond–Kloof–Pinetown, und dann ist sie zu Hause! Und dann beginnt das neue Halbjahr. Und dann, genau vier Tage später, spaziert Jenny Stern in Dinahs Klassenzimmer, und ihr Leben bekommt wieder eine neue Wendung.

Jennys Familie ist von Johannesburg umgesiedelt, ihre Mutter, ihr Stiefvater und ihr jüngerer Bruder Sylvester. Sie trifft zwei Tage vor ihrem siebzehnten Geburtstag ein, und abgesehen von ihrem hübschen Äußeren beeindruckt Dinah besonders, dass Jenny im Klassenzimmer als Erstes eine Wunschliste an das schwarze Brett hängt, auf die sie alle Geschenke schreibt, die sie gerne hätte. Als Eisbrecher tut dies Wunder, und Jenny ist sofort bei allen in der Klasse beliebt. Es schmeichelt Dinah also sehr, dass Jenny gerade sie zur Freundin wählt. Und da Jenny nicht so ein Angsthase ist wie Dinah, stellt es für sie auch kein Problem dar, sich sofort den Sitzplatz des Klassenlieblings anzueignen.

»Ich bin deine Freundin, weil ich dein silbernes Haar mag«, sagt Jenny. »Und weil ich vorhabe, deine ganzen Aufsätze abzuschreiben.«

Jenny ist nicht so intellektuell wie Maud, aber sie ist zielstrebig und sprüht nur so vor Energie und Charme.

Sie besitzt geistige Unabhängigkeit und versucht immer, ihr Bestes zu geben. In der Klasse ist sie ganz wild darauf, Fragen zu beantworten, und so schießt oftmals ihre Hand hoch, bevor sie überhaupt weiß, was sie sagen möchte. Dann gibt sie irgendein hochgestochenes Kauderwelsch von sich, das sich anhört wie abstrakte Poesie.

»Wie bitte?«, sagt die Englischlehrerin. »Kannst du das bitte wiederholen?«

»Ich glaube«, sagt Dinah, »Jenny wollte Folgendes sagen ...«

»Ja, genau«, sagt Jenny. »Das ist genau, was ich eben gesagt habe.«

Alle Lehrerinnen lieben Jenny, auch wenn sie mit so mancher heiligen Kuh nicht gerade zimperlich umgeht.

»Offen gestanden finde ich die *Lycidas* langweilig«, sagt sie. »Ich hab Ihnen deshalb eine viel bessere Elegie mitgebracht. Wenn Milton doch nur so wie E. E. Cummings hätte schreiben können, Miss Holdsworth. Hören Sie doch mal.«

Und dann trägt sie das Gedicht über Buffalo Bill vor, des Todes blauäugigen Jungen und großen Taubenschlächter.

Jenny ist zu Hause die große Schwester, und sie benimmt sich auch Dinah gegenüber so. Durch Jenny lernt Dinah Tampons kennen, und in der Pause steht sie vor der Kabinentür in der Mädchentoilette und sagt ihr, was sie tun soll.

»Stell das linke Bein auf den Klodeckel, und geh mit dem rechten ein bisschen in die Knie«, sagt sie. »Denk einfach an einen Gorilla. Und pass auf, dass der Faden draußen bleibt.« Und als Dinah eine halbe Stunde später sagt: »Mir ist schlecht«, sagt Jenny: »Dann geh aufs Klo und zieh den Stöpsel, du armes schwaches Wesen. Du gewöhnst dich schon daran. Du musst einfach. Du kannst nämlich nicht ewig mit einer Hängematte zwischen den Beinen herumlaufen. Mein Gott, wo bist du nur herausgekrochen?«

Und es ist auch Jenny, die Dinah zum Optiker schleift. »Du bist blind wie ein Maulwurf«, sagt sie. »Und ohne Brille siehst du aus, als wärst du nicht ganz dicht. Gott, wenn ich so eine schöne langbeinige Blondine wäre, glaubst du etwa, ich würde aussehen wollen, als hätte ich sie nicht alle?«

»Nein«, sagt Dinah. »Wohl nicht.«

»Weißt du denn nicht, dass du ständig ein Auge zukneifst?«, sagt Jenny.

Das stimmt. Für den Nahbereich kneift Dinah ihr weitsichtiges rechtes Auge zu, und für den Fernbereich ihr kurzsichtiges linkes Auge. Wenn sie nicht mindestens ein Auge zukneift, sieht sie alles doppelt. Entgegen der spitz nach oben zulaufenden Glitzermodelle in Pastell, die momentan in Mode sind, suchen Jenny und Dinah ihr beim Optiker eine riesige Hornbrille für Herren aus, und das, obwohl die Brille Dinah ständig von der Nase rutscht und der Optiker sie beide für verrückt hält. Dinah stellt sich vor, wie Gregory Peck ihr die Hornbrille vom Gesicht nimmt und sagt: »Oh Dinah, wie schön du bist. Dich würd ich glatt in meinen Rucksack stecken.« Gregory Peck ist ihre Nummer eins in Sachen Herzschmerzfantasien, Gregory Peck und Lord Byron. Und vielleicht noch Rupert Brooke.

Jenny ist ziemlich klein. Sie hat Schuhgröße 37 und misst nur ein Meter achtundfünfzig. Sie ist eine blasse, kleine, üppige Schönheit mit breiten Hüften und einem richtigen Busen. Jenny hat eine perfekt geschnittene gerade Nase – ein Profil wie auf einer dieser griechischen Vasen – und wunderschön gezackte, dichte Wimpern. Sie hat zarte schimmernde Haut und weiße glänzende Zähne und das strahlendste Liebmädchenlächeln. Auf ihrem Kopf wächst eine Fülle dunkelbrauner Korkenzieherlocken, die sie mit einer einzigen großen Haarklammer hochstecken kann, obwohl sie manchmal auch einen verbogenen Pfeifenreiniger benutzt. Dinah liebt Jennys Haar, aber Jenny ärgert sich oft darüber, da es durch die Luftfeuchtigkeit in Durban noch viel lockiger geworden ist, als es in Johannesburg schon war, und glättet es ständig, indem sie es nach jeder Haarwäsche auf riesengroße Metallwickler dreht, die an den Wurzeln ziehen. Jenny stakst nie auf spitzen Stöckelschuhen durch die Gegend, sondern trägt edle polierte Collegeschuhe mit Fünfzentimeterabsatz. Jenny und Dinah könnten nie ihre Kleider tauschen, aber Jenny würde es sowieso nicht wollen, da sie dafür viel zu ordentlich ist.

In Jennys Schlafzimmer stellt Dinah mit Erstaunen fest, dass alle Schubladen mit Seidenpapier ausgelegt und alle Kleider fein säuberlich zusammengefaltet sind. Unterhosen, Büstenhalter, Strümpfe und Kaschmirpullover (denk sich einer, Kaschmir!) liegen neben Halstüchern und Handschuhen (tatsächlich: Halstücher und Handschuhe!). Während Maud und Dinah ihre Kleider immer erst samstagnachmittags in letzter Minute fertig bekamen und nie einen Sinn darin sahen, Nähte von innen zu säumen, und sich im Notfall mit grünem oder schwarzem Heftgarn gegenseitig in ihre superengen Partykleider nähten – das passierte, wenn die Zeit für einen Reißverschluss zu knapp war –, lernt Dinah durch Jenny die Vorzüge von sauber abgeschlossenen Säumen und verdeckten Knöpfen und Seidenfutter und Heftstichen kennen. Innere Ordnung führt zu äußerer Sicherheit, sagt Jenny immer. Man kann sich nicht wohl fühlen, wenn man ein Schwein ist. Und Jenny hat die perfekt reduzierte Garderobe. Das heißt: keine Teenagergarderobe. Sie hat eine Grundausstattung von je drei Kleidungsstücken in Schwarz, Dunkelblau und Creme, die sie dann mit Hermès-Tüchern und Schuhen und verschiedenfarbigen Lippenstiften kombiniert.

Dinah weiß, dass sie und Maud und Jenny einander lieben werden – ein Kleeblatt dreier bester Freundinnen. Sie weiß, dass Jenny mit ihnen die Londoner Wohnung teilen wird und dass die Chelsea-Mädchen ein Trio und kein Duo sein werden. Aus diesem Grund lässt sie Jenny auch immer ein PS auf die langen Briefe an Maud setzen, die sie ihr regelmäßig schreibt, und Maud schreibt dem neuen Mädchen zurück, das sie noch nie gesehen hat.

Dinah lernt bald Jennys Mum kennen, denn ihre Familie wohnt gleich um die Ecke in einer der eleganten Maisonettewohnungen in dem kürzlich umgebauten alten Manor House. Und so gehen die Mädchen jeden Tag gemeinsam zur Schule. Jenny holt Dinah ab und ist immer pünktlich. Dinah trödelt, und dann kommen beide ihretwegen fast zu spät. Bei allen ihren Ausflügen geht Jenny immer mit emsiger Betriebsamkeit voran, voller Energie und Bestimmtheit – doch manchmal bleibt sie plötzlich stehen und dreht sich um.

»Und wo gehen wir jetzt hin?«, sagt sie.

»Weiß nicht«, sagt Dinah. »Ich bin dir einfach hinterhergelaufen.«

»Dann hör auf damit!«, sagt Jenny.

Jenny hat keine Zeit für Dinahs schlechte Gesundheit. Sie ruft sie am Wochenende an and sagt: »Komm doch zu mir rüber, Didi. Aber nicht, wenn du diesen langweiligen Heuschnupfen hast. Wenn du nur rumschniefst und rumniest, kannst du auch zu Hause bleiben.«

Auf dem Schulweg kommen die Mädchen immer an einem mit Bougainvillea überwucherten großen Eckhaus vorbei, in dessen Einfahrt ein Sportwagen steht. Der Wagen gehört einem dunklen, verrucht aussehenden Studenten, der mit seinen scharf geschnittenen Gesichtszügen gut auf das Titelblatt von *Mills & Boon* passen würde. Die Mädchen ergehen sich gemeinsam in Fantasien über ihn, und nach kürzester Zeit hat Jenny mit ihm eine Verabredung.

»Sein Name ist Richard Mason, und er ist ein Langweiler«, sagt sie am nächsten Morgen. »Nein, ich schwör's. Er ist tödlich. Der tödlichste Langweiler überhaupt.« Jenny, die es versteht, mit einer einzigen Kopfbewegung die Blicke der Männer anzuziehen, hat meistens irgendetwas an ihnen auszusetzen – außer sie sind alt und aufgeblasen oder unerreichbar.

Jennys Eltern sind Dinah ein wenig unheimlich, da sie über viel Geld und Welterfahrung verfügen. Und sie sind die ersten Leute, die Dinah trifft, die am Abend »Drinks« zu sich nehmen. Die Drinks stehen in einem eigenen glasverblendeten Schrank: Reihen um Reihen farbiger Flüssigkeiten, manche in Flaschen, manche in Karaffen mit Zinnplaketten um den Hals. Bis Dinah Jennys Eltern trifft, hat sie noch nie eine Sodaspritzflasche gesehen, und sie hat keine Ahnung, dass Bourbon noch etwas anderes sein kann als eine französische Dynastie. Jennys Eltern genehmigen sich vor dem Abendessen Drinks und nach dem Abendessen auch, und dann werden sie ganz rosig im Gesicht und bekommen glänzende Augen und flirten miteinander.

Jennys Stiefvater ist bei keinem der Kinder sehr beliebt. Er hat dunkle Haare, eine kumpelhafte Art und einen unglaublich großen pechschwarzen Fliegerschnurrbart. Manchmal erzählt er ihnen Geschichten aus dem Krieg, dann wieder Geschichten von netten Cockney-Bräuten aus Londoner Bars und auch viele Geschichten aus der Gegend, denn Harold liebt es zu erzählen. Er kann jede Art von Drink mixen und weiß sich Damen gegenüber tadellos zu benehmen. Er ist stets mit seinem silbernen Feuerzeug zur Stelle, bietet seinen Arm zu Tisch, und er weiß, wie man einer Frau eine Pelzstola um die nackten Schultern legt. Harold fühlt sich wohl in der Gesellschaft von reichen Witwen, und Jennys Mum betet ihn an.

Pansy Kaufmann ist ein wunderbares Geschöpf und viel jünger als Dinahs Mum. Sie hat dunkles Haar und rot geschminkte Lippen und rot lackierte Nägel, und sie sieht immer glamourös aus. Selbst wenn sie sich gerade die Haare gewaschen hat, trägt sie einen Turban aus Samtfrottee und einen raffinierten Hollywood-Morgenmantel, und jeder Ring sitzt an seinem Finger. Sie hat ein strahlendes offenes Lächeln, aber vor allem amüsiert sie sich gerne. Sie ist die einzige Mutter, die Dinah kennt, die ihre Tochter immer antreibt, höhere Absätze und tiefere Ausschnitte zu tragen. Sie will, dass sich Jenny einen verführerischen Hüftschwung zulegt. Sie findet, Jennys Kleidung sei zu streng, und wenn Jenny ihre flachen Schuhe anzieht, kann sie sich nie eines Kommentars enthalten.

»Wieder mit deinen orthopädischen Schuhen unterwegs, Jen?«, sagt sie. »Sind die nicht für Leute mit einer Krankheit?«

Oder sie kommt mit ganz neuen Verführungsideen vom Einkaufen zurück.

»Jenny, ich will, dass du deinen BH ausziehst«, sagt sie eines Tages. »Ich hab vorhin ein Mädchen in der Stadt gesehen – wunderbarer Busen, genau wie deiner. Die wogte die ganze West Street hinunter und hat sich in allen Schaufenstern bewundert. Versuch es doch auch mal, Jenny. Sei nicht so langweilig. Was meinst du, Didi? Findest du nicht, meine Jenny sollte ihren BH ausziehen?«

Die meiste Zeit in der Gesellschaft von Jennys Mutter verbringt Dinah damit, nicht rot zu werden. Beim Essen ist es besonders schlimm, weil Harold plötzlich loslegt.

»Und? Schon irgendwelche Jungs?«, sagt er. Und Dinah grummelt irgendetwas vor sich hin und versucht, ganz entspannt zu wirken. »Mehr als die alte Jenny, hoff ich doch?« Oder er sagt: »Sag mal, was tust du eigentlich auf deine Pickel? Hast du da was? Ihr Mädchen kennt euch doch aus.«

Besonders schrecklich ist Harold zu Jennys Bruder, der mit seinen dreizehn Jahren gerade in die unbeholfenen Anfänge der Pubertät hineinstakst: ein kleiner dünner Junge mit einem frischen Flaum auf der Oberlippe und einer recht unzuverlässigen Stimmlage. Außerdem hat Sylvester einen großen Adamsapfel bekommen, und in seinen Kleinjungenachseln wächst ein Batzen frischer krauser Haare. Die Haare sieht man immer dann, wenn Sylvester am Geländer der frei stehenden Treppe im Esszimmer seine Tarzanschwünge macht.

»*Achseln*, Sylvester«, ruft Harold und hält seine Nase

schnüffelnd in die Luft. »Achseln ... Achseln ... doch nicht vor den *Damen*!« Er genießt es, wenn Sylvester beschämt das Geländer loslässt und sich auf dem Boden zusammenkrumpelt.

Jenny und Sylvester sind durch die Leidenschaft ihrer Mutter zu Harold irgendwie ins Abseits geraten. Und sie können so gut wie nichts dagegen machen, auch wenn Jennys Haltung ihr besser hilft, mit der Situation umzugehen. Sie ist Sylvester gegenüber immer sehr mütterlich, der wie ein verletzter Vogel wirkt.

Manchmal zwingt Jennys Mutter Dinah, sich neben sie auf eines der vergoldeten Bergère-Sofas zu setzen und sich ihre Lebensgeschichte anzuhören.

»... und dann hat mein Vater sein ganzes Geld verloren«, sagt sie. »Ich war also gezwungen, bei Ackerman's zu arbeiten.«

Pansy hat bei Ackerman's als Verkäuferin gearbeitet – einer großen Billigkaufhauskette, die in Durban nie Fuß fassen konnte. Sie war aber nicht lange dort, da sie Jennys Vater ins Auge fiel, einem vermögenden älteren Mann. Jennys Vater ist tot, aber Jenny hat viele Fotos von ihm, die sie in ihrem Schlafzimmer aufbewahrt: kostbare Fotos von ihnen beiden, Fotos von einem beeindruckenden kräftigen Mann mit Glatze – man könnte sagen, einer gut aussehenden Version von Alfred Hitchcock – und daneben sein allerliebst lächelndes Püppchen, die entzückende und geliebte kleine Jenny Wren in ihrem teuren Kittelkleidchen und glänzenden Lacklederschuhen. Und beide sehen sich an. Jenny sagt, sie habe ihrem Dad jeden Morgen vor dem Büro beim Schlipsaussuchen geholfen. Sie stand auf einem Stuhl in seinem Ankleidezimmer und suchte aus, welchen er tragen sollte.

Auf ein paar Bildern sind Jenny und Sylvester mit diesem in Südafrika kaum fassbaren Statussymbol zu sehen: einer weißen englischen Nanny. Und Sylvester, herausgeputzt in seinem weißen Anzug, sieht fast aus wie Richie Rich, nur ohne Dollarzeichen in den Augen. Manche Bilder zeigen Jennys Dad und Pansy zusammen auf Kreuzfahrt oder beim Einkaufsbummel in Manhattan. Pansy sieht auf allen Fotos wie ein Filmstar aus – die wunderschöne Frau eines reichen Mannes, schmuckbehangen in Dior, mit gestreiften Kartonhutschachteln in der Hand. Immer wenn Dinah an Pansy denkt, denkt sie an die großen *Cunard*-Atlantikliner.

Pansy redet oft in geflügelten Worten. Über ihren früheren Mann, der starb, als Jenny neun war, sagt sie zum Beispiel immer: »Er hat Russland mit nichts als einem Bindfaden verlassen.«

Es dauert eine Weile, bis Dinah versteht, was Pansy damit meint. Sie gebraucht den Ausdruck für osteuropäische Juden, die ohne einen Pfennig in der Tasche ihre Heimat verließen – die unzähligen mittellosen jüdischen Immigranten, die Anfang des zwanzigsten Jahrhunderts nach Witwatersrand kamen, wo die Straßen natürlich mit Gold gepflastert waren. Wenn Pansy über jüdische Einwanderer spricht, die es im Gegensatz zu ihrem verstorbenen Mann zu keinem bourgeoisen Wohlstand gebracht haben, nennt sie diese Personen (aus für Dinah unverständlichen Gründen) »Peruaner«. Eines Abends gibt Pansy also eine Dinnerparty, und sie sagt zu den ersten Gästen: »Ich muss Ihnen sagen, dass die Pikaskis kommen. Sie sind leider fürchterliche Peruaner.« Und als die Pikaskis eintreffen, versucht einer der ersten Gäste ein Gespräch mit ihnen anzufangen.

»Mrs Kaufmann sagt, Sie kommen aus Peru?«, sagt er. »Heißt das, aus Lima?«

»Nein, nein«, sagt Mr Pikaski. »Nicht aus Lima. Fanny und ich, wir kommen aus Riga.«

Pansy gibt häufig Gesellschaften, sie betritt aber nie ihre eigene Küche, und kochen kann sie auch nicht. Auch von Spülmitteln hat sie noch nie etwas gehört. Und so muss ihr Mädchen immer noch diese blau marmorierte Spülseife reiben, wenn eine Ladung mit dreckigem Geschirr auf sie wartet. Pansy beschäftigt eine dicke schwarze Frau in der Küche, die sie »die Sklavin« nennt. Die Sklavin verfügt nur über ein begrenztes kulinarisches Repertoire. Es gibt also fast immer Shepherd's Pie und zum Nachtisch Orangengelee mit in die Form gedrückten Bananenscheiben. Jenny und Dinah ist aufgefallen, dass die Grande Dame von der Maisonettewohnung nebenan eine andere Dienstboten-Terminologie vorzieht. Sie nennt ihr Mädchen »die Wilde«.

»Oh, meine *Lieben*«, sagt sie eines Tages zu den Mädchen. »Habt ihr schon meine neue Wilde gesehen? Ihr Name ist Aurelia.«

Schwarze haben oft die hübschesten Namen, findet Dinah. Elegante alte Namen wie Seraphina und Theodora oder lange biblische Namen wie Ezekiel und Hepzibah. Weiße heißen Lynn und Terry und Barry und Eileen.

Jennys Dad war ein armer, aber sehr gewiefter Einwanderer, der sein Geld mit einer Erfindung machte, die für die Industrie von großem Nutzen war, aber Dinah weiß nicht genau, mit was. Sie weiß nur, dass er ein Patent anmeldete, das genau wie Bourbon für sie nur ein Fremdwort ist. Bevor sie in die South Ridge Road zogen, lebte Jennys Familie in Johannesburg in einem ziemlich großen

Haus, und so sind auch die meisten Sachen in der Maisonettewohnung ziemlich groß. Es gibt riesige Landschaftsgemälde in mächtigen Goldstuckrahmen, und die Möbel sehen ein wenig aus, als stammten sie aus einem französischen Chateau. Jenny sagt Dinah, dass sie das alles hasst. Sie mag Dinahs Mums Einrichtungsstil lieber, da alles in geschmackvollem Beige gehalten ist.

Jenny ist die einzige Person, die Dinah kennt, die ihre Eltern mit Vornamen anspricht, und Pansy besteht auch bei Jennys Freundinnen darauf. Es gibt also kein: »Danke für Ihre Gastfreundschaft, Mrs Kaufmann.« Es heißt immer nur: »Danke, Pansy« und »Danke, Harold«. Manchmal, wenn sie mit Dinah auf dem Sofa sitzt, macht Jennys Mum Anspielungen auf ihr Intimleben.

»Mein erster Mann war wirklich *gut*«, sagt sie bedeutungsvoll. »Aber ich will dir die Wahrheit sagen, Dinah. Ich habe für ihn nie das Gleiche empfunden wie für dieses Schwein Harold. Sag mir, Dinah. Was meinst du? Bin ich eine Närrin, was die Liebe angeht?«

Manchmal, wenn sie abends zusammen einen Drink nehmen, wirft Jennys Mutter, ihr klimperndes bernsteinfarbenes Getränk in der Hand, Harold bedeutsame Blicke zu, um ihn nach oben zu lotsen. Aber Harold bleibt immer gerne noch ein Weilchen unten sitzen. Wie ein Kind, das seine Bettzeit hinauszögern will. In Momenten wie diesen haben die beiden etwas an sich – und vielleicht liegt es auch nur an den hohen vergoldeten Stühlen –, aber irgendetwas haben sie an sich, das einen an Szenen aus Hogarth' *Marriage à la Mode* denken lässt.

Und dann kommt Maud zurück. Sie ist erwachsen geworden, eine berufstätige junge Frau mit griffbereiten Zigaretten in der Handtasche. Maud nimmt eine Reihe mieser Teilzeitjobs an, indem sie bei Vorstellungsgesprächen behauptet, sie könne tippen. Dann lernt sie zwei schwule Jungen kennen, die ein Café eröffnen wollen, und Maud übernimmt die Kaffeebar – die erste ihrer Art in Durban. Es ist ein angesagtes kleines Kunstcafé mit der ersten Espressomaschine, die Durban je gesehen hat. Die Jungen kümmern sich um die Galerie im oberen Stock, denn einer von ihnen ist Töpfer und der andere Stoffdesigner. Mauds Mutter bekommt eine Arbeit in einer Kleinbäckerei in der Stadt, und Maud hat bald ihr eigenes kleines Einzimmerapartment in einem Hochhaus in der Innenstadt, in dem die Mädchen – mittlerweile ein Kleeblatt dreier bester Freundinnen – gemeinsam Kleider nähen und sich im Haushalt üben. Jenny macht gerne Käsesoufflés, während Maud und Dinah Chili con Carne und schnelle Eintopfgerichte vorziehen, alles Rezepte aus dem Buch *Wenn schon kochen, dann aber schnell.* Sie verwenden viel Zwiebelsuppenpulver und Ananasstückchen aus der Dose. Und sie kochen diese fürchterlichen Nachkriegsrisotti, bei denen man vorgekochten Langkornreis mit vorgekochtem Hühnchen und Tiefkühlerbsen zusammenrührt.

Maud wird im Café häufig angesprochen, vor allem von kreativen, charismatischen Menschen, und so taucht eines Tages ein junger Dramatiker im Apartment auf. Er ist ein kleiner drahtiger Mann mit Bart und viel zu großen Hosen, den man auch für einen dieser weißen Gleisarbeiter halten könnte. Sein Name ist Athol Fugard, und er hat eine Zeit lang im Gericht für Eingeborene Angelegenheiten als Protokollführer gearbeitet, wo er die endlose Parade schwarzer Südafrikaner mit ansehen musste, die für

Übertretungen der Passgesetze verurteilt wurden. Er erkannte schnell, dass sich das wahre Drama im Leben der schwarzen Städter abspielte, und dank ihm bedeutete Theater mit einem Mal nicht mehr nur *The Barretts of Wimpole Street* und *No, No, Nanette*, sondern *Schwarzer Tag* und *Nongongo* und *Der Blutknoten* – elektrisierende Stücke, die wie ein leidenschaftlicher Schrei aus dem Bantu-Sozialzentrum für Männer und dem Afrikanischen Theater-Workshop in die Öffentlichkeit drangen.

Jenny und Dinah büffeln derweil für ihre Abschlussprüfungen und hoffen, danach auf die Universität zu wechseln, dorthin, wo Lisa bereits seit einem Jahr Geografie studiert. In Durban ist es während der Examenszeit immer so heiß, dass die Mädchen bei Dinah zu Hause manchmal die Badewanne bis oben hin mit kaltem Wasser voll laufen lassen und sich – mit ihren Notizen auf einem quer über die Wanne gelegten Brett – zusammen nackt hineinsetzen. »Die erste Schiffsladung Kulis erreicht Südafrika im November 1860 …« Dinahs Mutter, die Mitleid mit ihnen hat, versorgt sie mit Weintrauben und kalten Würstchen-Sandwiches und eisgekühltem Orangensaft, den sie mit ihrer neuen Estrella-Zitruspresse frisch ausgedrückt hat.

Dinah hat beschlossen, dass sie gerne Architektin würde. Sie liebt Formen, sie bastelt gerne Pop-up-Bücher für die Nachbarskinder, und sie nimmt gerne Pappkartons auseinander, um ihre verschiedenen interessanten Grundaufbauten zu kopieren. Außerdem hat sie sich innerlich nie wirklich von ihrem Pfeifenreiniger-Puppenhaus getrennt, diesem Margarinekisten-Landhaus mit den vielen Zimmern voller Streichholz-Chippendale und Streichholz-Großvateruhren. Also spricht sie mit Miss Byrd darüber.

»Das ist kein Beruf für ein junges Mädchen«, sagt Miss Byrd. »In dem Beruf wollen sie keine Frauen.«

»Aber«, sagt Dinah. »Aber ... aber ...«

»Sie werden dich nicht nehmen«, sagt Miss Byrd. »Sie nehmen keine Mädchen in die Hochschulen für Architektur auf.«

Und damit ist die Sache beendet. Dinah gibt sofort auf. Sie geht in der ersten Runde zu Boden – und zu Hause hat sie natürlich nie jemandem von der Idee erzählt, hat nie jemandem ihre Pläne anvertraut, und das, obwohl sie weiß, wie sehr ihr Dad seine einzige weibliche Studentin der Ingenieurwissenschaft bewundert, ein tapferes blondes Mädchen namens Georgette, die immer Overalls trägt.

»Ich werde Englisch studieren«, sagt Dinah seither immer.

Das einzige Problem bei ihrer Matric-Prüfung ist, dass Dinah keine Ahnung von Mathe hat. Und ohne Mathe bekommt sie keinen Abschluss. Allerdings wird ihr dies erst klar, als ihr so gut wie keine Zeit mehr bleibt. Fast vier Jahre lang hat sie sich erfolgreich durch alle Mathestunden geträumt und nicht ein einziges Mal ihre Hausarbeiten gemacht.

»Ich hab keine Ahnung von Mathe«, sagt sie eines Abends beim Essen zu ihrem Dad. Es sind genau vier Wochen bis zu ihrer Prüfung.

»Du hast doch jahrelang Mathe in der Schule gehabt«, sagt er. »Komm schon, du musst doch irgendwas wissen.«

»Ich weiß gar nichts«, sagt Dinah.

»Was ist a plus b durch a minus b?«

»Weiß nicht«, sagt Dinah.

Ihr Dad lässt die Gabel sinken. »Was ist ein gleichschenkeliges Dreieck?«, sagt er. »Was ist Pi? Was versteht man unter Kosinus?«

»Weiß nicht«, sagt Dinah. »Ich weiß es nicht. Ich sag's dir doch, ich hab keine Ahnung.«

»Mein Gott«, sagt ihr Dad. »Du weißt wirklich nichts.«

»Sag ich doch«, sagt Dinah. Ihr Gehirn ist zu diesem Zeitpunkt bar jeder mathematischen Überlegung, ein vollkommen weißes Blatt.

Für ihren Dad ist sie eine Herausforderung. Und mit einer gewissen, nach und nach schwindenden Verachtung erklärt er sich bereit, sie für die Prüfung fit zu machen. Es ist momentan sowieso kein Unterricht, und er hat ein Forschungssemester, und so sitzen sie manchmal den ganzen Tag gemeinsam am Tisch und lernen. Dann, als seine Vorlesungen wieder beginnen, versorgt er sie mit Aufgaben, die sie alleine lösen soll. Er lässt sie bücherweise frühere Abschlussklausuren durcharbeiten. Algebra, Geometrie, Trigonometrie. Vier Wochen lang muss sie jeden Tag vollkommen neuartige Konzepte in sich aufnehmen, bis sich der Nebel der letzten vier Jahre allmählich lichtet und ihr der gesamte Mathelehrplan abrissartig vor Augen steht. Und sobald man den Kode geknackt hat, sind die Klausuren im Grunde nur noch Formsache. Nach drei Wochen Paukerei kommen sie Dinah wie ein Kinderspiel vor – eine Reihe Spiele- und Rätselbücher, bei denen Dinah alle Kniffe kennt –, und sie schreibt eine Eins nach der anderen. Ihr Dad korrigiert und hakt die Antworten ab. Zack, zack, zack.

Doch wer hätte sich mehr freuen können als ihr Dad, als Dinah nach der Algebraprüfung kreidebleich und zitternd nach Hause kommt. Die Klausur war vollkommen anders als all die früheren Klausuren aus den Büchern – eine Klausur, in der sie verzweifelt nach zumindest einer einzigen Frage gesucht hat, die sie verstand.

»Aha«, sagt ihr Dad. »*Aha!* Die erste intelligente Matheklausur seit Jahren, soweit ich sehe. Da trennt sich die Spreu vom Weizen.«

Dinah hat diesen Ausdruck noch nie verstanden. Will man lieber Weizen sein? Und was ist eigentlich die Spreu? Und vor allem, was hat das mit Algebra zu tun? Und sollte sich ihr Dad nicht etwas weniger darüber freuen, dass in all den Jahren gerade *ihre* Algebraklausur so ungewöhnlich »intelligent« sein musste? Die einzige Klausur in zehn Jahren, in der alle vorhersehbaren Formeln einfach herumgedreht wurden, um Schüler wie seine verschlafene Tochter zu vernichten?

Aber in Geometrie und Trigonometrie holt sie wieder auf, und – Hurra! – sie hat die Matric-Prüfung geschafft. Sie und Jenny werden zur Uni gehen. Außerdem hat Dinah ein nettes kleines Stipendium ergattert, mit dem sie ihr Zimmer im Studentinnenwohnhaus bezahlen kann. Florence Powell Hall. Zum ersten Mal ein Zimmer ganz für sich allein. Und das ist noch nicht alles, denn bald, nachdem die Prüfungsergebnisse bekannt gegeben werden, bekommt sie einen Anruf von Miss Maidment.

»Dinah«, sagt sie mit aufgeregter Stimme. »Du fragst dich bestimmt, warum ich anrufe.«

Dinah hat sofort zu zittern begonnen. Sie zermartert sich das Hirn. Was jetzt? Was kann es jetzt sein? Ist es möglich, dass sie und Maud von der Schule verwiesen wurden, obwohl sie schon abgegangen sind? Werden sie die ersten posthum verwiesenen Schülerinnen der GHS sein?

»Du«, sagst Miss Maidment, »hast unserer Schule zu Ruhm verholfen.« Sie zieht das »u« in »du« und »Schule« und »Ruhm« merkwürdig in die Länge.

»Ah«, sagt Dinah.

»Du hast den Queen Victoria Memorial Award gewonnen«, sagt Miss Maidment. »Dinah, es ist der Preis für den besten englischen Matric-Aufsatz in der ganzen Union von Südafrika.«

»Ah«, sagt Dinah. »Ich verstehe. Danke.«

Das Merkwürdige ist, dass es Dinah keine große Sache erscheint. Nichts, was so aufregend wäre wie ein Fotograf, der einen von der Straße aufsammelt und klick, klick auf einen silbernen Buick hebt. Außerdem sagt sie sich in typischer Pessimistenmanier, dass der Preis nach rassischen Kriterien vergeben wird – dass der Queen Victoria Memorial Award ein Preis ist, für den nur weiße achtzehnjährige Mädchen in Betracht gezogen werden.

Und so ist sie ziemlich überrascht, als sie drei Wochen später den Klassenliebling in einem Buchladen trifft.

»Übrigens«, sagt der Klassenliebling. »Wegen dem Preis für deinen Aufsatz. Ich war im Unionsgebäude in Pretoria und habe mit der Abteilung für Bildung gesprochen. Sie haben mir Einsicht in die englischen Matric-Klausuren gegeben – und daher weiß ich zufällig, dass mein Aufsatz einen halben Prozentpunkt besser war als deiner.«

Dinah blinzelt sie verständnislos an. Ein halber Prozentpunkt? Worüber redet sie eigentlich? Ihr kommt nicht einen Moment in den Sinn, dass die Geschichte nicht sehr glaubwürdig klingt. Es kommt ihr nur merkwürdig vor, über einen halben Prozentpunkt zu streiten, wenn sie und Jenny gerade mit der viel wichtigeren Frage beschäftigt sind, wie ihre Studentinnengarderobe ausfallen soll.

»Sie haben entschieden, dir den Preis zu geben«, sagt der Klassenliebling, »weil mein Aufsatz viel zu kontrovers war.«

Dinah erinnert sich nicht mehr an die Themenauswahl und auch nicht, welches Thema der Klassenliebling gewählt hat. »Der Stift ist mächtiger als das Schwert. Bitte näher ausführen?« Sie erinnert sich allerdings, dass ihr eigener Aufsatz um das Thema »Kleider« ging. Und so hat der blind abgefeuerte Schuss des Klassenlieblings wieder einmal zur Folge, dass sich Dinah banal vorkommt. Das süße Rüschenweib, das Fünfziger-Jahre-Frauchen, das nur Firlefanz und Flitterkram im Kopf hat. Ein Wochenlohn für ein Paar Schuhe? Was für ein hinreißendes Dummchen.

Jenny und Dinah haben sich für einen hellen, schwindsüchtigen Look entschieden. Sie wollen ein Gegengewicht zu dem vorherrschenden gebräunten Strandlook bilden, dem Surfer-Erlebnis-Look. Sie werden blasses Make-up tragen und hellen Lippenstift und heufarbene Kleider und helle Feinstrumpfhosen in einem matten Buttermilchton. Sie werden Erscheinungen sein, so hell wie Wüstensand. Ein Look, der für die blässliche Dinah aus der Not eine Tugend macht. Für Jenny ist es hingegen eine stille Art, gegen ihre Mum aufzubegehren, die es viel lieber sähe, wenn sich Jenny in einem knappen Bikini am North Beach braun brutzeln würde. Und dann, im gleichen Monat, als sie die Uni das erste Mal betreten, richtet die Polizei ihre Gewehre gegen eine unbewaffnete friedliche Menschenmenge.

Die Bewohner einer schwarzen Township fünfzig Kilometer vor Johannesburg sind einem nationalen Protestaufruf gegen die neuen Passgesetze gefolgt. Von zehn Uhr morgens bis in den Mittag hinein drängen die Leute auf den Platz. Männer, Frauen und Kinder. Dann eröffnet die Polizei das Feuer. Von einem gepanzerten Wagen aus ballern sie ohne Vorwarnung kreuz und quer durch die Menge. Sie schießen und schießen, bis niemand mehr auf dem Platz ist – ausgenommen die Leichen. Später wird die Polizei behaupten, die Menge sei bewaffnet gewesen. Man spricht von »grausamen Waffen«. Aber keiner in Sharpeville findet auch nur eine Waffe bei den Toten, von denen die meisten Schusswunden im Rücken aufweisen. Alles, was sie finden, sind verstreut herumliegende Hüte und Schuhe. Und das eine oder andere Fahrrad. Und das ist das Ende allen friedlichen Protests in Südafrika für eine, wie es scheint, nicht enden wollende Zeit.

ZEHN

Der Protest von Sharpeville am 21. März 1960 ist keine Veranstaltung des ANC. Er findet aufgrund der Abspaltung des neu gegründeten Panafrikanischen Kongresses, kurz PAC, statt, der den Afrikanischen Nationalkongress für zu gemäßigt hält und ihm vorwirft, mit den Weißen zusammenzuarbeiten. Aber der ANC ist eine Bewegung mit Geschichte. Er wird 1912 von angesehenen, gebildeten Schwarzen gegründet, die auf alten vergilbten Fotos immer steife weiße Kragen und goldene Uhrenketten tragen. Dies sind die Männer, die schwarze Zeitungen und schwarze Privatschulen gründeten, selber Missionsschulen besuchten – oder manchmal auch englische Internate – und die ihre Hoffnung auf Gesuche und Delegationen setzen. Mit Shakespeare und der Bibel aufgewachsen, betrachten sie sich als Ihrer Majestät treue Untertanen und Weltbürger. Es braucht einiges, um sie zu verzweifelten Maßnahmen zu drängen, und nie waren ihre Aktionen so beherzt und mutig wie in den fünfziger Jahren. Der Mitgliedsstamm des ANC ist dank der Missachtungskampagne bedeutend angewachsen, und kurz vor der Abspaltung des PAC plant die Organisation für den 31. März eine landesweite Kampagne gegen das Passgesetz. Der neu gegründete PAC will jedoch seinen Einfluss unter Beweis stellen und kündigt seine eigene Kampagne gegen das Passgesetz bereits für den 21. März an, dem Tag der Sharpeville-Schießerei.

Der neue PAC-Führer heißt Robert Sobukwe. Er ist weder ein Weißenhasser, noch ist er ein dummer Mann. Er hat nur einen großen afrikanischen Traum. Und er glaubt, die Zeit sei gekommen, dass sich Schwarze härter zur Wehr setzen. Andere afrikanische Staaten im Norden gewinnen ihre Unabhängigkeit zurück. Und Harold Macmillan, der britische Primier, richtete sich erst kürzlich mit seiner Winds-of-Change-Rede an das weiße südafrikanische Parlament. »Es zieht ein neuer Wind über den afrikanischen Kontinent«, verkündete er mit Nachdruck. Und so beschließt der PAC, dass sich Südafrika bis 1963 befreien könnte – wenn seine schwarzen Führer nur endlich die Initiative ergriffen.

Robert Sobukwe ist ein großer sanfter, bescheidener Mann, aber er hält glühende und wirkungsvolle Reden. Er arbeitet als Dozent für afrikanische Sprachen an der Universität von Witwatersrand in Johannesburg. Die »Wits« ist die radikalste Universität in Südafrika, so wie Johannesburg die modernste und schnellste aller südafrikanischen Städte ist – eine Stadt ganz anders als Durban. Und Dinah ist bei ihrem ersten und einzigen Besuch besonders von dem selbstbewussten Auftreten der schlanken und modebewussten schwarzen Frauen überrascht, da die schwarzen Frauen, die sie aus Durban kennt, fast alle Bedienstete sind – dicke geduldige Geschöpfe in Arbeitsoveralls, die ihr Afrohaar unter einem *doek* verstecken, außer den Mädchen vom Land, die mit hohen Lehmfrisuren und entblößten Brüsten herumlaufen. Hinzu kommt, dass Durban unter dem lähmenden Einfluss seiner extrem hohen Luftfeuchtigkeit steht, auch wenn es den zauberhaften Strand gibt. Durban – das weiße spießbürgerliche Durban – ist eine Stadt, in der Theater frühzeitig ihre Vorstellungen einstellen müssen und die klassischen Konzerte in der City Hall bislang nie wirklichen Erfolg hatten. Sicherlich gibt es verschiedene kleine Grüppchen leidenschaftlicher Schallplattensammler wie Dinahs Vater, die sich untereinander privat besuchen, um die respektiven Verdienste von Rosalyn Tureck und Glenn Gould zu diskutieren, aber Johannesburg ist ein wahres Zentrum für Konzerte und Theateraufführungen. Bei ihrem Besuch ist Dinah an der Außenmauer der Johannesburger Stadtbücherei ein Spruchzug aufgefallen: »WIR SCHWARZE LESEN NOCH NICHT« steht dort in großen Lettern.

Sobukwe tritt von seiner Dozentur zurück, um die Kampagne des PAC zu leiten. Am 21. März macht er sich bei Sonnenaufgang zu dem acht Kilometer entfernten örtlichen Polizeirevier auf den Weg – und es schließen sich ihm viele Grüppchen von Protestlern an. Beim Polizeirevier wird er, wie erwartet, verhaftet und in Folge zu drei Jahren Gefängnis verurteilt. Aber der Staat findet einen Weg, ihn so lange festzuhalten, wie es ihm beliebt. Er erfindet eine besondere Gesetzesklausel: die Robert-Sobukwe-Klausel. Und so wird Sobukwe ein Jahrzehnt in Einzelhaft verwahrt, bis seine Gesundheit ruiniert ist.

Vorerst aber ist es der 21. März 1960, und im ganzen Land haben Schwarze ihre Pässe vernichtet und sich dann ihrer Verhaftung gestellt. Die meisten Menschenaufläufe vor den Polizeirevieren werden mit Hilfe von Schlagstöcken aufgelöst, aber es gibt auch die eine oder andere tödlich endende Schießerei. Am nächsten Tag wird der Notstand ausgerufen, und es ergehen fünfzehntausend Verhaftungen. Im Township Langa in den Cape Flats reagiert die Polizei auf ihre neuen Befugnisse, indem sie in die Wohnheime junger Männer einfällt und die Bewohner zusammenschlägt. Sie stürmen in die Häuser und schießen wahllos auf Menschen. Am Morgen darauf machen sich dreißigtausend aufgebrachte schwarze Einwohner von Langa auf den Weg und marschieren bis ins Stadtzentrum von Kapstadt. Der Marsch verläuft gesittet und friedlich. Mit zwölf Mann in einer Reihe geht es den ganzen Vaal Drive hinunter, bis sie am Polizeihauptquartier auf dem Caldron Square ankommen. An ihrer Spitze geht ein junger Bursche in Shorts.

Der Junge ist ein Student, der nach all den Verhaftungen die Führungsrolle übernommen hat, und obwohl er wie ein Highschool-Junge aussieht, steht die Menge geschlossen hinter ihm. Er verhandelt mit dem Polizeichef, der ihm sagt, die Pässe würden einen Monat lang einbehalten, bis sie das Gesetz überarbeitet hätten. Ihm wird ein Treffen mit dem Justizminister versprochen, wenn er die Menschenmenge zum Rückzug bewegt. Also führt der Junge in Shorts alle dreißigtausend Menschen wieder zurück, woher sie gekommen waren. Nicht eine Stimme wird laut. Kein Stein wird geworfen. Der derzeitige Justizminister ist John Vorster. Er ist einer der härtesten Kabinettsmitglieder aus dem Kern früherer Nazianhänger, und als der Junge sich zu dem vereinbarten Treffen einfindet, ist Mr Vorster nirgends zu sehen, und der Junge wird ins Gefängnis geworfen. Sein Name ist Philip Kgosana.

Jenny und Dinah beginnen ihr Studium an der Universität also im Schatten von Notstandsgesetzen, die fast das gesamte erste Jahr in Kraft bleiben. Hinzu kommt, dass die Armee die Universität belagert, da das Gebäude eine perfekte Aussicht auf Cato Manor bietet, der schwarzen Township, die direkt hinter Dinahs Garten anfängt. Von ihrem Ausguck in der Bibliothek können Jenny und Dinah beobachten, wie die Männer von Cato Manor sich zu Tausenden aus der Township zu Durbans Polizeihauptquartier auf den Weg machen. Ihr Ziel ist, die Freilassung der inhaftierten Führer zu fordern, und so ziehen sie in Massen durch Dinahs Mums zaunlosen Garten. Dinahs Mum ist allein zu Hause und trinkt gerade unter ihrem Avocadobaum Kaffee. Beim Anblick Hunderter mit Knüppeln bewaffneter Zulu-Männer setzt ihr einen Moment lang der Atem aus. Aber sie grüßen sie freundlich, die Faust zum ANC-Gruß erhoben, und Dinahs Mum, die derlei Gesten nicht wirklich beherrscht, winkt ihnen auf Jungmädchen-Art zurück.

Sie weiß nicht, dass die Polizei jenseits des Tals mit gepanzerten Fahrzeugen den Weg der Protestler versperrt hat. Und auch nicht, dass die Polizei von übereifrigen weißen Freiwilligen unterstützt wird, die ihre eigenen Gewehre mitgebracht haben, um in die Menge zu schießen. Dennoch gelingt es tausend Demonstranten durchzukommen. Sie schaffen es die ganze West Street hinunter bis zum Polizeihauptquartier der Stadt. Das verschlafene Durban wird also Schauplatz des letzten schwarzen Massenprotests, bevor der ANC und der PAC verboten werden.

Der PAC schafft es kaum zu überleben. Der ANC ändert schließlich seine Taktik und geht in den heimlichen bewaffneten Widerstand. Seine Führer werden ins Exil getrieben, oder sie verschwinden im Untergrund, während die armen Protestler, die so hoffnungsvoll ihre Pässe verbrannten, in entmutigten Schlangen darauf warten, neue Papiere ausgestellt zu bekommen. Und noch im selben Jahr wird Cato Manor zum weißen Wohngebiet erklärt.

Dinahs vierjähriges Studium an der Universität geht also mit einem dramatischen Niedergang der nationalen Ordnung einher, der sie in einen Zustand konstanter moralischer Beklemmung und Unruhe versetzt. Dinah ist wieder außer Takt. Denn das Gros der weißen Studentenschaft hat nichts als Spaß im Sinn – und nur Bekloppte sagen dazu nein. Aber Dinah hat das Gefühl, kein Recht auf Spaß zu haben, wenn die meisten Menschen um sie herum *überhaupt* keine Rechte besitzen und wenn so gut wie jedes Amüsement auf ihre Kosten geht. Hinzu kommt, dass man momentan kaum noch zu den Hörsälen gelangt, da die gepanzerten Wagen den Haupteingang zur Universität versperren und ständig junge Soldaten mit schweren Stiefeln die Treppen zur Bibliothek hinauftrampeln.

Die Ereignisse im März 1960 hinterlassen keinen besonders großen Eindruck auf die weiße Studentenschaft, die nicht bemerkt zu haben scheint, dass im Land der rassistischen Unterdrückung ein Stilwechsel stattgefunden hat. Die Wind-of-change-Rede von Harold Macmillan hat vor allem Kommentare über den Zustand seiner Zähne gefördert. Weiße Studenten sind es gewohnt, dass Schwarze schlechte Zähne haben. Und auch armen Afrikaanern fehlen oftmals ein paar Zähne im Mund. Aber ein vornehm akzentuierter Mylord?! Mit solch verkommenen tabakbraunen Zähnen?!

»He, Mann, hast du die Zähne von dem gesehen?«, sagen die Studenten untereinander. »Kannst du das glauben, Mann? So was von schlechte Zähne!«

Und nichts, nicht einmal die jungen Soldaten, kann die Späße und Spiele des Frischlings-Empfangskomitees bremsen.

Gleich an Jennys und Dinahs erstem Tag an der Uni werden sie durch das Oberkommando des Empfangskomitees einberufen. In den Studentenwohnhäusern und an den Laternenpfählen auf dem Campus sind Anschläge angebracht. Alle Studenten des ersten Jahres – alle Frischlinge und Frischetten – haben sich um Punkt drei Uhr im wissenschaftlichen Labor B4 einzufinden. Danach, während der einmonatigen Einführung, werden die täglichen Frischlingssitzungen auf der Rasenfläche neben dem opulenten Fischteich-Brunnen an der King George V. Avenue abgehalten. Alle Frischlinge und Frischetten müssen angemessen gekleidet kommen. Das heißt, sie müssen alle wie Idioten aussehen. Die Jungen mit riesengroßen grünen Schmetterlingsbindern um den Hals und die Mädchen mit riesengroßen grünen Osterhasenschleifen im Haar. Außerdem müssen alle Frischlinge und Frischetten mit einer runden Pappplakette von dreißig Zentimetern Durchmesser um den Hals herumlaufen, auf der Name, Alter, Geschlecht und Hauptfach stehen.

Jenny und Dinah, die so viel Zeit auf ihren sandhellen *Vogue*-Stil verwandt haben, fehlt nun die Zeit und auch das Material, um sich ihre Frischlingsplaketten zu basteln. Und woher die grünen Schleifen stammen, kann sich Dinah nicht mehr erinnern. Sie denkt, eine der älteren Kommandantinnen wird sie wohl verteilt haben, zumal sie alle genormte ein Meter lang sind. Also stöbern die Mädchen hinter dem Wohnheim bei den Mülltonnen nach ein paar passenden Pappstücken und machen sich dann zum Mathe-Institut von Dinahs Dad auf den Weg, um einen Zirkel aufzutreiben – doch wie sich herausstellt, kann nicht einer der Mitarbeiter dort einen Zirkel sein Eigen nennen. Schließlich kommt ihnen Dinahs Dad mit einem

Schnürsenkel zu Hilfe, mit dem er ihnen einen perfekten Dreihundertsechzig-Grad-Kreis zieht.

Die Mädchen sind mittlerweile zu dritt. Jenny und Dinah haben sich eines lispelnden blonden Mädchens angenommen, das sie einsam und verlassen in Dinahs neuem Wohnhaus vorfanden, als es gerade aus lauter Angst vor dem Plakettenzwang einen Asthmaanfall bekam. Ihr Name ist Jacinta-May Fairweather. Sie sieht aus wie Mabel Lucie Atwell, und sie spricht wie Violet Elizabeth Bott. Und während Jenny und Dinah sich für ihre Plaketten die Seitenstücke eines stabilen Limokartons aussuchten, hielt Jacinta-May es für ausreichend, die dünne rosa Taschentuchbox auseinander zu nehmen, die ihre Mum ihr obenauf in den Koffer gelegt hatte. Die ist nicht nur gänzlich instabil, sondern faltet sich auch immer wieder an den vorgestanzten Falzlinien in ihre ursprüngliche Form zusammen, egal wie oft sie sie glatt streicht. Und so stehen die drei mit ihren Pappstücken um Dinahs Dads Schreibtisch und ziehen mit dem Schnürsenkel-Zirkel ihre Kreise, bis sie alle Plaketten beisammenhaben.

Dinahs Plakette ist die annehmbarste. Jennys ist in Ordnung, außer dass ihr Schriftzug leicht aus dem Lot geraten ist und ihr Name »Jennifer Hart« nicht ganz in die erste Zeile passt. Jetzt steht in der ersten Zeile »Jennifer« und ihr Nachname in der zweiten neben ihrem Geschlecht. Jacinta-Mays ist ein hoffnungsloser Fehlstart. Sie wirkt, als könnte die kleinste Brise sie davonpusten. Und soweit Dinah es beurteilen kann, steht das akademische Personal den Initiationsriten des Empfangskomitees eher gleichgültig gegenüber. Alles in allem scheinen die Dozenten nichts dagegen zu haben, dass sich die älteren Studenten ein wenig amüsieren – zumal das Empfangskomitee die Frischlinge schließlich nicht mehr im Fischteich untertaucht oder ihre Köpfe in die Toilettenschüssel hält und die Spülung zieht.

Als die drei Mädchen endlich ihre Plaketten um den Hals haben, sind sie bereits fünf Minuten zu spät. Jenny und Dinah stolpern in den Laborraum und werden gleich nach vorne gewunken, wo das Komitee sie mit eisigen Blicken mustert. Jenny und Dinah wirken in ihren schmal taillierten Kleidern – die eine in Schwarz, die andere in Beige mit passenden Slingback-Schuhen – herausfordernd elegant. Jacinta-May wiederum trägt Kindersandalen und ein niedlich aufspringendes Kleidchen mit einer Seidenschärpe. Sie stehen zu dritt in einer Reihe vor dem achtköpfigen Komitee. Jenny lächelt sie mit strahlend weißen Zähnen an. Das Komitee begutachtet ihre Plaketten.

»Die hier ist hart und weiblich«, sagt einer und erntet von dem Rest des Kommandos männlich herbes Gelächter. Jenny lacht ebenfalls, hält aber weiterhin Augenkontakt zu dem Oberboss.

»Frischetten haben nicht zu lachen«, blafft sie der Oberboss an.

Er sitzt genau in der Mitte. Dinah ignorieren sie, da ihnen ihre offenbare Verbindung mit ihrem eigenen Matheprofessor wohl etwas peinlich ist. Stattdessen schießen sie sich auf Jacinta-May ein, die immer noch nicht richtig atmen kann.

»He, Frischette, was ist mit deiner Plakette los?«, will der Oberboss von ihr wissen.

»Alssso, dasssissso«, lispelt Jacinta-May mit pfeifenden Bronchien. »Ich mussde mein Ssilds aussmeiner Tassentussssachtel machen. Un die klabbt immer wieder ssussamm.«

Die Komiteemitglieder starren sie an, als käme sie von einem anderen Stern. Dann wechseln sie untereinander ungläubige Blicke.

»Un wenn ihr weita sso bösse ssu mir sseid«, sagt Jacinta-May, »wid mein Assma nu nos sslimmer.«

Das Komitee hält es für vernünftiger, das Trio sich setzen zu lassen. Zwei von den acht Komiteemitgliedern sind Frauen. Die eine ist die alte Jungfer, die andere die Hure. Erstere ist ein Knochengestell mit schriller Stimme und strohigem blonden Haar. Die andere ist ein dunkelhaariges aufgetakeltes Geschöpf mit breiten Schultern und beängstigend großen Brüsten. Dinah hält die Brüste für eine arge Entstellung, bis sie mit der Zeit erkennen muss, dass sie im Balzbetrieb der Universität als begehrenswerte Sonderausstattung gelten. Die restlichen Gremienmitglieder sind, mit einer Ausnahme, alles weiße männliche Studenten der Ingenieurwissenschaft. Die meisten von ihnen tragen Shorts und sehen Mrs Keithleys Rugbyjungs aus *Die Huisgenoot* nicht unähnlich – nur dass keiner von ihnen einen Schnurrbart trägt. Die Ausnahme im Komitee ist ein jüdischer Jurastudent im letzten Jahr, der dadurch ein wenig wie ein Verräter wirkt. Die beiden Frauen wirken hingegen wie bemitleidenswerte Kollaborateure, die dem Gremium in der Hoffnung beigetreten sind, dem Halbdutzend pöbelnder Alphamännchen zu gefallen. Die Alphamännchen sind momentan allerdings mehr damit beschäftigt, den weiblichen Neubestand zu beäugen, und von ihren Plätzen in der ersten Reihe des Labors B4 können Jenny und Dinah das Gemurmel ihrer *sotto-voce*-Obszönitäten deutlich verstehen, mit denen sich die männlichen Komiteemitglieder hochschaukeln.

»Wenn das kein Schweinchen ist, das auf den Spieß gehört«, sagt einer und nickt in die dritte Reihe. »Den Job übernehm ich gern. Die würd ich gerne quieken hören.«

Die täglichen Sitzungen des Empfangskomitees werden Liedprobe genannt. Und alles an ihnen ist furchtbar. Jenny erscheint, mutig, wie sie ist, nur auf zwei Sitzungen, dann geht sie nicht mehr hin. Für Dinah ist die Sache etwas schwieriger, da sie direkt auf dem Unigelände wohnt. Also geht sie eine Woche von vieren. Soweit sie weiß, sind sie und Jenny die Einzigen, die aus der Liedprobe aussteigen – mit Ausnahme von dem schönen Jed, der allerdings viel zu anarchisch aussieht, als dass sich ihm jemand widersetzen könnte. Dinah ist verblüfft, dass alle anderen Frischlinge so tun, als würde ihnen die Sache Spaß machen – darunter auch Jacinta-May, der aufgefallen ist, dass das Oberkommando an ihrem lispelnden Kleinmädchen-Auftreten Gefallen gefunden hat.

In den Liedproben werden alle Frischlinge dazu gezwungen, einen ganzen Kanon von Uni-Hymnen auswendig zu lernen, die zu Melodien bekannter Kirchenlieder gesungen werden. Ein paar der Lieder sind unterschwellig rassistisch. Bei anderen ist der Rassismus hingegen ihr einziger *raison d'être*. Ein Lied zum Beispiel entlehnt das Wort »Muntu« aus dem weißen Südrhodesien und handelt von Schwarzen, die auf Bäumen leben.

Mama Muntu
Und Baby Muntu
sitzen auf
dem Bambusbaum

Dinah kann sich an die Zwischenverse nicht erinnern. Aber sie erinnert sich an den letzten Vers, in dem zum Mord an einem örtlichen Kirchenmann aufgerufen wird.

> Schau, sagt Mama Muntu
> Schau, wen wir da haben
> den Pfarrer Michael Scott
> erschießen wir im Graben

Michael Scott ist derzeit eine der verhasstesten Personen, da er sich während der Sitzstreikkampagnen gegen die Ausweisung der schwarzen Protestler einsetzte und sich mit Ruth First und anderen darum bemühte, die exzessiven Prügelstrafen auf weißen Farmen offen zu legen, denen die aus den Gefängnissen entlehnten Zwangsarbeiter ausgesetzt waren.

Das Lied, das Dinah am unangenehmsten findet, heißt: »Schwing das Bein rüber«. Wann immer das Lied gesungen wird, schnappt sich das Empfangskomitee ein ad hoc zusammengewürfeltes Frischlingspaar, das sich vor versammelter Mannschaft auf dem Rasen herumwälzen und den Geschlechtsakt nachahmen muss. Dinah ist aufgefallen, dass sich das Komitee dafür meistens eines der schmächtigsten und flachbrüstigsten Mädchen unter den Studentinnen herauspickt – die mit den dünnsten Beinen oder dem hässlichsten Gesicht. Und dann suchen sie ihr einen der tölpelhaftesten und unattraktivsten jungen Männer aus – die mit der schlimmen Akne oder die so aussehen, als wären sie in einer Brüdergemeinde aufgewachsen. Und nur, wenn ihnen die unterentwickelten Exemplare ausgehen, picken sie Leute wie Jed heraus.

Zwischen den schrecklichen Liedern vergnügen sich

die Komiteemitglieder mit beleidigenden Kommentaren und machen für eine Veranstaltung Stimmung, die sie als Grand Finale der Frischlingseinführung ankündigen, ein Großereignis, das auch als Frischlingsdinner bekannt ist. Alle Frischlinge müssen an dem Essen teilnehmen, das in einem zweitklassigen North-Coast-Hotel abgehalten wird. Das Essen wird als eine Art Ball ausgerichtet, und so kann man davon ausgehen, dass es zu später Stunde zu vielen Knutschereien kommt. Keines der Mädchen darf an dem Frischlingsdinner teilnehmen, wenn es nicht von jemandem eingeladen wird. Also werden die männlichen Frischlinge dazu angehalten, die Mädchen einzuladen, allerdings erst, nachdem sich die männlichen Komiteemitglieder ihre eigenen Mädchen herausgepickt haben. Und dies ist der Moment, als Dinah beschließt, an den Liedproben nicht mehr teilzunehmen. Sie weiß zwar, dass sie irgendwann dafür wird bezahlen müssen. Aber ihr Entschluss steht fest, als der Oberboss ihr mit einem Kommentar ein unangenehmes Déjà-vu vor Augen treibt.

»Alle Frischetten aufstehen, die noch nicht zum Frischlingsdinner eingeladen wurden«, blafft der Oberboss die Frischlingsrunde an. Und Dinah fühlt sich viel zu sehr an das Fähnchen-Fiasko an der Berea Road School für Mädchen erinnert, um die von Mal zu Mal schlimmer werdenden Rituale des Empfangskomitees noch länger zu ertragen. Zumal sie ganz genau weiß, dass keiner der Frischlinge sie je zu dem Dinner einladen wird – und, Gott sei Dank, auch keiner von den Jungs aus der Komitee-Schikanegang. Es ist ihr vollkommen klar, dass sie das komische Mädchen mit den komischen Strumpfhosen und den komischen silbernen Haaren ist; eine Außenseiterin, ein Freak, der sich auch noch für was Besseres hält; ein Freak, der immer kerzengerade mit zu Boden geschlagenen Augen in hochnäsigen Jungmädchen-Klamotten rumläuft. Und sie will eher verflucht sein, als zu der immer kleiner werdenden Gruppe von Mädchen zu gehören – den Mädchen mit Nickelbrille und Schilddrüsen-Fehlfunktion, den Mädchen mit Beinschienen und Zahnspangen –, die Tag für Tag gezwungen werden, vor versammelter Mannschaft aufzustehen, bis sich irgendein männlicher Frischling mit unangenehmem Körpergeruch widerwillig bereit erklärt, sie in die Arme zu schließen.

Wenn sie also keine Vorlesungen hat oder ängstlich über den Campus flieht, um bloß keinem der Komiteemitglieder in die Hände zu geraten, verschanzt sich Dinah in ihrem kleinen Zimmer im Studentinnenhaus, wo sie sich von Cream Crackers ernährt, da sie auch nicht mehr wagt, im Speisesaal zu essen. Sie hastet einfach zwischen Wohnheim und Hörsaal hin und her und hofft, dass sich ihr niemand in den Weg stellt. Denn der Sinn und Zweck der Schleifen und Plaketten besteht darin, einen als Studentin im ersten Jahr auszuweisen, die der gesamten männlichen Studentenschaft jederzeit zur Verfügung stehen muss. Dies hat ihnen das Empfangskomitee zumindest eingeimpft. Jeder ältere männliche Student kann einfach »Frischette, komm her!« rufen, und das Reglement schreibt vor, dass sie dann stehen bleiben muss, um sich von ihm mustern zu lassen.

»Die beiden gehen durch«, sagt eines Tages ein älterer Student zu seinem Begleiter. Er und sein Freund haben sich Dinah und Jenny in den Weg gestellt.

»Okay. Ihr beide geht durch«, sagt der andere.

Jennys Reaktion ist, ihnen einen verächtlichen Blick

zuzuwerfen und zu sagen: »Tut mir Leid, Jungs. Aber wir finden, ihr geht überhaupt nicht.«

Dann nimmt sie Dinah unter den Arm und zirkelt in gekonntem Bogen an den beiden vorbei. Sie sind auf dem Weg zu Jenny, um dort Mittag zu essen. Jenny hatte kürzlich zwei aufregende Dates mit einem gut aussehenden Rhodes-Scholar-Architekten, der gerade aus Oxford zurückgekommen ist. Jenny, die sehr erwachsen wirkt, ist schon wiederholt von jüngeren Universitätsdozenten auf Feste eingeladen worden. Dreh- und Angelpunkt für solche Einladungen ist eine glamouröse ältere Studentin, die ihre Kleider in Paris kauft und einen silbernen Karman Ghia fährt. Zurzeit ist sie noch mit einem wohlhabenden Mann verheiratet, den sie »meinen jüdischen Tuchmacher« nennt, aber alle Zeichen weisen darauf hin, dass sie ihn bald auszuwechseln gedenkt. Und auf einer Einladung dieser Glamourfrau lernt Jenny den Rhodes-Scholar-Architekten kennen. Jenny, die immer noch zu Hause wohnt, muss im Gegensatz zu Dinah nicht befürchten, am Eingang des Studentinnenwohnhauses von dem weiblichen Hauskomitee aufgehalten zu werden, das am Einhalten von Regeln noch mehr Gefallen zu haben scheint als die Aufsichtsschülerinnen an der Highschool.

»Frischette, deine Schleife sitzt falsch«, sagt eine der älteren Studentinnen und beugt sich über Dinahs mühsam glatt gestrichene Haarschleife – glatt gestrichen, damit sie, wenn möglich, wie einer dieser eleganten flachen Hüte von Mrs Horlicks aussieht – und bauscht sie zu einer albernen Kleinmädchen-Geburtstagsschleife auf, die aussieht wie ein Flugzeugpropeller, der sich gleich in die Lüfte hebt. Im Haus bleibt Dinah dann auf ihrem Zimmer und büffelt über ihrem Chaucer-Aufsatz, bis Maddie

Holmes oder Lindsay Greig oder manchmal auch Lavinia Steadman auf einen Besuch bei ihr hereinschneien.

Alle drei Mädchen sind älter als Dinah, aber sie sind die Einzigen in Dinahs Studentinnenwohnhaus, mit denen sie reden kann. Maddie ist das dritte Jahr an der Uni und arbeitet immer noch an den Leistungsnachweisen des ersten Jahres. Sie macht aus ihren Defiziten keinen Hehl, sondern klopft sich vergnügt auf den Kopf, um anzudeuten, dass er nur aus Holz ist. Die Universität ist für sie eine Möglichkeit, Jungen kennen zu lernen und Spaß zu haben. Sie hat ein großes loses Mundwerk und einen leicht x-beinigen Gang, der ihr zusammen mit ihren etwas eingefallenen Schenkeln einen gewissen heruntergekommenen Charme verleiht, der sich allerdings mit ihrer Mädchen-von-nebenan-Art aufs Angenehmste verbindet. Maddie ist immer freundlich und mütterlich. Und Dinah ist überzeugt, dass sie das begehrteste Mädchen an der Uni sein muss. Sie hat einen schlanken, fantastischen Körper, und sie wirkt natürlich und entspannt. Hinzu kommt, dass Maddie sich nie wie eine der Aufsichtsschülerinnen aufführt und es ihr vollkommen egal ist, ob Dinah eine grüne Schleife trägt oder nicht. Es dauert also nicht lang, bis Dinah Maddie bei ihren Aufsätzen hilft. Und Maddie versorgt sie mit ihrem ganzen weltlichen Wissen über Kondome und Oralsex und darüber, wie weit ein Mädchen gehen darf.

Maddie ist aufgefallen, dass sich einer der älteren Studenten für Dinah interessiert – allerdings glaubt sie, dass er eine Katastrophe wäre. Er sitzt immer an der Mauer gegenüber des Wohnheims und ruft: »Frischette, komm her!« Bislang hat Dinah getan, was sie in solchen Situationen immer tut. Sie ist einfach an ihm vorbeigegangen.

Allerdings ist ihr aufgefallen, dass er mit rollendem »r« spricht. Außerdem hört er sich an, als würde er das mit der Musterung nicht wirklich ernst nehmen. Genau wie Dinah ist er ausgesprochen bleich. Er hat schöne hohe Wangenknochen, mit denen er aussieht wie aus einem Gemälde von Leonid Pasternak, und eisblaue Augen.

»Wenn es nur nicht *der* wäre«, meint Maddie. »Bei dem musst du aufpassen.« Als Erklärung sagt sie allerdings nur: »Er ist Europäer. Ein Softie. Du weißt doch, wie die sind. Außerdem ist er viel zu alt für dich. Er ist fünfundzwanzig, weißt du.«

»Wie heißt er denn?«, sagt Dinah.

»Dieter«, sagt Maddie. »Aber alle nennen ihn Didi.«

»Das geht aber nicht«, sagt Dinah. »*Ich* heiße Didi.«

»Oh«, sagt Maddie. »Aber so heißt er nun mal. Didi von Schweiten.«

»Von Schweiten?«, sagt Dinah.

Der Name sagt ihr etwas. Sie hat ihn kürzlich auf der Schutzhülle von einer neuen Schallplatte ihres Dads gelesen. Baron von Schweiten, Förderer vieler deutscher Barockmusiker, eingeschlossen Carl Ditters von Dittersdorf, der auf der Platte zu hören ist.

Lavinia Steadman studiert Sozialanthropologie. Sie ist eine dunkelhaarige Schönheit mit olivfarbener Haut, und Dinah ist besonders fasziniert von ihr, weil sie das Studentinnenheim tagsüber nie verlässt, sondern in Morgenmantel, Pantoffeln und riesengroßen Lockenwicklern den ganzen Tag im Haus verbringt. Wenn es Abend wird, schlüpft sie in ein chinesisch anmutendes enges Abendkleid und goldene hochhackige Pantoletten, nimmt die Lockenwickler aus dem Haar, tuscht sich die Wimpern und trifft sich mit einem umwerfend aussehenden jungen

Mathe-Tutor aus Dinahs Dads Institut. Und da Lavinia keine Vorlesungen mehr hat, kann sie auch den ganzen Tag mit Lockenwicklern herumlaufen.

Dinahs dritte und liebste Freundin im Studentinnenwohnhaus ist ein verwaistes und sehr exzentrisches Mädchen, das wirkt, als hätte es sich ganz allein großgezogen. Sie studiert im letzten Jahr Sozialpädagogik und zählt gewiss nicht zu den Aufsichtspersonen. Lindsay Greig ist im Grunde genommen ein ziemlich manischer Mensch. Sie ernährt sich von Multivitamin- und Super-Plenamin-Tabletten. Außerdem lutscht sie ständig Koffeinpillen, damit sie die Nacht über wach bleiben kann. Lindsay genießt ihren Aufenthalt im Studentinnenwohnhaus sehr, da die Bewohnerinnen ihr so viele lohnende Möglichkeiten zur Satire bieten. Das Studentinnenwohnheim ist derzeit nur halb belegt. Daher haben die zuständigen Behörden beschlossen, die frei stehenden Zimmer an eine Gruppe Afrikaaner-Landmädchen zu vermieten, die an Durbans neu gegründetem afrikaanssprachigen Lehrerkolleg studieren. Und angesichts Dr. Verwoerds republikanischen Referendums, das noch im gleichen Jahr stattfinden soll, ist die englisch-afrikaanse Mischung absehbar explosiv.

Erst kürzlich wurde Dr. Verwoerd aufgrund der Ereignisse von Sharpeville bei der in London abgehaltenen Commonwealth-Konferenz niedergebuht: die Antwort auf sein Ersuchen, Südafrika möge auch nach der Ausrufung zur Repubik im Commonwealth verbleiben. Es wird ihm nicht gewährt. Er wird hinausgeworfen. Und doch verkündet er bei seiner Rückkehr einen »Sieg und keine Niederlage«. Er will, dass wir unsere Freiheit feiern, und spricht von unserem »neuen Tag«. Und das in einem

Jahr, in dem die Notstandsgesetze wie ein Sturm durch das Haus eines jeden Menschen fegten – ob schwarz, ob weiß, ob farbig oder indisch –, der sich irgendwann einmal, und sei es nur entfernt, an einer Protestaktion beteiligt hat. Die Sonne, erklärt Dr. Verwoerd, »bricht durch den frühen Nebel«. Und die Burenrepublik steht kurz vor ihrer Wiederkehr.

Verständlicherweise hängen die kleinen nationalistischen Afrikaaner-Mädchen für das bevorstehende republikanische Referendum eifrig patriotische Plakate auf, da alle Weißen, die über achtzehn sind, ihre Stimme abgeben dürfen. Die Plakate ergehen sich in bildlichen Darstellungen des »neuen Tages« und sind im Stil eines Sowjet-Realismus gehalten. Genau genommen handelt es sich um einen Prärie-Realismus: Ein Bure mit unverzichtbarem Bart und Lederhosen schwenkt seinen General-de-Wet-Hut durch die Luft und reitet siegreich einem großen Art-déco-Sonnenaufgang entgegen.

»Opsaal!«, heißt es auf dem Poster. *»Die Republiek Kom!«*

»Aufgesattelt! Die Republik kommt!«

Lindsay macht sich einen Spaß daraus, die Plakate mit selbst gemalten eigenen Versionen zu überkleben. In Blitzgeschwindigkeit angefertigt, ist auf allen ein dickärschiger winziger Bure zu sehen, der wie eine Comic-Witzfigur auf einem klapprigen Esel sitzt.

»Opsaal! Die Republiek Kom!«, tönt es aus einer wabernden Sprechblase aus dem Hinterteil des Esels. Natürlich finden sie Lindsays Poster kurz darauf zerrissen, zerknäult und zerstampft auf der Straße wieder. Aber sie hängt einfach wieder neue auf.

Lindsay ist ein Mädchen, das nicht wirklich ins Beuteschema der männlichen Studentenschaft passt, aber sie gehört zu der kleinen Hand voll Studentinnen, denen man nachsagt, sie hätten mit Schwarzen geschlafen. Lindsay hat ein heiseres ansteckendes Lachen, und sie kann unglaublich laut auf zwei Fingern pfeifen.

Auf der Uni Freunde zu finden ist für Dinah in gewisser Hinsicht recht leicht. Man hat einfach keine große Auswahl. Und so klüngelt Dinah nach kurzer Zeit mit vier merkwürdigen Typen aus ihrem Jahrgang zusammen, mit denen sie sich vor allem durch ihre gemeinsame Abscheu gegenüber den unerfreulichen rassistischen Entwicklungen aufs Engste verbunden fühlt. Dinahs neue Freunde sind mit anderen Worten vier Bekloppte. Zumindest für den Rest der Studenten. Jed Matthews ist ein schlaksiger Typ von über ein Meter fünfundneunzig. Eine Art Beatnik vor seiner Zeit, zumindest was Südafrika angeht. Seine Haut ist so dunkel, dass weiße Durchschnittsstudentinnen misstrauisch seine Fingernägel beäugen, um seine Halbmonde zu prüfen. Aber Jed hat wunderschöne u-förmige Fingernägel – und auch seine Halbmonde sind alle am rechten Fleck. Er hat funkelnde grüne Augen und einen unruhigen, wilden Blick, genau wie die Schurken in Wildwestfilmen. Und er hat zwei bezaubernd geriffelte obere Schneidezähne.

Trotz der enormen Hitze trägt er meist einen Wollpullover auf der nackten Haut; und Kordhosen; und Turnschuhe ohne Socken. Dinah hat ihn noch nie in Shorts gesehen. Seine Kleidung ist oft ein wenig derangiert, es fehlen Knöpfe, oder der Reißverschluss ist kaputt. Manchmal bindet er sich ein zerknittertes rotes Taschentuch um den Hals, und er raucht immer selbst gedrehte Zigaretten. Wenn er lächelt, ziehen sich Grübchen wie

Kerben über seine Wangen. Und all das – die Grübchen, seine geriffelten Zähne, die Kordhosen, die selbst gedrehten Zigaretten – eben einfach alles an Jed lässt Dinah die Knie weich werden.

Es dauert eine Weile, bis Dinah Jed näher kennen lernt, da er früh aus den Liedproben aussteigt, und danach sieht man ihn kaum noch. Niemand weiß, wo er sich herumtreibt, auch wenn er hin und wieder bei dem einen oder anderen Seminar auftaucht. Jed schließt mit den Frischlingsriten ab, als er bei dem Lied »Schwing das Bein rüber« aufgefordert wird, sich mit einer der Erstsemesterinnen auf dem Rasen herumzuwälzen. Er steht auf, schlendert nach vorne, gerade so, als wollte er darauf eingehen, doch dann sagt er nur: »Fahrt zur Hölle, ihr dummen Schweine!« Und mit Blick über die glitzernde Bucht schreitet er in Richtung Pigeon Valley davon. Das Komitee versucht erst gar nicht, ihn aufzuhalten. Er ist zu merkwürdig und fremd, und sie können ihn nicht recht einschätzen.

»Aber er sieht doch genau aus wie ein Einheimischer!«, sagt Maddie, als Dinah ihr von ihrer heimlichen Schwäche erzählt. »Uuh! Also küssen könnt ich den nicht. Du würdest ihn doch nicht etwa küssen?«

Jed Matthews macht seinen Abschluss in Englischer Literatur, und so sitzen er und Dinah bald in den meisten Vorlesungen und Tutorien nebeneinander. Der Einführungskurs in Englische Literatur ist ziemlich überlaufen, deshalb wird das Seminar in mehrere kleine Gruppen unterteilt. Doch zuerst wird der gesamten Klasse ein Aufsatz aufgegeben. Dinah und Jed bekommen die beste und zweitbeste Bewertung. Sie liegen einen Prozentpunkt auseinander.

»Mein Gott, wie dumm kann man nur sein!«, sagt Jenny. »So wirst du ihn nie bekommen. Wenn du bessere Aufsätze schreibst als er!«

Aber Jed ist sowieso außerhalb ihrer Reichweite. Er hat ein entmutigendes Faible für gut duftende Frauen; Mädchen in Twinsets mit Perlenohrringen, die von Privatschulen kommen und in Debütantinnenmanier über den Campus schreiten. Sie probieren ihn alle kurz aus – so als wäre er eine Mutprobe –, und dann lassen sie ihn für jemanden fallen, der vorhersehbarer ist. Jed ist also Dinahs Freund im Geiste, ihr Seelenverwandter, ihr Kumpel, jemand, mit dem sie kichern kann. Ihr Begehren für ihn versucht sie zu unterdrücken.

Ihre anderen männlichen Freunde sind Ben und Simon. Ben ist ein früh entwickeltes, lispelndes Mathe-Ass mit schwarzen Krusselhaaren und ein außergewöhnlich begabter Violinist. Er wirkt wie ein Sechzig-Kilo-Hänfling, und doch ist er der einzige Mensch, den Dinah kennt, der ohne fremde Hilfe einen mittelgroßen Baumstamm heben kann. Simon, der Dritte im Bunde, ist ein kleiner katholischer Junge mit einer Wachstumshormonschwäche. Er ist ein liebenswerter intelligenter Typ, der gerne tuschelt, wahnsinnig komisch ist und über genügend Haltung verfügt, sein Bein über wen auch immer zu schwingen, ohne sich selbst oder seiner ihm zugeteilten Partnerin Schande zu bereiten.

Und dann verliert Dinah Jenny. Jenny, die gerade von dem Rhodes-Scholar-Architekten sitzen gelassen wurde. Er hat seine Pfirsichsahnehaut-Verlobte aus England einschiffen lassen: seine Mitstudentin aus Oxford, sein Liebchen aus den Cotswolds mit den kleinen grünen Ballerinaschuhen.

Ein Vorzeigemädel, mit dem sich Jenny – da sie Jenny ist – natürlich sofort anfreundet. Dennoch ist Jenny ein wenig niedergeschlagen. Also nehmen Dinah und Jed sie auf einen Besuch zu Peter Mainz mit. Dinah und Jed haben festgestellt, dass sie beide Peter kennen. Jed war mit ihm in der Schule befreundet – Peter, das verwöhnte Einzelkind von Dinahs Mums Freundin Liesl Mainz, die einst im Maypole Tearoom die Tiroler Jodler bewirtete. Jed und Peter haben in der Oberstufe an der Durban Highschool für Jungen ein paar Theaterstücke geschrieben. Die Stücke sind unter dem Einfluss von Samuel Beckett entstanden und bedürfen jeweils nur zwei bescheidener Darsteller neben ein paar bescheidenen Requisiten wie Trittleitern und leere Mülltonnen. Dinah erfährt von der Schuljungenfreundschaft, weil Jed eines Morgens aus Jux und Dollerei eine Ausgabe der Highschool-Zeitung aus der Tasche zieht.

»Den Jungen kenn ich«, sagt Dinah.

Also ziehen Dinah und Jed eines Wochenendes mit Jenny los, um Peter zu besuchen, der von seiner Kunsthochschule in Pietermaritzburg auf Besuch bei seinen Eltern ist. Jed und Peter haben eine merkwürdige Beziehung, wie Dinah feststellen muss. Einerseits sind sie echte Freunde, und doch ist da eine Art von Verachtung zu spüren. Der Art, wie sie Leute, die in einer Autowerkstatt schuften, für Mamasöhnchen hegen. Also macht Jed seine Witzchen, während Frau Liesl Mainz ihren Gästen Fondue serviert – den vier netten jungen Leuten, die mit langen Gabeln ihre daran aufgespießten Brotstückchen in einem Kupfertopf mit sämigem Käse drehen. Aber anders als Jed fällt Dinah auf, dass etwas mit Jenny passiert ist. Jenny, die nur einen Blick auf den verwöhnten Peter wirft, und schon ist ihr Leben aus den Angeln. Jenny hat ihr Herz verschenkt, und dieses Mal für immer. Und auch Peter ist offensichtlich von ihr angetan und glaubt, er sei verliebt. Frau Liesl ist vor Freude ganz aus dem Häuschen, denn Jenny entspricht genau ihrem Traum von einer Schwiegertochter.

Am nächsten Tag hat Jenny sich entschieden. Sie wird ihren Abschluss in Neuer Philosophie an den Nagel hängen. Sie wird die vielen Bände Montaigne aufgeben, die sie tagein, tagaus in ihrem Bastkorb zur Bibliothek hinauf- und hinuntergeschleppt hat. Und dann wird sie sich redegewandt und ohne einen Matric-Abschluss in Kunst an der Hochschule für bildende Künste in Pietermaritzburg einschreiben und auch ein Zimmer im Studentinnenhaus direkt neben dem der Jungen ergattern, in dem Peter Mainz sein heiliges Haupt bettet.

Aber schon einen Monat nach Jennys Ankunft verliebt sich Peter in eine andere. Sandra, ein kräftiges Afrikaaner-Mädchen aus einer Farmersfamilie aus dem Norden. Sie ist stämmig wie eine Botero-Skulptur, hat rabenschwarzes Haar, kräftige, wild wuchernde Augenbrauen, kräftiges, wild wucherndes Achselhaar und die breitesten Füße, die Dinah je gesehen hat. Ein schlichtes Wasser-und-Seifen-Mädchen. Liesl Mainz stürzt in tiefe Trauer und weint sich bei Dinahs Mum aus. Und Jenny tut, was Jenny immer tut. Sie freundet sich mit Peters neuer Freundin an. Sie studiert achtzig Kilometer weit entfernt die schönen Künste, und weil Jenny Jenny ist, wird sie bald von einem jungen Physiker hofiert, der nach Dinahs Dafürhalten weitaus mehr Attraktivität, Charme und Höflichkeit besitzt als Mamasöhnchen Peter Mainz. Aber schließlich ist es nicht Dinahs Leben.

Und so kommt es, dass Jahrzehnte später Jenny aus dem Fenster ihrer Wohnung in der Nähe des Boulevard St-Germain auf die Straße blickt – die hübsche, makellose Jenny, die, mittlerweile in die Jahre gekommen, kinderlos und traurig, immer noch tadellos gepflegt aussieht – und mit einem Seufzer zu ihrer einstigen Schulfreundin sagt: »Ach, Didi. Wenn mich Peter doch nur *geliebt* hätte. Mein Leben wäre anders verlaufen. Es wäre schöner gewesen.«

Am letzten Tag der Frischlings-Initiationsriten bekommt der Oberboss des Empfangskomitees Dinah schließlich zu fassen. Er stellt sich ihr mit seinen Baumstammbeinen wie Apollyon auf der Brücke vor dem Eingang zum Studentinnenhaus in den Weg.

»He, Frischette«, sagt er. »Uns ist aufgefallen, dass du nicht mehr bei der Liedprobe warst.«

Dinah ist vollkommen überrascht. Sie hofft inständig, dass sie keine verräterischen roten Flecken bekommt, die in Stresssituationen ihren ganzen Hals bedecken. Auch ist der Oberboss nicht alleine, obwohl er das ganze Reden übernimmt. Die zweite Person ist die breitschultrige Vettel mit den Riesenbrüsten.

»Wir würden gerne wissen, warum«, sagt der Oberboss. »Warum bist du nicht mehr gekommen?«

Dinah merkt, dass ihr Mund ganz trocken wird. Sie wünschte, Jenny wäre bei ihr und würde irgendeine spritzige Bemerkung machen, um die Situation etwas aufzulockern. Weil es langweilig ist, würde Jenny sagen. Weil wir uns was Besseres vorstellen können.

»Ich rede mit dir«, sagt der Oberboss.

»Ich …«, sagt Dinah.

»Du glaubst wohl, du könntest einfach so beim Frischlingsdinner aufkreuzen?«, sagt er und erspart Dinah die Antwort.

»Ich …«, sagt Dinah.

»Wenn du nämlich *nicht* zur Liedprobe kommst …« Seine Stimme wird laut, und sein Gesicht wird rot vor Empörung. »Wenn du nämlich *nicht* zur Liedprobe kommst … *Wenn du nämlich nicht zur Liedprobe kommst* …, dann DARFST DU AUCH NICHT ZUM FRISCHLINGS-DINNER!«

Dinah starrt ihn fassungslos an. Mit einem Mal dämmert ihr, dass ihm keine ultimative Strafe zur Verfügung steht. Er besitzt nicht die allerkleinste Macht. Er kann sie nur vom Frischlingsdinner ausschließen. Und da will sie sowieso nicht hin. Die Erkenntnis beflügelt sie dermaßen, dass sie am liebsten laut auflachen würde. Sie fühlt sich plötzlich großartig.

»Offen gestanden, und wenn schon«, sagt sie.

»Ich hab dir gesagt, dass sie so reagieren wird«, sagt die Vettel. Sie klimpert nervös mit den rot lackierten Fingernägeln ihrer rechten Hand auf den rot lackierten Nägeln ihrer linken Hand herum. Es hört sich an wie eine Drossel, die eine Schnecke auf ein paar Steinen aufschlägt. »Und wer ist dein Begleiter beim Frischlingsdinner, Frischette?«, sagt sie. Die Studenten im ersten Jahr werden nie mit ihrem Namen angesprochen. Es heißt immer nur Frischling oder Frischette.

Dinah antwortet nicht. Stattdessen nimmt sie sich langsam und entschieden die Schleife aus dem Haar. Dann streift sie sich, ebenfalls ganz langsam, die Plakette vom Hals. Die Plakette, das Unehren-Abzeichen. Dinah de Bondt. Weiblich. Achtzehn Jahre. Hauptfach: Englische Literatur.

Doch dann, gerade als sie der Vettel die Utensilien in die Hand drücken will, steht jemand neben ihr und legt ihr die Hand um die Taille.

»Das geht schon in Ordnung, Vee«, sagt er beschwichtigend zur Vettel. »Verzieht euch einfach, okay?« Es ist der kontinentale Softie. Der mit den eisblauen Augen. »Sie geht mit mir zum Frischlingsdinner.«

»Nein, werd ich nicht«, sagt Dinah.

»Doch, wirst du«, sagt er. Dann wendet er sich wieder den anderen zu und redet mit ihnen von Mann zu Mann. »Alles okay. Alles im Griff«, sagt er. »Seht ihr nicht, dass sie nur schüchtern ist?«

Schüchtern? Nur schüchtern? Und das im Moment ihres größten Triumphes. Jetzt hat er ihn ihr einfach weggeschnappt.

»Ich werd trotzdem nicht gehen«, sagt sie. »Ich gehe nicht zum Frischlingsdinner.«

»Hört euch die an«, sagt die Vettel und gibt einen gequälten Stoßseufzer von sich. »Also wirklich! Madame Zu-fein-für-alles. Aber ich hab gleich gesagt, dass sie so sein würde.«

»Wie denn?«, sagt Dinah. Aber jetzt, da der kontinentale Softie aufgetaucht ist, schenkt ihr keiner der Komiteeleute mehr seine Aufmerksamkeit.

»Und wie wär's mit dem Sixty-Seven?«, sagt der kontinentale Softie. »Würdest du mit mir ins Sixty-Seven gehen?«

»Didi!«, sagt die Vettel. Das Sixty-Seven ist Durbans einziges ernst zu nehmendes Nobelrestaurant.

Dinah war noch nie im Sixty-Seven, genauso wenig wie ihre Eltern. Jenny war einmal dort, mit dem Rhodes-Scholar-Architekten.

»Also gut, meinetwegen«, sagt sie.

»Didi ...!«, sagt die Vettel noch einmal, aber dann nimmt ihr der kontinentale Softie allen Wind aus den Segeln, indem er ihr einen Kussmund zuwirft.

Zu Dinahs unendlicher Freude kann sie sehen, wie die Vettel rot wird. Der Oberboss hat sich hingegen dank Didis Eingreifen entspannt und einfach aufgegeben.

»Wir sehen uns, Didi«, sagt er. »Komm schon, Vee.« Dann geht er weg.

»Jo«, sagt der kontinentale Softie. »Man sieht sich.«

Didi von Schweiten, Student der Betriebswirtschaft im zweiten Jahr, kann nicht verstehen, warum sich Dinah von den Mitgliedern des Empfangskomitees so bedroht fühlt. Schließlich ist das alles doch nur ein Spaß, und es hilft den Studenten, sich kennen zu lernen. Anders als Dinah ist er nicht gegen alles allergisch, wofür das Empfangskomitee steht. Er schwimmt nicht gegen den Strom. Er ist konservativ, ein Mann des Status quo. Das sind alles gute Kerle, sagt er. Manchmal nennt er sie auch »die Jungs«. Sogar die Vettel sei ganz okay. Didi selbst gehört nicht wirklich zu den guten Kerlen. Er steht ein wenig abseits. Er spricht von ihnen wie von Kindern. Doch mitunter vertreibt er sich mit den Kindern gerne mal die Zeit, sofern er nichts Besseres zu tun hat. Und dann befragen sie ihn zu Wein und gutem Essen. Didi hätte zwar sicher keinen goldenen Kochlöffel verdient, aber die guten Kerle halten ihn für Escoffier persönlich. Er kann Merlot von rotem Frostschutzmittel unterscheiden. Und er weiß, dass eingemachte Pfirsiche besser schmecken, wenn man den Zuckersirup mit Arrowroot, Brandy und Nelken aufkocht. Auch in der Rassenfrage ist er nicht wirklich Dinahs Fall, obwohl er nicht in die gleiche Schublade gehört wie die guten Kerle. Didi besitzt eine Art von Rassenbewusstsein, das sich von den Parolen der anderen unterscheidet. Aber es bleibt dennoch ein Rassenbewusstsein. Ihm geht es dabei zwar mehr um das Wahren der Hierarchien des alten Europas als um die ethnischen Phobien vor Ort, aber im Endeffekt läuft es auf das Gleiche hinaus. Für Didi sind Schwarze entweder Jazzmusiker, oder sie putzen einem die Schuhe. Oder sie schuften unsichtbar in den Fabriken. Oder sie leben in Hütten auf dem Land und steigern das Bruttosozialprodukt. So läuft es nun mal in der Welt. So ist es immer gewesen, und so soll es auch bleiben.

Dinah schämt sich, dass sein Name für sie einen so besonderen Klang hat. Dies liegt an Baron von Schweitens bereits erwähnten musikalischen Verbindungen. Zuerst ist sie zu schüchtern, um Didi darauf anzusprechen, aber als sie es schließlich wagt, reagiert Didi mit überraschender Geringschätzung. Er interessiert sich mehr für Pferde als für Symphonien, und er glaubt, dass musikalisches Genie allein kein soziales Prestige verdient.

»Ja, ich glaube, da gibt es eine Verbindung zu Haydn«, sagt er. »Und Carl Ditters, sagst du? Ja, ich glaube, die waren irgendwann einmal Bedienstete in unserem Haus.«

Dinah blinzelt ihn ungläubig an. »Aber ich spreche von berühmten Komponisten«, sagt Dinah. »Menschen, die Symphonien geschrieben haben. Komponisten sind nicht die Bediensteten von anderen Leuten.«

»Wenn man zum Haushalt gehört, ist man automatisch ein Bediensteter. Aber egal. Warum fragst du? Mich langweilt das Thema.«

Didi ist von Dinahs Gesprächsthemen oft gelangweilt. Das behauptet er zumindest. Außerdem mag er es nicht, wenn sie beim Reden lacht. Er will, dass sie damit aufhört. Er will sie erziehen, weil er glaubt, sie sei es wert. Vor dem Krieg, daheim auf ihrem Gut, erzählt er ihr, nannte sein Vater alle männlichen Bediensteten Hans und alle weiblichen Bediensteten Maria. Das war für ihn einfacher, als sich ihre Namen zu merken. Didi findet die Geschichte witzig. Er erzählt sie wie eine nette Anekdote. Eine Anekdote, die seinen Vater in ein gutes Licht setzen soll. Denn er hat vor, sie mit nach Hause zu nehmen, um sie seinen Eltern vorzustellen.

Die Familie kommt ursprünglich aus Österreich und hat offensichtlich schon bessere Zeiten gekannt. Sein Vater, früher Berufsoffizier bei der Armee, arbeitet jetzt als Manager einer Möbelfabrik. Und seine Mutter ist eine Nichte des Erzbischofs von Heidelberg. Didi ist spät an die Universität gekommen, da er zuerst einmal Englisch lernen und dann seine Matric-Prüfung machen musste. Jetzt studiert er Ökonomie und Rechnungswesen. Er will später einmal Karriere machen, wie es sich für den ältesten Sohn der Familie gehört. Auf jeden Fall will er ein Mann mit Macht und Einfluss werden. Ein Macher, der Dinge in Bewegung setzt. Das heißt in der Geschäftswelt.

An dem akademischen Kram ist er nicht interessiert. »Klavier und Kultur« überlässt er den Mädchen, und aus diesem Grund ist er auch froh über Dinahs künstlerische Ader. Er mochte schon immer künstlerische Frauen. Für seine eigenen Kurse tut er nur das Allernötigste, und die Noten, die er einheimst, kümmern ihn wenig. Dinah ist hingegen von ihrem Studium völlig begeistert. Sie kann von den Vorlesungen und Büchern gar nicht genug bekommen. Für sie heißt es also: zurück in die 1A-Eiscreme-Reihe. Und obwohl sie immer bessere Noten bekommt als Didi, bedrückt ihn dies nicht einen Moment. Er stört sich nicht an ihren Leistungen und fühlt sich durch sie in keiner Weise bedroht.

»Frauen sind dafür geboren, fleißig zu sein«, sagt er. »Gute Arbeit, meine Kleine.«

Didi nennt sie immer »meine Kleine«, und er mag es, dass sie nähen kann. Das Kochen, sagt er, wird ihr seine Mutter beibringen, die in der Küche wahre Wunder vollbringt. Und was seine Noten angeht, fühlt sich Didi nicht einmal vor seinen Dozenten herabgemindert. Denn seine Dozenten sind wie Joseph Haydn reine Dienstleister. Also sieht Dinah fassungslos zu, wie er seine schlampigen Arbeiten abholt und anschließend mit seinem Dozenten ganz entspannt – *noblesse oblige* – noch ein paar Worte wechselt. Von Mann zu Mann, versteht sich.

Didi liest nicht sehr viel. Außer dem *Kinsey Report*. Er findet es unterhaltsam, en détail zu wissen, was wer mit wem so treibt. Besonders in Bezug auf erogene Zonen und in Bezug auf Autorücksitze. Didi hat in Sachen Sex ein außergewöhnlich gesundes Selbstbewusstsein und ist zu Dinahs Glück – die in diesen Dingen nur in Panik ausbrechen kann – sehr entspannt und erfahren. Zumindest, was seine Finger angeht.

Denn Dinah ist trotz allem überzeugt – und das, seit sie in der Oberstufe von der beliebten und mütterlichen Biologielehrerin aufs Überzeugendste belehrt wurde –, dass Mädchen bis zu ihrer Hochzeit Jungfrau bleiben müssen. Wer diese Regel bricht, wird bald zu den Mädchen gehören, die niemand mehr haben will. Beschmutzte Ware. Gebrauchtes Gut. Das, was im Regal stehen bleibt. Was für eine Schande, was für eine schreckliche Vorstellung. Kein anständiger Mann wird dich jemals wollen.

»Ich sag es euch freiheraus«, sagt die Biologielehrerin. »Wenn ein Mann gedenkt zu heiraten, wird er sich immer nach einer Jungfrau umsehen.«

Dinah weiß, dass Maud mit Männern schläft, aber Maud ist eine Kategorie für sich. Maud ist das gefährliche Mädchen, das seine eigenen Regeln aufstellt. Und dann gibt es noch Maddie, die schon seit langem mit dem langweiligen Bernie schläft – aber den wird sie ja auch heiraten, was ihr dicker Verlobungsring beweist. Und Maddie ist auch diejenige, die Dinah vor dem kontinentalen Softie schützen will. Sie setzt die Messlatte für Dinah um einiges höher, als sie es für sich selbst je getan hat.

»Du bist viel zu gut für ihn«, sagt Maddie. »Du bist etwas Besonderes. Tu's nicht, Dinah. Du willst nicht so sein wie ich.«

Didi nimmt ihre albern altmodische Haltung außergewöhnlich leicht – wahrscheinlich, weil er sich sicher ist, dass sie ihm am Ende nachgeben wird.

»Natürlich wirst du mit mir schlafen«, sagt er. »Alle meine Freundinnen haben mit mir geschlafen.«

Dinah ist zu diesem Zeitpunkt nicht bewusst, dass sich Didi auch noch mit anderen Frauen trifft. Sie selbst hat ihre Freundschaft zu Jed und Simon und Ben so gut wie beigelegt, und sie sehen sich nur noch selten – wenn Didi auf seine Jagdausflüge geht oder mit seinem jüngeren Bruder männliche Reitunternehmungen macht. Aber eine Frau muss eben ihren Klan verlassen und sich dem Klan ihres Mannes anschließen. Und für Didi steht eindeutig fest, dass Dinah das Mädchen ist, das er einmal heiraten wird.

Dieses von vornherein zum Scheitern verurteilte Vorhaben ist das Ergebnis eines fatalen Fehlers – denn Didi begeht bei der Wahl seiner Frauen immer einen fatalen Fehler. Zumindest was die Frauen angeht, bei denen es ihm ernst ist und die er heiraten will. Sein Fehler ist, dass er sich immer Mädchen aussucht, die irgendwie aus der Art schlagen. Künstlerische Mädchen, schöngeistige Mädchen. Mädchen mit linken Überzeugungen und einer unkonventionellen Lebensart. Dann versucht er sie umzumodeln, und dann werden die Mädchen erwachsen. Dinah weiß noch nichts davon. Sie weiß nur, dass sich seine erste große Flamme im noblen Sixty-Seven weigerte, etwas anderes als Bohnen und Toastbrot zu bestellen. Didi hat ihr das erzählt. Und er erzählt die Geschichte so, als hätte sich seine Freundin eines Verbrechens gegen die Menschlichkeit schuldig gemacht. Und dann – viele Jahre später – hat sie Gelegenheit, die Geschichte von der Flamme selbst zu hören. Denn viele – *viele*, viele – Jahre später lernt Dinah Didis Freundinnen alle kennen.

Sie alle sind bei ihm erwachsen geworden und dann weitergezogen. Alle haben Südafrika den Rücken gekehrt und leben jetzt in Toronto, Edinburgh und Oxford, in London, Cambridge und Adelaide. Sie gehören zu der weit verstreuten Gemeinde von intellektuellen Apartheidgegnern, die in den sechziger Jahren das Land verlassen haben. Sie lernen sich auf Konferenzen kennen, auf Wohltätigkeitskonzerten und Literaturfestivals. Und dann schnattern sie gemeinsam drauflos. Didis schöngeistige Harpyien. Die Riege der begabten Dichterinnen, eindrucksvollen Medizinerinnen, vegetarischen Soziologinnen, der Wirtschaftstheoretikerinnen und Bildhauerinnen und Jungianerinnen.

Aus irgendeinem bizarren Grund haben alle von Didis Frauen Juden geheiratet. Linksgerichtete intellektuelle

Juden, entwurzelte Sozialisten, die für Zion keine Zeit haben. Eine Gruppe älter werdender Danny Cohens, Zacky Benjamins, Harry Shapiros, Sidney Steinbergs und Mannie Silbersteins. Und diese Männer ernten die Früchte von Didis Werbungsmanövern.

Und dann wird Dinah – die überzeugt jungfräuliche Dinah – aufgrund von Didis Ruf als kontinentalem Softie und Frauenheld aus dem Studentinnenwohnhaus geworfen.

Lindsay und Dinah haben am Abend zuvor bis spät in die Nacht für ihre Examen gelernt und beschlossen, unter freiem Himmel zu schlafen, da es drinnen unerträglich heiß ist. Sie fächern sich in Dinahs kleinem Schuhkartonzimmer mit ihren Papierbögen Luft zu – die Examen fallen immer in die Jahreszeit mit extrem hoher Luftfeuchtigkeit, und so kühlt es in der Nacht nicht wesentlich ab – beide Mädchen haben Unmengen von Lindsays Koffeintabletten geschluckt, und beide sind mittlerweile viel zu aufgekratzt, um sich noch auf die Arbeit konzentrieren zu können. Dinah steht vor ihrem ersten Examen, Lindsay vor ihrem Abschluss.

»Mein Gott ist das heiß«, sagt Lindsay. »Ich wünschte, wir könnten draußen schlafen.«

Und dann kommt ihr eine Idee. Zuerst werfen sie zwei Bettdecken und zwei Kissen aus Dinahs Fenster. Dann gehen sie schnell nach unten, da die Türen zum Studentinnenhaus um Mitternacht abgeschlossen werden. Lindsay hat alles genau geplant. Zuerst soll Dinah die Aufsichtsperson am Eingang in ein Gespräch verwickeln, während sich Lindsay nach draußen schleicht. Dann will Lindsay von einem nahe gelegenen Telefonhäuschen im Studentinnenwohnhaus anrufen. Die Aufsicht wird in ein kleines Hinterzimmer verschwinden. Und Dinah kann sich absetzen.

Alles läuft nach Plan. Und die Nacht unter freiem Himmel ist einfach wunderbar. Die Sterne sind unfassbar hell, und Dinah, die noch nie unter freiem Himmel übernachtet hat, kann sich nicht erinnern, jemals etwas so Magisches erlebt zu haben wie dieses heimliche Kuschellager – nicht einmal zwanzig Meter vom Studentinnenwohnhaus entfernt in ihre Decken gewickelt unter dem Wuusch-Wuusch der Bäume zu liegen und dann, während das erste Sonnenlicht die Augenlider kitzelt, zu dem Gezwitscher von Durbans unglaublichen Vögeln aufzuwachen. Man fühlt sich wie neugeboren.

Dinah und Lindsay sind so glücklich, am Leben zu sein, dass sie den Fehler begehen und die taufeuchten Decken von sich werfen und zusammen unter ihrem Schlafbaum tanzen. Sie fassen sich an den Händen und springen barfuß über den breithalmigen Rasen. Dann, als sich ihr Magen langsam meldet und gesund zu knurren beginnt, setzen sich sich hin und warten, bis das Wohnhaus aufgeschlossen wird. Denn jetzt sehnen sie sich nach dem Frühstück. Und nachdem sie sich geduscht und angezogen haben, gehen sie in den Speisesaal und schlemmen Papayascheiben und Rührei. Ende der Geschichte – denken sie.

Zu diesem Zeitpunkt ahnen sie noch nicht, dass die vollbusige Vettel aus dem Empfangskomitee als Wettkampfschwimmerin immer sehr früh auf den Beinen ist. Und auch an diesem Morgen will sie sich gerade auf den Weg machen, um im Schwimmbad ihre täglichen Bahnen zu ziehen, als sie die zwei Mädchen unter dem Baum tanzen sieht. Ohne dass die beiden etwas mitbekommen, kehrt die Vettel sofort ins Haus zurück, um die Aufseherinnen zu verständigen, die in den leeren Schlafzimmern der Mädchen nachsehen gehen.

Am Vormittag dann haben Lindsay und Dinah ein echtes Problem. Sie sitzen nebeneinander im Büro der Oberaufseherin, und es ist wieder genau wie in der Schule. Nur dass Maud nicht da ist und statt Miss Maidment Dr. Maisie Horne vor ihnen sitzt, die Tutorin für Sozialpädagogik, die Lindsay in Sozialverwaltung unterrichtet. Dr. Horne trägt immer festes Schuhwerk und hat einen extrem breiten, gerade gezogenen Scheitel und gerade kinnlange Haare. Lindsay nennt den breiten Scheitel immer »Dr. Hornes Feuerschneise«.

»Und du«, sagt die Feuerschneise und zeigt auf Dinah. »Bei dem männlichen Umgang, den du pflegst, muss ich wohl davon ausgehen, dass du im Studentinnenwohnhaus der Männer übernachtet hast.«

Dinah kann darauf irgendwie nicht antworten. Die Sache ist zu absurd. Die Bemerkung treibt sie nur zu der Überlegung, ob sie wohl die einzige noch verbleibende Jungfrau im Florence-Powell-Wohnhaus ist, denn sie weiß, dass sogar Jacinta-May ihrem Freund kürzlich nachgegeben hat.

»Dinah hat unter einem Baum geschlafen«, versucht Lindsay mehrfach der Feuerschneise klar zu machen. »Wir beide. Wir waren zusammen.«

»Sei bitte still!«, sagt die Feuerschneise, aber Lindsay kann nicht still sein.

»Ehrlich«, sagt sie. »Sie war mit mir zusammen. Die ganze Nacht. Ich zeig Ihnen den Baum, Dr. Horne.«

Aber die Feuerschneise hat sich auf Dinah eingeschossen. »Sieh mich an!«, sagt sie zu Dinah, die wie damals in der Schulzeit die ganze Zeit auf ihre Füße starrt und versucht, sie ins Parkettmuster zu schieben.

Sie will den Kopf heben und der Feuerschneise in die Augen sehen, aber sie kann sich kaum bewegen. Also hebt sie nur die Augen und starrt auf den breiten Feuerschneisenscheitel.

»Wie heißt dieses Wohnhaus?«, sagt die Feuerschneise, aber Dinah ist sich nicht sicher, welches sie meint. Meint sie dieses hier? *Ihr* Wohnhaus? Oder meint sie das der Männer? Das, in dem Didi zurzeit wahrscheinlich noch tief schläft?

In Dinahs Zögern sieht die Feuerschneise ihre Chance. »Das Wohnhaus, das du geschändet hast!«, sagt sie. »Ich sehe, du schämst dich, seinen Namen auszusprechen.«

»Oh«, sagt Dinah. »Oh, Entschuldigung. Sie meinen Florence-Powell-Haus?«

»Ja«, sagt die Feuerschneise. »Florence-Powell-Haus. Das bald nur noch als Fleisches Sumpfhaus bekannt sein wird.«

Dinah starrt immer noch gebannt auf den Feuerschneisenscheitel.

»Fleisches Sumpfhaus!«, sagt die Oberaufseherin erneut. Es scheint, als gefalle ihr das Wort. »Dafür können wir uns bei dir bedanken, Dinah de Bondt.«

Obwohl sie Lindsay neben sich unterdrückt glucksen hört, wagt Dinah nicht, zur Seite zu sehen. Sie fragt sich nur, warum die Feuerschneise plötzlich den Verstand verloren hat. Ist »Fleisches Sumpfhaus« eine bizarre Erfindung von ihr? Eine, an der sie seit dem Morgengrauen gearbeitet hat? Oder hat die ansonsten eher geerdete Feuerschneise mit ihrem Gegenpart, der Oberaufseherin des Studentinnenhauses der oberen Semester, konferiert?

Die alles beschwörende Theatralikerin, die fast ausschließlich in geflügelten Worten spricht, die sie sich aus dem Werk von Rudolph Laban zusammengeklaubt hat?

»Ihr könnt jetzt gehen«, sagt die Feuerschneise plötzlich. »Eure Zimmer sind geräumt und eure persönlichen Sachen bereits in Kisten verpackt. Ihr könnt sie im Empfangsraum abholen.«

»Wie bitte?«, sagt Lindsay. »Was sagen Sie?«

»HINAUS!«, sagt die Feuerschneise. »Verlasst das Gebäude! Ihr könnt von Glück sagen, dass ihr weiter an der Universität studieren dürft.«

»Aber wo sollen wir denn hin?«, sagt Lindsay. »Ich weiß nicht, wo ich hinsoll.«

Die Feuerschneise ignoriert sie. Stattdessen richtet sie ihre letzte Bemerkung an Dinah. »Und du, denk gut über deinen Umgang nach.«

Und damit sind die Mädchen entlassen.

Der Rausschmiss ist für Lindsay dramatischer als für Dinah, da sie nirgendwo unterkommen kann und in zwei Wochen ihre Abschlussprüfung schreiben muss. Aber dann kommt Maud zur Rettung. Sie lebt mittlerweile in einer Einzimmerwohnung um die Ecke von Musgrave Road, und Lindsay kann bei ihr wohnen. Maud arbeitet als Sprechstundenhilfe bei dem Tierarzt, der früher immer Punch zusammengeflickt hat. Außerdem entwirft sie gerade für eine von Jennys alten Freundinnen eine Kleiderkollektion. Die Freundin hat einen Laden für Innendesign, den ihr ein reicher Gatte finanziert, und ihr schwebt vor, Mauds Kollektion als Nebenprojekt zu lancieren. Aber gerade als Maud mit allen Kleidern fertig ist, setzt der reiche Gatte dem Projekt ein Ende. Also teilt

Maud die Kleider zwischen sich und Dinah auf, und alle sind fantastisch. Es gibt Zweiteiler mit Hüfthosen und kleinen quadratischen Oberteilen, die nur knapp über die Taille gehen, und jedes Mal, wenn man sich streckt, kommen zehn Zentimeter Bauch zum Vorschein. Die Kleider sind aus festem Vorhangstoff gearbeitet. Aus Kattun und Chintz und Ripsseide. Oder sie sind aus Jeansstoff. Es gibt eine zum Versinken große Jacke aus Kopfkissen-Inlettstoff mit einem Futter aus geblümtem Chintz und geranienrot paspellierten Säumen.

Dinah trägt die Jacke, als sie sich für den Weg nach Hause rüstet, und nach Hause bedeutet heim ins Zimmer zu ihrer Schwester. Ihre Mutter kommt sie mit ihrem neuen Renault Dauphine abholen. Es ist das erste Auto, das sie haben, aber Dinahs Dad kann damit nicht fahren, weil er zu kurzsichtig ist. Dinahs Mum sagt auf der ganzen Fahrt kein Wort.

»Und stör deine Schwester nicht« ist alles, was ihr Vater sagt, als sie zur Tür hereinkommen. »Sie hat bald Examen.«

Dinah hat auch bald Examen, aber jeder in der Familie weiß, dass Dinah Examen nichts ausmachen. Es ist Lisa, die Examen fürchtet, Lisa, die zum reinen Nervenbündel wird, wenn sie nur an Examen denkt. Und so ist es jetzt auch Lisa und nicht mehr Dinah, um die sich ihre Mutter sorgt. Sie nimmt Lisa auf viele beruhigende Einkaufsbummel und andere Ausflüge mit und versucht alles, um die arme Lisa daran zu erinnern, dass es auch ein Leben jenseits des Examens gibt.

Dinahs Mum, Dinahs besonderer Mensch, die Mum der Armen Kleinen Dee, hat eindeutig die Seiten gewechselt. Die Kleine Dee ist für sie eine Enttäuschung. Sie ist jetzt lieber mit Lisa zusammen, seit Dinah sich so verändert hat. Sie ist nicht einmal mehr künstlerisch. Sie zeichnet nicht mehr, sie malt nicht. Sie spricht über englische Dichtung und englische Theaterstücke und englische Romane, Bücher, die in einer Sprache verfasst wurden, mit der sich ihre Mutter nie wirklich anfreunden konnte. Auch scheint die Kleine Dee nicht mehr so zart und kränklich zu sein, da sie im Studentinnenwohnheim seit neun Monaten mit Schaumstoffkopfkissen und billigen Acrylbettdecken versorgt wird, anstatt sich mit des Kaisers Milbenzeug zuzudecken. Dinahs Allergien scheinen sich eine Auszeit zu gönnen. Und so kehrt Dinah verwirrt und schamerfüllt nach Hause zurück, nur um festzustellen, dass sich ihre Mum mehr denn je mit Lisa verbündet hat. Erschwerend kommt hinzu, dass Lisa alles andere als erfreut ist, ihr Zimmer wieder teilen zu müssen, das sie mittlerweile als ihr eigenes betrachtet.

Es gibt nur eine Person, die sich über Dinahs Rausschmiss aus dem Studentinnenwohnheim wirklich freut, und das ist Didi von Schweiten. Dinah sieht ihm an, dass er sich geschmeichelt fühlt und sich bemühen muss, nicht damit anzugeben.

»Fleisches Sumpfhaus, ja?«, sagt er. »Fleisches Sumpfhaus? Bei deinem Ruf kannst du jetzt ja auch mit mir schlafen.«

Und genau das tut sie. Sie leihen sich Mauds Apartment, und Dinah fühlt rein gar nichts. Außer einer gewissen Aufregung über eine sehr bedeutsame Kapitulation. Didi ist ein wenig enttäuscht, dass kein Blut fließt und kein jungfräulicher Schmerzensschrei ertönt.

»Du kannst keine Jungfrau sein«, sagt er. »Außer du bist von einem Pferd gefallen.«

Aber Dinah hat noch nie auf einem Pferd gesessen, also weiß sie auch, dass sie noch nie von einem runtergefallen ist. »Ich bin früher viel auf Bäume geklettert«, sagt sie. »Als wir noch im Butcher Estate wohnten.«

Natürlich ist sie viel zu schüchtern, um sich Didis Körperteile genauer anzusehen, also weiß sie nicht, ob er irgendeine Art von Verhütung benutzt hat. Hat er seinen Halfcrown auf die Ladentheke der örtlichen Drogerie geschnickt, wie es Catherine Cleary ihr einst so bildhaft beschrieben hatte, oder hat er nicht? Woher sollte sie das wissen? Die Tage und Wochen ziehen dahin, und Dinah hat solche Angst, möglicherweise schwanger zu sein, dass ihre Regel einen ganzen Monat aussetzt. Und natürlich kann sie mit Didi nicht darüber reden – denn über die Regel spricht man nicht mit Jungen. Stattdessen verschließt sie sich. Die eisige Jungfrau ist zurück, und das, als Didi schon glaubte, er hätte nun freie Bahn.

Die Folgen ihrer Kapitulation sind für Dinah ebenso schwerwiegend wie der Akt an sich enttäuschend. Dinah muss feststellen, dass sie ihre ganze Macht verloren hat. Über Nacht ist sie zu Didis Zombie geworden. Er ist der Mann, den sie heiraten muss. Also muss sie alles tun, um seinem weiblichen Idealbild zu entsprechen. Und so übt sie sich – weiblich, sanft und unterstützend – darin, für einen Mann die zweite Geige zu spielen, der sich trotz seines unleugbaren Charmes nicht einen Hauch für die Dinge interessiert, die ihr am Herzen liegen, einem Mann, der nichts liest außer dem *Kinsey Report*. Und dann gibt es natürlich noch Didis Eltern, für die sie sich ebenfalls ummodeln muss.

»Mutti«, die Nichte des Erzbischofs, ist ein heiliges Hausmütterchen mit gelb gebleichten Haaren, und das

Wunder in der Küche besteht in ihrer Fähigkeit, jede essbare Substanz durch einen Prozess langsamen Köchelns zwei Liter Sahne aufsaugen zu lassen. Und Mutti hat sofort gerochen, dass Didis Freundin ein Mädchen ist, das viel zu viel Intellekt besitzt, um ihm eine gute Frau zu sein.

»Mit Poesie allein kriegt man einen Mann nicht satt«, sagt sie zu Dinah, die sich gerade mit Eliots *Das Liebeslied des J. Alfred Prufrock* in den Garten zurückgezogen hat. Dinah hatte sich extra ein abgelegenes Plätzchen gesucht, um den Wachhund nicht sehen zu müssen, der sich jedes Mal, wenn er einen der schwarzen Bediensteten sieht, mit speicheltropfenden Lefzen gegen die Stäbe seines Zwingers wirft. Mutti findet, dass Dinah unbedingt lernen muss, ihrem Mann die Socken zu stopfen – aber Dinah kann bereits Socken stopfen. Denn Dinah ist ein Mädchen, wie Didi eilends zur Beschwichtigung vorbringt, das seine eigenen Kleider näht.

»Hmh«, sagt Mutti. »Hmh.«

Dinahs Kleider sind eine weitere Sache, für die Mutti und Vati keinen Sinn haben. Vati hält sich allerdings nicht mit vielen Hmhs auf. Er kann auf Anspielungen verzichten. Denn Vati behält sich das Recht vor, immer frei nach Schnauze zu reden – vor allem, wenn es um Menschen geht, die unter seinem Dach wohnen. Vati ist ein großer schwergewichtiger Mann, der aussieht, als wäre er gichtkrank. Er hat einen großen kahlen Kopf und eine überaus dicke Zunge, die nicht wirklich in seinen Mund zu passen scheint, da er immer mit einem feuchten Lispeln spricht und meistens weiße Speicheltupfen auf den Lippen hat. Im Grunde sieht Vati aber wie ein trinkfester Gutsbesitzer aus, der sein Leben im Sattel verbracht hat.

Ein Mann, der scharf gewürzte gehackte Nieren zum Frühstück verspeist, gefolgt von einem Paar Rebhühnern.

»Mahlzeit«, ruft er mit jungenhafter Freude und setzt sich mit der Serviette unter dem Kinn in seinen riesigen geschnitzten Lehnstuhl. Dann wartet er am Kopfende des Tisches, dass Mutti mit ihren Platten in Sahne getränkter Schweinelendchen aus der Küche kommt, den Schüsseln mit dicken weißen elsässischen Würstchen und sahnegetränkten Kartoffelgratins.

Didi will im Haus seiner Eltern nicht mit Dinah schlafen. Um Mutti und Vati nicht zu beleidigen. Also bettet er sie im Stall auf einen Haufen grober Jutefuttersäcke. Die Säcke lösen bei Dinah sofort eine Heuschnupfenattacke aus, zumal sie durch Muttis österreichische Federbetten bereits sensibilisiert ist – sie haben eine noch verheerendere Wirkung als des Kaisers Milbenzeug. Außerdem sind Muttis Kissen in einem so ehrwürdigen Alter, dass alle Entendaunen darin zu einem tödlichen Pulverstaub zerfallen sind, in dem die Milben jetzt ihre Orgien feiern. Für Dinah ist es so, als würde sie ihren Kopf in einen gut gefüllten Staubsaugerbeutel stecken. Und sie wird von Anfällen heimgesucht, die sie seit ihrer Kindheit nicht mehr hatte. Die ganze Nacht hindurch ringt sie nach Luft und versucht ihr Möglichstes, ihre Nieser zu ersticken, während sie sich heimlich über den knarrenden Flur schleicht, um mit ganzen Rollen von Toilettenpapier ihr Naselaufen einzudämmen. Und sie hat ihr asthmatisches Hüsteln wieder. Kurz und trocken. Ununterbrochen. Hüstel-hüstel-hüstel. Am nächsten Morgen ist Mutti ins Land der Beleidigten abgereist, sagt aber nicht, warum.

»Du hast meine Mutter die ganze Nacht wach gehalten«, erklärt ihr Didi vorwurfsvoll. »Mit deinem ganzen

Niesen und Husten und dem ständigen Gerenne zur Toilette. Kannst du nicht versuchen, ein bisschen rücksichtsvoller zu sein?«

»Entschuldigung«, sagt Dinah.

Ihre Augen sind kleine rote Schlitze. Die Haut an ihren Nasenflügeln ist rot und aufgerissen.

»Bei *mir* musst du dich nicht entschuldigen«, sagt er. »Versuch es lieber bei meiner Mutter.«

Als Didi sie im Februar für einen ausgedehnten Jagdausflug allein lässt, schreibt sie ihm zwölf Valentinskarten mit zwölf verschiedenen schmucken Zweizeilern, die sie mit schwarzer Tusche sorgfältig zu Papier bringt und sie an die Adresse seiner Eltern schickt. Sie erinnert sich so gut an diesen Akt übertriebener Hingabe, da ihr überdurchnittliches Grußkartentalent Mutti das erste und einzige Mehr-oder-weniger-Kompliment entlockt, das Dinah je hören wird. Sie sagt, Dinah sei ja *so* künstlerisch, dass sie sich doch einen Freund suchen sollte, dessen Begabung ihrer eigenen entspräche.

Und dann, als Didi seinen Abschluss in Wirtschaftskunde geschafft hat, zieht er zum Arbeiten nach Johannesburg. Und Dinah, die sich plötzlich von drei viel geeigneteren jungen Männern umringt sieht, sagt jedem einzelnen, dass sie ihn zwar mag, aber nichts daraus werden kann, da sie Didi heiraten wird. Der eine ist Journalist und ein talentierter Schlagmann, der in der Kricketnationalmannschaft spielt. Der zweite ist ein ehrgeiziger superintelligenter Akademiker und angehender Rhodes Scholar, der sie mit seiner heruntergekommenen roten Lambretta herumkutschiert. Er schlingert auf der Straße hin und her und baut so viele Unfälle, dass Dinah eine Theorie über das definitive Umkehrverhältnis von Straßentüchtigkeit und hohem Intelligenzquotienten entwickelt.

Der dritte ist unfassbarerweise Jed. Jed, der plötzlich beschlossen hat, dass sie doch die Richtige für ihn ist. Er hat sein Twinset-Mädchen-Faible endlich hinter sich gelassen und Dinah sein Herz geöffnet. Und Dinah – der innerlich alles wehtut, während sie die Worte spricht – hört, wie sie zu ihm nein sagt. Nein, obwohl sie ihn *wirklich* mag, aber eben nur als guten Freund, mehr aber auch nicht. Weil sie Didi heiraten wird. Im Gegensatz zu den anderen verschwindet Jed von der Bildfläche. Er sitzt nicht stundenlang auf ihrer Mutter Sofa, in der Hoffnung, sie schließlich doch noch zu erobern. Er sagt ihr, sie sei dumm, dann lässt er sie in Frieden. Fast ein halbes Jahr spricht er kein Wort mit ihr.

Dinah ist sich ziemlich sicher, dass Jed in irgendetwas Politisches verstrickt ist. Aber es gibt so einige Leute, über die man besser keine Fragen stellt. Leute, mit denen man nichts ahnend zu Abend isst, während sie die ganze Zeit eine Ladung Dynamit unter dem Diwan verstecken. Und niemand, der nur halbwegs bei Verstand ist, würde jemals am Telefon über Politik sprechen. Oder in der Öffentlichkeit. Oder auch nur in seinem eigenen Garten, wo ein Nachbar es hören könnte. In regelmäßigen Abständen gehen irgendwo Bomben hoch, meistens in Regierungsgebäuden, denn seit seinem Verbot hat der ANC zweihundert erfolgreiche Sabotageakte durchgeführt. Die Sonntagszeitungen sind voll mit Berichten über die demaskierte Blonde Spionin an der Wits University – und Spione sind überall. In Dinahs engstem Freundeskreis wird gemunkelt, dass der Bibliothekar wahrscheinlich ein Spion ist, und zugegebenermaßen zieht er einen immer wieder gerne zur Seite und bietet einem – ganz im Vertrauen – einen ganzen Schrank mit verbotener Lektüre an. Wenn man also *Das Manifest der Kommunistischen Partei* lesen möchte, kein Problem. Man soll nur zu ihm kommen.

John Vorster, der Justizminister, und sein Freund Hendrick van den Bergh, den er zum Chef der Inneren Sicherheit ernannt hat, wachen in einer außergewöhnlichen Zweimannshow über den nationalen Schutzapparat. Es gibt das neue Sabotagegesetz und das Neunzig-Tage-Gesetz, das der Polizei erlaubt, eine Person auf Verdacht festzunehmen und ohne Haftbefehl oder Anrecht auf einen Verteidiger neunzig Tage lang einzusperren. Dann sind es einhundertundachtzig Tage. Und die Polizei darf einen natürlich sofort nach der Freilassung wieder verhaften. Und dann kommt es unter den Inhaftierten plötzlich vermehrt zu tödlichen Unfällen – in der Dusche, auf der Treppe, bei Stürzen aus oberen Stockwerken.

Die Dinge sind noch nicht so schlimm, wie sie einmal sein werden, aber es geht kontinuierlich bergab. Dinah reagiert darauf, indem sie, in Didis Abwesenheit, einer Madrigalgruppe beitritt. Denn Alfred Deller, der englische Countertenor, hat in Südafrika eine plötzliche Renaissance früher englischer Musik ausgelöst.

ELF

Lisa beschließt, nach ihrem Abschluss Bibliothekarin zu werden. Hauptsächlich, weil sie keine Lehrerin werden will. Beide Mädchen sind sich sicher, keine Lehrerinnen werden zu wollen. Denn wer will schon wie Miss Legge enden? Außerdem ist Dinah immer noch überzeugt, dass so gut wie alle Lehrer verrückt sind. Lehrerin, Bibliothekarin, Sekretärin, Krankenschwester. Das sind die Berufe, die zur Auswahl stehen. Das heißt, wenn man ein Mädchen ist. Lisa hat sich für den Bibliothekarslehrgang in Johannesburg angemeldet, da es in Durban keinen gibt. Also fahren Lisa und ihre Mutter nach Johannesburg und sehen sich billige Unterkünfte an. Sie sind auf der Suche nach einem hübschen Logierzimmer in einer Pension, in der es nicht nach gekochtem Kohl und Chlorputzmittel stinkt, denn Lisa ist genau wie ihre Mum recht pingelig. Beide haben es nicht gern gewöhnlich.

Dinah ist also zum ersten Mal in ihrem Leben mit ihrem Vater allein. Und da sie plötzlich in die Verantwortung ihrer älteren Schwester schlüpfen muss, wird sie hin und wieder mit der Zubereitung des Abendessens betraut. Sie hat gerade ihr erstes Brathähnchen mit Ofen kartoffeln zubereitet, als das Telefon klingelt und jemand, den sie nur vom Sehen kennt, sie bittet, mit ihm auszugehen, jemand, der neu an der Uni ist. Er hat Karten für ein Pantomimestück, das in einer Stunde anfängt. Der

Pantomime kommt aus Frankreich und ist auf Tournee in der Stadt, aber Dinah befindet sich in einer Zwickmühle, weil ihr Brathähnchen gerade fertig ist.

»Ich muss nur schnell meinen Dad fragen«, sagt sie.

Diese Bemerkung findet der Neue von der Uni zwar ein wenig abtörnend, wie er ihr später sagt, aber er holt sie dennoch mit seinem VW Käfer ab, der unheimlich nach Katzenpisse stinkt. Zwei Tage zuvor hatte sich ihr Date zwei Straßenkatzen aus dem Tierheim geholt, die auf dem ganzen Weg nach Hause pissen und kotzen mussten. Sie sehen nicht wie Schmusekatzen aus, erzählt er ihr. Kein bisschen wie Schmusekatzen. Sie ähneln eher diesen unter Strom gesetzten Katzen aus Zeichentrickfilmen für Kinder. Sie sind wild und mager, und wenn sie Angst bekommen, steht ihnen das Fell im Zickzack vom Körper. Sie sind also nicht wie Muschka, Dinahs rundlicher und bequemer Kater von der Farm, der sich seine ganze Energie fürs Schnurren und Lächeln aufhebt, während er müde aus seinen gelben gefleckten Augen blinzelt. Der Neue von der Uni hat seine Katzen Wyatt Earp und Jesse James genannt. Auch fällt Dinah auf, dass der Rücksitz des Käfers mit lauter zerknitterten Luftpostausgaben des *New Statesman* und Pogo-Comics aus dem Okeyfenokey Swamp übersät ist.

Der Name des Pantomimen ist Marcel Marceau, und weil Dinah vergessen hat, ihre Gregory-Peck-Hornbrille mitzunehmen, geht die Aufführung vollständig an ihr verloren. Sie erkennt einen schwarzen Hut und eine schwarze Hose und weiß daher, dass jemand auf der Bühne ist und dass dieser Jemand sich bewegt. In der Pause sind jedoch alle so begeistert von dem Pantomimekünstler, dass Dinah sich ein Herz fasst und ebenfalls ins Schwärmen gerät.

Sie sitzen mit zwei von Dinahs Dozenten zusammen – beides kürzlich ernannte Jungakademiker, die schnell zusammenfanden. Die junge Frau hat allerdings etwas von einer Sklaventreiberin an sich, und ihre erste Amtshandlung besteht darin, allen Studenten ungemein schlechte Aufsatznoten zu geben, und so auch Dinah für ihren Aufsatz über die Romane von E. M. Forster.

»Ihnen scheint entgangen zu sein, dass Forster ein eher unbedeutender Schriftsteller ist«, sagt die Sklaventreiberin.

Aber, wie Dinah dem Neuen von der Uni in der Sekunde mitteilt, als sie wieder ihre Plätze eingenommen haben: »Ich dachte, ich sollte einen *Aufsatz* schreiben und keine Ligatabelle.«

Und sofort fühlt Dinah sich elend, dass sie vor ihrem männlichen Begleiter ihre Uniaufsätze erwähnt hat. Doch zum Glück gibt auch er eine Aufsatz-Story zum Besten. Er erzählt ihr, dass er als Studentenaktivist an der Wits von der Blonden Spionin getestet worden sei, der Spionin, über deren Bandaufzeichnungen für die Polizei jetzt in allen Zeitungen berichtet wird.

»Ach, der«, sagte die Blonde Spionin über den Neuen. »Ach, der. Der erzählt nur unaufhörlich von seinen Geschichtsaufsätzen.«

Der Neue an der Uni erzählt außerdem von jemandem, den er kennt, der als vorlauter Student einmal E. M. Forster beleidigt hat. Dinah kann sich E. M. Forster kaum als jemanden vorstellen, den man beleidigen könnte. Sie stellt sich berühmte Schriftsteller immer nur als Namen auf Buchrücken vor.

Dinah genießt den Abend mit dem Neuen von der Uni. Sie mag sein lockiges schwarzes Haar, und ihr gefällt, dass er sich zwei Katzen besorgt hat. Außerdem findet sie ihn sehr amüsant. Trotzdem verkrampft sie sich erheblich, als er mit seinem Käfer vor ihrem Elternhaus hält.

»Ich würd dich ja gerne küssen, aber das werd ich nicht«, sagt er und nimmt ihr den Wind aus den Segeln. »Ich hab heute Nachmittag zwei Backenzähne gezogen bekommen, und mein Mund fühlt sich an wie zerhackte Leberstückchen.«

Die Zähne des Dates sind eine Katastrophe. Während seiner gesamten Studienzeit hat er seine Zähne von Studenten der Zahnmedizin kostenlos versorgen lassen. Und so verfügt er jetzt über eine Menge unnötiger Kronen und experimenteller Brücken, die alle in sich zusammenzubrechen drohen.

Dinah nutzt die Gelegenheit, um ihre kleine Rede zu halten. »Ich mag dich wirklich sehr«, sagt sie. »Aber ich hab einen Freund in Johannesburg, und ich werde ihn heiraten.«

»Soll mir recht sein«, sagt ihr Date. »Ich habe nämlich nicht vor, dich zu heiraten. Außerdem – er ist in Johannesburg, und ich bin hier.«

Ihr Date unterrichtet am Institut für afrikanische Studien Geschichte. Er war bis vor kurzem an der Universität von Kapstadt, wo er wie zuvor Dinahs Dad viele Jahre als freier Dozent tätig war. In Durban hat er jetzt eine feste Stelle, doch ursprünglich stammt er aus Transvaal. Er kommt aus Krugersdorp, einer Minenstadt im westlichen Witwatersrand, ungefähr dreißig Kilometer von Johannesburg entfernt. Krugersdorp ist für die Sterkfontein-Höhlen bekannt, wie er ihr erzählt, in denen ein junger schottischer Doktor ein bedeutsames Bindeglied entdeckte: *Plesianthropus Transvaalensis*, ansonsten als Mrs Ples bekannt. Ein weibliches Skelett, das den Nachweis eines aufrecht gehenden Humanoiden erbrachte, der seine Hände wie ein Mensch benutzte. In Krugersdorp, mit seinen vielen Goldminen, lebten früher viele weiße englische Minenarbeiter, oftmals Einwanderer aus den Zinnbergwerken von Cornwall. Aber es ist auch eines der Zentren afrikaanisch-nationalen Gedankenguts. Krugersdorp ist der Ort, an dem Präsident Krugers Streitkräfte die heruntergekommenen englischen Verschwörer des Jameson-Raid festnahmen, mit dem sich die Kolonialisten noch vor dem Burenkrieg die Vorherrschaft in Transvaal sichern wollten. Und auch das Paardekraal-Denkmal steht dort, an dem Buren in Voortrekker-Kostümen gerne ihrer Helden gedenken. Und dann gibt es in Krugersdorp – wie in den meisten Minenstädten von Witwatersrand – kleine Gemeinden asiatischer und jüdischer Händler, zu denen auch die Familie von Dinahs Date gehört.

Das Date ist ein Einzelkind. Er verbringt die meiste Zeit seiner Kindheit mit seinem besten Freund Cheeky, einer Promenadenmischung, mit der er bei den Sterkfontein-Höhlen spielt, oder er sitzt mit dem schwarzen Gehilfen seines Vaters am Flussufer und lässt sich von ihm buckelige Ochsen aus Schlick und Lehm formen. Doch dann kommt er in die Schule. Und seit dieser Zeit – er ist ungefähr neun Jahre alt – wird er ständig von kräftigen afrikaanischen Highschool-Jungen verprügelt. Weil er Jude ist und englisch spricht, und das im Jahr 1942. Die Mutter des Dates schickt ihn zum Boxtraining, aber er wird immer noch verprügelt. Bis zu dem einen Tag, fünf Jahre später, als sein Hauptpeiniger mit zwei kleinen Handlangern auftaucht. Geplant ist, dass die Handlanger das Date verprügeln sollen, während der große Junge daneben steht und zusieht. Und sollte das Date wagen, sich an den Handlangern zu vergreifen, würde der große Junge schon einschreiten. Das Date spürt, dass seine Ehre auf dem Spiel steht, und so fegt er die Handlanger mit einer entschlossenen Bewegung beiseite und stürzt sich direkt auf den großen Jungen, dem durch Zufall eine Ader in der Nase platzt. Das Blut strömt über ihre Schuluniformen und ruiniert ihre Schulkrawatten. Dies ist der Tag, an dem die Schikane aufhört und der eine Ruf verloren und der andere gewonnen wird.

Die Mutter des Dates wird 1928 von London nach Südafrika verschifft. Sie stammt von der Mile End Road und soll in Südafrika für einen ihrer zehn Brüder arbeiten. Alle elf Geschwister sind extrem intelligent, aber die Familie kann sich keine Schuluniformen leisten, und so fangen alle Geschwister im Alter von vierzehn Jahren an zu arbeiten, was für die meisten bedeutet, nach Witwatersrand in See zu stechen, wo sie dann die Überfahrt für den nächstältesten der Geschwister verdienen.

Ida kommt also nach Krugersdorp, um für ihren Bruder Benny als Sekretärin zu arbeiten. Und nach ein paar Jahren – denn Krugersdorp ist nicht unbedingt der geeignetste Ort, um Bekanntschaften zu machen – heiratet Ida einen Mann, dem sie sich entschieden überlegen fühlt, weil er mit litauischem Akzent spricht und nicht sehr viel Geld besitzt. Ihr fragwürdiger Standesdünkel rührt daher, dass sie Engländerin ist. Eine Engländerin aus London, die mit der District Line gefahren ist. Und jetzt ist sie schwanger und mit einem Ausländer verheiratet, der nichts als ein unsicheres Einkommen hat, indem er kauft und verkauft, was er gerade so findet.

Aber der Vater des Dates ist ein wunderbarer Kerl –

zumindest denkt das Dinah, die ihn früher als erwartet kennen lernt. Der Vater des Dates ist auf anderen Wegen nach Krugersdorp gekommen. Mit zehn Jahren wird er ganz allein aus seinem Schtetl in Litauen nach Südafrika geschickt. Ohne ein Wort Englisch zu sprechen, kommt er in London an, wo er an Bord eines Schiffes geht, das nach Kapstadt in See sticht. Ein reicher Onkel, so wurde ihm gesagt, wird sich um seine Ausbildung kümmern. Von Kapstadt aus macht er sich auf den Weg zu einem Dorf irgendwo in der Transkei, wo der reiche Onkel lebt. Aber der reiche Onkel ist gar nicht reich. Er betreibt einen kleinen Kramladen für die Einheimischen und lässt den Jungen für sich arbeiten. Der Vater des Dates besucht also keine Schule. Er lernt Englisch und bringt sich vieles selbst bei, indem er alles liest, was er in die Finger bekommt – und meistens sind das Bücher von Victor Gollancz' Left Book Club.

Seit sich das Date erinnern kann, betreibt sein Vater »das Geschäft«. Er hat einen kleinen Lieferwagen und einen schwarzen Gehilfen, und er fährt mit dem Lieferwagen ins Hinterland von Transvaal, um den Afrikaaner-Farmern landwirtschaftliche Erzeugnisse abzukaufen, die er dann an Großhändler in den verschiedenen Städten der Umgebung weiterverkauft. Ein paar der Farmer, die er besucht, haben Bilder von Hitler an der Wand. Aber sie trinken mit ihm trotzdem immer einen Kurzen auf der Veranda, da er so umgänglich ist und man gut mit ihm reden kann, und das auf Afrikaans.

»Piet«, sagen sie, »du bist der einzige Jude, den wir in unser Haus lassen. Und der einzige Kommunist.«

Sie nennen ihn Piet, weil seine Initialen P. T. sind, obwohl er eigentlich Philip heißt.

Und er ist eine Art Kommunist, weil er weiß, dass die russische Revolution eine ganz wunderbare Sache war, auch wenn er sieben Jahre vor den Ereignissen von 1917 sein Land verlassen hat. Er weiß, dass alle Geschichten, die über Stalin und die Arbeitslager verbreitet werden, eine Erfindung der kapitalistischen Presse sind. Denn früher, vor ein paar Jahren, hat er einmal auf den Stufen des Johannesburger Rathauses einen Redner sprechen gehört. »Wenn die *Rand Daily Mail* sagt, es sei Tag«, sagte der Redner, »dann wisst ihr, dass es Nacht ist.« Also weiß der Dad des Dates, das die Sowjetunion niemals in Ungarn einmarschiert ist. Er weiß, dass dies nur wieder eine Verschwörung der kapitalistischen Presse ist. Der Redner war Jock Campbell von der südafrikanischen Labour Party.

Der Dad des Dates nimmt an, dass sein Sohn ihm später im Geschäft helfen wird, aber seine Mum hat andere Pläne. Ihr Sohn ist sehr gescheit, erzählt sie ihren Nachbarn in Blikkies, dem bescheiden bis ärmlichen weißen Blechhausvorort, in dem die Familie lebt, bevor sie dann in späteren Jahren in eine bessere Wohngegend zieht.

»Er wird in Oxford studieren«, sagt sie.

Und das Date ist wirklich sehr gescheit, denn nach seinem ersten Jahr in der Grundschule überspringt er eine Klasse – und wird fortan von seinen Lehrern schikaniert und von den älteren Jungs in seiner Stufe herumgeschubst. Im Alter von zwölf Jahren hat das Date aufgrund seiner Erfahrungen also bereits seit mehreren Jahren begriffen, dass Schule nichts Gutes bedeutet, und er wird zu einem gewohnheitsmäßigen Schwänzer. Wenn er die Schule schwänzt, trampt er nach Johannesburg, wo er sich im Erdgeschoss der öffentlichen Bücherei häuslich niederlässt und alle vorhandenen Ausgaben des *New States-*

man, des *Observer* und des *Listener* liest. Wodurch sich auch erklärt, warum er der einzige Mensch ist, den Dinah kennt, der sich genauestens mit Malcolm Muggeridge und Kingsley Martin und John Strachey und den Aldermaston-Märschen auskennt und weiß, was Jacob Bronowski in der BBC gesagt hat. Er ist auch der Einzige, der einen echten Dufflecoat mit echten Hornknebeln besitzt. Das Problem mit dem Dufflecoat ist nur, dass er ihn eigentlich nicht tragen kann, da er wie Dinah Asthmatiker ist und wenn er den Mantel trägt, pfeifende Bronchien bekommt. Außerdem hat er genau wie Dinah am Guy Fawks Day Geburtstag.

»Das glaub ich nicht«, sagt Dinah. »Tut mir Leid. Ich glaub dir einfach nicht. Außer mir hat noch niemand am Guy Fawks Day Geburtstag gehabt.«

Der Name des Dates ist Sam, und er muss Dinahs Überzeugung nach als voll entwickeltes politisches Wesen aus der Gebärmutter geschlüpft sein. Oder er hat es von seinem Dad. Er kann keine einzige gedruckte Zeitungsspalte in Ruhe lassen, und er weiß schon länger, als er denken kann, dass Religion nur Opium fürs Volk ist. Als Kind hat er einen Protestmarsch gegen den örtlichen Rabbi geführt, der die außerschulische Hebräischklasse unterrichtet, und seitdem ist er nicht mehr hingegangen. Die Schule ist schon langweilig genug, sagt er. Da muss er nicht auch noch samstags einem autokratischen Drangsalierer zuhören, wenn er draußen genauso gut Kricket spielen könnte.

Im Gegensatz zu Dinah ließen Sam die Choräle in der Morgenversammlung gänzlich unberührt. Alles in allem kennt er nicht einmal zehn Liedverse. Um genau zu sein, kennt er keinen. Dinah kann sich nicht vorstellen, dass er wirklich kein einziges Lied aufgeschnappt hat, aber schließlich besitzt er auch nicht *Das Schulbuch der Choräle*. Er ist nie dazu gekommen, es sich zu kaufen. Er gehört einfach zu dem unverbesserlichen Haufen von Schülern, an die jeden Morgen die losen Liedblätter ausgeteilt werden, auf denen die Schulsekretärin die jeweiligen vier Liedverse getippt hat, die in der Versammlung gesungen werden. Und wegen diesen Liedblättern weiß Sam auch gleich zu Anfang, dass der Direktor seiner Highschool verrückt ist.

»Lied Nummer zweihundertunddrei«, sagt der Direktor. »Die ersten zwei Verse und die letzten zwei Verse.«

Aber auf Sams Liedblatt stehen nur vier Verse.

Dinah ist außerdem der festen Überzeugung, dass Sam so gut wie nichts über jüdische Bräuche weiß, obwohl er dies immer bestreitet, wenn sie ihn testen will.

»Was ist Jom Kippur?«, sagt sie. »Was ist Rosch haSchanah?«

»Ähm«, sagt Sam. »Ähm ... Ich glaube, da isst man Meerrettich.«

»Das ist lächerlich«, sagt Dinah. »Egal. Zu *welchem* Fest isst man Meerrettich?«

»Ähm«, sagt Sam. »Ähm ...«

Aber er weiß, was Passah ist, sagt er. Da muss man Matzot essen. Gemäß den Bestimmungen des Beth Din zubereitet, wie es auf der Matzot-Schachtel heißt. Er weiß, dass sein Dad immer schlecht gelaunt ist, wenn er die vielen Tage hintereinander Matzot essen muss.

»Gott sei Dank, nächste Woche gibt's wieder ein Brot«, sagt er, wenn sich die Passahzeit dem Ende neigt.

An jüdischen Feiertagen verschwindet Sams Dad gerne für ein Glas billigen Whisky in dem einen oder anderen

Arbeiterlokal. Er mag die Kaschemmen der alten weißen Minenarbeiter, und er trägt dabei gerne seine Schirmmütze.

»Was ist Chanukka?«, sagt Dinah.

»Ähm«, sagt Sam. »Ähm … Ich glaube, Chanukka muss um das Jahr 1958 erfunden worden sein. Als Ausgleich für Weihnachten. So ähnlich wie Vatertag in Bezug auf Muttertag. Zu *meiner* Zeit gab es das nicht. Nicht, als ich ein Junge war.«

Es gibt zwei Dinge, die Dinah an Sam irritieren. Und sie bedrohen ihre sorgsam gehegten Vorurteile. Zum einen ist er ein sehr athletischer Typ und hat als Schuljunge an Sportwettkämpfen teilgenommen. Er ist mit einer Nummer vorne auf dem Hemd für seine Provinz angetreten, und kein Geringerer als »Baasie« van Wyk mit den doppelten Augenbrauen war Mitglied in Sams Sportverein. Sein Weg, seiner Highschool alle Ehre zu machen, ging über das Rugbyteam. Und Sam redet auch gerne über Sport.

»Ich war auf dem Ellis-Park-Kricketplatz live dabei«, sagt er, »als Huttan und Washbrook an einem Tag dreihundertundsechzig Läufe hingelegt haben.«

Dinah war noch nie mit jemandem zusammen, der ihr so etwas erzählt hat. Nicht einmal ihr Springboker Kricketverehrer. In Krugersdorp hat Sam als Kind mit einer Gruppe weißer Nachbarskinder im nahe gelegenen Park Kricket gespielt, während am anderen Ende der Stadt indische Kinder das Gleiche taten. Eines Tages fuhr Sam quer durch die Stadt und forderte sie zu einem Kricketspiel heraus. Die Jungen willigten ein, und das Spiel wurde für das folgende Wochenende festgelegt. Es war für alle

Beteiligten das erste Sportereignis mit Mannschaften unterschiedlicher Rassen.

»Und der Kapitän der indischen Mannschaft«, erzählt ihr Sam, »das war Yusuf Dadoos Bruder.«

Dr. Yusuf Dadoo ist Vorsitzender der mittlerweile verbotenen südafrikanischen Communist Party.

Das Zweite, was Dinah an Sam irritiert, ist sein ungewöhnliches Interesse an südafrikanischer Geschichte. Er ist davon vollkommen absorbiert. Dinah weiß nur, dass südafrikanische Geschichte das zum Gähnen langweilige Propagandafach war, an dem sie in der Schule teilnehmen musste. »Die erste Schiffsladung Kulis erreicht Südafrika im November 1860.« Aber jetzt verändert sich ihr Blick. Denn Sam erzählt ihr alle möglichen Dinge, von denen sie noch nie zuvor gehört hat. Er erzählt ihr von dem weißen Bergarbeiterstreik von 1922, als die Minenarbeiter unter dem Banner marschierten: »Arbeiter aller Länder, vereinigt euch für ein weißes Südafrika«. Er weiß, warum Pansy Kaufmann ihre russisch-jüdischen Gäste Peruaner nennt. Das kommt daher, dass die englischen und deutschen Juden keine polnischen und russischen Juden in den Kimberley Club aufnehmen wollten, sagt er. Also gründeten sie ihren eigenen Club und nannten ihn *Polish and Russion Union*. Aus dem Kürzel PARU wurde bald Peru. »Und aus den Mitgliedern Peruaner.« Das ist, was Sam erzählt.

Er weiß, dass die ersten afrikaansen Schriften Kommentare zum Koran waren. Die Sprache, die Dinah als das Kommunikationsmittel weißer Faschisten stets ablehnte zu erlernen, ist also in Wirklichkeit eine Sprache farbiger Menschen. Die Sprache muslimischer Kap-Malaien.

»Ein Imam wurde aus dem Kalifat gerufen«, sagt er. »Und weil die Glaubenskenntnisse der malaiischen Bevölkerung sehr im Argen lagen, ordnete er an, dass bestimmte religiöse Schriften in die Landessprache übersetzt werden sollten.« Die Landessprache war damals bereits Afrikaans. Oder Küchenholländisch, wie die Weißen sie nannten.

Sam kennt bizarre Geschichten von malaiischen Sklavenarbeitern, die irische Einwanderer als Lehrlinge nahmen. Er weiß, dass Großbritannien seinen Überschuss an Waisenkindern in die Kap-Kolonie verschiffte, aber die Waisen verschwanden bald von der Bildfläche, da sie in die Arbeiterklasse eingingen und dadurch zu Farbigen wurden. Er weiß, dass Arbeiter aus anderen afrikanischen Ländern als »ausländische Einheimische« klassifiziert werden. Er weiß, dass der Nylstroom in Transvaal der Nylstroom heißt, weil eine Gruppe von Treckburen, die sich auf die Suche nach dem Heiligen Land begaben, ihn für den Ursprung des Nils hielten. Die skeptischen Hardliner der Gruppe zogen weiter, bis sie nach Angola kamen, wo sie aber auch nicht den Ursprung des Nils fanden. Stattdessen wurden sie eine abgeschottete Kolonie verarmter Weißer. Er kennt die Person, die vor Jahren den Schriftzug an die Johannesburger Bücherei gepinselt hat: »WIR SCHWARZE LESEN NOCH NICHT«. Ein Mitglied des Transvaal Indian Congress, der alles mit seinen Spruchzügen überzieht. Er weiß, dass sich während des Zweiten Weltkriegs die Italiener aus Abessinien nur deshalb der südafrikanischen Armee ergaben, weil die britische Armee absichtlich ihre indischen Truppen zurückhielt, damit die Italiener sich keinen Farbigen ergeben mussten.

Aufgrund seiner hohen Schwänzquote fällt Sam in der Schule immer in Mathe durch. Also besorgt ihm seine Mutter eine Nachhilfe. Denn aus für Dinah unverständlichen Gründen hegt er damals die Fantasie, später einmal Minengeologe zu werden. Und schließlich, wenn auch verspätet, schafft er es auf die Universität. Er hat sich ein wenig Geld in einer Goldmine verdient, wo ihm ein schwarzer Boy seine Spitzhacke trug und ein anderer seine Lampe. Und gerade als sein Einführungskurs in Angewandter Mathematik beginnt, ihn die Wände hochzutreiben, wird er von einem Geschichtsstudenten gerettet, der ihn in der Kantine ausgespäht hat.

»Da sitzt ein Typ, den ich seit Tagen beobachte«, sagt der Geschichtsstudent zu seinen Freunden. »Er sieht aus wie ein Ingenieur. Und er zieht sich an wie ein Ingenieur. Und er sitzt bei den Ingenieuren. Aber er liest immer den *New Statesman.*« Also wird Sam ein Geschichtsstudent, der bald allseits geachtete Meinungen vertritt.

Als Sam Dinah nach Johannesburg fährt, damit sie Didi besuchen kann, schlägt er vor, sie könne ihm doch auf der Fahrt den Text von Blakes »Jerusalem« beibringen. Genauer gesagt: das Lied. In der Stunde zwischen Durban und Ladysmith versucht sie also ihr Bestes, und muss dabei nicht nur feststellen, dass Sam ein verheerendes Wortgedächtnis hat – er, der sich an jeden einzelnen Viehraubzug zwischen dem Kei und dem Kieskhama mit genauem Datum erinnert –, sondern dass sie mit ihm die dritte Person kennen lernt, die keinen Ton halten kann. Er bringt ihr im Gegenzug alle Lieder bei, die er von der Internationalen Brigade kennt. Mit dem Ergebnis, dass eines Tages, Jahrzehnte später, als Dinah mit dem Zug in einem spanischen Vorort hält und sie hinaus auf das Bahnhofsschild sieht und »Manzanares« liest, sie statt eines Bahnhofs einen blutgetränkten Graben vor Augen hat, wo einst Hans Beimler im Kampf um Madrid sein Leben ließ.

Kann dir die Hand drauf geben,
Derweil ich eben lad,
Du bleibst in unserm Leben,
Dem Feind wird nicht vergeben,
Hans Beimler, Kamerad.

Dinah schließt von Sams leicht schrägen Tönen auf die wahrscheinlichen Melodien, und nachdem sie diese in singbare Lieder transponiert hat, begleitet sie ihn mit Freuden.

In Ladysmith, einer bekannten Raststätte auf dem Weg zwischen Durban und Johannesburg, legen sie eine Pause ein und bestellen sich eine gemischte Grillplatte. Es gibt viele Tankstellen mit angegliederten Restaurants auf der Strecke. Die nächste kleine Stadt heißt Harrismith. Die Orte sind nach Sir Harry Smith, einstiger Gouverneur der Kap-Kolonie, der den Xhosa endgültig den Garaus machte, und seiner spanischen Frau, Lady Smith, benannt worden, die dafür bekannt ist, dass sie spanische Melonen nach Südafrika importierte. Dinah und Sam sind sehr von einem Plakat angetan, das in der Raststätte an der Wand hängt und dem Eheleben des Gouverneurs eine ganz neue Seite abgewinnt.

RINGKAMPF!
HARRISMITH GEGEN LADYSMITH!
KOMMENDEN SAMSTAGABEND!

Derweil hat ihnen die Tankstellenfrau eine Kanne Tee gebracht.

»In Ladysmith«, sagt sie stolz, »bekommen Sie immer eine ganze Kanne Tee.«

Da Didi den ganzen Tag arbeiten muss, verbringt Dinah die Bürostunden mit Sam, der mittags mit ihr im Zoo Lake Restaurant essen geht. An einem anderen Tag essen sie mit einem von Sams früheren Dozenten zu Mittag. Er ist der letzte von Laskis Söhnen. Der Dozent und seine Frau kleiden sich im Partnerlook. Ähnliche Strickjacke, ähnliche Kordhose. Die Strickjacken sind grau, aber in Dinahs Erinnerung sind sie sepiabraun. Obwohl sie an dem Tag viele Gäste haben, ist der Tisch mit Stapeln von Büchern voll gestellt. Beide lesen während des Essens und halten zwischendurch nur kurz inne, um dem einen oder anderen Gast eine Frage entgegenzuschleudern.

Am dritten Tag nimmt Sam Dinah mit zu seiner Familie nach Krugersdorp. Seine Mutter hat Salate und kalten Braten vorbereitet, davor gibt es klare Brühe mit Teigeinlagen, so genannten *kneidlach*. Und da sie Sam dabei erwischt, dass er sich vor dem Essen einen *kneidlach* aus der Küche stiehlt, schöpft sie ihm bei Tisch demonstrativ zwölf Stück auf seinen Teller, während sie und Dinah nur drei bekommen.

Sam stapft nach dem Essen also leicht unpässlich durch die Berge. Sams Mum ist eine sarkastische Frau, die es versteht, ihr Gegenüber mit nur einem Satz zu pfählen, aber am besten versteht sie es, Sam aufs Korn zu nehmen. Fast so, als labe sich ihr eigener brachliegender Intellekt an einer Art wohl behütetem Schmelztiegel unterdrückter Wut.

In der Küche von Sams Mum steht ein Topf mit Hühnerschmalz, das sie anstelle von Butter zum Braten benutzt. Das Schmalz ist aber nicht wirklich Hühnerschmalz, sondern eine koschere vegetarische Alternative. Auf dem Etikett ist ein sehr glückliches Huhn abgebildet. Und unter dem glücklichen Huhn steht: »Nicht einmal Hühner merken den Unterschied!!« Dinah sinniert eine ganze Weile über den Slogan nach, weil ihr die Logik nicht ganz verständlich ist. Schließlich kommt sie zu dem Ergebnis, dass das Huhn glücklich ist, weil es keinen Unterschied zwischen dem vegetarischen Ersatzprodukt und seinem eigenen Körperfett erkennen kann, und es erinnert sie sehr an Sallys Dads Fleischerei, in dessen Auslage ein lächelndes Pappmaché-Schwein stand. Das Schwein hatte eine dunkelblaue gestreifte Fleischerschürze an und hielt ein Schlachtmesser nebst Pappmaché-Würstchenkette in die Luft.

Am Abend wäscht Dinah in Didis Badezimmer Didis Strümpfe. Danach schlafen sie miteinander. Dinah erinnert sich vor allem an einen weiß gestrichenen Schrank, den sie über Didis Schulter hinweg sehen kann. Auf den Türen steht in hübsch geschwungener schwarzer Schrift: »Dieser Schrank gehört Maggie – wird noch abgeholt«. Dinah gefallen die lang gezogenen schwarzen Pinselstriche auf der weiß lackierten Schrankfläche. Sie mag auch den Namen Maggie. Am nächsten Tag kommt Sam, um mit ihr nach Durban zurückzufahren. Auf dem Weg starten sie einen erneuten Versuch, Blakes »Jerusalem« zu lernen, und als sie in Ladysmith Rast machen, ist Sam mit seinen Fortschritten sehr zufrieden.

»Ich glaube, so langsam hab ich's.«

Sam war während seiner gesamten Studienzeit in Johannesburg politisch sehr aktiv. Daher ist es nicht verwunderlich, dass viele seiner Freunde bald zu Südafrikas Kampfesadel zählen werden. Außer sie zählen bereits zu Südafrikas Kampfesopfern, und das ist bei vielen der Fall. Sam verteilte für den ANC Flugblätter, und er verkaufte im Stadtzentrum von Johannesburg und den weißen Vororten und in verschiedenen schwarzen Armenküchen und Warteräumen die Zeitungen des ANC – Zeitungen, die immer wieder ihre Namen ändern mussten, da sie ständig verboten wurden. Ein weiterer bedeutender Beitrag für die Bewegung bestand für Sam darin, den wichtigen Leuten beim ANC Alkohol zu beschaffen. Da es Schwarzen verboten ist, Alkohol zu erwerben, ging Sam im Auftrag der Führungsleute in die Läden und kaufte ihnen, was sie brauchten. Dort sagte er einfach, sein Boy würde am Samstag kommen und die Bestellung abholen.

Mit den neuen drakonischen Maßnahmen und Verboten kommen Sam jetzt einige Zweifel, ob sich der ANC tatsächlich in eine schlagkräftige Guerillabewegung verwandeln kann. Er befürchtet, es könnte schwer sein, mit der einst so öffentlichen Führung im Untergrund tätig zu werden – eine Führung, die nach und nach entweder im Gefängnis oder im Exil verschwindet. Und angesichts der neuen polizeilichen Sonderbefugnisse, aufs Geratewohl Verhaftungen vorzunehmen und die Verdächtigen auf unbestimmte Zeit festzuhalten, vermutet er, dass es nicht allzu schwer sein dürfte, die politischen Köpfe aufzuspüren. Der Staat muss nur ein paar vage beteiligte Symphatisanten verhaften und ihnen lange genug zusetzen, bis einer oder zwei von ihnen zusammenbrechen – Aktivisten aus den hinteren Reihen, die so lange bearbeitet und terrorisiert werden, bis sie ein paar Hypothesen ausspucken, die möglicherweise ein Körnchen Wahrheit enthalten. Zumal es ein offenes Geheimnis ist, dass der Staat die Folter benutzt. Und während Sams jüngster Backenzahnextraktion konnte der Zahnarzt feststellen, dass Sams Schmerztoleranz ziemlich niedrig ist.

Also hat Sam beschlossen, es gut sein zu lassen. Für ihn heißt es, Abschied zu nehmen. Und der Umzug nach Durban bietet ihm die beste Möglichkeit für einen Rückzug. Er ist mit der örtlichen aktiven Szene von Durban nicht vertraut, und er muss sich auf nichts einlassen. Aber natürlich spricht nichts dagegen, einem Durbaner Kollegen und Mitglied der Liberal Party freundschaftlich auszuhelfen. Der Kollege kommt mit seiner Familie finanziell gerade so zurecht und kann sich kein Auto leisten. Es ist daher nur verständlich, dass er sich manchmal den Käfer ausleiht.

Kurz nachdem sein Kollege ihn um das Auto gebeten hat, werden Dinah und Sam auf den Ausfahrtsstraßen von Durban vermehrt bei Kontrollen angehalten. Zwei Mal winkt sie die Polizei auf die Seite und leuchtet mit Taschenlampen in den Wagen. Dann dürfen sie weiterfahren. Das dritte Mal hingegen sind die Polizisten ganz aus dem Häuschen und sprechen hektisch in ihre Walkie-Talkies.

»Wir haben das Auto«, sagen sie auf Afrikaans. »Wir haben das Auto. Wir haben es gefunden.«

Und plötzlich geht alles ab in die Forensik – die ganzen Luftpostausgaben des *New Statesman* und alle Pogo-Hefte. Sie nehmen Dinahs Heuschnupfenspray und ihren Kosmetikbeutel mit, ihren Make-up-Stift von Max-Factor und ihr Apfelblütenparfüm. Besonders erregt sich die Polizei jedoch über den Titel einer Doktorarbeit, die auf

Sams Rücksitz herumfliegt. Sie handelt von der Anti-Convict Agitation am Kap im Jahr 1848. Und bei den Worten »Convict« und »Agitation« brennen der Polizei gleich mehrere Sicherungen durch. Aber dennoch geht das normale Leben weiter, denn Maud ist in Hochzeitsvorbereitungen.

Maud heiratet den wunderschönen Mathematiker, für den Lavinia Steadman aus Florence Powell Hall sich einst allabendlich die Lockenwickler aus dem Haar nahm. Und doch heiratet er jetzt, wider alle Erwartungen, Dinahs beste Freundin. Eines Abends fährt Sam Dinah zu Mauds Wohnung, damit die beiden Mädchen Mauds Hochzeitskleid abstecken, schneiden und zusammenheften können. Maud hat mehrere Originalschnittmuster der Pariser *Vogue* gekauft sowie einige Ellen Brokat und sich für einen knielangen elfenbeinfarbenen Zweiteiler entschieden, mit tief ausgeschnittenem Bustier und fünfzehn stoffbezogenen Knöpfen. Sam hat beschlossen, den Mädchen Gesellschaft zu leisten, und während er beobachtet, wie die Ergebnisse ihrer exotischen weiblichen Fähigkeiten unter seinen Augen allmählich Form gewinnen, erzählt er ihnen den ganzen Abend lustige Geschichten.

Als Maud und Dinah die Arbeit für den Abend beenden, fährt Sam Dinah nach Hause. Dann kehrt er, es ist bereits nach Mitternacht, in seine eigene Wohnung zurück, wo zwei Polizisten der Inneren Sicherheit bereits den ganzen Abend auf ihn gewartet haben. Beide haben getrunken, um sich die Zeit zu vertreiben, und riechen stark nach Brandy. Auch steht fest, dass sie nicht die beste Laune haben.

»Wir wissen, dass du es warst«, fahren sie Sam lauthals an, so dass es auch noch der letzte Nachbar hört.

Sie haben die Wohnung bereits gründlich durchsucht, aber nichts gefunden, außer den zwei unter Strom stehenden Katzen, die sie mit gebuckeltem Rücken furchtsam anfauchten. Wyatt Earp hat sich mit aufgestelltem Zickzackfell aus dem Fenster davongemacht und bleibt danach verschwunden. Jesse James' Fell knistert nur so vor Elektrizität, aber er bleibt immerhin zwei Wochen länger – bis der Hauseigentümer kommt und die Wohnung gegen Termiten spritzt. Wyatts und Jesses Aussage ist eindeutig. Sie wollen keine Hauskatzen sein.

»Wir wissen, dass du es warst«, sagen die Männer von der Inneren Sicherheit. »Was wir brauchen, sind Einzelheiten über die Aktion. Und wir wollen wissen, mit wem du zusammengearbeitet hast.«

Jemandem ist es am frühen Abend gelungen, das Büro der örtlichen Afrikaaner-Nationalistischen Zeitung in die Luft zu sprengen. Und natürlich wissen sie, dass dieser Jemand Sam ist. Und sie mögen es überhaupt nicht, dass er ihre Zeit mit irgendeiner absurden Geschichte über zwei Mädchen und ein Hochzeitskleid vergeudet. Also lassen sie ihn seine Geschichte wiederholen, bis die Dämmerung hereinbricht.

»Wir kommen wieder«, sagen sie.

Dies ist ein Versprechen, das sie für gewöhnlich halten, und sie lieben es besonders, spät am Abend vor der Tür zu stehen. Sam ist gut darin, Informationen zurückzuhalten. Er bleibt ruhig, und er ist von Natur aus kein geschwätziger Mensch. Aber jetzt hat er keine Ahnung, worum es geht, da die African Resistance Movement so neu ist, dass noch niemand von ihr gehört hat. Noch nicht. Die meisten Aktivisten der ARM sind jung und unerfahren und Mitglieder der Liberal Party – auch wenn die liberale Parteiführung von ihrer Existenz und Vorgehensweise noch nichts weiß. Zwei der jungen ARM-Saboteure waren an der Universität von Kapstadt Sams Studenten. Und einen hat die Panik ergriffen, und er hat alles ausgeplaudert. Alles über jeden, der in irgendeiner Weise mit ihm und der Sache in Verbindung steht. Die Polizei kann ihr Glück kaum fassen und geht wochenlang wie auf Wolken.

Es dauert nicht lange, bis auch Sams Kollege und Autofreund gefasst wird. Sam hatte dem sporadischen Käfer-Verleih bereits Wochen zuvor ein Ende gemacht – auch wenn er seinem Kollegen keinen Grund nannte und auch Dinah nichts davon erzählte. Aber eines Tages öffnete Sam seinen Kofferraum und fand Spuren von weißen Pulver darin.

»Oh, verdammt«, sagt er. »Verdammte Scheiße.«

»Was ist denn?«, sagt Dinah. »Was ist los?«

»Nichts«, sagt Sam. Aber irgendwie sieht er blass aus. »Wer von unseren Freunden hat einen Staubsauger?«

Als Sam das nächste Mal nach Johannesburg fährt, nimmt er Dinah wieder mit und setzt sie bei Didi ab. Und als Dinah und Didi wieder miteinander schlafen, bemerkt Dinah erneut den weiß gestrichenen Schrank mit den großen schwarzen Kursivbuchstaben. Er ragt immer noch deutlich über Didis Schulter auf. »Dieser Schrank gehört Maggie – wird noch abgeholt«.

»Wer ist Maggie?«, sagt Dinah, aber Didi scheint die Frage nicht zu mögen. Er unterbricht abrupt den Beischlaf und verlässt das Bett.

»Soll ich dir sagen, was ich an dir hasse?«, sagt er. Und dann erzählt er es ihr. »Wir sind mitten beim Sex, ja? Und du hast nichts Besseres zu tun, als mich zu fragen: ›Wer ist Maggie?‹ Wer ist *Maggie*?! Woher, verdammte Scheiße, soll ich denn das wissen? Das ist nur ein Schrank, okay?«

»Entschuldigung«, sagt Dinah. »Ich mag die Schrift, das ist alles. Ich finde, sie sieht hübsch aus …«

»Hübsch?«, sagt Didi. *»Hübsch?!«* Er versetzt dem Schrank einen Tritt. »Und wenn wir schon dabei sind …«

Maggie ist nicht seine neue Freundin. Seine neue Freundin heißt Veronica. Wie sich herausstellt, weiß Lisa bereits seit längerem von Veronica. Sie hielt es aber für besser, Dinah nichts zu sagen, da sie findet, Didi sollte das schon selbst tun; und das hat er jetzt ja auch. Lisa weiß von Veronica, weil sie und Veronica und Didi am Wochenende in den gleichen Tennisclub gehen. Lisa war im Gegensatz zu ihrer Schwester immer gut im Tennis. Trotz ihres Geborenen Arms hat sie einen effektiven und kraftvollen Aufschlag. Und sie ist auch noch nie in der prallen Sonne angesichts eines sich nähernden Balls in Ohnmacht gefallen. Dinah flieht aus Didis Wohnung und verbringt die Nacht bei ihrer Schwester. Nach ein paar Stunden wacht sie auf. Sie geht auf Zehenspitzen ins Badezimmer und betrachtet sich im Spiegel. Sie tut dies, um weinen zu können, ohne ihre Schwester zu wecken.

Lisa ist in rosigster Stimmung, denn sie ist verliebt. Sie hat einen jungen Industriechemiker kennen gelernt, der ihr einen Verlobungsring mit einem großen und vielen kleinen Brillanten gekauft hat. Sie wollen in der Kapelle des alten Forts in Durban heiraten. Der Hochzeitsempfang soll im Edward Hotel an der Promenade stattfinden, da Lisa die Dinge gerne richtig tut. Dinah ist als ihre Brautjungfer vorgesehen, und sie weiß schon, was sie anziehen wird. Ein helles pistaziengrünes Kostüm aus thailändischer Seide mit dazu passenden hochhackigen Schuhen. Aber jetzt hat sich Dinah in ein rotäugiges Häufchen Elend verwandelt, und sie kann sich nicht vorstellen, jemals Lisas süße und lächelnde Brautjungfer zu sein. Sie sieht sich nur als dreizehnte Fee auf dem Ball, die Schwermut und düsteren Nebel bringt. Sie ist eine unerwünschte, unglückliche, sitzen gelassene Frau. Beschmutzte Ware. Gebrauchtes Gut.

Dinah fühlt sich vollkommen verloren. Drei Jahre lang hing sie wie eine Klette an einem Mann, der, wie sie tief in ihrem Innern wusste, ganz und gar falsch für sie war. Sie hatte ihren Instinkt missachtet. Doch jetzt, da er sie vernünftigerweise verlassen hat und sie somit vor ihrem eigenen dummen, rückgratlosen Selbst rettete, kann sie sich irgendwie nicht befreit fühlen. Alles, was sie fühlt, ist Angst. Sie fürchtet, dass sie keine Ahnung mehr haben könnte, wer sie wirklich ist, da sie sich jahrelang über ihre Verbindung mit Didi von Schweiten definiert hat, und jetzt gibt es diese Verbindung nicht mehr. Bei Sonnenaufgang wacht sie zitternd und mit Schmerzen auf. Ihr Kopf klemmt zwischen der Badewanne und dem Waschbeckenfuß fest, also muss sie eingeschlafen sein. Sie steht auf, schleicht sich zurück in Lisas Zimmer und greift sich eine Strickjacke. Als sich Lisa morgens zu ihren Vorlesungen auf den Weg macht, kriecht Dinah zurück in Lisas Bett und schläft bis Mittag. Danach versucht sie Sam zu erreichen, aber am Telefon wird ihr erklärt, er sei schon frühmorgens aus dem Haus gegangen.

Sam, der zu Didis Wohnung gefahren war, um sie abzuholen, dort aber niemanden vorfand, hat den freien Tag in Johannesburg genutzt, um einen Freund zu besuchen. Und es gibt nicht mehr viele Freunde, die er besuchen kann. Nach und nach sind alle ins Exil geflohen. Oder sie halten sich versteckt. Oder sie sind im Gefängnis. Oder sie stehen unter Beobachtung, und er ist entschlossen, sich nicht aus dem Fenster zu lehnen. Also besucht er einen alten Architektenfreund – einen Architekten und Lebemann. Der Freund heißt Arthur Goldreich, und er hat kürzlich in einem wohl situierten weißen Vorort von Johannesburg mit seiner Frau ein Bauernhaus gekauft. Der Vorort heißt Rivonia, und die Farm heißt Lilliesleaf.

»Besuch uns doch mal«, hatte Arthur das letzte Mal gesagt, als Sam ihm auf der Straße begegnete.

Sam wird auf der Farm herzlich begrüßt, aber dennoch bleibt er nicht lange. Bereits am Nachmittag ist er wieder zurück und kann sich schließlich doch noch mit Dinah treffen. Beide sind in düsterer Stimmung, obwohl sie ins Kino gehen, wo Dinah im Dunkeln weinen kann. Er erzählt ihr nichts von seinem morgendlichen Besuch. Aber einige Zeit später – als es auch schon nichts mehr ausmacht, ob man schweigt oder nicht – erzählt er ihr von dem unguten Gefühl, das er an dem Morgen hatte.

»Ich wusste, dass da was vor sich geht«, sagt er. »Joe Slovo war an dem Morgen bei Arthur. Aber anstatt mit uns im Wohnzimmer zu sitzen, blieb er die ganze Zeit hinten im Hof.«

Und mittlerweile weiß die ganze Nation, dass »hinten im Hof« der Ort ist, an dem die Polizei ihren siegreichen Coup landete. In einem Nebengebäude der Lilliesleaf Farm gelang es ihnen, den gesamten Führungsstab des ANC zu stellen. Außer Nelson Mandela, der bereits mehrere Monate zuvor verhaftet worden war, als er bei einem weißen Schauspielerfreund als Chauffeur arbeitete. Die Polizei hatte gute Arbeit geleistet. Sie schleusten einfach einen jungen deutschen Spion ein, der mit der Tochter eines ANC-Mannes anbandelte. Die nationale Stimmung ist siegessicher, und der Staat gurrt nur so vor Freude. Jeder weiß, dass den verhafteten Männern wahrscheinlich die Todesstrafe droht. Und für alle, die sich in Südafrika einen Wechsel herbeisehnen, ist es der denkbar schwärzeste Tag.

Aber das normale Leben geht dennoch weiter. Eines Tages bekommt Sam ein absenderloses Päckchen an seine Universitätsadresse geschickt. Und während er das Päckchen vor den Postfächern öffnet, steht ein Kollege dicht neben ihm. Das Päckchen enthält einen Packen aufrührerischer Flugblätter, die einem gut und gerne eine fünfjährige Haftstrafe einbringen können, und stammen von einem selbstständig arbeitenden Befreiungskämpfer, der aus der Sicherheit eines möblierten Zimmers in Kilburn oder Camden Town Sam darum bittet, die Flugblätter doch weiterzuleiten. Er soll sie einem über die Landesgrenzen hinaus bekannten Menschenrechtler übergeben, einer Person, die unter ständiger Bewachung steht. Sam kann sich nicht vorstellen, dass der Menschenrechtler allzu begeistert wäre, mit einem unaufgeforderten Aufruf zur sofortigen Revolution aus Nordwest-London behelligt zu werden. Also geht er auf die Herrentoilette und zerreißt die Flugblätter und den Brief in kleine Schnipsel. Dann spült er das Ganze, nicht ohne Mühe, das Toilettenknie hinunter. Zwei Wochen später lädt die Innere Sicherheit Sam zu einer Befragung vor.

»Haben Sie ein Päckchen aus England erhalten?«, fragen sie.

»Ja«, sagt Sam nach kurzem Zögern. »Ja, das habe ich.«

Er kennt seinen ureigenen Katechismus. Leugne nie,

was sie sowieso schon wissen; lass dich nie beim Lügen erwischen.

»Gut, dass Sie das eingestehen«, sagen sie. »Wir wissen nämlich bereits Bescheid und haben einen Durchsuchungsbefehl für Ihre Wohnung.« Der Mann der Inneren Sicherheit weiß, dass Sam weiß, dass sie gar keinen Durchsuchungsbefehl mehr brauchen. »Und was haben Sie mit dem Inhalt gemacht?«, fragt er.

»Ich habe ihn die Toilette hinuntergespült«, sagt Sam.

»Und warum haben Sie das gemacht?«

»Weil ich nichts damit zu tun haben wollte«, sagt Sam. »Ich wollte es loswerden.«

»War in dem Päckchen auch ein Brief?«, fragt er.

»Ich habe keinen Brief gesehen. Ich hab nicht darauf geachtet. Ich hatte es zu eilig.«

»Warum hatten Sie es eilig?«, fragt der Mann von der Inneren Sicherheit.

»Ich wollte nichts damit zu tun haben«, sagt Sam wieder. »Deshalb hab ich das Ganze runtergespült.«

»Wie lautete der Name auf dem Brief?«, fragt der Polizist. »Sie müssen doch einen Namen gesehen haben.«

Der Name pulsiert innen vor Sams Augen. »Tut mir Leid. Ich weiß von keinem Brief.«

»Sie können es uns auch sagen. Wir wissen sowieso Bescheid«, sagt der Mann von der Inneren Sicherheit.

»Tut mir Leid«, sagt Sam. »Ich habe keinen Brief gesehen.«

Und so geht es immer weiter. Runde um Runde. Schließlich glauben sie ihm.

»Wir behalten Sie im Auge«, sagen sie.

Wenn es dieser Tage also spätabends an der Tür klingelt, weiß Sam nie genau, ob es die Innere Sicherheit ist oder jemand, der ihn um Asyl bittet. Dinah arbeitet derweil an einem ihrer letzten Uniaufsätze. Sie schreibt über Conrads *Mit den Augen des Westens*, in dem ein spätes Klopfen an der Tür Razumovs ganzes Leben ruiniert: Ein Mitstudent ist auf der Flucht vor der Geheimpolizei des Zaren.

Sam hat noch nie gut geschlafen, aber jetzt liegt er jede Nacht wach und wartet darauf, dass es an der Tür klingelt. Der Arzt hat ihm Schlaftabletten gegeben, und die haben eine merkwürdige Nebenwirkung. Bevor Sam in traumlosen Schlaf sinkt, kann Dinah hören, wie Sam in einen ausschweifenden Wortfluss fällt und fast kommalos Romane über das jüdische Leben in der Kleinstadt erzählt. Also weiß Dinah alles über Mr Lubovitz, den Herrenausstatter in Krugersdorp, dessen Frau ihn für einen Geizkragen hält und dessen Tochter auf die schiefe Bahn geraten ist. Sie kennt die beiden jüdischen Familien, die gemeinsam Eigentümer des Fischladens vor Ort mit einer gesonderten Feinkosttheke sind. Die beiden Familien reden nicht mehr miteinander und kommunizieren nur noch über einen Mittelsmann, ihren schwarzen Lieferanten, der mittlerweile fließend Jiddisch spricht. Dinah weiß, dass Sams Vater den Bürgermeister von Krugersdorp »Transvaal« nennt, weil die Lügen, die er verbreitet, so groß seien wie ganz Transvaal. Und sie weiß, dass ihr Nachbar in Blikkies Mr Dupe hieß und dass er einmal einen Stein nach Sams Hund Cheeky warf, als Sam drei Jahre alt war. Mr Dupe wollte Cheeky beibringen, nicht immer hinter allen Fahrrädern herzustürmen. Sams Antwort war, ebenfalls einen Stein aufzunehmen und ihn nach Mr Dupe zu werfen.

Dinah wird Zeuge von Sams außergewöhnlichen Wortschwällen, da sie vor kurzem bei ihm eingezogen ist. Sie hat sich mit ihrem Vater überworfen, und der Grund dafür ist Liesl Mainz. Liesl hat für ihren Sohn eine Feier zu seinem einundzwanzigsten Geburtstag ausgerichtet, und Dinah ist mit Sam und Jed dort hingegangen. Die Party, von Peters Mutter bis ins Kleinste durchorganisiert, ist eine Vollversammlung Durbans deutscher Geschäftswelt mittleren Alters, und Dinahs Eltern sind ebenfalls dort. Liesl hat sich wieder einmal einen Protegé auserkoren, den sie allen vorführt: einen rucksackreisenden Medizinstudenten aus Freiburg namens Karl-Heinz Schultz, der eine Quetschkommode mitgebracht hat. Liesl liebt es, wenn junge Menschen Darbietungen zum Besten geben, und während sich Peters Freunde in den Garten verkrümelt haben, scheint Karl-Heinz Schultz mehr als erfreut, dem Wunsch seiner Gastgeberin zu entsprechen. Liesl hat also in die Hände geklatscht und um Ruhe gebeten und ihrem Protegé das Podium überlassen.

»I zing for you now, ein zong in zixteen lank-vitches«, kündigt der Protegé an.

Kaum sind diese fatalen Worte gesprochen, da macht es zwischen Sam, Jed und Dinah auch schon Klick, und alle drei fangen an zu lachen. Zuerst beben nur ihre Körper, doch bald können sie sich nicht mehr halten. Das Fest findet größtenteils im Freien statt, und die drei sitzen, im gnädigerweise Dunkel, auf einem kleinen Grashügel. Das Lied besteht im Grunde aus einer einzigen Liedzeile – »Jedermann liebt Samstagabend« –, die in allen sechzehn Sprachen vier Mal wiederholt wird. Das Publikum wird aufgefordert, die Strophen mitzusingen, und so entwickelt sich das Ganze bald zu einer mehrsprachigen

Hüpfender-Ball-Veranstaltung, bei der die deutsche Geschäftswelt mittleren Alters frohgemut mit einstimmt.

Als der Protegé die ganze Chose in Französisch, Spanisch und Italienisch hinter sich gebracht hat, keucht und schnorchelt das Trio laut auf dem Rasenstück und wischt sich mit Hemd- und Rockzipfeln die Freudentränen weg. Nachdem Afrikaans und Zulu die Ehre hatten, sind die drei bereits wie die Igel den Hügel hinuntergekugelt und versuchen sich die Faust in den Mund zu stopfen. Schließlich stupst Sam die anderen beiden an.

»Kommt«, prustet er hysterisch. »Lasst uns abhauen. Ich kann nicht mehr.«

Also schleichen sie sich seitlich am Haus vorbei durchs Eingangstor auf die Straße, wo der Käfer auf sie wartet, und verfolgt von den Swahili-Bemühungen des Protegés verlassen sie den Ort. Im Auto beruhigen sie sich allmählich, und ihre Bäuche hören auf zu schmerzen. Sam kennt ein kleines Nachtcafé, das von einem indischen Kameraden betrieben wird. Es ist ein schmuddeliges kleines Restaurant mit Publikum gemischter Hautfarbe, wo man bis spätabends ein billiges Currygericht bekommt. Und während sie über ihren Tellern sitzen, fällt ihnen eine Schildpattkatze mit hängenden Zitzen auf. Sie lockt sie in den Hinterhof, wo ein Wurf Kätzchen auf sie wartet. Vier Kitschpostkarten-Flauschknäuel, die in einem Pappkarton ihrer Adoption oder Ertränkung harren. Zwei sind creme-orangefarben, und zwei haben schwarz-weiße Pandaflecken.

»Möchtet ihr ein paar Katzen haben?«, fragt der Kamerad.

Also nehmen Sam und Dinah die orangefarbenen Flauschknäuel mit, und in Sams Wohnung angekommen, haben die beiden bereits Namen. Sie heißen Mattie und Bart. Dann fährt Sam Dinah nach Hause. Sie trifft noch vor ihren Eltern ein und geht sofort ins Bett.

Am nächsten Morgen schäumt ihr Vater vor Wut. Er zitiert sie in sein Arbeitszimmer und weist sie aufs Schärfste zurecht. Liesl Mainz habe angerufen und sei sehr verletzt, sagt er. Dinah habe alte Freunde der Familie gekränkt, die es nicht verdient hätten, ihrem hochnäsigen Spott ausgesetzt zu sein. Wer, bitte schön, glaube sie eigentlich, wer sie ist? Mamsell Neunmalklug und ihr Gespann herumlungernder Freunde, die sich für sonst was halten. Liesl Mainz sei eine anständige Person, die etwas Besseres verdient habe, als sich von einer arroganten albernen Gans ihr Fest verderben zu lassen, die anscheinend noch nicht verstanden hat, dass die Mittelklasse das Salz der Erde ist. Dinah weiß sogar, dass er in gewisser Weise Recht hat. Aber sie weiß auch, dass das Lied zum Schreien komisch war und darüber zu lachen die reinste Freude. Und da sie ihrem Dad noch nie auf halbem Weg entgegenkommen konnte, setzt sie auf Gegenwehr.

»Ich dachte, die Party sei für Peter«, sagt sie. »War das nicht der eigentliche Sinn der Veranstaltung?«

Sie weigert sich strikt, Liesl Mainz anzurufen und sich zu entschuldigen oder einen Brief zu schreiben. Stattdessen bricht sie in Tränen aus und rennt mit ihren kleinen weißen Shorts und Sandalen aus dem Haus. Sie rennt an Clegg's Tearoom und Lebensmittelgeschäft vorbei; vorbei an der Bushaltestelle und dem alten Manor House, in dem Jennys Eltern wohnen, und vorbei an dem Klosterhospital, den ganzen Weg bis zu Sams Haustür. Sam weiß, dass sie kurz vor ihrem Abschlussexamen steht, und nimmt sie netterweise bei sich auf, obwohl es ihm ein wenig peinlich ist. Denn sie ist immerhin noch Studentin und das Fraternisieren nicht unbedingt an der Tagesordnung. Dinah schläft also auf dem Gästediwan in einer Art geschlossenem Wintergarten auf Sams Veranda, von wo sie die beiden orangefarbenen Flauschknäuel auf den alten Holzdielen bei ihren nächtlichen Stepptänzen beobachten kann, bevor sie durch das komplexe Scharren der Tauben in den Schlaf gelullt wird, die sich in dem hohen Giebeldach von Sams edwardianischen Haus häuslich niedergelassen haben.

Dinah liebt Sams Wohnung. Sie erstreckt sich über das ganze obere Geschoss eines frei stehenden Hauses im Kolonialstil, mit einer Holzveranda und großen niedrigen Schiebefenstern. In der Wohnung gibt es nicht viel außer Sams Kleidern und Papieren und Büchern, die überall auf dem Boden herumliegen. Er besitzt eine auf einer Auktion ersteigerte Chaiselongue, aus der unten das Rosshaar herausquillt, und einen großen Ohrenbackensessel mit einer Art grasgrünem abgeschrubbelten Überwurf, der für Dinahs Dafürhalten ursprünglich ein Stück Kunstrasen gewesen sein muss. In der Küche steht ein alter blau marmorierter zweitüriger Queen-Anne-Emaillebackofen mit geschwungenen blau marmorierten Füßen, dem man sich am besten von der Seite nähert, da man sonst leicht einen elektrischen Schlag versetzt bekommt. Daneben steht der dumpf bollernde Kühlschrank, in dem nach Dinahs Vorstellung kleine Kobolde festsitzen müssen und sich hämmernd befreien wollen. Und dann gibt es noch Sams großes ungemachtes Bett.

Das Bett ist nicht gemacht, weil Sam keine Betten machen kann. Er scheint außerstande, die Ecken der Kissen in die Ecken der Bezüge zu bekommen, und so laufen die seitlichen Nähte immer quer über die Liegefläche, während die Ecken wie aufgestellte Ohren aussehen. Bei Betttüchern wiederum hat er Probleme, längs von quer zu unterscheiden. Also gibt es immer viel Knäuelplatz an den Seiten, während das Laken am Fußende meistens einen halben Meter zu kurz ist. Dann verkabelt Sam auch noch gerne elektrische Stecker mit einer außergewöhnlichen Missachtung der Kabelklemmvorrichtung, so dass alle Drähte nach und nach lose werden. Auch muss Dinah bemerken, dass Rechnungen und wichtige Papiere bei Sam nie am rechten Ort sind. Irgendwie machen sie sich immer aus dem Staub. Überhaupt stellen leblose Dinge für Sam eine inhärente Bedrohung dar. Sie treiben ihr Spiel mit ihm und tun gerne, als seien sie verschwunden. Eines Tages überrascht Dinah ihn in seinem Zimmer an der Universität zwischen Türmen von Büchern bei einer größeren Ausgrabungsarbeit.

»Das verdammte Ding war doch eben noch hier. Heute Morgen hab ich es noch gehabt«, sagt er.

»Was?«, fragt Dinah.

»Jemand muss ihn weggenommen haben«, sagt er. »Donald. Bestimmt war es Donald. Er nimmt sich immer meine Sachen.«

»Was?«, fragt Dinah wieder.

»Den *New Statesman*«, sagt Sam. »Er ist erst heute Morgen gekommen.« Und schon kramt und stöbert und gräbt er weiter. »Er war heute Morgen noch hier«, sagt er. »Genau hier. Er muss ihn genommen haben. Ich weiß, dass er ihn genommen hat. Ich bring ihn um. Schau nicht so. Ich bring ihn wirklich um.« Und während er so redet, taucht plötzlich mit typischem Vicky-Cartoon auf der Titelseite der *New Statesman* auf. Aber Sam zuckt nicht einmal mit der Wimper. Für ihn gibt es keinen Grund, den Gang zu wechseln. »Und wennschon. Dann hat er ihn eben nicht genommen«, sagt er. »Ich glaub, ich bring ihn trotzdem um.«

In dem Moment passiert etwas mit Dinah. Sie sieht dem Geschehen zu, der Art, wie sich Sam durch den Tag manövriert, eine Art, die ihr vollkommen neu ist, aufregend und exotisch und kompliziert und ganz und gar anders als alles, was sie von zu Hause kennt. Und während sie ihn ansieht, merkt sie, wie sich ihr Herz plötzlich hebt. Immer mehr und mehr. Und dann beginnt es zu tanzen. Und Dinah merkt, dass seine herumkruschende Art etwas Befreiendes für sie hat; es hat etwas Leichtes, Beflügelndes. Und sie denkt plötzlich: Und wennschon. Auch egal, wenn sie niemand heiratet. Wenn ihr Leben nicht nach Plan läuft. Wofür brauche ich Pläne? Ich weiß nur, dass ich diesen Menschen liebe. Ich liebe es, mit ihm zusammen zu sein. Weil niemand so verrückt ist. Weil niemand so amüsant ist. Weil ich noch nie zuvor jemanden wie ihn kennen gelernt habe. Alles, was ich mit ihm unternehme, ist ein kleines Abenteuer, eine kleine Sensation. Es ist alles ein wenig so, wie mit Maud in der Pommesbude an der Bushaltestelle Penny-Reste zu kaufen.

Zum Beispiel der Besuch gestern, denkt sie. Als sie zusammen in Sams Eckladen gingen. Der Laden gehört einem Mr Tomlinson, und sie wollten Waschpulver kaufen. Und als das Paket auf der Ladentheke steht, beschließt Sam, eine größere Packung zu nehmen.

»Ich hab es mir anders überlegt«, sagt er zu Mr Tomlinson. »Warten Sie. Ich nehm die größere Packung.«

»Gute Idee«, sagt Mr Tomlinson, der sich offenbar auf

sicherem Terrain wähnt. »Diese einheimischen Mädchen benutzen das Zeug wie Wasser.«

»Darüber weiß ich nichts«, sagt Sam. »Ich wasche meine Sachen selber. Und *ich* benutze das Zeug wie Wasser. Deshalb nehme ich auch die größere Packung.«

Dinah versucht ihr Kichern zu unterdrücken, da es nicht stimmt, dass Sam seine Sachen selber wäscht. Christine Mkise, die Waschfrau, kommt noch am gleichen Tag. Deshalb kauft er auch das Waschpulver. Donnerstag ist Christines Tag.

Kurz nachdem Dinah bei ihm einzieht, bekommt Sam auch noch einen Hausjungen. Der Hausjunge ist Christines jüngerer Bruder, und er ist wirklich noch ein Junge, denn David Mkise ist erst fünfzehn Jahre alt. Christine will, dass jemand ihn aus dem Dienst eines weißen Schikane-Polizisten befreit, für den er arbeitet. David hatte gehofft, mit der Arbeit bei dem Polizisten genug Stunden in privaten Diensten zusammenzubekommen, um sich als Fabrikarbeiter im Kreis Durban bewerben zu können. Aber dann zog der Polizist vor zwei Monaten in ein Haus genau außerhalb der Stadtgrenze, und mit dem Umzug wurde die Zeit, die David bei ihm gearbeitet hatte, auf einen Schlag zunichte gemacht. Wenn er aber nicht innerhalb der Stadtgrenze Arbeit findet, hat er nicht die geringste Chance, jemals dem privaten Dienst zu entkommen. Denn als Schwarzer muss man zuerst ein Jahr als Hausdiener schuften, bevor man sich das Recht auf Fabrikarbeit erwirbt. Und David, der nur ein Junge ist, hat Panik bekommen und ist weggerannt, und als er wieder zurückgebracht wurde, nahm ihm der Schikane-Polizist seine Papiere ab. Es ist also lebensnotwendig, dass Sam David bei sich anstellt. Aber dazu muss er erst mal den

Polizisten umstimmen. Und er muss natürlich auch Davids Papiere bekommen.

Dinah begleitet Sam in seinem Käfer, da Sam das Gefühl hat, dass ein blondes Mädchen in rosa und weißer Baumwolle das Herz des Polizisten erweichen könnte. Sie hört ihm zu, wie er mit dem Polizisten auf Krugersdorper Afrikaans verhandelt. Sam verwendet alle nur erdenklichen Vokabeln, um den Polizisten auf seiner Seite zu wissen. Er kommt wegen des *umphaans*, sagt er. Seine »Einheimische« sei die ältere Schwester des *umphaans* und wolle ein Auge auf ihn haben. Wir wüssten ja alle, wie diese *umphaans* so sind, und sie befürchte, dass er auf die schiefe Bahn gerate. Und schließlich wird David Mkise wie durch ein Wunder freigegeben und in Sams Auto gesetzt – ein kleiner geduckter Zulu-Junge, der instinktiv zusammenzuckt, wenn man sich ihm nähert. Und Sam hat auch die Papiere des Jungen bekommen, die der Polizist allerdings vorsorglich unkenntlich gemacht hat.

David, der die ersten paar Wochen in Sams Wohnung an den Wänden entlangschleicht und ständig zusammenzuckt, erblüht bald zu einem lässigen jungen Mann, der darauf brennt, mit den großen Jungs herumzuziehen. Und so kommt er binnen kurzem abends mit Alkoholfahne nach Hause, und ebenso bald muss Sam lange Stunden bei Gericht zubringen, um David aus irgendwelchem Schnappmesserzeug und anderen Delikten herauszuboxen.

»Fußball«, rät ihm ein älterer Kollege. »Ich sage nur Fußball. Das ist das einzig Wahre.«

Also versucht Sam, seinen Zögling in einem örtlichen schwarzen Fußballclub unterzubringen. Doch dann wirft David ein Auge auf das ältere Dienstmädchen der Familie von nebenan. Sie und David werden ein Paar, und der wilde Junge wird ruhiger.

Mittlerweile sind Dinah und Sam dank Dinahs Moment der Erkenntnis, als der *New Statesman* verschwand, ebenfalls ein Paar. Also schlafen sie und Sam jetzt zusammen in dem großen ungemachten Bett. Dinah kann so gut wie überall schlafen, also machen ihr die zerkrumpelten Laken nichts aus. Sie wacht nicht einmal bei den unheimlichen Schnarchgeräuschen auf, die Mattie und Bart von sich geben, seit sie sich auf der oberen Veranda zwischen den Stäben der Balustrade eine Verfolgungsjagd gaben, herunterfielen und sich ihre harten Gaumen brachen, die einige Zeit brauchen werden, um wieder zusammenzuwachsen. Sam schläft wie gewöhnlich wenig. Er vertreibt sich die frühen Morgenstunden, indem er Galbraith und Seymour Martin Lipset liest und viel Graubrot mit viel Honig isst. Und manchmal, wenn er unruhig wird, fährt er frühmorgens mit dem Auto los, um zu sehen, ob in dem Gebäude, in dem früher der Maypole Tearoom untergebracht war, noch Licht brennt.

»Die Innere Sicherheit war gestern Nacht wieder fleißig«, sagt er morgens zu Dinah. »Es gibt bestimmt neue Verhaftungen.«

Er weiß also noch vor den Morgennachrichten, dass etwas Wichtiges passiert sein muss. Zwei der Angeklagten im Rivonia-Prozess ist ein sensationeller Ausbruch gelungen, und die Zeitungen sind bald voll mit verleumderischen Artikeln über Sams Freunde Arthur Goldreich und Harold Wolpe, einen Johannesburger Rechtsanwalt, der über Jahre hinweg den mittellosen Sündenböcken des Staates seine Dienste unentgeltlich zur Verfügung stellte.

Kurze Zeit später werden Bart und Mattie von einem traurigen Schicksal ereilt. Sie hatten angefangen, mit zwei Katzen aus den Wohnungen auf der anderen Straßenseite anzubandeln. Bart wird von einem Auto überfahren und ist auf der Stelle tot. Mattie verschwindet für vier Tage, bis Dinah auf die Idee kommt, in der termitenfreie Zone unter dem Haus nachzusehen. Und dort findet sie Mattie, vollkommen bewegungsunfähig, da seine beiden Hinterläufe gebrochen sind. Sie und Sam fahren ihn sofort zu Mauds Tierarzt, aber auch sein Becken ist hoffnungslos zertrümmert, was sein Ende bedeutet. Und so bricht alles um sie herum zusammen. Und dann, eines Abends im Kino, zehn Minuten vor Ende des Films, tippt Sam Dinah im Dunkeln an und flüstert, dass sie besser gehen sollten.

»Lass uns gehen«, sagt er. »Jetzt, sofort.«

Also stehlen sie sich im Dunkeln aus dem Kino und machen sich auf den Weg zum Käfer.

»Warum?«, fragt Dinah.

»Da war nur jemand, den ich kenne«, sagt Sam. »So ein Cowboy. Er hätte uns gebeten, ihn nach Hause zu bringen. Und ich bin mir sicher, er ist in was verwickelt. Also … Er ist nicht wirklich diskret, weißt du. Er liebt es gefährlich. Die Polizei lässt ihn bestimmt überwachen.«

Sam dreht den Zündschlüssel um, aber dann stellt er den Motor wieder ab.

»Oh, Scheiße«, sagt er. »Ich hasse das alles so. Vor allem, was es aus mir macht. Dinah, komm, lass uns von hier verschwinden. Lass uns einfach abhauen.«

»Wohin?«, fragt Dinah.

»Nach London«, sagt Sam. »Willst du mich heiraten, Dinah? Willst du mit mir kommen?«

Dinah überlegt, dass es wahrscheinlich nichts auf der

Welt gibt, was sie lieber täte, als Sam zu heiraten. Mit ihm zusammen zu sein. Morgen und übermorgen und den Tag darauf und auch den folgenden Monat. Bis in alle voraussehbare Zukunft. Denn auf immer und ewig ist für sie kein Konzept mehr. Nicht nach dem Didi-Erlebnis. Und natürlich denkt sie auch an Chelsea und Vauxhall Bridge und an die Rolltreppen in der U-Bahn und an all die Menschen aus Iris Murdochs erstem Roman, denen sie gerne begegnen würde. Sie weiß, dass sie durch ihr Gehen keine Lanze für die Freiheit schlagen wird – dass heißt, außer ihrer eigenen und der von Sam. Denn Weiße können überallhin gehen. Ihnen gehört nicht nur Südafrika. Sie haben Zugang zur großen, weiten Welt. Sie bekommen Pässe. Sie reisen. Es ist anders als mit den nutzlosen, elenden Papieren, die das Bantu Homeland Ciskei ausstellt. Und dennoch. Wenn man Sam ist, geht man mit seinem Pass kein Risiko ein. Sam hat seinen Pass mittlerweile schon ein ganzes Jahr lang bei einem Freund versteckt. Der von Dinah ist einfach bei ihrer Mutter.

»Da wäre nur eine Sache«, sagt Dinah. »Du willst mich gar nicht heiraten, weißt du noch?«

»Wer sagt, ich will nicht?«, fragt Sam.

»Du«, sagt Dinah. »Du hast das gesagt.«

»Was für ein Quatsch«, sagt Sam. »So was hab ich nie gesagt. Das musst du dir ausgedacht haben.«

Und so heiraten Sam und Dinah unverzüglich, und Dinah muss bei Lisas Hochzeit Ehrendame sein, da Brautjungfern nicht verheiratet sein dürfen. Sie trägt aber trotzdem das pistaziengrüne Kostüm mit dem engen Bleistiftrock. Für ihre eigene Hochzeit hatte sie sich das Brautkleid selbst genäht. Ein Kleid wie von einer Blumenfee, mit weiten mehrlagigen Blütenärmeln und einem kleinen weißen, unter dem Kinn gebundenen Kopftuch. Sams Mutter hat ihm erklärt, sie würde nicht zur Hochzeit kommen. Weil Dinahs eines jüdisches Ohrläppchen nicht ausreicht, um vor ihr zu bestehen. Doch dann kommt sie am Ende doch. Das Fest findet in Dinahs Elterns Garten statt, in dem die Hitze alles schnell zerschmelzen lässt: die Avocadodips und den Apfelkuchen und auch die meisten Gäste.

Sam hat sich bereits seine Pensionsgelder auszahlen lassen. Dann, ganz zum Schluss, verkauft er sein Auto.

»VW-Schrott«, wie der Händler sagt, während er den Käfer abfällig mustert.

Zusammengenommen reicht das Geld für zwei Schiffskarten in der kleinsten Kabine auf dem ältesten und billigsten Schiff der Union Castle, das von Durban nach Southampton ablegt, mit Zwischenstationen in Kapstadt und Las Palmas. Und plötzlich gehen alle fort. Einer nach dem anderen. Maud geht nach New York, da der wunderschöne Mathematiker an der Columbia University ein Postgraduiertenstipendium bekommen hat. Jenny geht ebenfalls in die Staaten, zusammen mit ihrem Gatten, den sie kürzlich geheiratet hat. Ein wesentlich älterer Mann und eine wichtige Persönlichkeit in der Welt der Medizin, der sie gerne in Tweed und Blueberry sieht. Auch wählt er gerne all ihre Kleider aus.

»Also *das* Kleid wäre doch etwas für meine Jennifer-Anne«, sagt er.

Bei ihrer Emigration stellt sich nur das Problem, was sie mit David machen sollen, der sein Jahr als Hausdiener noch nicht beendet hat. Also gehört zu den Bedingungen für den neuen Mieter, dass die Wohnung nur mit David zu haben ist. Außerdem muss der Mieter sich einverstanden erklären, nach Abschluss von Davids Dienstjahr seine Anstellungspapiere illegalerweise per Luftpost nach London zu schicken, wo Sam sie illegalerweise unterschreiben und illegalerweise zurückschicken wird. Also ist es ein Glück, dass jeder die Wohnung haben will. All ihre Freunde stehen Schlange, um für David Mkise Betrug zu begehen. Sam hat veranlasst, dass sein Doktorgrad aus Kapstadt auf die Universität von London übertragen wird. Und Dinah wird unterrichten. (Man stelle sich vor – unterrichten!) Sie hat vom Ministerium in Whitehall einen Brief erhalten, der ihr ihre Arbeitserlaubnis bescheinigt. Dennoch sagt sie sich fünfmal am Tag, dass sie nicht wirklich eine Lehrerin sein wird, und wenn, dann für nicht sehr lange. Wie könnte sie auch Lehrerin werden? Wenn doch alle Lehrer verrückt sind?

Als Letztes vor ihrer Abreise bleibt ihnen noch, nach Krugersdorp zu trampen und sich von Sams Familie zu verabschieden. Allerdings ist Sams Mutter mehr als aufgebracht, und so heißt es für Sam sechshundert Kilometer Weg, um sich ein letztes Mal im großen Stil herunterputzen zu lassen. Sie ist wütend auf Sam, weil er loszieht, um ihre Heimatstadt zu erobern und mit der District Line zu fahren. Und dann hält auf dem Rückweg auch noch kaum ein Auto an. Als die Dämmerung hereinbricht, werden sie schließlich von einem Farmer aus der Gegend mitgenommen, der gerade von einem Jagdausflug nach Hause fährt. Es zeigt sich bald, dass er getrunken hat. Hinzu kommt, dass sein Jagdgewehr beunruhigenderweise quer über dem Vordersitz liegt. Plötzlich fordert der Farmer Sam und Dinah in einem Anflug betrunkener Gastfreundschaft auf, die Nacht bei ihm auf der Farm zu verbringen.

Und als sie ablehnen, fährt er genauso plötzlich aus der Haut. Er hält sie für »Ausländer von Übersee«, wie er sagt, und erklärt ihnen, dass »der Afrikaaner an sich« sehr gastfreundlich sei. Wenn sie also aus England sind, willkommen auf der Farm! Wenn sie aus Holland sind, willkommen auf der Farm! Wenn sie aus Frankreich oder Deutschland sind, willkommen auf der Farm! Mit einem Mal beginnt das Auto auf der dunklen Straße hin und her zu schlingern. Aber wenn sie Russen sind, dann raus aus dem Auto! Wenn sie Kommunisten sind, raus aus dem Auto! Dann dreht er sich um und fixiert Sam mit scharfem Blick.

»Oder wenn ihr Wolpe oder Goldreich seid!«, sagt er. »Raus! Raus aus dem Auto!« Plötzlich halten sie mit quietschenden Reifen an, und der Farmer reißt die Rücktür auf. Dann greift er nach seinem Gewehr. »Raus«, brüllt er. »Raus! Raus!«

»Mein Gott!«, sagt Sam erschöpft, als sie sich auf einen Grashügel fallen lassen. Sie sehen dankbar der Staubwolke hinterher, als das Auto des Farmers sich entfernt. »Was sollte das denn?«

Dinah zuckt mit den Achseln. »Auffallend jüdische Nase? Jetzt werden wir bestimmt nicht mehr mitgenommen.«

Es ist stockfinstere Nacht, und sie sitzen auf einer kleinen Nebenstraße fest. Für Stunden wird niemand vorbeikommen. Oder doch! Nach nur zehn Minuten halten zwei verbrüderte indische Händler in einem Lastwagen neben ihnen am Straßenrand; es ist ein großer uralter Laster, der laut bebend zum Stehen kommt, und sie werden den ganzen Weg zurück nach Durban mitgenommen. Hurra! Hurra! Es dauert nicht lange, und sie sitzen zu viert nebeneinander eingezwängt auf den Vordersitzen, und fast augenblicklich bestehen die Brüder darauf, dass sich Sam ans Steuer setzt. Sam ist einigermaßen entsetzt, da der Laster riesig ist und er sich damit nicht auskennt, aber wenigstens bekommt er im Dunkeln nicht mit, warum er fahren soll. Der Grund ist, dass die beiden Händler-Brüder Dinah auf dem ganzen Weg zurück nach Durban sexuell belästigen können. Einer hat die Hand in ihrer Hose, während der andere in ihrer Bluse zugange ist. Und Dinah bringt die gesamte Fahrt nach Hause damit zu, sich lautlos zwei Paar wandernder Hände zu erwehren, während sie sich bemüht, keinen Aufruhr anzuzetteln. Sie wagt nicht, sich laut zu wehren, da sie Angst hat, der Tag könnte noch hässlich enden. Nun ja. Hässlicher, als er sowieso schon ist.

Dies ist also Dinahs letzte Erinnerung an den letzten Tag in ihrem Heimatland. Oder an das Land, das vor langer Zeit ihre Heimat war. Ist. War. Vor langer Zeit. Ich gehe, um mich in die Schmiede meiner Seele zu begeben. Tue ich das wirklich? Und warum genau? Aus welchem Grund gehe ich? Auf jeden Fall gehe ich. Ich ging. Aber in meinem Rücken höre ich, sehe ich, rieche ich das Land, wo die Zitronenbäume wachsen. Und Avocados und Lychees. Und Papayas. Und stachelige Aloes. Und riesige Bambusbäume. *Kennst du das Land?* Nun, vielleicht nicht mehr. Manchmal – allerdings nicht mehr so oft – zieht Dinah immer noch ihre Ohrringe aus Jakarandasamenhülsen an. Und dann denken die Menschen in England, es seien lackierte Kartoffelchips.

NACHWORT

Sam und Dinah legen an einem dunklen, kalten Januartag in Southampton an. Es ist sieben Uhr dreißig in der Frühe, aber es könnte auch mitten in der Nacht sein. Als sie sich mit dem Zug der Stadt nähern, zeigt sich das erste Licht der Dämmerung. Sie rattern an endlosen graubraunen Rückfronten endloser Häuserreihen und graubraunen Gärten mit graubraunen Schuppen und graubraunen Gartenzäunen vorbei. Auf den Reklametafeln an der Bahnlinie hängen Plakate mit patriotisch klingenden Parolen. Oder auch Ermahnungen. *»This is the STRONG country«*, heißt es auf einem. Auf einem anderen steht: »TAKE COURAGE«.

»Das sind Bierwerbungen«, klärt Sam sie auf. »Courage muss ein Bier sein. Vielleicht gibt es auch eins, das Strong heißt«.

Als Erstes kommen sie zwei Wochen bei einem Freund unter, der im Süden Londons eine sehr kleine Wohnung in einem neu errichteten Wohnkomplex bewohnt, in die es ständig hineinregnet. Das Wasser strömt an den Innenfenstern hinunter, und die Rahmen wachsen mit schwarzem Schimmel zu. Die Wohnungen wurden ohne Gasanschluss gebaut, da der Bauunternehmer mit dem Elektrizitätswerk einen Deal ausgehandelt hatte – und jetzt kann sich keiner der Bewohner die elektrische Heizung leisten. Die Heizkörper erfüllen also keinerlei

Zweck, außer vielleicht, abenteuerlustige Hamster aufzuschlitzen, da alle Mieter Kerosinheizgeräte benutzen, die auch für den Fensterregen verantwortlich sind.

Sam und Dinah bekommen das einzige Schlafzimmer in der Wohnung. Sie schlafen in einem hübschen alten Eisenbett, das der Freund von einem Secondhandstand bei den Eisenbahnarkaden in Brixton gekauft hat. Das Bett ist zum Ausgleich für den durchhängenden Drahtrost mit zwei uralten Rosshaarmatratzen ausgestattet. Und der alte schwarze Valor-Kerosin-Heizer wirft ein hübsches rosa Oberlicht an die Zimmerdecke. Das Problem ist nur, dass er das Zimmer zudem auch noch verräuchert. Und es könnte kaum peinlicher kommen, aber kaum sind sie zehn Minuten im Bett, muss Sam mit Brustkrämpfen ins Krankenhaus von Dulwich abtransportiert werden. Einmal eingewiesen, wird er für eine Woche dort behalten. Er teilt sich das Zimmer mit einem alten weißen Mann aus Brixton, dessen Spezialität es ist, mit Rülpsern zu sprechen. Also holt er so viele Rülpser aus sich heraus wie möglich, um gegen die Einwanderer aus der Karibik zu wettern, die derzeit in Brixton Einzug halten. Währenddessen muss sich Dinah, draußen in der richtigen Welt, beim örtlichen Polizeirevier melden, da südafrikanische Staatsbürger als Ausländer gelten, seit Dr. Verwoerd das Land aus dem Commonwealth bugsiert hat.

»Es ist eine Schande, dass nette weiße Leute wie Sie sich als Ausländer melden müssen«, sagt der Polizeibeamte. »Während diese Rastas und Saris und all die anderen mit ihren unaussprechlichen Namen einfach hier hereinschneien können, wie es ihnen gefällt.«

In Momenten wie diesem spürt Dinah den unwiderstehlichen Drang, sich auf eine Seifenkiste zu stellen und loszulegen. Genau wie beim Gemüsehändler, wenn sie kein Obst aus Südafrika kaufen will.

»Recht haben Sie. Ganz meine Meinung«, sagt der Gemüsehändler. »Denken Sie nur an all die schmutzigen schwarzen Hände, die an dem Obst herumgegrabbelt haben …«

Aber dies ist London im Jahr 1964, und es dauert noch lange, bis die Stadt zum multiethnischen Vorzeigeobjekt Europas avanciert.

Mittlerweile hat es angefangen zu schneien. Also geht Dinah auf die Oxford Street, um sich einen dicken Wintermantel zu kaufen. Außerdem hat ihr Gastgeber sie davon überzeugt, dass sie sich Unterhemden und lange Liebestöter kaufen muss. Dinah wird sich an die Liebestöter nie gewöhnen, und sie findet es extrem unangenehm, über dem Büstenhalter ein Unterhemd zu tragen, da es sich so verwurschtelt anfühlt, als hätte man alles falsch herum angezogen. Und so bleiben ihre Neuerwerbungen im Schrank. Hinzu kommt, dass sie keine Ahnung hat, dass die Oxford Street im Grunde eine Art Penny-Bazar ist. Also ist sie ziemlich verwundert, dass das Einzige, was sie zum Kauf reizt, eine dieser Plastikquietschemäuse ist, die an einem Stand neben der U-Bahn-Station feilgeboten werden.

Als Sam endlich aus dem Krankenhaus entlassen wird, hat Dinah für sie eine Wohnung gefunden. Zumindest stand in der Zeitung, es sei eine Wohnung, da es sich eigentlich um kein in sich abgeschlossenes Apartment handelt. Nicht wie die Junggesellenwohnungen in Durban. Die Wohnung besteht aus zwei Räumen und befindet sich im oberen Stock eines schmalen hohen Hauses in Highgate. Die Zimmer haben eine eigene Küchenzeile, das Badezimmer und der Flur werden aber geteilt. Und es stellt sich sehr bald heraus, dass ihre Landlady von ihnen erwartet, dass sie den Staubsauger jeden Tag, das Badezimmer hingegen nur ein Mal die Woche benutzen. Sam und Dinah wollen aber das Badezimmer jeden Tag und den Staubsauger nur ein Mal die Woche benutzen, und so herrschen von Anfang an Unstimmigkeiten bezüglich der richtigen Lebensweise. Und das, bevor Dinah den Fauxpas begeht und ein paar Gardinen von den Fenstern nimmt. Die Gardinen verdecken den schönen winterlichen Ausblick über Highgate Woods, also hängt Dinah sie ab. Sie hat natürlich keine Ahnung, dass dies ein schwer wiegendes Vergehen ist, und macht sich guten Mutes auf den Weg zu ihrem Lehrerjob in Hackney, der in derselben Woche angefangen hat. Also muss Sam den Kopf hinhalten.

»Meine Gardinen!«, ruft die Landlady außer sich und stellt sich ihm auf der Treppe in den Weg. »Meine *besten Gardinen*! Was um alles in der Welt haben Sie mit ihnen gemacht? Ich hab vom Garten aus hochgesehen, und können Sie sich meinen Schock vorstellen? ›Meine *besten Gardinen*!‹, hab ich zu meinem Mann gesagt. ›Wo sind meine *allerbesten Gardinen*?!‹«

Und so gehen Sam und Dinah wieder die Wohnungsanzeigen durch, während sie schlecht gelaunt in einem Kaffeehaus in Swiss Cottage sitzen. Es ist genau die Art von deutsch-jüdischer Strudel-Stube, die sie aus Johannesburg kennen, also fühlen sie sich wenigstens zu Hause. Und während sie so dasitzen, kommt Harold Wolpe in den Laden, um Kuchen zu kaufen. Er lacht über ihre Geschichte und kann nicht glauben, dass sie wegen ein paar Gardinen auf die Straße gesetzt wurden. Er sagt, sie müssten schon etwas Schlimmeres angestellt haben. Dennoch lädt er sie ein, bei sich im Haus zu wohnen.

»Wir haben so wahnsinnig viele Schlafzimmer«, sagt er.

Harold ist als geflohene Künstlerberühmtheit aus dem Apartheid-Schreckensreich in einem Ruhmesrausch in England aufgenommen worden. Er wurde in allen Nachrichtensendern interviewt, und der britische Innenminister hat ihm in Hamsteads heilsamen Heath Drive ein Haus zur Verfügung gestellt. Die Schlafzimmer sind riesig und die *en suite* liegenden Badezimmer mit schwarzweißen Marmorfliesen ausgelegt. Die edwardianischen Badewannen verfügen über Rollverdecke und elegante altmodische Chromarmaturen mit einer ausgeklügelten Duschvorrichtung, die ebenfalls aus Chrom ist. Nur bekommt man in Harolds Haus nicht wirklich viel Schlaf, weil alle die ganze Nacht über Bridge spielen. Der Rivonia-Prozess geht weiter, und es fällt niemandem leicht einzuschlafen, wenn man darauf wartet, ob die eigenen Kameraden zum Tode verurteilt werden.

Jeden Tag fährt Dinah mit dem Zug nach Dalston Junction nahe Stoke Newington. Von dort aus nimmt sie den Bus. Ihre Schule ist in der Nähe der Hackney Marshes, wo sie eine Klasse von Siebenjährigen betreut, über die sie nichts, aber rein gar nichts weiß. Und sie hat keine Ahnung, dass Siebenjährige Regeln absolut lieben. Regeln, wer die Milch verteilt. Regeln, wer die Klasse in Zweiergrüppchen zur Morgenversammlung führt. Regeln, wer die Bleistifte einsammelt, bevor die Klasse spielen gehen darf. Und so kommt es auch, dass Klasse eins am Ende des ersten Schultages keine Bleistifte mehr besitzt. Und als Dinah jemanden zur Sekretärin schickt, um neue zu besorgen, wird ihr mitgeteilt, dass sie ihr Kontingent bereits bekommen habe. Ihre Klasse ist bis Ende des Frühjahrs mit Bleistiften ausgerüstet. Dinah muss feststellen, dass das Schuljahr in England nur aus drei Jahreszeiten besteht. Und merkwürdigerweise gibt es keinen Winter, obwohl es eisig ist. Das Schuljahr wird in Frühling, Sommer und Herbst unterteilt. Dann gibt es Weihnachtsferien. Und dann – hoppla hopp! – ist der Frühling da.

Dinahs Stunde der Wahrheit kommt, als sie die Klasse in Leibeserziehung unterrichten soll, denn bevor sie auch nur die Pfeife in den Mund nehmen kann, um die Kinder in einer Reihe vor sich aufstellen zu lassen, ist jeder siebenjährige Junge in der Gruppe bereits halb die Kletterwand hochgekraxelt und gibt laute Tarzanschreie von sich, die in der ganzen Schule zu hören sind. Aber auch bei der Arbeit im Klassenzimmer ist der Geräuschpegel in ihrem Teil des Schulgebäudes inakzeptabel hoch. Und dies ist auch der Grund, warum Mr Sparks nach drei Tagen zu ihrer Rettung eilt. Mr Sparks ist ein alter Hase im Umgang mit jungen Schülern und selber in Hackney aufgewachsen.

»Erlauben Sie mir eine kleine Vorführung«, sagt er.

Dann dreht er sich mit strengem Blick der Klasse zu, die bei seinem Eintritt mucksmäuschenstill geworden ist.

»In einer Reihe aufstellen!«, sagt Mr Sparks mit leicht manierierter Stimme. Dann sagt er: »Zurück auf eure Plätze!«

Er lässt die Klasse das Ganze vier Mal wiederholen. Jedes Mal sagt er, die Aufstellung ließe zu wünschen übrig. Sie seien nicht schnell genug und müssten es wiederholen. Schließlich ändert er den Drill.

»Aufstehen!«, sagt er. »Hände auf den Kopf! Hinsetzen! Aufstehen! Hände auf den Kopf! Hinsetzen!«

Die Kinder bemühen sich fieberhaft, den Befehlen von Mr Sparks zu folgen, aber Mr Sparks ist immer noch nicht zufrieden. Er streckt seinen Furcht erregenden rechten Arm aus und zeigt mit vorwurfsvollem Zeigefinger auf einen besonders schmächtigen Jungen.

»Du da!«, sagt Mr Sparks. »Warum legst du deine Hände nicht auf den Kopf, wenn ich es dir sage?«

Jeffrey hat genau das Gleiche getan wie alle anderen, aber jetzt verschluckt er sich fast vor Schuldgefühlen.

»Sir«, sagt er mit erschrockener Piepsstimme. »Sir, entschuldigen Sie bitte, Sir.«

Mr Sparks hat sich mittlerweile zu Dinah umgedreht und flüstert ihr mit vergnügter Stimme zu:

»Picken Sie sich immer einen heraus. Am besten den Kleinsten.«

Dann richtet er seine Aufmerksamkeit wieder auf die Klasse. Er hat das Gesangbuch von Dinahs Pult genommen und blättert beim Sprechen durch die Seiten.

»Holt eure Gesangbücher heraus«, sagt er. »Schlagt Seite dreiundneunzig auf. Schreibt Lied Nummer einhundertundzwei ab. Alle fünf Strophen.«

Sofort sind die Gesangbücher auf dem Tisch, die Schreibblöcke hervorgeholt und die Köpfe konzentriert über die Tische gebeugt. Dann wendet sich Mr Sparks wieder Dinah zu.

»Lassen Sie sie das eine Woche lang wiederholen«, sagt er. »In Reihe aufstellen. Hinsetzen. Hände auf den Kopf. Lieder abschreiben. Sie werden Ihnen aus der Hand fressen.«

Dann verlässt Mr Sparks das Klassenzimmer.

Kaum hat er die Tür hinter sich geschlossen, bricht die Hölle los. Alle zehn jüdischen Kinder sind von ihren Stühlen hochgesprungen.

»Miss! *Miss!*«, rufen sie. »Meine Mutter sagt, ich darf *gar nichts* über Jesus aufschreiben! Und jeder, der mich *irgend*etwas über Jesus abschreiben lässt ..., der muss zu Mr Mynott gehen!«

Mr Mynott ist der Schuldirektor. Er glänzt durch ständige Abwesenheit, während die Schule von Mr Sparks und einem ältlichen Lehrer aus Wales namens Iain Davies zusammengehalten wird.

Mr Davies hat ein großes Manko. Er kann die schwarzen Kinder nicht auseinander halten.

»Sie sehen alle gleich aus«, beklagt er sich bei Dinah, die von einem derartigen Problem noch nie zuvor gehört hat. Denn wenn die weißen Südafrikaner auch einem besonders unangenehmen rassistischen Klassensystem verbunden sind, so haben sie doch lange genug unter schwarzen Menschen gelebt, um zu wissen, dass sie nicht alle gleich aussehen. Die schwarzen Kinder in Dinahs Schule haben Mr Davies wunden Punkt bereits bemerkt und nutzen ihn als willkommene Ausrede.

»Das war ich nich, Sir«, sagen sie. »Wirklich, Sir. Das war ich nich.«

Mrs Potts, die Schulsekretärin, erklärt Dinah, dass sie Waliser hasst.

»Und jetzt haben sie auch noch die Severn Bridge gebaut«, sagt sie. »Jetzt kommen sie alle rüber und nehmen uns die Arbeit weg.«

Mrs Potts erzählt Dinah, dass sie bis zum Alter von zehn Jahren keine richtige Banane gesehen hat. Das kam durch den Krieg.

»Die Gemüsehändler hatten aber Papierbananen«, sagt sie. »Ganze Ketten davon, hinten im Geschäft.«

Dinahs Klasse besteht aus einem Drittel Juden und einem Drittel Kinder aus der Karibik. Von den anderen kommen ein paar aus Irland, und der Rest ist englisch. Von den englischen Kindern fehlt die Hälfte, als Dinah das erste Mal in die Klasse kommt und die Anwesenheit prüft.

»Hopfen pflücken, Miss«, rufen die Kinder, als sie ihre Namen aufruft.

Dinah hat keine Ahnung, was sie meinen, denn sie hat noch nie etwas vom Hopfenpflücken gehört, geschweige denn von Hopfen. Sie weiß nicht sehr viel über Bier, außer dass bei ihr zu Hause die Weißen entweder Lion oder Castle trinken und dass in den Townships selbstbewusste schwarze Frauen im hinteren Teil ihrer Kneipen in Erdlöchern selber illegal Bier brauen. Dass Hopfenpflücken eine Art traditioneller Feiertag für die Armen des Londoner East-End ist, scheint ihr durch und durch antiquiert – es erinnert sie ein wenig an Laurie Lee.

Auch erstaunt sie, dass die Kinder alle Nannys zu haben scheinen, denn Dinah war immer der Auffassung, nur reicher Eltern Kinder würden von Nannys umsorgt. Aber dann stellt sich heraus, dass die Kinder ihre »Grannys« meinen. Ihre Nans sind ihre Grans. Und auch sonst ist Dinahs Interpretation der englischen sozialen Verhältnisse von unerwarteten Fußfallen geprägt. Eines Tages beschließt sie, dass es für die Kinder nett sein könnte, in der Klasse ein paar Gedichte aus T. S. Eliots *Old Possum* lesen zu lassen, und so liest Isaac über Bustopher Jones: der kluge Kater, das herausragende Tier, das sich für keine Pubs interessiert, sondern lieber feine Clubs frequentiert.

Isaac hält nach diesen Zeilen einen kurzen Moment inne.

»Miss, mein Dad geht auch in einen Club«, sagt er. »Er flicht dort Körbe.«

Isaacs Dad ist blind. Und von allen Kindern in ihrer Klasse mag Dinah Isaac und seinen schmächtigen Zwillingsbruder Menachem am liebsten. Isaac und Menachem sind indische Immigranten. Sie sind nicht nur Inder, sondern auch Juden. Man hat sie in einem feuchten Keller gefunden. Eine Mutter haben sie nicht mehr. Ihre Mutter ist tot. Deshalb wurden sie ins Heim gebracht. Dinah hat noch nie von indischen Juden gehört, aber Sam ist nicht überrascht.

»Die gibt es seit der jüdischen Diaspora«, sagt er. »Sie haben ein Kastensystem, das sich an der Hautfarbe der Menschen orientiert.«

Manchmal denkt Dinah, die menschliche Spezies sei vollkommen wahnsinnig. Kaum ist der Mensch geboren, schon glaubt er, dass die Götter von ihm verlangen, seinen Kopf zu bedecken oder seine Genitalien zu durchstechen oder sich aufgrund seiner Hautfarbe in Hierarchien zu ordnen. Die Götter verlangen von ihm, keine Huftiere zu essen oder an bestimmten heiligen Stätten rückwärts zu gehen oder Katzen in Tontöpfe zu stecken und darunter ein Feuer anzuzünden. Die Götter wollen, dass der Mensch Vögel schlachtet und sich Kerben in den Schädel ritzt. Und die Götter haben Bananen auf die Erde gebracht, damit die menschliche Spezies sie als wundersamen Ausdruck der Heiligen Dreifaltigkeit anerkennen kann. Und das alles, weil der Mensch die einzigartige Fähigkeit besitzt, in Symbolen zu denken und zu träumen. Dies macht die Spezies so gefährlich. Und manche Menschen macht es zu großen Dichtern.

Dinah steht also anfänglich leicht unter Kulturschock – und das trotz der gemeinsamen Sprache und trotz der ganzen Union Jacks in Durbans grünen Vorgärten. Denn trotz der Krönungstassen und Beefeater-Aufmachungen auf der Kostümparade und dem *Liederbuch der Choräle* muss Dinah feststellen, dass sie nur eine Siedlervorstellung von England besitzt. Eine Vorstellung, in der Isaac und Menachem kein Platz eingeräumt wurde. Auch nicht den Hopfenpflückern. Und auch nicht der Besessenheit für Gardinen. Weder hat sie eine Erklärung, warum die Engländer in England, die alle Küchenspülen besitzen, ihr Geschirr immer in passgenauen Plastikschüsseln waschen, die sie in die Küchenspüle stellen, noch ist sie auf die Busschaffner vorbereitet, die »Nur nach innen!« rufen und dann wütend werden, wenn sie nach oben gehen will, weil sie glaubt, oben *wäre* innen. Und sie ist auch nicht auf die verwirrenden Telefonhäuschen vorbereitet, bei denen sie Knopf A drücken muss, wenn sie eine Stimme hört, und wenn sie dann keine Stimme mehr hört, muss sie Knopf B drücken, da sie ansonsten ihr ganzes Geld verliert.

Aber allmählich beginnt Dinah es zu lieben. Nach und nach erobert sie sich die Stadt. Sie liebt die Schilder in der Untergrundbahn und freut sich jedes Mal, wenn sie sie sieht. *To the trains*, heißt es da. *To the trains*. Und sie ist immer enttäuscht, wenn der Artikel fehlt. Denn *To trains* ist einfach nicht dasselbe. Es ist wie ein schrecklicher Korrekturfehler. Ein wenig wie K. Argo, als sie blinzeln musste, damit der Punkt verschwand. Denn Ersteres ist wie eine edle Mahnung, die sie weiter und weiter vorantreibt. Zu den Zügen! Zu den Zügen! Wie in einem Film von Eisenstein. Die anderen Schilder schicken sie einfach nur pragmatisch in die eine oder andere Richtung.

Sie liebt ihre Spaziergänge in Hampstead Heath, denn alle Bäume dort tun so, als seien sie Constable-Gemälde. Und dann ist da noch das Licht – dieses subtile, flirrende Licht, das immerzu Turner nacheifert. Camden Town sieht sie durch die Augen von Walter Sickert. Und bei Sonnenuntergang am Embankment sieht sie diese orangefarbenen Kitschflecken auf der Themse, die alles tun, um wie ein Monet auszusehen.

Und dann ist da noch der unglaublich grüne Rasen in Regent's Park.

»Er ist grün, weil es nie aufhört zu regnen«, erinnert sie ein englischer Kollege.

Und ja, es stimmt. Sam und Dinah haben ihr erstes verregnetes Picknick bereits hinter sich. Das Picknick fand in einem Orchesterstand in Wells statt, wo sie durch eine dichte Regenwand auf die eigenartigen Flachtürme der wunderschönen Kathedrale von Wells blickten. Das Picknick wurde von der Mutter eines Freundes gegeben. Sie hatte Gurkensandwiches und Würstchenpasteten und Früchtebrot mit Marzipanmantel gemacht. Und sie hatte einen Wasserkocher dabei, damit die Picknickgäste frisch gebrühten Tee trinken konnten.

»Na ja«, sagt die Mutter des Freundes und beweist eine gute Portion Humor sowie Jahrzehnte der besten Charakterbildung. »Ich hab schon weitaus schlimmere Picknicktage erlebt.«

Dinah kennt sich gut in Camden Town aus, weil sie und Sam mittlerweile dort wohnen – das heißt, sie wohnen in Primrose Hill. Denn zu Dinahs Gehalt von monatlich vierzig Pfund hat Sam ein Stipendium in Höhe von fünfzig Pfund verliehen bekommen. Also haben sie alles durchgerechnet und sich eine Wohnung gesucht: ihr kleines Reich. Sie gehen in Camden Town einkaufen, und manchmal stellt Dinah für ein Geschäft Stofftiere und Kinderkleider her, um ihre Einkünfte aufzubessern. Sie hat sich für Anfang Herbst eine Teilzeitarbeit an einer Gesamtschule besorgt, wo sie ältere Schüler unterrichten wird. Grund dafür ist, dass sie sich ebenfalls als Doktorandin einschreiben möchte.

Sam und Dinah sind glücklich, eine Wohnung ganz für sich zu haben. Es ist Juni, und plötzlich ist es Sommer. Jeder sagt, es sei der schönste Sommer, an den er sich erinnern könne. Sam und Dinah verbringen die langen Abende auf dem Rasen in Regent's Park, und manchmal gehen sie in das dortige Open-Air-Theater. Sie sind von den langen Abenden in England ganz bezaubert, denn in Durban verschwindet die große orangefarbene Sonne schnell hinter den flaschengrünen Hügeln, und dann ist es Nacht. In London hingegen spielen die Menschen noch um zehn Uhr abends Tennis.

Sam und Dinah haben sich wieder zwei Kater besorgt. Zwei hellrote Bart-und-Mattie-Doubles, mit denen sie glücklich Familie spielen. Dinahs Katze kommt aus einer Tierhandlung in Dalston Junction. Sams Katze kommt aus Camden Town. Und weil sie eine Traumvermieterin haben, stört sie sich nicht an den Tieren. Ihr macht es nicht einmal etwas aus, als die Tiere Junge bekommen. Was sie nämlich tun, da Dinahs Katze, ohne dass Dinah es weiß, ein seltenes und kostbares Tier ist. Sie ist eine weibliche orangefarbene Katze, obwohl das weibliche Pendant zu orangefarbenen Katern eigentlich gefleckte Schildpattkatzen sind. Und so kommen nicht nur lauter orangefarbene Kätzchen zur Welt, sondern drei der vier sind auch noch Mädchen.

»Was sagt man dazu«, sagt die Vermieterin. »Drei orangefarbene Katzenmädchen! Wie ist das nur möglich?«

Dinah hat keine Ahnung. »Ich weiß nicht«, sagt sie. »Es ist wohl eines der Wunder dieser Welt.«

DANKSAGUNG

Um die nach Rassen unterteilte Welt, in der Dinah de Bondt aufwächst, darstellen zu können, kam mir zum einen sehr zu Hilfe, im gleichen Land und zur gleichen Zeit in einem Elternhaus aufgewachsen zu sein, das oppositionelle Ansichten vertrat. Zum anderen hatte ich das Glück, die letzten vierzig Jahre in der Gesellschaft von Stan Trapido zu verbringen, dessen enormes Wissen über die Geschichte Südafrikas, gemeinsam mit seinen scharfsinnigen und außergewöhnlichen Analysen dieser Geschichte, nicht nur eine ganze Generation jüngerer Historiker inspiriert hat, sondern auch mir immer behilflich war, das Land meiner Vergangenheit zu verstehen.

Ich hätte das Buch nicht ohne den bereichernden Einfluss dreier außergewöhnlicher Frauen schreiben können, die für mein frühes Leben von großer Bedeutung waren: Elaine O'Reilly, Suzanne Gordon und Frances MacDonald. Und um bei den außergewöhnlichen Frauen zu bleiben: Während des Schreibens durfte ich die kontinuierliche Unterstützung und Überzeugung von Victoria Hobbs, meiner Agentin, und die meiner Lektorin Alexandra Pringle genießen, angesichts deren besonderen Fähigkeiten mir die Worte fehlen. Es gibt sie nur einmal, und nicht jeder Autor kann mit ihr zusammenarbeiten, also fühlte ich mich in besonderem Maße gesegnet. Abschließend gilt mein ganz besonderer Dank Iris Murdoch.

Barbara Trapido, Oxford 2003